LE MASQUE DE L'ARAIGNÉE

Collection *Suspense et Cie* dirigée par Sibylle ZAVRIEW

Déjà parus :

Le Département de musique, Rosamond Smith
Qu'est-ce qui fait courir Jane ? Joy Fielding
Une femme encombrante, Dominick Dunne
La Porte des Tigres, Henry Meigs
Les Experts, Dewey Gram
Le Tableau du Maître flamand, Arturo Pérez-Reverte

JAMES PATTERSON

LE MASQUE
DE L'ARAIGNÉE

Traduit de l'anglais par Jeanine PAROT

Ce livre a été publié originellement aux
États-Unis par Little, Brown and
Company, sous le titre :

ALONG CAME A SPIDER

© James Patterson, 1993.
© 1993, Éditions J.-C. Lattès pour la traduction française.

PROLOGUE

JOUONS A FAIRE SEMBLANT

(1932)

Dans les environs de Princeton, New Jersey : mars 1932

La maison d'habitation de la ferme de Charles Lindbergh était illuminée d'une vive lumière orangée. On aurait dit un château en feu, tout particulièrement dans cette zone boisée et sombre. Des lambeaux de brouillard s'accrochaient à la silhouette du garçon, à mesure qu'il se rapprochait de l'instant où il connaîtrait son premier moment de gloire, où il commettrait son premier crime.

Il faisait nuit noire et le sol détrempé était parsemé de flaques d'eau. Il y avait pensé. Il avait tout prévu, y compris le temps.

Il portait de grosses chaussures, taille quarante-quatre. Le bout et le talon étaient bourrés de chiffons et de pages déchirées du *Philadelphia Inquirer*.

Il *voulait* laisser les empreintes de ses pas, beaucoup d'empreintes. Les empreintes d'un homme. Pas celles d'un garçon de douze ans. Elles marqueraient le chemin partant de la route principale du comté, celle de Stoutsberg-Worstville, iraient jusqu'à la maison et en reviendraient.

Lorsqu'il atteignit un bouquet de pins, à moins de trente mètres de l'immense maison il se mit à trembler. Le manoir était aussi impressionnant qu'il l'avait imaginé : sept chambres à coucher et quatre salles de bains, rien qu'au premier étage. La maison de campagne de Lindy-la-Chance et d'Anne Morrow!

Cool, la tête..., se dit-il.

Centimètre par centimètre, il se rapprochait de la fenêtre de la salle à manger. Il était fasciné par la *célébrité*. Il y pensait très souvent. Presque tout le temps. Qu'est-ce que c'était vraiment, *la célébrité*? Est-ce que ça avait une odeur? un goût? A quoi ça ressemblait, vu de près?

« L'homme le plus populaire et le plus prestigieux du monde » était là, à deux pas de lui, assis devant la table. Charles Lindbergh était *vraiment* grand, élégant, avec ses incroyables cheveux dorés, son teint clair et séduisant. Pas de doute, « Lindy-la-Chance » leur damait le pion à tous.

Anne Morrow Lindbergh, sa femme, aussi. Anne avait des cheveux courts, noirs et bouclés, qui faisaient ressortir la blancheur de sa peau. La flamme des candélabres posés sur la table semblait danser autour d'elle.

Tous deux se tenaient assis très droits sur leur chaise. Oui, sans aucun doute, ils avaient des airs supérieurs, comme si Dieu les avait tout spécialement offerts en cadeau au monde. Ils gardaient la tête haute tout en goûtant leur nourriture avec délicatesse. Il tendit le cou pour voir ce qui se trouvait sur la table. Il lui sembla reconnaître des côtelettes de mouton dans des assiettes de très belle porcelaine.

« Moi, je vais être bien plus célèbre que vous deux, espèces de mannequins ridicules », murmura-t-il finalement. Il s'en fit la promesse. Il avait étudié minutieusement chaque détail un millier de fois. Il se mit méthodiquement au travail.

Il alla chercher une échelle de bois que des ouvriers avaient laissée près du garage. Tout en la tenant fermement appuyée contre sa hanche, il se dirigea vers un endroit situé juste au-delà de la fenêtre de la bibliothèque. Il grimpa en silence jusqu'à la chambre d'enfant. Son pouls s'emballait, son cœur résonnait si fort qu'il en entendait les battements.

La lumière projetée par une des lampes du hall illuminait la chambre du bébé. Il voyait très bien le berceau et le petit prince endormi. Charles Junior, « le bébé le plus célèbre de la terre ».

Pour le protéger des courants d'air, on avait installé sur l'un des côtés un paravent illustré d'images aux couleurs vives représentant les animaux de la ferme.

Il se sentait plein de ruse et d'astuce. « Voilà M. le Renard qui s'amène », se chuchota le garçon, tout en faisant glisser le panneau d'ouverture de la fenêtre.

Puis il monta un peu plus haut sur l'échelle et se trouva enfin à l'intérieur de la nursery.

Penché sur le berceau, il regarda longuement le prince héritier. Il avait les boucles dorées de son père, mais il était trop dodu. A vingt mois, Charles Junior était déjà grassouillet.

Le jeune garçon n'arrivait plus à se contrôler. Des larmes brûlantes lui coulaient des yeux. Son corps tout entier se mit à trembler, de rage et de frustration... mais s'y mêlait aussi la joie la plus exaltante qu'il ait jamais connue de sa vie.

Eh bien, petit-homme-à-son-papa, à nous deux, maintenant, marmonna-t-il pour lui-même.

Il sortit de sa poche une minuscule balle de caoutchouc attachée à un ruban élastique. Il glissa rapidement la boucle de cet instrument bizarre autour de la tête de Charles Junior, au moment où il ouvrait ses petits yeux bleus.

Dès que le bébé se mit à pleurer, le garçon fourra la balle de caoutchouc au fond de la petite bouche humide. Puis il se pencha sur le berceau, prit bébé Lindbergh dans ses bras et descendit rapidement l'échelle. Tout cela était prévu.

Le jeune garçon retraversa en courant les champs boueux en portant son précieux fardeau qui se débattait dans ses bras et disparut dans la nuit.

A moins de trois kilomètres de la maison, il enterra le bébé gâté-pourri des Lindbergh... *il l'enterra vivant.*

Ce n'était qu'un premier pas sur la route qu'il allait suivre. Après tout, il n'était encore, lui-même, qu'un gamin.

C'était lui, et non pas Bruno Richard Hauptmann, qui avait kidnappé le bébé Lindbergh. Il avait fait tout cela tout seul.

Cool, la tête.

PREMIÈRE PARTIE

MAGGIE ROSE
ET
SHRIMPIE GOLDBERG

(1992)

1.

Installé dans la véranda de notre maison de la Cinquième Rue à Washington, D.C., à l'aube du 21 décembre 1992, j'offrais l'image d'une satisfaction béate. La petite pièce étroite avait beau être encombrée de manteaux d'hiver en train de moisir, de grosses chaussures et de jouets d'enfant désarticulés, ça m'était bien égal. Je m'y sentais chez moi.

J'étais occupé à jouer des airs de Gershwin sur ce qui avait été notre *piano à queue*, quelque peu désaccordé. Il était un peu plus de cinq heures du matin, et la véranda était aussi glaciale qu'un réfrigérateur de boucher. Mais j'étais prêt à faire un petit sacrifice pour *Un Américain à Paris*.

Le téléphone se mit à sonner dans la cuisine. Peut-être avais-je gagné à la loterie du district de Columbia, ou à celle de la Virginie, ou du Maryland, et avait-on oublié de m'appeler la veille au soir. Je joue régulièrement à ces trois jeux de malchance...

– Nana? Tu peux répondre? criai-je depuis la véranda.

– C'est pour toi. Tu n'as qu'à répondre toi-même, me répliqua ma grand-mère, furieuse. Y a pas de raison que je me lève aussi. Et dans mon dictionnaire : pas de raison, ça veut dire déraisonnable.

Ce n'est peut-être pas exactement ce qui a été dit, mais c'est quelque chose du même genre. C'est toujours comme ça que ça se passe.

Je clopinai jusqu'à la cuisine, en contournant un autre tas de jouets, avec les jambes raides qu'on a au petit matin. J'avais trente-huit ans, et comme dit le proverbe : si j'avais su que je vivrais aussi vieux, j'aurais fait plus attention à ma santé.

L'appel venait du collègue qui partageait mes activités criminelles, John Sampson. Sampson savait que je serais déjà levé. Sampson me connaissait mieux que mes propres gosses.

— Salut, pruneau. Tu es debout, pas vrai ? dit-il.

Pas besoin qu'il décline son identité. Sampson et moi étions amis intimes depuis qu'à neuf ans nous avions commencé à chaparder dans le petit Magasin d'articles divers du père Park, au coin d'une rue toute proche des nouveaux quartiers en construction. A l'époque, il ne nous était pas venu à l'idée que le vieux Park aurait pu nous étendre raides morts pour lui avoir piqué un paquet de Chesterfield, et que Nana Mama aurait même fait pire si elle avait été au courant de nos aventures illégales...

— Si je n'étais pas levé, c'est fait maintenant, lui dis-je dans l'appareil, vaudrait mieux que ça en vaille la peine.

— Il y a eu un nouveau meurtre. On dirait que c'est encore notre bonhomme, dit Sampson. Tous les gars nous attendent. La moitié du monde libre est déjà sur les lieux.

— Il ne fait pas encore assez jour pour repérer le fourgon de la morgue, marmonnai-je.

Je sentais mon estomac se révulser. Je n'avais pas envie que ma journée commence de cette façon.

— Merde, je me fais baiser une fois de plus.

Nana Mama, assise devant une tasse de thé fumante et des œufs bien baveux, leva les yeux et me décocha l'un de ses regards réprobateurs, avec des airs de grande dame offusquée. Elle était déjà habillée pour se rendre à l'école, où, à soixante-dix-neuf ans, elle continuait à travailler comme volontaire. Sampson, lui, s'étendait longuement sur les détails sanglants du premier crime de la journée.

— Modère ton langage, Alex, dit Nana. Modère ton langage, je te prie, si tu envisages de continuer à vivre dans cette maison.

— J'arrive dans dix minutes, répondis-je à Sampson. Et à Nana : Je te signale que cette maison m'appartient.

Elle poussa un gémissement comme si elle apprenait cette affreuse nouvelle pour la première fois.

— Il vient d'y avoir un autre crime horrible du côté de Langley Terrace. On dirait qu'il s'agit d'un tueur qui fait ça pour le plaisir. Et je crois que c'est vrai, lui précisai-je.

— C'est abominable, me dit Nana Mama.

Le regard de ses tendres yeux bruns croisa le mien et s'y accrocha. Ses cheveux blancs évoquaient les petits couvre-sièges qu'elle disposait sur les chaises de la salle à manger.

– Les politiciens ont laissé cette ville se dégrader complètement, et ça a conduit aux pires choses. Je me dis quelquefois, Alex, que nous devrions quitter Washington.

– Il m'arrive parfois de penser la même chose, lui répliquai-je, mais nous arriverons probablement à tenir le coup.

– Oui, nous tenons toujours le coup, nous autres Noirs. Nous persévérons. Nous souffrons toujours en silence.

– Pas toujours en silence.

J'avais déjà décidé de mettre ma vieille veste de Harris Tweed. Aujourd'hui, il s'agissait d'un meurtre et cela impliquait que j'allais rencontrer des Blancs. Sur ma veste de sport, j'enfilai le blouson chaud que j'avais acheté à Georgetown. Il convient mieux au quartier que j'habite.

Sur le bureau, à côté du lit, se trouvait une photographie de Maria Cross. Trois ans auparavant, ma femme avait été assassinée par des coups de feu tirés d'une voiture. Ce crime, comme la majorité de ceux commis dans les quartiers du sud-est, n'avait jamais été élucidé.

J'embrassai ma grand-mère avant de sortir par la porte de la cuisine. Nous avions pris cette habitude depuis que j'avais atteint l'âge de huit ans. Nous nous disons toujours adieu, pour le cas où nous ne nous reverrions plus. Et ça se passe comme ça depuis bientôt trente ans, depuis le jour où Nana Mama m'a pris avec elle et a décidé qu'elle pourrait faire de moi quelqu'un de bien...

Elle a fait de moi un détective de la police criminelle, pourvu d'un doctorat en psychologie, qui vit et travaille au cœur des ghettos de Washington, D.C.

2.

Officiellement j'ai le grade d'adjoint au chef de la brigade criminelle, ce qui, pour citer les paroles de Shakespeare et de M. Faulkner, n'est que « bruit et fureur » et ne signifie rien, *nada*. Ce rang devrait faire de moi le numéro six ou sept dans la hiérarchie de la police de Washington. Il n'en est rien. Mais tout de même, dans le district de Columbia, tout le monde attend que j'arrive sur les lieux du crime.

Trois voitures bleu et blanc de la police métropolitaine du D. de C. étaient rangées n'importe comment devant le 41-15 Benning Road. Une des camionnettes du labo aux vitres opaques était déjà là, ainsi qu'une ambulance du service des urgences. Quelqu'un avait allégrement inscrit LA MORGUE en grosses lettres sur la porte.

Deux voitures de pompiers stationnaient devant la maison du crime. Les curieux du quartier, fascinés par les ambulances, traînaient çà et là – pour la plupart des types au regard excité. Quelques femmes plus âgées avaient enfilé des manteaux d'hiver sur leurs pyjamas ou leurs chemises de nuit et, la tête garnie de bigoudis rose et bleu, étaient sorties sous leurs porches et frissonnaient dans le froid.

Dans la rangée de baraques en bois, celle du crime, qui tombait en ruine, avait été repeinte d'un bleu criard, genre mer des Antilles. Une vieille Chevrolet avec une vitre cassée et recollée par une bande adhésive, semblait avoir été abandonnée au bord de la route.

– Tout ça me fait chier. Retournons nous coucher, dit Sampson. Je viens de penser à ce qui nous attend. Je ne supporte plus ce genre de boulot, ces temps-ci.

– J'aime mon travail, j'aime la Crim, dis-je en ricanant. Regarde ça! Le légiste est déjà là avec sa blouse en plastique. Et les gars du labo... et qui est-ce qui vient vers nous, là-bas?

Un sergent blanc, vêtu d'une parka gonflante, bleu marine, et agrémentée d'un col de fourrure, se dirigeait en se dandinant, vers Sampson et moi alors que nous approchions de la maison. Il gardait les mains au chaud dans ses poches.

– Sampson? Euh, inspecteur Cross?

Le sergent faisait claquer sa mâchoire inférieure, comme les passagers d'un avion qui essaient de soulager la pression de leurs oreilles. Il savait parfaitement qui nous étions. Il savait que nous faisions partie de l'E.S.E.[1] Il voulait simplement nous emmerder.

– Qu'est-ce qui ne va pas, mon garçon?

Sampson n'aime pas beaucoup qu'on l'emmerde.

– Inspecteur de 1re classe Sampson, précisai-je au sergent. Moi, je suis le chef-adjoint Cross.

Le sergent était un de ces Irlandais au ventre mou et bedonnant, sans doute un laissé-pour-compte de la guerre de Sécession. Son visage ressemblait à un gâteau de noces qu'on aurait laissé dehors sous la pluie. Il n'avait pas l'air d'apprécier ni mon costume, ni ma veste de tweed.

– Tout le monde est en train de se geler les couilles, siffla-t-il. Voilà ce qui ne va pas.

– Tu pourrais bien avoir besoin de te les dégonfler un peu, tes couilles, lui conseilla Sampson. Tu pourrais aller voir Jenny Craig.

– Va te faire enculer, répliqua le sergent – ça faisait plaisir de savoir qu'il existait un Eddie Murphy[2] blanc.

– Un maître dans l'art de la riposte – Sampson m'adressa un sourire complice – tu as entendu ce qu'il m'a dit? Va te faire enculer!

Nous sommes tous les deux costauds, Sampson et moi. Nous nous entraînons régulièrement à la salle de gym qui dépend de St. Anthony : St. A's. A nous deux, nous devons peser pas loin de deux cents kilos. De quoi intimider, si on en a envie. Dans notre travail, c'est parfois nécessaire.

Je ne mesure qu'un mètre quatre-vingt-sept. John fait un mètre quatre-vingt-treize et il grandit encore. Il porte toujours des lunettes noires et parfois un vieux chapeau effiloché, ou un foulard jaune sur la tête. Il y a des gens

---

1. Equipe Spéciale d'Enquête. *(N.d.T.)*
2. Acteur comique noir, très spirituel. *(N.d.T.)*

qui l'appellent John-John, il est si énorme qu'il fait bien deux John.

Laissant le sergent sur place, nous nous sommes dirigés vers la maison du crime. Notre équipe d'élite est censée mépriser ce genre de confrontation. Parfois, il nous arrive de nous y conformer.

Deux policiers en uniforme étaient déjà entrés dans la maison. Une voisine apeurée avait appelé le commissariat vers quatre heures trente. Elle avait cru voir un rôdeur. Cette femme s'était réveillée en proie aux terreurs de la nuit. C'est le quartier qui veut ça.

Les deux policiers en uniforme avaient trouvé trois corps à l'intérieur. Quand ils avaient signalé les faits, on leur avait dit d'attendre l'arrivée de l'Equipe Spéciale d'Enquête. L'E.S.E. est composée de huit officiers de police noirs que la brigade a sélectionnés, dit-on, pour des tâches particulières.

La porte extérieure de la cuisine était entrouverte. Je l'ai poussée. Dans toutes les maisons, les portes font un bruit particulier. Celle-là gémissait comme un vieillard.

Dans la maison, il faisait noir comme dans un four. De quoi vous donner le frisson. Le vent était aspiré par la porte ouverte et j'entendais quelque chose bringuebaler à l'intérieur.

— Nous n'avons pas allumé les lumières, chef – la voix venait d'un des hommes en uniforme, postés derrière moi – vous êtes bien le Dr Cross, n'est-ce pas ?

J'acquiesçai de la tête.

— Est-ce que la porte de la cuisine était ouverte quand vous êtes arrivés ?

Je me suis tourné vers l'agent de police. C'était un Blanc, avec un visage de bébé qui se laissait pousser la moustache pour se vieillir. Il devait avoir dans les vingt-trois, vingt-quatre ans et avait l'air absolument horrifié, ce matin-là. Ce n'est pas moi qui l'en aurais blâmé.

— Heu, non. Mais aucun signe qu'on ait forcé la porte. Elle n'était pas fermée à clé, chef.

L'agent était très nerveux.

— C'est un vrai carnage, là-dedans, chef. Toute une famille.

L'un des agents alluma une torche électrique d'aluminium très puissante. On examina l'intérieur de la cuisine.

Il y avait une table bon marché, en Formica, qui servait à prendre le petit déjeuner, avec des chaises assorties recouvertes de vinyle « citron vert ». Sur l'un des murs, une horloge noire de la marque Bart Simpson, du genre de celles qu'on voit dans les vitrines des drugstores populaires. Des relents de Lysol et de graisse brûlée se mélangeaient en une odeur bizarre, mais pas entièrement déplaisante. Il en existe de bien pires quand il s'agit de meurtres.

Nous restions hésitants, Sampson et moi. Il fallait reconstruire les faits et gestes de l'assassin, quelques heures auparavant.

– Il se trouvait exactement ici, dis-je. Il est entré par la cuisine. Il était là, juste où nous sommes.

– Ne parle pas comme ça, Alex, me dit Sampson. On croirait entendre Jeanne Dixon. Ça me fout les foies.

Quelle que soit la fréquence de ce genre de situation, ça n'est jamais facile à supporter. On n'a pas la moindre envie d'aller voir à l'intérieur, ni de se retrouver, encore une fois, confrontés à un horrible cauchemar.

La chaudière de la cave se mit à cliquer très fort. J'avais déjà le pouls à cent à l'heure, mais ce bruit inattendu ne m'en fit pas moins sursauter.

– Les corps sont en haut, dit l'agent à moustache.

Il nous renseigna sur les victimes : une famille du nom de Sanders – deux femmes et un petit garçon.

Son coéquipier, un Noir pas très grand mais bien bâti, n'avait pas encore ouvert la bouche. Il s'appelait Butchie Dykes. C'était un jeune flic sensible que j'avais aperçu au commissariat.

Nous avons continué dans la maison du crime, et chacun de nous a aspiré une grande goulée d'air! Sampson m'a tapoté l'épaule. Il savait que l'assassinat d'un enfant me rendait malade.

Les trois corps se trouvaient au premier étage, dans la chambre à coucher donnant sur la rue, à deux pas du haut de l'escalier.

Il y avait la mère, Jean « Poo » Sanders, trente-deux ans. Un visage fascinant même dans la mort. Elle avait de grands yeux bruns, les pommettes saillantes, des lèvres pleines qui commençaient à se violacer. La bouche ouverte comme si elle allait crier.

La fille de « Poo », Suzette Sanders, était âgée de quatorze ans. Elle était encore très jeune, mais déjà plus jolie que sa mère. Elle avait noué un ruban mauve autour de sa natte, et portait au nez un anneau minuscule, pour bien montrer qu'elle était plus vieille que ses quatorze ans. Suzette avait été bâillonnée avec des collants bleu marine.

Le petit garçon, un bébé de trois ans, gisait sur le dos, ses petites joues semblaient sillonnées de larmes. Il était vêtu d'un « pyjama sac », comme ceux que portent mes gosses.

Comme l'avait dit Nana Mama, c'était bien la pire des saloperies de cette cité, une cité qu'on avait laissée se dégrader, dans ce grand pays qui lui aussi se dégradait. La mère et la fille étaient liées aux montants du lit, en imitation cuivre. On s'était servi de sous-vêtements de satin, de bas en filet noir et rouge, et de draps à fleurs pour les attacher.

Je sortis mon magnétophone de poche ey me mis à enregistrer mes premières observations : « Homicides – dossier H234 914 à 216. Une mère, sa fille, une adolescente, un petit garçon. Les deux femmes ont été tailladées avec un instrument extrêmement tranchant. Peut-être un rasoir à manche.

« On leur a coupé les seins. Ils n'ont pas été retrouvés. Les poils du pubis ont été rasés. De nombreuses blessures par couteau ou rasoir. Ce que les pathologistes appellent " syndrome de destruction ". Beaucoup de sang et de matières fécales. Je crois savoir que les deux femmes, la mère et la fille, se livraient à la prostitution. Je les ai vues dans le quartier. »

Ma voix sonnait comme une sorte de bourdonnement. Je me demandais si j'arriverais à comprendre mes paroles quand je les écouterais plus tard.

« Le corps du petit garçon semble avoir été rejeté plus loin comme quantité négligeable. Mustaf Sanders porte un de ces pyjamas enveloppants d'une seule pièce, imprimés d'ours en peluche. Comme un petit tas qui semble se trouver dans la chambre par hasard. » En contemplant l'enfant qui gisait là, avec ses yeux tristes et sans vie qui me regardaient fixement, je ne pus m'empêcher d'éprouver une peine immense. Il se faisait un grand bruit dans ma tête, mon cœur battait la chamade. Pauvre petit Mustaf. Peu importe qui tu étais.

– Je ne crois pas qu'il avait l'intention de tuer le petit, dis-je à Sampson. Il ou elle.

– Plutôt une *chose* – Sampson secoua la tête. Je vote pour une *Chose*. Une *Chose*, Alex. Cette même *Chose* monstrueuse qui a opéré à Condon Terrace, au début de la semaine.

3.

Depuis l'âge de deux ou trois ans, Maggie Rose Dunne vivait constamment sous surveillance. A neuf ans, elle s'était habituée à être l'objet d'une attention particulière, à voir de parfaits étrangers la regarder bouche bée, comme si elle était Maggie Carabosse ou la fille de Frankenstein.

Ce matin-là, quelqu'un l'observait de près, mais elle n'en savait rien. Pour une fois, elle s'en serait inquiétée. Pour une fois, c'était important.

Maggie Rose se trouvait à l'école privée de Georgetown, à Washington, où elle essayait de se fondre dans la masse des autres cent trente élèves. A ce moment précis, ils étaient tous réunis en chorale et chantaient avec enthousiasme.

Se fondre dans la masse n'était pas chose facile pour Maggie Rose, et pourtant elle le souhaitait désespérément. Somme toute, elle était la fille de neuf ans de Katherine Rose, et ne pouvait passer devant la moindre boutique de vidéo sans se trouver face à une photographie de sa mère. Les films que sa mère avait tournés passaient à la télé pratiquement un soir sur deux. Sa maman était sélectionnée pour des Oscars et citée par le magazine *People* plus souvent que la plupart des autres actrices.

A cause de toutes ces salades, Maggie Rose s'efforçait de se perdre dans le décor le plus souvent possible. Ce matin-là, elle s'était affublée d'un vieux sweat-shirt « Fido Dido » avec des trous sur le devant et dans le dos, ce qui convenait à sa façon d'être. Elle avait dégoté une paire de jeans crasseux et fripés, enfilé des baskets roses « Reebok » usagées – ses « bonnes vieilles savates » – et des socquettes Fido qu'elle avait dénichées au fond de son placard. Elle n'avait pas lavé ses longs cheveux blonds avant d'aller en classe – exprès.

Sa maman avait fait les gros yeux en voyant ce déguisement. Elle avait dit : « Pouah ! » quatre fois, mais elle avait laissé Maggie partir pour l'école ainsi attifée. C'était une femme qui gardait la tête froide. Elle comprenait parfaitement que Maggie avait à faire face à un sérieux problème.

Tous ensemble, de la sixième à la première, les gosses chantaient *Fast Car*, de Tracy Chapman. Avant de se mettre à jouer la chanson « folk/rock » sur le Steinway noir étincelant de l'auditorium, Mme Kaminsky avait essayé d'expliquer le message en termes compréhensibles à tous.

— Cette chanson émouvante, écrite par une jeune femme noire du Massachusetts, explique ce que c'est qu'être pauvre comme Job dans le pays le plus riche du monde... ce que c'est que d'être noir dans les années 1990.

Le professeur de musique et d'art plastique était une petite femme, mince comme un fil, passionnée par son métier. Elle considérait que le devoir d'un bon professeur était non seulement d'apporter des informations, mais de façonner les jeunes esprits des enfants privilégiés qui fréquentaient cette école prestigieuse.

Les gosses aimaient bien Mme Kaminsky, aussi essayaient-ils d'imaginer le triste sort des pauvres et des laissés-pour-compte. Quand on savait que les frais scolaires de l'école de Georgetown se montaient à douze mille dollars, il leur fallait une bonne dose d'imagination.

— Tu as une voiture rapide, chantaient-ils avec Mme K. à son piano.

— Et moi j'ai un plan pour nous sortir d'ici.

Tout en chantant *Fast Car*, Maggie essayait vraiment d'imaginer à quoi ça ressemblerait d'être aussi pauvre que ça. Elle avait bien vu des gens dormir dehors dans les rues de Washington. En faisant un gros effort de concentration, elle arrivait à concevoir des scènes terribles de l'autre côté de Georgetown et de Dupont Circle. Elle pensait particulièrement à ces hommes vêtus de haillons dégoûtants qui lavaient les pare-brise à chaque feu rouge. Sa maman leur donnait toujours un dollar, parfois plus. Certains reconnaissaient sa mère et se livraient à une sorte de danse du scalp. Ils souriaient comme s'ils avaient gagné à la loterie, et Katherine Rose trouvait toujours quelque chose de gentil à leur dire.

— Tu as une voiture rapide, chantait Maggie Rose. Elle avait vraiment envie d'y aller à pleine voix.

« Mais va-t-elle assez vite pour qu'on s'envole loin d'ici ?

« Il faut qu'on se décide.

« Ou bien on part ce soir, ou on continue à vivre et à mourir comme avant.

La chanson se termina dans un tonnerre d'applaudissements et d'acclamations poussées par tous les gosses. Mme Kaminsky, de son piano, leur adressa un drôle de petit salut.

– Lourde tâche, marmonna Michael Goldberg.

Michael était debout à côté de Maggie. C'était lui son meilleur ami, à Washington où elle était arrivée de Los Angeles avec ses parents, moins d'un an auparavant.

Michael ironisait, bien entendu, comme toujours. C'était sa façon « côte Est » de se comporter avec les gens moins astucieux que lui – c'est-à-dire à peu près tous les habitants du monde libre.

Michael Goldberg était un authentique surdoué. Maggie le savait. Il lisait tout et n'importe quoi ; il collectionnait les bizarreries, était toujours prêt à l'action, toujours amusant s'il vous aimait bien. Quand il était né, il avait été un « enfant bleu »... et n'avait pas encore retrouvé une taille et une robustesse normales. D'où le surnom de « Crevette[1] » qui le déboulonnait en quelque sorte de son piédestal.

Maggie et Michael allaient ensemble en voiture à l'école presque tous les matins. Ce matin-là ils étaient venus dans une vraie voiture des services secrets. Le père de Michael était secrétaire au Trésor. *Le* secrétaire au Trésor. Personne n'était tout à fait « normal » à l'école de Georgetown. Tout le monde essayait de s'adapter, d'une manière ou d'une autre.

Au fur et à mesure que les élèves sortaient de la salle en file indienne, on demandait à chacun d'eux qui venait les chercher à la sortie de l'école. La sécurité était une des préoccupations majeures de l'établissement.

– C'est M. Devine..., commença à dire Maggie au professeur-surveillant posté à la porte de l'auditorium.

Il s'appelait M. Gester et enseignait les langues étrangères, c'est-à-dire le français, le russe et le chinois. On l'avait baptisé « le Fric ».

– Avec ce brave Jolly Chakely, dit Michael Goldberg, en terminant la phrase à sa place. Service secret – mis-

---

1. « Shrimpie » dans le texte. *(N.d.T.)*

sion 19. Voiture banalisée : une Lincoln. Numéro d'immatriculation : SC-59. Porte nord, devant Pelham Hall. Ils sont affectés *à moi*[1], parce que le cartel colombien a envoyé des menaces de mort à mon père. *Au revoir, mon professeur*[2].

Ce fut noté dans le journal de bord de l'école à la date du 22 décembre : *M. Goldberg et M. R. Dunne – Ramenés par les services secrets. Sortie nord. Pelham, à 15 heures.*

– Tu viens, la « deb en Dido » – Michael Goldberg lui envoya un coup de coude dans les côtes. J'ai une voiture rapide, tra la la. Et j'ai un plan pour nous sortir d'ici.

Pas étonnant que je l'aime bien, pensa Maggie. Qui d'autre irait l'appeler la « deb en Dido » ? Qui d'autre, sinon Goldberg la Crevette ?

Tandis que les deux amis quittaient le hall, quelqu'un les observait. Ni l'un ni l'autre ne remarqua quoi que ce soit d'inquiétant, rien qui sorte de l'ordinaire. Ils n'étaient pas censés le faire. Tout reposait là-dessus. Cela faisait partie du plan.

---

1. En français dans le texte. *(N.d.T.)*
2. Idem.

4.

A neuf heures, ce matin-là, Mme Vivian Kim décida de « recréer » l'histoire du Watergate pour ses élèves de l'école de Georgetown. Cette matinée, elle ne l'oublierait jamais...

Vivian Kim enseignait l'histoire de l'Amérique. Elle était jolie, élégante et savait stimuler son auditoire. Sa classe était l'une de celles que préféraient les élèves. Deux fois par semaine, elle leur jouait une sorte de pièce historique. Parfois elle laissait les enfants en monter une. Ils étaient devenus très forts dans ce genre d'exercice, et elle pouvait dire en toute honnêteté que ses classes n'étaient jamais ennuyeuses.

Ce jour-là, Vivian Kim avait choisi le scandale du Watergate. Maggie Rose Dunne et Michael Goldberg faisaient partie de ses élèves. Quelqu'un épiait la salle de classe.

Vivian Kim joua successivement les rôles du général Haig, d'Henry Kissinger, de Gordon Liddy, du président Nixon, de John et Martha Mitchell, de John et Maureen Dean. C'était une excellente imitatrice.

– Au cours de son message annuel télévisé sur l'état de l'Union, le président Nixon s'est adressé à la nation tout entière, a dit Mme Kim aux enfants. Beaucoup de gens pensent qu'il nous a menti. Quand un membre du gouvernement de ce niveau ment, il commet un crime impardonnable. Nous lui avions accordé notre confiance, fondée sur sa déclaration solennelle et son intégrité.

– Hou, dehors.

Deux des gosses de la classe participaient activement au cours. Vivian Kim encourageait – jusqu'à un certain point – ce genre de réactions.

– Hou est exactement ce qu'il faut dire, répliqua-t-elle, et dehors aussi. Toujours est-il, qu'à ce moment de notre histoire, Nixon faisait face à des gens comme vous et moi.

Vivian Kim fit semblant de parler sur un podium et imita Nixon devant la classe. Elle prit un air sombre et secoua la tête négativement.

– Je désire que vous sachiez... que je n'ai pas l'intention d'abandonner la charge à laquelle le peuple américain m'a élu pour mener à bien la destinée de la population des Etats-Unis.

Vivian Kim fit une pause après avoir cité le discours infamant de Nixon. On avait l'impression d'entendre une note tenue par le chanteur d'un opéra exécrable, mais fascinant.

Les vingt-quatre élèves de la classe étaient plongés dans un profond silence. Pour l'instant, elle les tenait totalement en haleine. Une sorte de nirvana pour un professeur, même s'il est de courte durée.

Merveilleux, se dit Vivian Kim.

On frappa à petits coups secs sur le panneau vitré de la porte. Le moment magique était brisé.

– Hou! Dehors, murmura Vivian Kim. Oui? Qui est là? Hello? Qui est-ce? s'exclama-t-elle.

La porte d'acajou et de verre s'ouvrit lentement. L'un des gosses chantonna quelques mesures de *Cauchemar à Elm Street*. M. Soneji hésita, puis entra timidement. Les visages de presque tous les enfants s'éclairèrent sur-le-champ.

– Y a quelqu'un? demanda-t-il d'une voix flûtée et mal assurée.

Les enfants éclatèrent de rire.

– Ohhh! Qu'est-ce que je vois? Tout le monde est là, dit-il.

Gary Soneji enseignait les mathématiques, et le travail sur ordinateur – un cours encore plus populaire que celui de Vivian Kim. Il était à moitié chauve, avait des moustaches tombantes et portait des lunettes d'écolier anglais. Il n'avait rien d'un jeune premier, mais à l'école il faisait figure de star. M. Soneji était non seulement un enseignant passionnant, mais aussi le grand maître des jeux vidéo *Nintendo*.

Sa popularité et son génie à manier les ordinateurs lui avaient valu le surnom de « Mr. Chips »[1].

M. Soneji dit bonjour à deux des élèves en les appelant par leur nom, tout en se dirigeant vers le bureau de Mme Kim.

Les deux professeurs se parlèrent à voix basse devant le grand bureau. Mme Kim tournait le dos à la classe. Elle opinait fréquemment de la tête, mais ne disait pas grand-chose. Elle paraissait toute petite à côté de M. Soneji qui faisait plus d'un mètre quatre-vingts.

Au bout d'un certain temps, Mme Kim se tourna vers les enfants.

– Maggie Rose et Michael Goldberg ? Voulez-vous venir jusqu'ici ? Apportez vos affaires, s'il vous plaît.

Maggie Rose et Michael échangèrent des regards étonnés. Qu'est-ce que ça voulait dire ? Ils ramassèrent leurs affaires et se dirigèrent vers le bureau. Les autres gosses s'étaient mis à chuchoter, et même à parler à voix haute.

– Hé là ! un peu de silence. Vous n'êtes pas en récréation.

Mme Kim s'employait à les calmer.

– On est encore en classe. Veuillez montrer un peu de respect pour les règles que nous avons tous accepté de suivre ici.

Quand Maggie Rose et Michael arrivèrent devant l'entrée, M. Soneji s'accroupit pour leur parler en particulier. Michael mesurait dix bons centimètres de moins que Maggie Rose.

– Il y a un petit problème, mais rien de bien grave. – Il se montrait calme et doux avec les enfants. – En fait, tout va très bien. Il s'est juste produit un petit accroc, pas plus. Tout va bien.

– Je ne crois pas, dit Michael en secouant la tête. Qu'est-ce que c'est que ce soi-disant petit accroc ?

Maggie Rose n'avait encore rien dit. Elle avait peur sans savoir pourquoi. Il était arrivé quelque chose. Il y avait quelque chose qui n'allait pas. Elle avait une boule au creux de l'estomac. Sa maman lui disait toujours qu'elle avait trop d'imagination, elle essaya donc d'avoir l'air raisonnable, d'agir comme quelqu'un de raisonnable, d'*être* raisonnable.

---

1. Allusion à la pièce et au film *Good bye Mr. Chips*, mais aussi au terme « chip » qui fait partie du vocabulaire concernant les ordinateurs.

— Les services secrets viennent de nous téléphoner, dit Mme Kim. Il y a eu des menaces qui vous concernent, Maggie et toi. C'est probablement une mauvaise plaisanterie. Mais on va vous ramener chez vous à titre de précaution. C'est pour votre sécurité. Vous connaissez bien la musique, vous deux.

— Je suis certain que vous serez de retour avant l'heure du déjeuner, confirma M. Soneji, d'un air peu convaincu.

— Quel genre de menaces? demanda Maggie Rose. Contre le père de Michael, ou contre maman?

Il tapota le bras de Maggie. Les professeurs de l'école privée étaient toujours étonnés de voir à quel point ces gosses se comportaient en adultes.

— Oh, d'un genre habituel. De la violence en paroles, mais pas d'actes. Un cinglé qui veut se faire remarquer, sûrement. Un tordu.

M. Soneji fit une grimace éloquente. Il se montrait préoccupé, mais pas plus qu'il ne fallait, son attitude rassurait les enfants.

— Alors, pourquoi faire tout ce chemin pour rentrer à la maison de l'autre côté du Potomac et lui donner raison?

Michael grimaçait et gesticulait comme un avocat qui aurait plaidé devant un tribunal. Par bien des côtés, il ressemblait à une caricature de son père, le ministre.

— Juste au cas où... Okay? Je ne vais pas entamer un débat avec toi, Michael. Prêts à prendre la route?

M. Soneji parlait gentiment, mais le ton était ferme.

— Non, vraiment pas – Michael continuait à froncer les sourcils et à hocher la tête. Il n'en est pas question! Ça n'est pas régulier. Ce n'est pas normal. Les gars des services secrets n'ont qu'à venir ici et rester jusqu'à la fin des cours.

— Ce n'est pas leur idée, dit M. Soneji, et ce n'est pas moi qui décide.

— Je crois que nous sommes prêts, dit Maggie. Viens, Michael. Arrête de discuter. C'est une affaire réglée.

— C'est une affaire réglée – Mme Kim leur sourit avec bienveillance. – Je vous ferai parvenir les devoirs à faire à la maison.

Maggie Rose et Michael se mirent à rire.

— Merci beaucoup, madame Kim! dirent-ils en même temps.

On pouvait faire confiance à Mme Kim... elle trouvait

toujours une bonne plaisanterie, quelle que soit la situation.

Le hall sur lequel donnait la salle de classe était pratiquement vide et très silencieux. L'un des employés au nettoyage, un Noir nommé Emmett Everett, fut le seul à voir le trio quitter le bâtiment.

Appuyé sur son balai, M. Everett suivit des yeux M. Soneji et les deux enfants. Il fut la dernière personne à les voir tous les trois ensemble.

Une fois dehors, ils se dépêchèrent de traverser le parking caillouteux de l'école, qu'on avait encadré de bouleaux et de massifs d'arbustes. Les chaussures de Michael cliquetaient sur les cailloux.

– T'as des chaussures de débile...

Maggie Rose se pencha vers lui en imitant une publicité connue.

– Ça ressemble à des chaussures de débile... ça fait comme des chaussures de débile... ça fait le même bruit que des chaussures de débile...

Michael ne trouva rien à répondre. Que pouvait-il dire? Son père et sa mère lui achetaient toujours ses vêtements chez ces snobinards de Brooks Brothers.

– Et qu'est-ce que je *devrais* mettre, miss Gloria Vanderbilt? des baskets roses? dit-il en guise d'excuse.

– Exactement, des baskets roses, Maggie était ravie, ou bien des tennis citron vert, mais sûrement pas des souliers comme pour aller à un enterrement. Hein, Crevetton!

M. Soneji conduisit les enfants vers une camionnette bleue d'un modèle récent, garée sous les ormes et les chênes qui bordaient le bâtiment de l'administration et la salle de gymnastique. Des bruits de ballon leur parvenaient du gymnase.

– Sautez donc tous les deux à l'arrière. Hé hop! Allons-y.

Le professeur les poussa par-derrière pour les aider à grimper. Ses lunettes lui glissaient constamment le long du nez. Il finit par les ôter carrément.

– Vous nous ramenez à la maison là-dedans? demanda Michael.

– Je sais que ça n'est pas une Mercedes géante, mais il faudra s'en contenter, sir Michael... Je ne fais que suivre les instructions qu'on m'a données par téléphone. J'ai parlé avec un certain M. Chakely.

– Jolly Cholly, dit Michael, citant le surnom dont il avait affublé l'agent des services secrets.

M. Soneji grimpa également dans la camionnette bleue. Il ferma la porte à glissière avec un grand bruit.

– J'en ai pour une seconde. Je vais vous arranger une petite place pour tous les deux.

Il farfouilla dans un tas de cartons empilés vers l'avant de la voiture. Il y régnait un désordre indescriptible – en opposition totale avec le comportement du professeur de mathématiques qui, à l'école, apparaissait comme un maniaque de l'ordre.

– Asseyez-vous n'importe où, les enfants.

Il continuait à parler tout en cherchant quelque chose.

Quand il se retourna, Gary Soneji portait un horrible masque noir qui paraissait être en caoutchouc. Il tenait un objet métallique devant sa poitrine. On aurait dit un extincteur miniature avec quelque chose d'un appareil de laboratoire.

– Monsieur Soneji? s'écria Maggie Rose dont la voix était devenue suraiguë. Monsieur Soneji! – Elle se cacha la figure dans les mains. – Vous nous faites peur. Arrêtez de faire le pitre.

Soneji pointait le petit tube métallique tout droit sur Maggie Rose et Michael. Il s'avança d'un pas et s'appuya fermement sur ses bottines noires à semelles de crêpe.

– Qu'est-ce que c'est que ce truc-là? demanda Michael, sans savoir exactement pourquoi il posait la question.

– Ma foi, je donne ma langue au chat. Respire bien, petit génie, et tu le sauras.

Il leur envoya une giclée de chloroforme, gardant le doigt appuyé sur le poussoir pendant plus de dix secondes. Les deux enfants s'écroulèrent sur le siège arrière dans un nuage qui les recouvrait complètement.

– Eteignez-vous; éteignez-vous, flammes brillantes, dit-il d'une voix calme et très douce. Et maintenant, personne ne saura jamais.

C'était ça, la beauté de la chose. Personne ne saurait jamais la vérité.

Soneji grimpa à l'avant et mit en marche le moteur de la camionnette bleue. Il sortit du parking en chantant *L'Autobus magique*, une chanson des *Who*. Il était vraiment d'excellente humeur aujourd'hui. Il peaufinait son plan : devenir le premier kidnappeur en série d'Amérique, entre autres choses.

5.

Vers onze heures moins le quart, je reçus un appel en « urgence » à la maison des Sanders. Je n'avais aucune envie de répondre à de nouveaux appels d'urgence.

Je venais de passer dix minutes avec les journalistes. A l'époque des crimes commis pendant la rénovation du quartier, j'étais devenu copain avec certains d'entre eux. J'étais le chouchou de la presse. On avait même écrit un article sur moi dans la partie magazine de l'édition du dimanche du *Washington Post*. J'y parlais, une fois de plus, du taux élevé des meurtres au sein de la population noire de D.C. Au cours de l'année précédente, on avait compté presque cinq cents assassinats dans notre capitale. Il n'y avait que dix-huit Blancs parmi les victimes. Un ou deux reporters avaient pris tout ça en notes. Un progrès !

J'attrapai le téléphone des mains d'un jeune détective astucieux de notre E.S.E., Rakeem Powell. J'avais ramassé un mini-ballon de basket qu'avec indifférence je faisais tourner dans ma main. Ça me faisait une drôle d'impression. Il avait dû appartenir à Mustaf. Pourquoi assassiner un beau petit garçon comme lui ? Je ne trouvais aucune réponse. Du moins pour l'instant.

— C'est le *Jefe*, le chef, dit Rakeem en fronçant les sourcils. Il a l'air très préoccupé.

— Ici Cross, dis-je dans l'appareil.

J'avais encore la tête qui tournait. Je voulais en finir au plus vite avec cette conversation. L'appareil dégageait une odeur de musc bon marché – le parfum de « Poo » ou de Suzette, ou des deux. Sur une table près du téléphone se trouvaient des photos de Mustaf dans un cadre en forme de cœur. Ça me fit penser à mes deux gosses.

— Ici le chef Pittman. Où en êtes-vous ?

– Je pense qu'il s'agit d'un tueur en série : la mère, la fille, un petit garçon. C'est la deuxième famille en moins d'une semaine. L'électricité était coupée dans la maison. Il aime travailler dans le noir.

Je récitai une liste d'horribles détails à l'intention de Pittman. En général, cela lui suffisait. Le chef me laisserait le champ libre. Les assassinats dans le quartier sud-est ne comptent guère.

Il y eut un silence de plusieurs secondes. Je pus contempler l'arbre de Noël que les Sanders avaient dressé dans la pièce où se trouvait le téléviseur. On l'avait décoré avec beaucoup de soin : des cheveux d'ange, des étoiles scintillantes achetées dans un Prisunic, des guirlandes d'airelles et des épis de maïs. L'arbre était surmonté d'un ange fabriqué avec du papier d'argent.

– On m'a dit qu'il s'agissait d'un *dealer* et de deux prostituées, dit le *Jefe*.

– Pas un mot de vrai là-dedans, répondis-je à Pittman. Il y a un bel arbre de Noël tout garni.

– Ben voyons! Ne me racontez pas de conneries, Alex. Pas aujourd'hui. Pas maintenant.

S'il essayait de me faire marcher, il avait réussi.

– L'une des victimes est un garçon de trois ans, en pyjama. C'est peut-être un *dealer*. Je vais me renseigner.

Je n'aurais pas dû dire ça. Il y avait beaucoup de choses que je ne devais pas dire. Depuis quelque temps, j'étais au bord de l'explosion. Depuis quelque temps, ça voulait dire depuis au moins trois ans.

– Arrivez à toute pompe à l'école privée de Georgetown, John Sampson et vous, dit Pittman. C'est la fin du monde, ici. Je parle sérieusement.

– Moi aussi, je parle sérieusement, dis-je au chef des détectives – j'essayais de rester calme... Je suis sûr que c'est un crime signé. C'est moche, ici. Les gens pleurent dans la rue. C'est presque Noël.

Le chef Pittman nous donna l'ordre de venir immédiatement à l'école, quoi qu'il arrive. Il n'arrêtait pas de répéter dans l'appareil que c'était la fin du monde.

Avant de partir, j'appelai la cellule chargée des tueurs en série de mon service, puis la *supercellule* du F.B.I., à Quantico.

Le F.B.I. possède un fichier informatique concernant tous les cas connus de crimes en série, avec les profils psychiatriques correspondant au *modus operandi*, et quantité de détails non rendus publics.

Je cherchais une correspondance entre l'âge, le sexe

et le type de blessures infligées. L'un des gars me tendit un rapport à signer au moment où je quittais la maison. Je le signai de ma façon habituelle... avec un X.

Une croix[1].

Un dur des bas quartiers de la ville. Pas vrai?

---

1. « Cross » veut dire : croix. *(N.d.T.)*

6.

L'aspect de l'école privée nous intimidait un peu, Sampson et moi. Tout cela était loin, très loin des écoles et des gens du quartier sud-est.

Dans le grand hall de l'école, nous n'étions que quelques Noirs. On m'avait dit qu'elle était aussi fréquentée par des gosses de diplomates africains, mais je n'en voyais pas un seul.

Il y avait là uniquement des professeurs, des enfants, des parents, tous très choqués, et la police. Des gens pleuraient sans retenue sur les pelouses et dans le hall.

Deux petits gosses, deux petits enfants, avaient été kidnappés dans cette école des plus prestigieuses. Je compris à quel point la journée était tragique pour ces gens. *Ne cherche pas plus loin,* me dis-je. *Fais ton travail.*

Nous nous sommes donc attelés à notre boulot de policiers, en essayant de surmonter la colère qui nous envahissait, mais ce n'était pas facile. J'étais hanté par les yeux tristes du petit Mustaf Sanders. Un type en uniforme nous dit de nous rendre au bureau du directeur, où Pittman, le chef des détectives, nous attendait.

— Reste calme, me conseilla Sampson. Garde tes forces pour une autre fois.

George Pittman porte généralement un complet sobre, gris ou bleu, quand il est au travail. Il aime particulièrement les chemises à rayures fines et les cravates striées de bleu ou d'argent. Il achète ses chaussures et ses ceintures chez Jonhson et Murphy. Ses cheveux gris sont tirés en arrière et collent à son crâne ovoïde comme une sorte de casque. On l'appelle le *Jefe,* le patron des patrons, le Duce, triple fosse, Georgie Porgie...

Je crois savoir quand mes ennuis ont commencé avec

lui. Juste après l'article du *Washington Post*. On y précisait que j'étais diplômé en psychologie, mais que je travaillais au *service des homicides* de Washington sur les crimes les plus importants. J'avais expliqué au reporter pourquoi je continuais à habiter le quartier sud-est – Ça me plaît de vivre là où je vis. Personne ne m'obligera jamais à quitter ma propre maison.

En fait, je crois surtout que c'est le titre de l'article qui avait rendu furieux le chef Pittman (et quelques autres dans le service). Le jeune journaliste avait interviewé ma grand-mère. Nana s'était efforcée de lui farcir la tête de ses idées... Parce que les Noirs étaient fondamentalement attachés aux traditions, ils étaient, disait-elle, les derniers – dans le Sud – à abandonner la religion, la morale, et même un certain formalisme. Elle avait dit aussi que j'étais un véritable homme du Sud puisque j'étais né en Caroline du Nord. Elle s'étonnait enfin que le cinéma, la télé et les journaux transforment en héros des policiers psychotiques.

Le titre qui s'étalait au-dessus d'une photo de moi était *Le Dernier Gentleman du Sud*. L'article avait déclenché d'énormes problèmes au sein du service et le chef Pittman s'en était trouvé particulièrement offensé.

Je n'en ai jamais eu la preuve, mais je crois que le *papier* avait été déposé sur le bureau du maire, exprès.

Je frappai une, deux, trois fois à la porte du bureau et j'entrai avec Sampson. Avant que j'aie pu ouvrir la bouche, Pittman leva la main droite.

– Cross, écoutez-moi, dit-il en se dirigeant vers nous. On a kidnappé des enfants dans cette école. C'est un crime majeur...

Je l'interrompis immédiatement.

– C'est une chose épouvantable. Malheureusement un tueur s'est aussi manifesté dans les quartiers de Condon Terrace et de Garfield. C'est la deuxième fois qu'il frappe. Six personnes sont déjà mortes. Sampson et moi sommes les plus qualifiés. Cette affaire nous revient de droit.

– Je suis au courant de la situation à Condon et Garfield. J'ai déjà pris des mesures. On s'en occupe, dit Pittman.

– On a coupé les seins de deux femmes noires, ce matin. On leur a rasé les poils du pubis pendant qu'elles étaient attachées au lit. Ça, vous le saviez ? lui demandai-je. Un garçon de trois ans, en pyjama, a été assassiné.

Je m'étais de nouveau mis à crier. Je jetai un coup d'œil à Sampson et le vis hocher la tête.

Quelques professeurs se tournèrent vers nous.

— On a découpé les seins de deux jeunes femmes noires, répétai-je à leur intention. Il y a ce matin quelqu'un qui traîne dans Washington avec des seins dans sa poche.

Le chef Pittman indiqua de la main le bureau privé du directeur. Il voulait nous faire quitter la pièce. Je refusai d'un geste. Je tiens à avoir des témoins quand je me trouve avec lui.

— Je sais ce que vous pensez, Cross.

Il baissa la voix, se pencha et me parla de très près. Des effluves de cigarettes m'arrivaient dans la figure.

— Vous croyez que je veux votre peau. Il n'en est rien. Je sais que vous êtes un bon flic. Je sais qu'en général, vous avez le cœur bien placé.

— Non, vous ne savez pas ce que je pense. Voilà ce que je pense! Six personnes noires sont déjà mortes. Un tueur fou est dans la nature, en pleine crise, en train d'aiguiser ses crocs. Ici, deux enfants blancs ont été kidnappés. C'est une chose abominable, atroce! Mais je suis déjà sur une autre saloperie d'affaire.

Pittman pointa tout à coup son index sur moi. Il était très rouge.

— C'est *moi* qui décide de quelles affaires vous vous occupez. *Moi!* Vous avez fait vos preuves dans les négociations d'otages. Vous êtes psychologue. Il y a d'autres gens que nous pouvons envoyer à Langley et Garfield. De plus, Monroe, le maire, a insisté pour que ce soit vous.

C'était donc cela. Je comprenais tout maintenant. Notre maire était intervenu. C'était bien de moi qu'il s'agissait.

— Et Sampson? Laissez-le au moins s'occuper de ces meurtres, dis-je.

— Si vous n'êtes pas content, allez vous plaindre au maire. Vous êtes tous les deux affectés au kidnapping. C'est tout ce que j'ai à vous dire pour l'instant.

Pittman nous tourna le dos et sortit. Nous étions affectés au kidnapping Dunne-Goldberg, que cela nous plaise ou non. Ça ne nous plaisait pas.

— On devrait peut-être retourner à la maison des Sanders? dis-je à Sampson.

— Personne ici ne nous regrettera, conclut-il.

7.

Une moto noire, étincelante – une BMW K-1 – se faufila entre les pierres du portail de l'école. Son conducteur, après avoir montré ses papiers, repartit rapidement le long du chemin étroit qui menait aux bâtiments. Il était onze heures.

La BMW monta à quatre-vingt-dix en quelques secondes qui la menèrent au bâtiment de l'administration. Elle freina en douceur et s'arrêta sans à-coups, ne déplaçant que quelques gravillons quand son conducteur la gara derrière une immense Mercedes gris perle portant la plaque diplomatique numéro DP101.

Sans quitter son siège, Jezzie Flanagan enleva son casque noir, libérant des cheveux blonds assez longs. Elle n'avait pas l'air d'avoir plus de vingt-sept-vingt-huit ans. En fait, elle en avait trente-deux depuis l'été précédent. Elle-même se voyait déjà comme une relique, de l'histoire ancienne. Ce jour-là elle arrivait directement de sa maisonnette du bord du lac, ses premières vacances depuis vingt-neuf mois.

Ce dernier point expliquait les vêtements qu'elle portait ce matin-là : un blouson de cuir, un vieux jean avec des guêtres de laine, une grosse ceinture de cuir, une chemise à carreaux de bûcheron, et de vieilles bottes de chantier.

Deux agents de police du district de Columbia se précipitèrent immédiatement et l'encadrèrent.

– Tout va bien, messieurs, dit-elle, voici mes papiers.

Après avoir vérifié son identité, les deux agents se montrèrent très coopératifs.

– Vous pouvez entrer par là, dit l'un d'eux, il y a une

porte dérobée juste au coin de la grande haie, miss Flanagan.

Elle adressa un sourire amical aux deux agents visiblement harassés.

— Je sais bien que je n'ai pas trop l'air de correspondre à mes fonctions, aujourd'hui. J'étais en vacances. Je faisais de la course à moto. Je n'ai eu qu'à continuer jusqu'ici.

Elle prit un raccourci à travers une pelouse bien entretenue, légèrement recouverte de givre, et disparut à l'intérieur du bâtiment administratif.

Les deux policiers ne l'avaient pas quittée des yeux. Ses cheveux blonds flottaient, rejetés en arrière par le souffle puissant du vent. Elle était d'une beauté fantastique, même en blue-jean et grosses bottes. De plus, elle avait un job très important. Ils s'en étaient rendu compte en regardant ses papiers. Elle faisait partie des décideurs.

Tandis qu'elle traversait le grand hall, quelqu'un s'accrocha à elle, comme s'il s'appropriait un morceau de son corps. C'était typique de ce qui lui arrivait à Washington.

Victor Schmidt lui avait pris le bras. Il y avait bien longtemps, Jezzie avait du mal à s'en souvenir, Victor avait travaillé en équipe avec elle. En fait, il avait été son premier équipier. Il était actuellement assigné à la surveillance d'un des élèves.

Victor était petit, en passe de devenir chauve. Il semblait toujours préoccupé du style de ses vêtements et avait une grande confiance en lui que rien ne justifiait. Elle avait toujours pensé qu'il n'était pas à sa place dans les services secrets, que les bas échelons du corps diplomatique lui auraient probablement mieux convenu.

— Comment ça va, Jezzie ? dit-il moitié parlant, moitié chuchotant.

Elle se souvint qu'il n'avait jamais pu faire les choses nettement. Ça l'avait toujours exaspérée.

Alors elle éclata. Elle se rendit compte plus tard qu'elle était déjà énervée avant sa rencontre avec Schmidt. Cela dit, elle n'avait aucune raison de se chercher des excuses, pas ce matin-là. Pas en ces circonstances.

— Vic, est-ce que tu sais qu'on a probablement kidnappé deux enfants de cette école ? dit-elle d'un ton furieux. L'un est le fils du secrétaire au Trésor, et l'autre, la petite fille de Katherine Rose, de l'actrice Katherine Rose Dunne. Et tu me demandes comment je vais ? J'ai mal au cœur. Je suis en colère. Et je suis aussi pétrifiée d'horreur.

— Je voulais juste te dire bonjour. Bonjour, Jezzie! Je sais foutrement bien ce qui s'est passé ici.

Mais elle avait repris sa route, pour ne rien avoir à dire d'autre à Victor. Elle se sentait à bout de nerfs, malade. Et surtout en proie à une tension infernale. Ce qu'elle cherchait dans la foule, ce n'étaient pas des visages familiers, mais des visages bien précis. Elle venait d'en trouver deux!

Charlie Chakely et Mike Devine, ses deux agents. Ceux qu'elle avait assignés à la surveillance du jeune Michael Goldberg et de Maggie Rose Dunne, depuis qu'ils faisaient ensemble le trajet de l'école.

— Comment est-ce que ça a pu arriver?

Elle parlait fort. Les conversations s'étaient tues autour d'elle et les gens les observaient. Elle s'en moquait. C'était comme si un trou noir s'était ouvert au milieu du bruit et du chaos du grand hall. Elle se mit cependant à chuchoter pour interroger ses agents et savoir où en étaient les choses. Elle les écouta calmement, les laissant s'expliquer. Apparemment ce qu'ils avaient à dire ne lui plaisait guère.

Elle explosa une seconde fois :

— Foutez-moi le camp. Et tout de suite. Disparaissez!

— Je ne vois pas ce que nous aurions pu faire, essaya de protester Charlie Chakely – c'était lui que Michael Goldberg appelait Jolly Cholly. Qu'est-ce que nous aurions pu faire? Seigneur!

Puis, Devine et lui s'éclipsèrent.

Ceux qui connaissaient bien Jezzie Flanagan auraient pu comprendre sa réaction. On avait enlevé deux enfants. C'était arrivé pendant sa surveillance. Elle était le supérieur direct des agents des services secrets chargés de la surveillance des personnes (excepté le Président) : les ministres importants et leurs familles, une demi-douzaine de sénateurs, y compris Ted Kennedy. Elle rendait compte directement au secrétaire du Trésor.

Elle avait beaucoup travaillé pour arriver à obtenir ce poste de confiance et de responsabilités et elle assumait *vraiment* ses responsabilités. Cent heures par semaine – pas de vacances – pratiquement aucune vie privée.

Elle imaginait déjà – avant qu'il ne se produise – le barouf qui allait suivre. Deux de ses agents avaient royalement cafouillé. Il y aurait une enquête – du genre *chasse aux sorcières* de naguère. Jezzie Flanagan serait sur la sellette. Et comme elle était la première femme à occuper ces fonctions, la chute, si elle se produisait, serait rude et pénible... et tout à fait publique.

Elle finit par découvrir dans la foule la personne qu'elle cherchait... en espérant ne pas la trouver. Jerrold Goldberg, le secrétaire au Trésor, était déjà arrivé.

Debout à côté du ministre se trouvaient Carl Monroe, le maire, un agent spécial du F.B.I. du nom de Roger Graham, qu'elle connaissait, et deux Noirs qu'elle ne reconnut pas tout de suite. Les deux Noirs étaient très grands : l'un encore plus que l'autre, et *énormes.*

Jezzie Flanagan respira profondément et se dirigea rapidement vers le ministre Goldberg et son groupe.

– Je suis absolument désolée, Jerrold, dit-elle dans un souffle. Je suis sûre qu'on va retrouver les enfants.

– Un professeur !

Jerrold Goldberg ne parvint pas à en dire plus. Il secouait la tête en même temps que les boucles de ses cheveux blancs coupés court. Il avait les yeux humides et brillants.

– Un homme qui enseigne aux enfants, des petits enfants ! Comment est-ce qu'une chose pareille peut arriver ?

Il était visiblement désespéré. Le ministre paraissait avoir dix ans de plus que son âge réel de quarante-neuf ans. Il avait le visage aussi blanc que les murs en stuc de l'école.

Avant de s'installer à Washington, Jerrold Goldberg faisait partie du groupe des Frères Salomon et travaillait à Wall Street. Dans la période prospère et tout à fait folle des années 1980, il avait gagné une fortune de quelque vingt ou trente millions de dollars. C'était un homme très intelligent qui connaissait la vie et justifiait sa prudence par l'expérience. Il était aussi pragmatique qu'on peut l'être.

Mais ce jour-là, il n'était plus que le père d'un petit garçon qu'on avait kidnappé et paraissait d'une fragilité extrême.

8.

J'étais en train de parler avec Roger Graham, du F.B.I., quand la responsable des services secrets, Jezzie Flanagan, nous rejoignit. Elle fit ce qu'elle put pour réconforter le ministre Goldberg. Puis, nous recommençâmes à discuter de l'enlèvement qui ressemblait fort à un kidnapping, et des mesures immédiates à prendre.

— Sommes-nous certains à cent pour cent que c'est bien le professeur de mathématiques qui a emmené les enfants? demanda Graham.

Nous avions déjà travaillé ensemble auparavant. Graham était un type très fort et l'un des as du F.B.I. depuis des années. Il avait collaboré à l'écriture d'un livre sur le démantèlement des organisations criminelles du New Jersey. On en avait tiré un film à succès. Nous avions peiné tous les deux sur une demi-douzaine d'affaires, et éprouvions respect et amitié l'un pour l'autre... chose rare quand il s'agit du F.B.I. et de la police locale. Quand ma femme avait été assassinée à Washington, Roger s'était donné beaucoup de mal pour que le F.B.I. prenne part à l'enquête. Il avait fait davantage pour moi que mon propre service.

Je décidai de tenter de répondre à la question de Roger Graham. Je m'étais suffisamment calmé pour parler raisonnablement et je lui dis ce que Sampson et moi avions pu glaner jusqu'ici.

— Ils ont quitté le terrain de l'école ensemble, dis-je, il n'y a aucun doute. L'un des hommes de service les a vus. Le professeur de mathématiques, un certain Soneji, s'est rendu dans la classe de Mme Kim. Il a menti : il lui a dit qu'il y avait eu des menaces par téléphone, et qu'il était censé conduire les gosses jusqu'au bureau du directeur pour qu'on les ramène chez eux. Il a dit que les services secrets n'avaient pas précisé qui était menacé – le garçon ou la fille. Il les a tout simplement emmenés. Les gosses avaient suffisamment confiance en lui pour le suivre.

– Comment un kidnappeur potentiel a-t-il bien pu être recruté par ce genre d'école? s'étonna l'agent spécial.

Des lunettes de soleil dépassaient de la pochette de son costume. Dans le film tiré de son livre, son rôle était tenu par Harrison Ford. Ce n'était pas une mauvaise idée au fond. Sampson avait baptisé Graham *Grand Ecran*.

– Nous n'en savons rien encore, lui dis-je. Mais cela ne saurait tarder.

Monroe finit par nous présenter au secrétaire d'Etat Goldberg. Il fit un petit discours pour lui expliquer que nous étions l'une des équipes de détectives les plus décorées, etc. Après quoi, il fit entrer le ministre dans le bureau du directeur. L'agent spécial Graham les suivit. Il nous fit un clin d'œil, à Sampson et à moi, histoire de nous faire savoir que ce n'était pas lui qui menait la barque.

Jezzie Flanagan était restée là.

– Maintenant que j'y pense, j'ai entendu parler de vous, détective Cross. C'est vous le psychologue. Il y a eu un article sur vous dans le *Washington Post*.

Elle m'adressa un charmant sourire – un demi-sourire.

Je ne lui rendis pas son sourire.

– Vous savez comment sont les journalistes. Ils n'écrivent que des demi-vérités. Dans ce cas précis, ils ont surtout dit n'importe quoi.

– Je n'en suis pas si sûre, répliqua-t-elle. Ravie de vous connaître de toute façon.

Après quoi elle pénétra dans le bureau à la suite du ministre, du maire et de l'as du F.B.I. Personne ne me demanda d'entrer – moi, le détective que les magazines avaient rendu si célèbre. Personne non plus n'invita Sampson.

Monroe passa quand même la tête par la porte.

– Restez dans les parages, tous les deux. Ne faites pas d'histoires. Et ne râlez pas non plus. On a besoin de vous ici. Alex, il faut que je vous parle. Restez à proximité. *Ne râlez pas.*

On essayait, Sampson et moi, d'être de bons policiers. On resta dix bonnes minutes devant le bureau du directeur. Finalement, on leva le camp. On râlait.

J'étais toujours hanté par le visage du petit Mustaf Sanders. Qui allait trouver son meurtrier? Personne. On avait déjà oublié Mustaf. Je savais que ce genre de choses n'arriverait pas dans le cas des deux élèves de l'école privée.

Un peu plus tard, Sampson et moi étions étalés sur le plancher en pin naturel de la *salle de jeux*. Luisa, Jonathan, Stuart, Mary-Berry et sa *grande* sœur Brigid nous tenaient compagnie. Personne n'avait encore pu venir les chercher et les gosses avaient peur. Quelques-uns avaient mouillé leurs culottes, l'un d'eux avait eu une crise de vomissements. Il était tout à fait possible qu'il y ait des traumatismes sérieux – un genre de cas que j'avais appris à traiter.

Vivian Kim était également assise avec nous sur le parquet ciré. Nous l'avions cherchée pour qu'elle nous parle de la visite de Soneji dans sa classe et de Soneji en général.

– Nous sommes de nouveaux élèves, déclara Sampson aux enfants, pour plaisanter. Il avait même retiré ses lunettes de soleil.

Je savais que ce n'était pas nécessaire. Les gosses sont toujours tout de suite à l'aise avec Sampson.

– C'est pas vrai! dit Mary-Berry.

Sampson avait déjà réussi à la faire sourire. Bon signe.

– Tu as raison, en fait, nous sommes des policiers, dis-je aux enfants. On est venu voir si tout le monde allait bien. Ce que je veux dire, c'est : eh bien! quelle matinée!

Mme Kim me sourit. Elle comprenait parfaitement que j'essayais de rassurer les gosses. La police était là, ils étaient de nouveau en sécurité. Personne maintenant ne pourrait plus leur faire de mal. L'ordre était rétabli.

– Est-ce que vous êtes un bon policier? me demanda Jonathan – pour un si petit garçon, il avait un air très sérieux et très avide de savoir.

– Oui, je suis un bon policier. Et mon coéquipier, le détective Sampson, aussi.

– Vous êtes grand. Qu'est-ce que vous êtes grand! dit Luisa. Grand, grand, grand, grand comme ma maison!

– C'est pour mieux te protéger, mon enfant! répondit Sampson, qui était tout de suite entré dans le jeu.

– Est-ce que vous avez des enfants? m'interrogea Brigid.

Elle nous avait longuement observés tous les deux avant de parler. Elle avait des yeux brillants et expressifs. Je l'ai aimée tout de suite.

– J'ai deux enfants, un garçon et une fille.

— Comment ils s'appellent ? demanda Brigid — elle avait carrément renversé les rôles.
— Janelle et Damon. Janelle a quatre ans et Damon six ans.
— Comment s'appelle votre femme ? s'enquit Stuart.
— Je n'ai pas de femme.
— Hé ben, hé ben, hé ben, mon brave ! me chuchota Sampson.
— Vous êtes divorcé ? me demanda Mary-Berry. Est-ce que c'est ça ?

Mme Kim éclata de rire.
— En voilà une question à poser à notre ami qui est si gentil, Mary !
— Est-ce qu'on va faire du mal à Maggie Rose et à Michael Goldberg ?

Jonathan le Sérieux voulait savoir. C'était une question tout à fait pertinente, qui méritait une réponse.
— J'espère que non, Jonathan. Mais je vais te dire une chose : personne ne vous fera du mal à vous. Le détective Sampson et moi, sommes venus pour ça.
— Nous sommes des durs, au cas où vous ne vous en seriez pas aperçus — Sampson fit une grimace. Grrrr. Personne ne touchera jamais à ces enfants-là. Grrrr.

Quelques minutes plus tard, Luisa se mit à pleurer. C'était une gosse adorable. J'avais envie de la serrer contre moi. Mais j'en étais incapable.
— Qu'est-ce qui ne va pas, Luisa ? demanda Mme Kim. Ton papa et ta maman vont bientôt arriver.
— Non — la petite fille secouait la tête. Ils ne vont pas venir. Ils ne viennent jamais me chercher à l'école.
— Mais quelqu'un va venir, dis-je d'une voix calme. Et demain, tout ira bien ; comme avant.

La porte de la salle de jeux s'ouvrit lentement. Je quittai les enfants des yeux. C'était le maire.
— Tout va bien, Alex, pas d'histoires ? — Il sourit et opina de la tête en observant la scène inhabituelle qui se déroulait devant lui.

Monroe était âgé d'environ quarante-cinq ans, et plutôt beau garçon dans son genre. Il avait une chevelure bien fournie et une épaisse moustache noire. Il avait l'air d'un homme d'affaires avec son costume bleu marine, sa chemise blanche et sa cravate jaune d'or.
— Ouais. J'essaie seulement de faire quelque chose de valable pendant mes loisirs. Sampson aussi.

Cela me valut un petit rire amusé de la part du maire.

– On dirait que ça a réussi. Allons faire un tour. Venez avec moi, Alex. Nous avons des choses à voir.

Je dis au revoir aux enfants et à Mme Kim avant de sortir avec Monroe. J'allais enfin savoir ce qui se passait, savoir pourquoi on m'avait retiré l'affaire des meurtres pour me mettre sur le kidnapping. Peut-être aurais-je mon mot à dire.

– Vous êtes venus dans votre propre voiture? me demanda-t-il tandis que nous descendions rapidement les marches du perron.

– Oui, je la partage avec *HFC prêts!*... répondis-je.

– Prenons la vôtre. Comment ça se passe avec l'Equipe Spéciale? L'idée de base est forte, dit-il en continuant sa route vers le parking.

Il avait renvoyé sa voiture et son chauffeur. Un homme proche du peuple, notre maire.

– Quel est exactement le concept de l'Equipe Spéciale d'Enquête? questionnai-je.

J'avais beaucoup réfléchi à mon boulot – tout spécialement au fait que je devais en rendre compte à George Pittman.

Carl Monroe arbora un large sourire.

Il sait très bien manœuvrer les gens et il est fort intelligent. Il a toujours l'air bienveillant et semble se préoccuper des problèmes des autres. Si ça se trouve, il s'en préoccupe réellement. Il sait même vous écouter s'il le faut.

– L'idée-force est de permettre aux meilleurs des hommes et des femmes de race noire d'accéder aux plus hauts échelons, comme cela devrait se faire. Et pas seulement aux lèche-culs, Alex. Ce qui n'a pas toujours été le cas dans le passé.

– Je crois que les choses doivent marcher si on ne nous force pas trop la main. Vous avez entendu parler des crimes de Garfield et de Langley Terrace? dis-je à Monroe.

Il fit signe que oui, mais n'ajouta rien à propos des meurtres en série. Aujourd'hui, ce n'était pas la priorité pour le maire.

– La mère, la fille et un petit garçon de trois ans. – J'insistai tandis que ma colère remontait. – Tout le monde s'en contrefout.

– Ça n'est pas nouveau, Alex! Personne ne s'est occupé d'eux quand ils étaient vivants. Pourquoi s'en soucierait-on maintenant qu'ils sont morts?

Nous étions arrivés devant ma voiture, une Porsche

de 74 qui avait connu des jours meilleurs. Les portières grinçaient et il s'en exhalait de vagues relents de sandwiches et de *fast food*. Je l'avais utilisée les trois ans pendant lesquels j'avais travaillé comme *privé*.

Nous nous sommes assis à l'intérieur.

– Vous savez, Colin Powell[1] est désormais le patron du groupe des chefs d'état-major. Louis Sullivan a été notre secrétaire d'Etat à la Santé et aux Problèmes sociaux. Et Jesse Jackson m'a aidé à obtenir mon job, dit-il, alors que nous arrivions à Canal Road pour nous diriger vers le centre ville.

Tout en parlant, il observait son reflet dans la vitre.

– Et maintenant, c'est vous qui m'aidez ? questionnai-je. Sans même qu'on vous le demande. C'est vraiment très aimable à vous !

– Exact, reconnut-il. Vous comprenez vite, Alex.

– Alors, *aidez-moi* maintenant. Je tiens à trouver le tueur du quartier en rénovation. Je suis bouleversé par le cas de ces deux enfants blancs, mais leur enlèvement ne risque pas de manquer de personnel pour s'en occuper, ni d'interventions de toutes sortes. En fait, c'est justement là qu'est le problème. Bien trop de foutues interventions.

– Bien entendu. Nous le savons tous les deux – Monroe opinait de la tête. – Ces crétins congénitaux vont passer leur temps à se marcher sur les pieds. Ecoutez-moi, Alex, voulez-vous faire l'effort de m'écouter ?

Quand Carl Monroe veut obtenir quelque chose, il arrive toujours à vous persuader qu'il a raison. Il m'avait déjà fait le coup, et je voyais bien qu'il allait recommencer.

– Si j'en crois la légende d'Alex Cross, vous êtes plutôt fauché actuellement.

– Je m'en tire très bien, dis-je. Un toit pour nous abriter, de quoi manger sur la table...

– Mais vous êtes resté dans le ghetto du quartier sud-est, alors que vous pouviez facilement vous installer ailleurs – il continuait à faire tourner son disque rayé que je connaissais par cœur. Vous vous entraînez toujours à St. Anthony ?

– Ouais. La soupe populaire de la brigade. Quelques séances de thérapie gratuites. Je suis le bon Samaritain noir.

– Savez-vous que je vous ai vu jouer dans une pièce

---

1. Général américain noir. (*N.d.T.*)

de théâtre à St. Anthony dans le temps? Vous êtes aussi très bon acteur. Vous avez de la présence.
— *The Blood Knot*[1] d'Athol Fugard — Je me souvenais de cette époque. Maria m'avait persuadé de faire partie de son groupe théâtral. La pièce est très forte. N'importe qui aurait pu jouer ce rôle aussi bien que moi.
— Est-ce que vous me suivez? Vous m'écoutez ou non?
— Vous voulez m'épouser ou quoi? — je me mis à rire et à me moquer de Monroe. Mais vous voulez d'abord qu'on ait un rendez-vous!
— Quelque chose comme ça, me répondit-il en se tordant de rire.
— Eh bien, vous faites exactement ce qu'il faut, Carl. J'aime entendre des mots doux avant de me faire baiser!
Monroe se mit à rire de plus belle — un peu trop fort. Il pouvait être très copain avec vous et ne pas vous reconnaître la fois suivante. Certains l'avaient surnommé *Noix de coco* dans le service. J'en étais. *Brun à l'extérieur, blanc à l'intérieur*. J'avais l'impression qu'au fond il se sentait très seul. Je continuais toujours à me demander ce qu'il attendait exactement de moi.
Monroe se tut pendant un moment. Il reprit la parole alors que nous abordions la voie express de Whitehorse. La circulation était très dense et la neige fondue sur la chaussée n'arrangeait pas les choses.
— C'est un cas tragique — une tragédie que nous avons à comprendre. Ce kidnapping est aussi important pour vous que pour moi. Quiconque résoudra l'affaire deviendra quelqu'un d'important. Je voudrais que vous soyez l'un de ceux-là, que vous soyez l'un des décideurs. Je voudrais que cette affaire établisse définitivement votre réputation.
— Je ne tiens pas à acquérir une réputation, dis-je sèchement. Je ne veux pas devenir une saloperie de décideur.
— Je le sais bien. Et c'est justement une des raisons qui me font penser que vous devriez l'être. Je vais vous dire quelque chose — et c'est la pure vérité. Vous êtes plus intelligent que nous tous et vous allez devenir un des pontes de cette ville. Cessez donc de vous conduire comme un âne bâté. C'est le moment de laisser les murs s'écrouler.

---

1. « Le Lien du Sang ». *(N.d.T.)*

– Il faudrait le vouloir et je ne le veux pas. Je ne ferai rien pour. Votre idée de la réussite n'est pas la mienne.

– Moi, je sais ce qu'il faut faire, dit-il. – Cette fois-ci, Carl Monroe ne souriait plus du tout. Tenez-moi au courant de ce que vous ferez. Nous travaillons ensemble dans cette affaire, Alex. C'est une clé pour faire carrière.

J'acquiesçai de la tête. La carrière de qui? pensai-je.

Je m'étais arrêté devant la mairie, un bâtiment agrémenté de toutes sortes de fioritures. Monroe se glissa dehors. Il se pencha vers moi.

– Cette affaire va avoir une portée immense, Alex. Elle est à vous.

– Non, merci, dis-je.

Mais Monroe était déjà parti.

9.

A dix heures vingt-cinq, ainsi qu'il l'avait programmé au cours de ses déplacements de Washington à l'endroit en question, Gary Soneji engagea sa camionnette dans un chemin plein d'ornières et d'herbes folles qui ne portait aucune indication. Des buissons de ronces l'encadraient des deux côtés.

A cinquante mètres de la nationale, on ne voyait plus que le chemin de terre et le feuillage des arbustes qui le surplombaient. De la route, il n'était plus possible de repérer sa camionnette.

La voiture continua son chemin en cahotant et passa devant une ferme blanche qui tombait en ruine. La maison semblait s'affaisser sur ses fondations. A quelque quarante mètres de la ferme, se trouvaient les restes d'une grange tout aussi délabrée. Soneji gara la camionnette à l'intérieur.

C'était fait. Il avait réussi.

Une Saab noire de 1985 s'y trouvait déjà. Contrairement à la ferme abandonnée, il émanait de la grange une impression de vie.

Le sol était en terre battue. Des toiles à fromage avaient été tendues sur les fenêtres aux vitres cassées du grenier à foin. On ne voyait ni tracteur rouillé, ni autres machines agricoles. La grange sentait la terre humide et l'essence.

Gary Soneji sortit deux Coca d'une glacière qui se trouvait sur le siège avant. Il leur fit un sort à tous les deux et rota avec satisfaction dès qu'il eut terminé.

– Hé, les gosses, l'un de vous veut un Coca? cria-t-il en direction des enfants, drogués et comateux. Non? Okay, mais vous allez bientôt avoir soif!

On n'est sûr de rien dans la vie, pensa-t-il, mais il ne

voyait pas comment la police pourrait le retrouver. Est-ce que c'est stupide et dangereux d'être si sûr de soi? se demanda-t-il. Non, pas vraiment, parce qu'il était tout aussi réaliste. *Ils n'avaient plus aucun moyen de retrouver sa trace.* Il n'y avait aucun indice auquel la police pouvait se raccrocher.

Il voulait kidnapper quelqu'un de célèbre depuis... eh bien, depuis toujours. De qui s'agirait-il? Il avait changé d'avis bien des fois, mais l'objectif était toujours resté clair dans son esprit. Il avait travaillé à l'école de Georgetown pendant des mois; il avait maintenant la preuve que chaque minute de cette comédie avait contribué à sa réussite.

Mr. Chips. Il songeait au surnom qu'on lui avait donné à l'école. *Mr. Chips!* Quel acteur, quel merveilleux acteur il avait été! Il aurait mérité un Oscar. Il avait été meilleur que tous ceux qu'il avait vus dans des films depuis la performance de Robert de Niro dans *The King of Comedy*. Ça c'était un classique. De Niro devait être un vrai psychopathe dans la vie.

Gary Soneji se décida finalement à ouvrir la porte à glissière de la camionnette. Au travail, au travail, au travail... il fallait travailler dur.

En soulevant les corps l'un après l'autre, il réussit à transporter les enfants dans la grange. Maggie Rose d'abord, puis le petit Goldberg. Il les posa sur la terre battue. Il les déshabilla, ne leur laissant que leurs sous-vêtements. Il prépara soigneusement les piqûres de *secobarbital de sodium*, comme l'aurait fait le pharmacien de son quartier, avec amabilité et conscience professionnelle. La dose s'inscrivait entre celle d'un léger barbiturique et celle d'une anesthésie en hôpital, et cela devait agir pendant environ douze heures.

Il sortit des aiguilles et des seringues étiquetées *Tubex, à jeter après usage*. Elles étaient stérilisées, pré-empaquetées, et contenaient la dose à injecter. Il prépara également deux garrots. Il lui fallait faire très attention. Quand il s'agissait d'enfants, le dosage exact était délicat à déterminer.

Après quoi, il avança la Saab noire de deux mètres, révélant un creux d'environ un mètre soixante-cinq sur un mètre trente-cinq dans le sol. Il avait creusé ce trou au cours de précédentes visites à la ferme abandonnée. A l'intérieur de la cavité se trouvait un compartiment en bois, visiblement bricolé à la main, formant une sorte d'abri. Il y avait même une bouteille d'oxygène. Il ne manquait qu'un relais T.V. couleur...

Il installa d'abord le petit Goldberg à l'intérieur du compartiment de bois. Michael semblait ne rien peser dans ses bras. Ce qui traduisait bien ce qu'il ressentait à son égard : rien. Puis ce fut le tour de la petite princesse, son orgueil et sa joie, Maggie Rose Dunne, qui à l'origine venait de si loin – de la Terre promise.

Il piqua les aiguilles dans l'un des bras de chacun des enfants, et fit attention d'injecter le liquide très lentement ; cela lui prit trois minutes.

Les doses étaient calculées par rapport au poids. Vingt-cinq milligrammes par kilo. Il vérifia la respiration des enfants avant de refermer le compartiment de bois. Dormez bien, mes chers petits multimillionnaires.

Gary Soneji ferma la trappe en la faisant claquer. Après quoi, il enterra le compartiment sous quinze centimètres de terre fraîche... A l'intérieur de la grange abandonnée... Au beau milieu de cette campagne reculée du Maryland... Exactement comme, soixante ans auparavant, il avait enterré le petit Charlie Lindbergh junior.

Personne n'irait les chercher là. On ne les trouverait que s'il voulait qu'on les trouve. Un grand *si*.

Gary Soneji retourna d'un pas lourd vers les ruines de la ferme abandonnée, en reprenant le chemin de terre. Il voulait se laver. Il voulait aussi profiter pleinement de sa réussite. Il avait acheté une télé miniature sur piles pour se regarder sur le petit écran.

10.

La télévision donnait des *flashes* d'information tous les quarts d'heure. Et Gary Soneji en personne figurait en vedette du média tout-puissant. La photo de *Mr. Chips* apparaissait à l'écran à chaque nouveau bulletin. Mais, en fait, les présentateurs ne révélaient rien de ce qui se passait réellement.

C'était donc ça, la célébrité! C'était comme ça que ça se passait. Ça lui plaisait beaucoup. C'était pour y arriver qu'il s'était entraîné pendant toutes ces années. *Hé, maman! Regarde un peu qui on voit à la télé. C'est le Grand Méchant Garçon!*

Il n'y eut qu'une seule fausse note au cours de l'après-midi et ce fut pendant la conférence de presse donnée par le F.B.I. Un agent fédéral du nom de Roger Graham avait tenu la conférence et ce Graham pensait visiblement que Soneji n'était qu'une saloperie de merde. Ce type cherchait la célébrité pour lui-même.

– Tu crois que c'est ton film, Graham? Tu te trompes, mon vieux! hurlait Soneji en direction de la télé. Ici, c'est moi la vedette, et la seule!

Ensuite, Soneji avait erré dans la ferme pendant des heures, à regarder la nuit tomber. Il identifiait les différentes textures d'obscurité au fur et à mesure qu'elles envahissaient la ferme. Il était maintenant sept heures du soir, et le temps était venu pour lui de poursuivre son plan.

– Allons-y, dit-il en dansant sur ses pieds, comme un boxeur qui se prépare à attaquer. C'est le moment d'y aller.

Il songea quelques instants à son couple préféré de toujours, Charles et Anne Morrow Lindbergh. Cela le calma un peu. Il pensa au bébé Charles et à ce pauvre imbécile d'Hauptman qui avait joué le rôle du bouc émissaire dans ce crime si brillamment conçu et exécuté. Il était convaincu que l'affaire Lindbergh représentait le crime le plus sophistiqué du siècle. Pas seulement parce que le criminel n'avait jamais été découvert – beaucoup, beaucoup de grands crimes ne sont jamais découverts – mais *parce que le criminel était à la fois grand et non découvert.*

Soneji était sûr de lui, réaliste et par-dessus tout pragmatique face à son chef-d'œuvre. Une *gaffe* était toujours possible. La police pouvait avoir *un coup de chance.* La remise de la rançon serait effectivement extrêmement délicate, parce qu'elle impliquait un contact, et que les contacts dans la vie se révélaient toujours dangereux.

D'après ce qu'il savait – et son savoir était encyclopédique – aucun kidnappeur des temps modernes n'avait réussi à résoudre le problème *échange-rançon* de façon satisfaisante. Soneji, quant à lui, voulait un salaire fabuleux en contrepartie de ces deux gosses multimillionnaires.

Quelle tête ils allaient faire quand ils connaîtraient le montant de la somme!

L'idée le fit sourire. Bien entendu, ces conquérants de Dunne et les tout-puissants Goldberg pouvaient payer... et ils paieraient. Ce n'était pas un hasard s'il avait choisi ces deux familles – mais à cause de leurs morveux de moutards super gâtés et de leurs réserves illimitées d'argent et de pouvoir.

Soneji alluma l'une des bougies blanches qu'il avait stockées dans une des nombreuses poches de sa veste. Il renifla une agréable odeur de cire d'abeille. Puis il se dirigea vers la petite salle de bains située derrière la cuisine.

Une vieille chanson des frères Chambers lui revenait à l'esprit :

– *Time,* Il était temps... temps... temps de tirer tout le monde hors du cocon... Temps... temps... temps de leur faire une petite surprise, la première de toute une série... Temps... temps... temps de se mettre à construire sa propre légende.

C'étaient sa mise en scène à lui, et son film.

La pièce et toute la maison étaient glacées en cette fin décembre. Gary Soneji voyait sa respiration s'échapper de sa bouche en volutes, tandis qu'il s'installait dans la salle de bains.

Heureusement que la maison abandonnée était alimentée par l'eau d'un puits. Elle coulait encore dans la salle de bains. De l'eau vraiment très froide. Il alluma d'autres bougies et se mit au travail. Il lui faudrait une bonne demi-heure pour en finir.

Il commença par enlever sa perruque brun foncé qui le faisait apparaître comme à moitié chauve. Il l'avait achetée trois ans auparavant dans une boutique de postiches et costumes de théâtre à New York. Ce même soir, il était allé voir à Broadway une comédie musicale : *Le Fantôme de l'Opéra*, qu'il avait adorée, et il s'était tellement identifié au fantôme qu'il en fut effrayé. Du coup, il s'était mis à lire le roman dont la comédie musicale était tirée. En français d'abord, puis en anglais.

– Eh bien, eh bien, qu'est-ce que nous avons là? dit-il en parlant à l'image de son visage dans le miroir.

Une fois enlevés la colle et autres fixateurs, une crinière blonde venait d'apparaître, avec de longues boucles blondes ondulées.

« M. Soneji? Mr. Chips? Ça n'est pas toi, mon bonhomme? »

De fait il était plutôt avenant. De bonnes perspectives pour l'avenir. Pour figurer dans les annales, peut-être? Dans les annales de l'histoire sans aucun doute.

Et aucun rapport avec Chips. Aucun rapport avec M. Soneji!

Il fit un sort à l'épaisse moustache que Gary Soneji portait depuis le jour où il s'était rendu à Georgetown pour sa première interview à l'école. Puis il enleva ses verres de contact. De verts, ses yeux revinrent à leur couleur naturelle, brun foncé.

Gary Soneji approcha la bougie à la flamme chancelante du miroir fêlé et crasseux de la salle de bains. Il en essuya un coin avec la manche de sa veste.

– Et voilà. Regarde-toi bien. Regarde-toi maintenant. Le génie du détail, pas vrai?

Le pauvre mec insipide de l'école privée de Georgetown avait presque complètement disparu. Plus de bonhomme insignifiant, plus de brave type. Mr. Chips était mort et enterré à tout jamais.

Quelle farce prodigieuse que tout cela! Quel plan d'action audacieux! Et quelle exécution parfaite! Dommage que personne ne puisse jamais savoir ce qui s'était réellement passé. Mais à qui pourrait-il le raconter?

Gary Soneji quitta la ferme vers vingt-trois heures trente, exactement au moment prévu. Il se dirigea à pied vers un garage écarté, au nord de la maison.

Dans un endroit particulier du garage, un endroit très spécial, une cache secrète, il dissimula cinq mille dollars pris sur ses économies – de l'argent qu'il avait volé pendant des années. Cela aussi faisait partie du plan. Tout avait été prévu depuis longtemps.

Après quoi il reprit le chemin de la grange où se trouvait sa voiture. Une fois à l'intérieur, il vérifia à nouveau l'état des enfants. Jusque-là, tout allait bien. Les gosses n'avaient rien à dire.

La Saab démarra du premier coup. Il roula vers la route nationale, en n'utilisant que ses lanternes. Quand il atteignit la grand-route, il alluma ses phares. Il avait encore du travail à faire cette nuit-là. La mise en scène de son chef-d'œuvre continuait.

Cool la tête.

11.

Roger Graham, l'agent spécial du F.B.I. habitait Manassas Park, à mi-chemin entre Washington et l'institut du F.B.I. à Quantico. Graham était un homme de haute taille, aux cheveux brun clair. Son aspect physique le faisait remarquer. Il avait déjà travaillé sur des cas de kidnapping, mais aucun ne l'avait secoué autant que le cauchemar actuel.

Graham finit par arriver chez lui peu après une heure du matin. Sa maison était une bâtisse de style colonial, tout en longueur, située dans une rue ordinaire de Manassa Park. Elle comportait six chambres à coucher, trois salles de bains, une grande cour, et s'étendait sur presque un hectare de terrain.

Malheureusement pour lui, ce jour-là n'avait pas été une journée normale. Graham se sentait vide, éreinté, au bout du rouleau. Il se demandait souvent pourquoi il ne consacrait pas son temps à écrire un nouveau livre. Il pourrait prendre une retraite anticipée... quitter le *Bureau*[1]... et apprendre à connaître ses trois enfants avant qu'ils ne s'envolent de la maison.

La rue de Manassa Park était vide. Des lumières brillaient sous les porches tout le long de la route et lui donnaient un air accueillant et amical. Deux lumières apparurent soudain dans le rétroviseur de la Ford Bronco de Graham.

Une seconde voiture venait de s'arrêter devant sa maison, tous phares allumés. Un homme en sortit, agitant un bloc-notes qu'il tenait à la main.

---

1. Le F.B.I. Federal Bureau of Investigations. *(N.d.T.)*

– Graham du F.B.I. ? Martin Bayer du *New York Times*, cria l'homme en remontant le couloir.

Il brandit une carte de presse.

Seigneur ! Un de ces fils de pute du *New York Times*, se dit Graham. Le reporter portait un costume sombre, une chemise à rayures et une cravate classique. Il était l'image même du parfait *Yuppie*[1] en train de se faire une carrière et qui avait sauté sur l'occasion. Tous ces trous-du-cul du *Times* et du *Post* se ressemblaient comme des frères, trouvait Graham. Il n'y avait plus aucun des grands reporters d'antan.

– Vous êtes venu de bien loin, à une heure pareille pour vous entendre répondre *Pas de commentaire*. J'en suis désolé, dit-il. Je ne peux vous donner aucune information sur le kidnapping. Franchement, il n'y en a tout simplement pas.

Il n'était nullement désolé, mais personne ne souhaitait se faire d'ennemis au *New York Times*. Ces salauds étaient capables de vous enfoncer leur plume dans une oreille et de la faire ressortir par l'autre.

– Une question et une seule. Je sais bien que vous n'êtes pas obligé d'y répondre, mais c'est si important pour moi, que... je suis venu jusqu'ici à une heure du matin.

– Okay. Allons-y. Posez votre question.

Graham ferma la portière de sa Bronco. Il la verrouilla pour la nuit, lança ses clés en l'air et les rattrapa.

– Est-ce que vous êtes *tous* aussi incroyablement nuls et stupides ? lui demanda Gary Soneji. C'est ça ma question, Monsieur Graham-le-plaisantin.

Un long couteau bien effilé lança un éclair... puis un deuxième. La lame fit un aller et retour et trancha la gorge de Roger Graham.

Le premier coup le projeta contre sa Ford Bronco. Le second lui sectionna la carotide. Graham tomba raide mort au seuil de l'allée qui menait chez lui. Il n'avait eu ni le temps de se dérober, ni de s'enfuir, ni même de dire une prière.

– On te considère comme une espèce de fausse star, Roger. Tu te prenais pour une star, pas vrai ? Je n'en vois aucun signe... aucun, zéro, dit Soneji. Tu es censé avoir des capacités bien supérieures à ce que tu es vraiment. Il

---

1. Yuppies : jeunes membres d'un groupe social « bon genre » qui veulent se faire une place au soleil.

faut que celui qui me défie soit le meilleur et le plus intelligent de tous.

Soneji se pencha et glissa un seul petit carton dans la poche de poitrine de la chemise blanche de Graham, l'agent du F.B.I. Il tapota la poitrine de l'homme mort.

– Voyons, est-ce qu'un reporter du *New York Times* se dérangerait pour toi à une heure du matin, petit con arrogant ? Rien que pour voir ton lamentable cul ?

Après quoi il remonta en voiture et quitta le lieu du crime. La mort de l'agent Graham ne signifiait pas grand-chose pour lui. Pas véritablement. Il avait tué plus de deux cents personnes avant lui. La pratique amène la perfection. Et ce ne serait pas non plus la dernière fois.

Mais ce crime-là allait réveiller tout le monde, sans aucun doute. Il n'espérait qu'une chose : qu'ils aient gardé en coulisses quelqu'un de plus performant.

Sinon, où serait le plaisir ? le défi ? Comment son kidnapping pourrait-il – autrement – devenir aussi célèbre que celui du bébé Lindbergh ?

12.

Je commençais à me sentir très impliqué, sur le plan affectif, dans le kidnapping des deux enfants. Cette nuit-là, je dormis mal et d'un sommeil agité. Je revis en rêve les scènes pénibles de l'école. Mustaf Sanders m'apparut encore et encore. Ses yeux tristes me regardaient fixement, dans l'attente d'un secours que je ne lui avais pas apporté.

En me réveillant, je trouvai mes deux gosses couchés dans mon lit... Ils avaient dû s'y faufiler aux petites heures du matin. C'était un de leurs jeux favoris : un petit tour qu'ils jouaient à leur *formidable papa*.

Damon et Janelle dormaient profondément, couchés sur le dessus-de-lit en patchwork, que j'avais été trop fatigué pour retirer, la veille au soir. Nous devions avoir l'air de deux anges endormis du sommeil du juste et d'un cheval de labour écroulé sur place.

Damon est un beau petit garçon de six ans qui me rappelle toujours à quel point sa mère était quelqu'un d'exceptionnel. Il a les yeux de Maria. Jannie est l'autre prunelle de mes yeux. Elle a quatre ans et va sur ses cinq ans. Elle aime bien m'appeler *formidable papa*. Ça sonne comme une espèce d'argot noir qu'elle aurait réussi à inventer. Peut-être a-t-elle connu Le Formidable Papa Liscomb, l'as du football... dans une autre vie.

Sur un coin du lit traînait un exemplaire du livre que William Styron avait consacré à sa dépression : *Darkness Visible* que j'étais en train de lire. J'espérais y trouver un remède à ma propre dépression... qui durait et m'accablait depuis le meurtre de Maria. Trois ans déjà... qui pesaient comme vingt.

En fait, j'avais été réveillé ce matin-là par l'éclat de phares illuminant les stores des fenêtres. J'entendis claquer une portière, et le bruit de pas rapides sur le gravier. Je me glissai jusqu'à la fenêtre en prenant bien soin de ne pas réveiller les gosses.

J'aperçus deux voitures de patrouille de la police métropolitaine de Washington, D.C., garées derrière ma vieille Porsche qui stationnait dans l'allée. Il avait l'air de faire abominablement froid dehors. Nous abordions la période la plus glaciale de l'hiver.

– Un peu de répit, s'il vous plaît, murmurai-je devant les stores glacés. Allez-vous-en.

Sampson se dirigeait vers la porte de derrière qui ouvrait sur la cuisine. Le réveil posé près du lit marquait cinq heures moins vingt. L'heure d'aller au travail.

Il était presque cinq heures quand Sampson et moi arrivâmes devant une maison de grès délabrée datant d'avant la guerre, à un pâté de maisons de la rue M, à Georgetown-Ouest. Nous avions décidé d'aller examiner nous-mêmes l'appartement de Soneji.

La seule façon d'être sûr que les choses soient faites correctement est de les faire soi-même.

– Toutes les lumières sont allumées. On dirait qu'il y a quelqu'un dans la maison, dit Sampson au moment où nous sortions de la voiture. Je me demande qui ça peut bien être?

– Devine en trois coups. Les deux premiers ne comptent pas, marmonnai-je.

Je me sentais dans l'état nauséeux des gens qu'on réveille au petit matin. Cette visite dans l'antre du monstre n'allait pas arranger les choses.

Sampson essayait de deviner.

– Le F.B.I. ou qui sait, Efram Zimbalist Jr. Ou alors on tourne un film *Histoires vraies racontées par le F.B.I.*

– Allons voir.

Nous sommes entrés dans l'immeuble et avons monté l'escalier en colimaçon. Au deuxième étage, on avait collé des bandes de papier jaune en croisillon sur la porte de l'appartement – marque habituelle apposée sur les lieux d'un crime. Ça ne ressemblait pas au genre d'endroit où un *Mr. Chips* pouvait s'installer – mais plutôt au repaire d'un Richard Ramirez ou d'un tueur venu de Green River.

La vieille porte pleine de cicatrices était ouverte et on pouvait voir à l'intérieur deux techniciens du F.B.I. D'une radio posée sur le sol sortait la voix hurlante d'un disc-jockey nommé Greaseman.

– Hey, Pete, qu'est-ce que tu fais là? criai-je par la porte.

Je connaissais l'un des deux techniciens du F.B.I. qu'on avait envoyés travailler là : Pete Schweitzer. Il leva les yeux en entendant ma voix.

– En voilà une surprise. Bienvenue au saint des saints!

– On est venus, rien que pour vous emmerder! dit Sampson. Pour vérifier tout ce que vous faites.

Nous avions déjà travaillé tous les deux avec Pete Schweitzer auparavant. Nous l'aimions bien et nous avions confiance en lui, autant qu'il est possible quand il s'agit d'employés du F.B.I.

– Entrez et installez-vous confortablement à la *casa* Soneji. Voilà mon collègue fouilleur et empaqueteur de merde, Todd Toohey. Todd aime bien écouter Greaseman le matin. Ces deux-là sont des détrousseurs de cadavres comme nous, Toddie.

– On est les meilleurs, dis-je.

J'avais déjà commencé à fouiner dans l'appartement, qui n'était finalement qu'un simple studio. J'éprouvais de nouveau un sentiment d'irréalité. L'impression d'avoir une tache humide et froide dans la tête – une sensation très étrange.

Le studio était dans un désordre indescriptible. Le mobilier était restreint... un simple matelas dégarni par terre, une petite table basse avec une lampe dessus, un canapé sans doute ramassé dans la rue... mais le parquet était jonché d'objets.

Des draps chiffonnés, des serviettes de toilette et des sous-vêtements étaient en partie responsables du capharnaüm général. Deux ou trois sacs de linge à laver avaient été vidés sur le plancher. Mais le fatras était principalement dû à une accumulation de livres et de magazines. Ils étaient empilés par centaines sur le parquet de l'unique pièce.

– Avez-vous déjà trouvé quelque chose d'intéressant? demandai-je à Schweitzer. Vous avez inspecté sa bibliothèque?

Schweitzer me répondit sans lever les yeux de la pile de livres qu'il était en train de dépoussiérer.

– Tout est intéressant. Jette donc un coup d'œil aux livres entassés contre le mur. Je te signale également que

notre charmant ami a essuyé *entièrement cette saloperie de studio* avant de se tirer.
— Un travail efficace ? — selon vos standards ?
— Parfaitement efficace. Je n'aurais pas fait mieux personnellement. Nous n'avons trouvé aucune empreinte, même partielle, nulle part... même pas sur ces saletés de bouquins.
— Peut-être mettait-il des gants en plastique pour lire, proposai-je.
— C'est bien possible. Je ne suis pas en train de me foutre de toi. Les empreintes ont été effacées par un pro, Alex.

Je m'étais accroupi devant deux ou trois piles de livres, et je lisais les titres imprimés sur la tranche. La plupart d'entre eux n'étaient pas des romans et avaient été publiés au cours des cinq dernières années.
— Un mordu du crime, dis-je.
— Des quantités d'histoires de kidnapping, ajouta Schweitzer.

Il leva les yeux et pointa un doigt.
— A droite du lit, près de la lampe de chevet, tu trouveras la section *kidnapping*.

Je me suis déplacé pour examiner les volumes.

La plupart des livres avaient été volés à la bibliothèque de Georgetown. Je me dis qu'il devait posséder une carte spéciale d'accès à la réserve. L'avait-il eue comme étudiant ? ou comme professeur ?

Des quantités de fiches sorties d'un ordinateur avaient été fixées avec du papier collant sur le mur au-dessus de sa bibliothèque personnelle consacrée aux kidnappings. Je me mis à parcourir les listes.

Aldo Moro, kidnappé à Rome. Cinq gardes du corps tués au cours de l'enlèvement. Le corps de Moro retrouvé dans le coffre d'une voiture en stationnement.

Jack Teich, libéré contre une rançon de 750 000 dollars.

J. Reginald Murphy, éditeur de la Constitution d'Atlanta, libéré après le paiement d'une rançon de 700 000 dollars.

J.-Paul Getty, troisième du nom, relâché dans le sud de l'Italie après le paiement d'une rançon de 2,8 millions de dollars.

Mrs. Virginia Piper de Minneapolis, libérée quand son mari eut payé 1 million de dollars.

Victor E. Samuelson, relâché en Argentine après le paiement de 14,2 millions de dollars de rançon.

Je sifflai en lisant les sommes d'argent indiquées sur la liste. Combien allait-il exiger pour libérer Maggie Rose Dunne et Michael Goldberg ?

C'était vraiment une toute petite pièce et Soneji n'avait pas disposé de beaucoup de place pour effacer ses empreintes. Pourtant Schweitzer affirmait qu'il n'en avait laissé aucune. Je me demandais si Soneji n'aurait pas été, par hasard, un ancien flic ? Cela l'aurait aidé à planifier son crime et peut-être à améliorer ses chances de s'en tirer.

– Viens voir une minute.

Sampson se trouvait dans la salle de bains attenante au minuscule studio.

Les murs étaient couverts de photos extraites de magazines, de journaux, d'albums, de jaquettes de livres...

Il nous avait laissé une surprise finale. Pas d'empreintes, mais un message écrit.

Une inscription en majuscules avait été gribouillée sur le mur au-dessus du miroir : *JE VEUX DEVENIR CÉLÈBRE !*

Une véritable exposition s'étalait sur les murs. On y voyait River Phoenix. Et Matt Dillon. Il y avait des photos tirées des livres d'Helmut Newton. Je reconnus l'assassin de John Lennon, Mark David Chapman. Et Axel Rose. Pete Rose était aussi sur le mur. Et Neon Deon Sanders... et Wayne Williams. Des articles de journaux également. L'incendie du *Happy Land Social Club* à New York. Un article du *New York Times* sur le kidnapping du bébé Lindbergh. Un autre sur l'enlèvement de Samuel Bronfman, l'héritier de Seagram, et un autre article encore sur la disparition de l'enfant Etan Patz.

Je songeais à Soneji le kidnappeur, tout seul dans son appartement minable.

Il avait soigneusement essuyé chaque centimètre d'espace pour en faire disparaître les empreintes. La pièce elle-même était si petite, une cellule de moine. Il aimait lire ou, en tout cas, s'entourer de livres. Et puis il y avait cette galerie de photos. Que fallait-il en conclure ? S'agissait-il d'indices ? ou de fausses pistes ?

Je me tenais debout devant la glace au-dessus du lavabo, et me regardais fixement. Je savais qu'il avait fait de même mille et mille fois. Qu'étais-je censé y voir ? Qu'est-ce que Gary Soneji y avait vu ?

– Son visage dans le miroir, c'était son image sur le mur, parmi les autres – une théorie que je suggérai à

Sampson. C'est celle-là l'image clé, l'image centrale. Il veut devenir la star.

Sampson s'appuyait sur un mur couvert de photos et d'articles découpés dans des journaux.

– Et pourquoi n'y a-t-il pas d'empreintes, docteur Freud ?

– Il doit savoir que nous avons ses empreintes quelque part dans un fichier. Cela me fait penser qu'il devait porter un genre de déguisement à l'école. Peut-être se transformait-il le visage ici même avant de s'y rendre. Il pourrait aussi être acteur. Je ne crois pas que nous connaissions son véritable visage.

– Je crois que le bonhomme a des plans ambitieux. Il veut devenir célèbre, sans aucun doute, dit Sampson.

JE VEUX DEVENIR CÉLÈBRE !

13.

Maggie Rose Dunne venait d'émerger du plus étrange sommeil de sa vie – des cauchemars indescriptibles et une sensation d'horreur.

Elle avait l'impression de se trouver à l'intérieur de quelque chose qui se mouvait lentement. Elle avait soif, et une intolérable envie de faire pipi.

Je suis trop fatiguée ce matin, maman. Je t'en prie! Je ne veux pas me lever. Je ne veux pas aller à l'école aujourd'hui. S'il te plaît, maman. Je ne me sens pas bien. C'est vrai, maman, pas bien du tout.

Maggie Rose ouvrit les yeux. Du moins croyait-elle avoir ouvert les yeux, mais elle ne voyait rien. Rien du tout.

– *Maman! maman! maman!*

Maggie se mit à hurler et continua de hurler sans pouvoir s'arrêter.

Pendant l'heure qui suivit, ou peut-être plus, elle flotta entre la conscience et l'inconscience. Elle se sentait affaiblie dans tout son corps. Elle flottait comme une feuille sur la plus immense des rivières. Les courants l'emportaient selon leurs caprices.

Elle pensa à sa maman. Est-ce qu'elle savait que Maggie avait disparu? Est-ce qu'elle était en train de la chercher? Pas possible qu'elle ne soit pas à sa recherche. Est-ce qu'on lui avait enlevé ses jambes et ses bras. Elle ne les sentait plus. Ça avait dû se passer il y avait longtemps.

Il faisait si noir. On avait dû l'enfouir dans la terre. Elle était sans doute en train de pourrir et de se transformer en squelette. Est-ce que c'était pour ça qu'elle ne sentait plus ni ses bras ni ses jambes? *Est-ce que je vais rester comme ça pour toujours?*

Elle ne pouvait en supporter l'idée et se remit à pleurer. Elle nageait en pleine confusion. Elle ne pouvait même plus penser.

Maggie Rose, cependant, *pouvait* ouvrir et fermer les yeux. Du moins *pensait-elle* qu'elle le pouvait. Mais que ses yeux soient ouverts ou fermés, aucune différence. Tout restait noir, d'une façon ou de l'autre.

Si elle ouvrait et fermait les yeux, très vite, en continuant longtemps, elle voyait des couleurs.

Maintenant, à l'intérieur de l'obscurité, elle voyait des raies et des larmes colorées. Principalement en rouge et en jaune vif.

Maggie se demandait si elle n'était pas attachée ou ligotée.

Etait-ce comme ça qu'on installait les gens dans leurs cercueils? Est-ce qu'on les attachait? Et pour quoi faire? Pour les empêcher de sortir de la terre? Etait-ce pour que votre esprit reste sous terre à tout jamais?

Tout d'un coup elle se souvint de quelque chose. M. Soneji. Un coin du brouillard qui l'enveloppait se souleva un instant. M. Soneji lui avait fait quitter l'école.

Quand est-ce que ça s'était passé? Pourquoi? Où était M. Soneji, maintenant?

Et Michael. Qu'est-ce qui était arrivé à Michael?

Ils avaient quitté l'école ensemble. De cela, elle se souvenait.

Elle essaya de bouger... et une chose absolument stupéfiante se produisit. Elle découvrit qu'elle *pouvait rouler son corps* sur le côté.

Et c'est ce qu'elle fit. Elle se laissa rouler sur le côté, mais se trouva tout à coup arrêtée par quelque chose.

Elle sentait de nouveau tout son corps. Elle avait donc toujours un corps qui réagissait. Elle était maintenant tout à fait sûre qu'elle avait un corps et qu'elle n'était pas un squelette.

Et Maggie se mit à hurler!

En se retournant, elle avait touché *quelqu'un* ou *quelque chose.*

Quelqu'un d'autre se trouvait à côté d'elle dans le noir.

Michael?

Ce ne pouvait être que Michael.

– *Michael?* Maggie parlait si bas que sa voix n'était qu'un chuchotement. Michael? Est-ce que c'est toi?

Elle attendit une réponse.

– Michael? chuchota-t-elle un peu plus fort. Michael, écoute. Parle-moi, s'il te plaît.
 La personne, quelle qu'elle fût ne voulait pas répondre. C'était encore pire que d'être toute seule.
 – Michael... C'est moi... N'aie pas peur... C'est Maggie... Michael, je t'en prie, réveille-toi. Oh, Michael, s'il te plaît... S'il te plaît, Shrimpie. Tu sais c'était juste pour rire que je me suis moquée de tes fameuses chaussures. Ecoute, Michael! Dis-moi quelque chose, Shrimpie. C'est Dweebo Dido.

14.

La maison des Dunne correspondait au style que les promoteurs immobiliers en mal d'originalité qualifiaient de *Lutyens néo-élisabéthain*. Sampson et moi n'avions guère vu de bâtisses de ce genre dans le quartier sud-est de D.C.

L'intérieur de la maison offrait un air de sérénité et de variété propre aux gens riches, pensai-je. Il y avait quantité d'*objets* de luxe : des placages art-déco, des paravents orientaux, un cadran solaire français, un tapis du Turkestan, et quelque chose qui ressemblait à un autel chinois ou japonais. Je me souvenais que Picasso avait dit un jour :

– Donnez-moi un musée, j'aurai de quoi le remplir.

Une toute petite salle de bains s'ouvrait sur l'une des pièces de réception. George Pittman, le chef des détectives, m'agrippa par le bras et me tira dedans, dans la minute qui suivit mon arrivée. Il n'était pas loin de huit heures. Bien trop tôt pour son cirque.

– Qu'est-ce que vous fabriquez, Cross ? me dit-il. Qu'est-ce que vous avez encore inventé ?

La pièce était vraiment minuscule, beaucoup trop petite pour deux hommes adultes de grande taille. Elle ne ressemblait pas non plus à des lavabos ordinaires. Le sol était recouvert d'un tapis de style William Morris. Une chaise *design* occupait un des coins.

– J'avais l'intention de boire un café et d'assister au *briefing*, dis-je à Pittman. J'ai également envie de sortir de cette salle de bains au plus vite.

– Ne vous foutez pas de ma gueule !... il se mit à élever la voix. *Ne vous foutez pas du monde.*

J'avais envie de lui dire : *Arrêtez-vous. Ne commencez pas à faire une scène épouvantable ici.* L'idée de lui

fourrer la tête dans la cuvette des cabinets pour le faire taire me traversa l'esprit.
— Baissez le ton, sinon je m'en vais, dis-je.
J'essaie de me conduire raisonnablement et poliment la plupart du temps. C'est un de mes moindres défauts.
— Vous n'avez pas à me dire de baisser le ton. Qui vous a dit, bordel, de rentrer chez vous hier soir? Qui vous a dit d'aller chez Soneji avec Sampson ce matin?
— C'est pour ça que vous faites tout ce foin? Est-ce que ça a quelque chose à voir avec notre présence ici à tous les deux? demandai-je.
— Et comment! C'est moi qui suis responsable de cette enquête. Ce qui veut dire que même pour lacer vos souliers, vous me demandez d'abord la permission.
Je me mis à ricaner. Je ne pouvais plus m'en empêcher.
— Et où avez-vous pêché cette belle phrase? Serait-ce par hasard dans le livre de Lou Gossett, *Policier et Gentleman*?
— Vous considérez tout ça comme une plaisanterie ou une sorte de jeu, Cross?
— Pas du tout. Cela n'a rien d'un jeu. Maintenant *vous*, vous allez cesser de m'envoyer votre merde en pleine figure! Ou alors c'est vous qui allez en prendre plein la gueule.
C'était un avertissement.
Je sortis de la salle de bains. Pittman n'essaya pas de me suivre. *Oui*, il m'arrive de répondre aux provocations. *Non*, ce saligaud ne continuerait pas à m'emmerder.

Un peu après huit heures, l'équipe de récupération des otages au complet se trouva réunie dans un immense salon, meublé de façon exquise.
D'entrée, j'eus l'impression que quelque chose n'allait pas — qu'il s'était passé quelque chose.
Jezzie Flanagan, membre des services secrets, assurait la présidence. Je me rappelais l'avoir vue à l'école, le matin précédent. Elle se tenait debout devant une cheminée où un feu était allumé.
Le dessus de la cheminée était décoré de branches de houx, de petites lumières blanches et de cartes de Noël. Certaines cartes non conformes à la tradition — palmiers décorés, traîneau du père Noël fendant le ciel au-dessus de la plage de Malibu — provenaient sans aucun doute d'amis californiens. Les Dunne ne s'étaient installés que tout

récemment à Washington – lorsque Thomas avait accepté le poste de directeur de la Croix-Rouge.

Jezzie Flanagan était habillée de façon plus conventionnelle que la veille. Elle portait une ample jupe grise, un pull noir à col roulé, et de petites boucles d'oreilles en or. Elle avait l'allure d'une avocate très séduisante et en pleine ascension.

– Soneji nous a contactés hier soir à minuit. Et de nouveau vers une heure du matin. Nous ne nous attendions pas à ce qu'il entre aussi vite en contact avec nous. Personne ne s'y attendait, dit-elle pour lancer la conférence. Le premier coup de fil venait de la zone d'Arlington. Soneji précisait qu'il n'avait rien à dire à propos des enfants, sinon qu'ils étaient en bonne santé. Que pouvait-il dire de plus, d'ailleurs ? Il a refusé de nous laisser leur parler, aussi ne sommes-nous sûrs de rien. Il avait l'air lucide et se contrôlait parfaitement.

– A-t-on déjà analysé la voix ? s'enquit Pittman qui était assis en avant.

Si Sampson et moi étions obligés de rester en dehors du cercle et d'écouter de loin, il était réconfortant de savoir que Pittman en était au même point que nous. Personne ne lui adressait la parole, à lui non plus.

– On est en train de s'en occuper, lui répondit poliment Flanagan, n'accordant à la question que la réponse qu'elle méritait, mais en évitant de prendre un air condescendant.

Elle savait parfaitement contrôler la situation.

– Combien de temps exactement est-il resté en ligne ? demanda ensuite Richard Galette, l'un des avocats du tribunal.

– Pas bien longtemps malheureusement : trente-quatre secondes.

Flanagan lui avait répondu avec la même courtoisie mesurée. Un ton froid mais suffisamment aimable. Très intelligent, tout ça.

Je me mis à l'observer. De toute évidence, elle était très à l'aise devant les gens. J'avais entendu dire qu'elle avait été promue à la suite d'interventions efficaces au sein des services secrets... Et cela voulait dire une grosse promotion.

– Il avait disparu depuis longtemps quand nous sommes arrivés à la cabine téléphonique d'Arlington. On ne pouvait avoir un coup de chance pareil, comme ça, tout de suite, dit-elle avec une ombre de sourire.

Je remarquai que plusieurs des hommes présents lui rendaient son sourire.

– Pourquoi croyez-vous qu'il ait appelé ? interrogea le *Marshall U.S.* du fond de la pièce où il était assis.

L'homme était presque chauve, bedonnant et fumait la pipe.

Flanagan soupira.

– Laissez-moi continuer, s'il vous plaît. Il s'est passé des choses bien plus graves que le coup de téléphone. Soneji a assassiné, cette nuit, l'agent du F.B.I. Roger Graham. C'est arrivé juste devant sa maison, en Virginie.

Il est difficile d'impressionner des gens aussi expérimentés que ceux qui étaient réunis chez les Dunne. Mais la nouvelle du meurtre de Graham les secoua profondément. Je sais en ce qui me concerne que mes jambes se dérobèrent sous moi. Nous avions, Roger et moi, partagé des moments très dangereux au cours des années précédentes. Et chaque fois que j'avais travaillé avec lui, j'avais toujours su qu'il protégerait mes arrières. Je n'avais déjà plus besoin d'une nouvelle motivation pour me lancer à la poursuite de Soneji, mais celle-là avait un poids supplémentaire.

Je me demandais si Soneji en était conscient. Et s'il l'était, où il voulait en venir. En tant que psychologue, ce crime me laissait augurer le pire. J'en concluais que Soneji était un homme organisé, prêt à tuer, et suffisamment sûr de lui pour se moquer de nous. L'avenir s'annonçait mal pour Maggie Rose Dunne et Michael Goldberg.

– Il nous a laissé un message tout à fait explicite, ajouta Flanagan. Le message est tapé à la machine sur une fiche de carton, ou quelque chose qui ressemble à une carte de bibliothèque. Le message s'adresse à nous tous. Le voici : :

Ce petit malin de Roger Graham se prenait pour quelqu'un. De toute évidence, il n'en était rien. Si vous vous mêlez de cette affaire, vous courez un grave danger. Le message est signé du nom qu'il s'est choisi : *Le Fils de Lindbergh.*

15.

La presse s'empara tout de suite de l'affaire du kidnapping, accompagnant l'information d'un chapelet de bassesses et d'insinuations. Le titre d'un quotidien du matin annonçait : LES GARDES DU CORPS DES SERVICES SECRETS ÉTAIENT ALLÉS PRENDRE UN CAFÉ. La presse n'était pas encore au courant de la nouvelle du meurtre de l'agent du F.B.I. Nous essayions de la garder pour nous.

Les ragots de la presse, ce matin-là, racontaient que Charles Chakely et Michael Devine avaient abandonné leur poste à l'école privée. En fait, ils étaient allés prendre leur petit déjeuner pendant les classes. Une pratique presque courante dans ce genre de surveillance. La pause-café allait, cependant, leur coûter cher – leur travail, sans aucun doute, mais peut-être aussi leur carrière.

Sur l'autre front, Pittman n'avait pas encore jugé bon d'utiliser nos services à Sampson et à moi. Cela dura deux jours. Livrés à nous-mêmes, nous nous concentrâmes sur la faible piste laissée par Gary Soneji. Je partis à la recherche des boutiques de quartier dans lesquelles on pouvait se procurer fards, postiches et autres articles du même genre. Sampson, lui, se rendit à la bibliothèque de Georgetown. Personne n'y avait jamais vu Soneji. Ils ne s'étaient même pas aperçus des vols de livres.

Soneji *avait réussi* à disparaître. Et, chose bien plus inquiétante, il semblait *n'avoir jamais existé* avant de devenir professeur.

Il avait naturellement falsifié son curriculum vitae, produit de fausses recommandations et franchi chaque stade de son parcours avec une astuce que nous avions rarement rencontrée dans des affaires de fraude ou d'escroquerie. Il n'avait laissé aucune piste.

En fait, il avait fait preuve d'un culot monstre et d'une étonnante confiance en lui pour réussir à se procurer son poste à l'école. Un ancien directeur d'école à la retraite (inventé de toutes pièces) avait contacté la direction de Georgetown et chaleureusement recommandé Soneji, précisant qu'il venait de s'installer dans la région. D'autres recommandations avaient suivi, envoyées par fax de l'université de Pennsylvanie, et concernant à la fois l'enseignement préparatoire et l'enseignement supérieur. Après deux entretiens impressionnants, la direction, désireuse de se procurer les services de ce professeur enthousiaste et sympathique, l'avait engagé sur-le-champ. On leur avait fait croire qu'ils étaient en compétition avec d'autres établissements du secteur.

– Et nous n'avons jamais regretté notre décision, jusqu'à maintenant, bien entendu, reconnut devant moi l'adjoint du directeur. Il était même supérieur à ce qu'on nous avait dit de lui. Je serais sidéré qu'il n'ait pas été professeur de mathématiques auparavant. Cela voudrait dire que c'est un acteur hors pair.

Le troisième jour en fin d'après-midi, Don Manning, un des lieutenants de Pittman, m'assigna une tâche. Il s'agissait d'évaluer les personnalités de Katherine Rose Dunne et de son mari afin de se faire une opinion à leur sujet. J'avais bien essayé de mon propre chef de rencontrer les Dunne, mais je m'étais heurté à une fin de non-recevoir.

Notre entrevue eut lieu dans l'arrière-cour de leur maison. Un grand mur de plus de trois mètres l'isolait efficacement du monde extérieur. Une rangée d'énormes tilleuls y contribuait également. De fait, l'arrière-cour était constituée de plusieurs jardins séparés par des murs de pierre, et d'une petite rivière. Les jardins étaient entretenus par un jeune couple qui venait des rives du Potomac et qui gagnait manifestement très bien sa vie. Ils se faisaient certainement beaucoup plus d'argent que moi.

Katherine Rose avait jeté sur ses épaules un vieux manteau d'hiver en poil de chameau qui recouvrait ses jeans et un sweater décolleté en V. Elle pouvait sans doute porter n'importe quoi et rester tout aussi séduisante, me disais-je, tandis que nous sortions de la maison.

J'avais lu quelque part qu'elle était toujours considérée comme l'une des plus belles femmes du monde. Elle n'avait tourné que quelques films depuis la naissance de

Maggie, mais elle n'avait rien perdu de sa beauté, je le constatais, malgré l'immense chagrin qui l'accablait.

Son mari était, à l'époque de leur rencontre, un avocat célèbre dans le monde du théâtre et du cinéma de Los Angeles. Il s'occupait aussi de *Greenpeace* et de *Save the Earth*. La famille avait ensuite déménagé pour s'installer dans la région de Washington.

– Vous êtes-vous déjà occupé de kidnapping, inspecteur ?

Thomas Dunne voulait des renseignements sur moi. Il essayait de comprendre mon rôle. Etais-je quelqu'un d'important ? Est-ce que je pouvais être utile à leur petite fille d'une quelconque façon ? Il n'était pas très poli, mais, étant donné les circonstances, je pouvais difficilement l'en blâmer.

– Je me suis occupé d'environ une douzaine de cas de ce genre, lui dis-je. Pourriez-vous me parler un peu de Maggie ? Je suis désolé d'avoir à vous le demander, mais cela pourrait nous aider. Plus nous saurons de choses sur elle, plus grandes seront nos chances de la retrouver.

Katherine Rose acquiesça de la tête.

– Naturellement, inspecteur Cross, nous allons vous parler d'elle. Nous avons essayé d'élever Maggie pour que sa vie soit aussi normale que possible. C'est une des raisons de notre départ pour la côte Est.

– Je ne sais pas si l'on peut dire que Washington est une ville rêvée pour y élever normalement des enfants. Ce n'est pas la *Cité idéale*.

Je leur souris. Dieu sait pourquoi, cette déclaration rompit la glace.

– Comparée à Beverly Hills, Washington paraît presque normale, dit Tom Dunne. Croyez-moi, c'est vrai.

– Je ne sais même plus ce que le mot *normal* veut dire, dit-elle. – La couleur de ses yeux tirait sur le gris-bleu, et son regard vous pénétrait jusqu'à l'âme lorsqu'on se rapprochait d'elle. – Je suppose que *normal* correspond à quelque ancienne image enfouie au fond de nos esprits, à Tom et à moi. Maggie *n'est pas* une enfant gâtée. Elle n'est pas de ces enfants qui réclament : *Suzie a reçu telle chose en cadeau...* ou *les parents de Casey lui en ont offert telle autre*. Elle n'a pas la grosse tête. J'appelle ça *normal*. C'est une petite fille comme les autres, inspecteur.

Tandis que Katherine Rose parlait de sa fille avec amour, je pensais à mes propres enfants, particulièrement à Janelle. Jannie aussi était *normale*. J'entends par là qu'elle était équilibrée, pas du tout gâtée et tout à fait adorable. Parce que j'avais trouvé des points de comparaison entre nos filles respectives, j'écoutai avec encore plus d'attention ce qu'ils avaient à me dire.

– Elle ressemble beaucoup à Katherine, dit Thomas. – Il lui paraissait essentiel de me communiquer son jugement. – Katherine est la personne la moins occupée d'elle-même que je connaisse. Croyez-moi, vivre dans l'atmosphère d'adulation qui règne autour d'une star, et réussir à rester soi-même, n'a rien de facile.

– D'où vient ce nom de Maggie *Rose*? demandai-je à Katherine Rose.

– C'est moi qui en suis responsable, dit Thomas Dunne en roulant les yeux – il aimait bien répondre à la place de sa femme – une sorte de surnom qui s'est perpétué. Je l'ai trouvé la première fois que je les ai vues toutes les deux à la clinique.

– Tom nous appelle les deux *Filles Rose*, les *Sœurs Rose*. Nous travaillons ici dans le *Jardin des Roses*. Quand nous nous disputons, Maggie et moi, c'est *La Guerre des deux Roses*. C'est tout le temps comme ça.

Ils aimaient énormément leur petite fille. Cela se sentait dans tout ce qu'ils disaient.

Soneji – quel que soit son véritable nom – avait fait un bon choix. Encore un de ses coups de maître. Il avait étudié sa cible de très près. Une célèbre star de cinéma et un homme de loi des plus respectables. Des parents aimants. De l'argent. Une renommée. Etait-ce parce qu'il aimait ses films? J'essayai de me souvenir des rôles de Katherine. L'un d'eux avait peut-être déclenché toute l'affaire. Je ne me rappelais pas avoir vu sa photo sur les murs de l'appartement de Gary.

– Vous avez dit tout à l'heure que vous aimeriez savoir comment Maggie pourrait réagir dans des circonstances aussi épouvantables, reprit Katherine. Pourquoi?

– Nous savons par ses professeurs que c'est une enfant bien élevée. Peut-être est-ce même une des raisons pour lesquelles Soneji l'a choisie – Je me montrais très franc avec eux. – Que vous vient-il d'autre à l'esprit? Laissez-vous aller autant que possible.

– Maggie oscille entre une conduite très sérieuse – un respect strict et absolu des règles – et des attitudes pleines de fantaisie. Est-ce que vous avez des enfants? me demanda-t-elle.

J'accusai le coup parce que j'étais encore en train de penser à eux... d'établir des comparaisons.

— J'ai deux enfants. Je travaille aussi avec des gosses du quartier en rénovation, dis-je. Maggie s'est-elle fait beaucoup d'amis à l'école ?

— Des tas et des tas, dit son père. Elle s'entend bien avec ceux qui ont beaucoup d'imagination, mais qui ne sont pas trop égocentriques. Tous, sauf Michael qui est très replié sur lui-même.

— Parlez-moi de Maggie et de Michael.

Katherine Rose sourit pour la première fois depuis le début de notre entretien. Cela me parut très étrange de voir au naturel ce sourire que j'avais vu si souvent au cinéma. J'étais fasciné, je me sentais intimidé et gêné.

— Ils sont amis intimes depuis que nous nous sommes installés ici. Ils forment un couple bizarre, mais ils sont inséparables, dit-elle. Nous les appelons parfois Felix et Oscar.

— Comment pensez-vous que Michael puisse réagir en pareilles circonstances ? demandai-je.

— Difficile de juger, dit Thomas Dunne en secouant la tête — il montrait des signes d'impatience — sans doute, était-ce un homme habitué à obtenir ce qu'il voulait quand il le voulait. Michael a toujours un *plan* en tête. Sa façon de vivre est très ordonnée, très structurée.

— Parlez-moi de ses problèmes de santé.

Je savais que Michael avait été un *enfant bleu*, et qu'il souffrait toujours d'un souffle au cœur.

Katherine Rose haussa les épaules. Le problème ne lui semblait pas crucial.

— Il se fatigue assez vite. Il n'est pas très développé pour son âge. Maggie est plus grande que lui.

— Les autres l'appellent la *Crevette*. Je crois que ça lui plaît beaucoup. Ça veut dire qu'il fait partie du groupe, dit Tom Dunne. En fait, c'est un gosse surdoué. Maggie l'appelait *tête d'œuf*. Je crois que ça le décrit très bien.

Je revins à quelque chose — peut-être quelque chose d'important — que Katherine avait dit auparavant.

— Que se passe-t-il quand il est fatigué ? Est-ce qu'il lui arrive de se mettre en colère ?

Katherine réfléchit à ma question.

— Il s'écroule tout simplement. Parfois, il s'endort. Je me souviens d'un jour où je les ai trouvés tous les deux endormis près de la piscine... un petit couple étrange étalé sur l'herbe... deux mômes.

Elle me regarda fixement de ses yeux gris si particuliers et se mit à pleurer. Elle avait fait tous les efforts possibles pour se contrôler, mais avait finalement lâché pied.

Si je m'étais montré très réservé au début, je me sentais désormais impliqué corps et âme dans cette affaire. Je me mettais à la place des Dunne et des Goldberg. J'avais établi un parallèle entre Maggie Rose et mes propres enfants. Je me sentais engagé d'une manière qui pouvait nuire à mon efficacité. La colère qui m'avait envahi face au tueur des nouveaux quartiers s'était retournée contre le kidnappeur... M. Soneji... Mr. Chips.

J'éprouvais l'envie de me rapprocher des parents, de leur dire que tout allait s'arranger, de me convaincre moi-même que tout allait s'arranger.

Je n'en étais pas sûr du tout.

16.

Maggie Rose était toujours *persuadée* de se trouver dans sa propre tombe. Elle avait dépassé le stade de l'angoisse et de l'horreur. C'était mille fois pire que les cauchemars qu'elle avait imaginés; et Maggie avait beaucoup d'imagination! Elle était capable d'inventions inouïes qui laissaient ses amis bouche bée.
Faisait-il nuit? Ou faisait-il jour?
– Michael? gémit-elle faiblement.
Sa langue était comme un tampon d'ouate. Elle avait la bouche sèche *à ne pas croire*!
Elle avait tellement soif! De temps en temps, elle s'étouffait avec sa langue, et s'imaginait qu'elle était en train de l'avaler. Personne n'avait jamais eu soif à ce point – même pas au cœur des déserts de l'Irak ou du Koweït.
Maggie Rose flottait entre le sommeil et l'éveil. Elle faisait constamment des rêves. Un nouveau cauchemar commença.
Quelqu'un donnait de grands coups dans une lourde porte. Et cette personne, quelle qu'elle fût, l'appelait par son nom.
– Maggie Rose... Maggie Rose, *parle*-moi!
Elle se demanda s'il s'agissait vraiment d'un rêve.
Quelqu'un de *réel* se trouvait là.
Est-ce qu'on essayait de pénétrer dans sa tombe? Etaient-ce son papa et sa maman? Ou la police?
Une lumière l'aveugla soudain!
Maggie Rose était sûre que c'était une vraie lumière. Elle avait l'impression de voir éclater une centaine de flashes en même temps.
Son cœur se mit à battre si fort qu'elle comprit qu'elle

était bien vivante – enfermée dans cet endroit affreux, affreux! Quelqu'un l'avait mise là.

Elle se mit à murmurer :
– Qui êtes-vous? Qui est là? Qui est là-haut? *Je vois une tête!*

La clarté était si intense qu'en fait, Maggie Rose ne voyait rien du tout.

Pour la deuxième – ou la troisième – fois, elle était passée du noir absolu au blanc aveuglant... aveuglant.

Une silhouette bloqua presque entièrement la source lumineuse. Maggie ne pouvait toujours pas distinguer de qui il s'agissait. Des rais de lumière se déplaçaient derrière l'individu.

Elle ferma les paupières en plissant les yeux, puis les ouvrit. Elle répéta l'opération plusieurs fois.

Elle ne pouvait rien distinguer de précis. Impossible de faire le point sur quelqu'un ou quelque chose. Elle était obligée de cligner les yeux sans arrêt. La personne qui se trouvait là-haut devait la regarder faire et comprendre qu'elle était vivante.

– Monsieur Soneji? Je vous en supplie, aidez-moi, essaya-t-elle de crier.

Mais elle avait la gorge si sèche que sa voix était devenue rauque et méconnaissable.

– *La ferme, là-dedans!* dit la voix.

Il y avait donc réellement quelqu'un là-haut! Quelqu'un au-dessus d'elle et qui pouvait la sortir de là.

La voix... ressemblait à celle d'une très vieille femme.

– S'il vous plaît, s'il vous plaît, aidez-moi, supplia Maggie.

Une main plongea vers elle à toute vitesse et la gifla très fort.

Maggie se mit à crier. Elle avait plus peur que mal, mais le coup lui avait quand même fait mal. Personne ne l'avait jamais giflée auparavant. Il y eut un grondement à l'intérieur de sa tête.

– Arrête de chialer! La voix étrange se rapprochait.

Puis la personne descendit dans la tombe et se pencha sur elle. Une forte odeur de transpiration, de mauvaise haleine envahit les narines de Maggie. Quelqu'un la maintenait clouée au sol.

Elle se sentait trop faible pour se débattre.

– N'essaie pas de te battre contre moi, petite salope! Ne t'attaque *jamais* à *moi*! Tu te prends pour qui, petite

salope! Ne lève jamais la main sur moi! Tu as compris? Jamais, tu m'entends!
– Seigneur Dieu, qu'est-ce ça veut dire?
– C'est toi, la fameuse Maggie Rose, pas vrai? la gosse de riche, pourrie gâtée! Eh bien, je vais te dire un secret. *Notre* secret à tous les deux. Tu vas mourir, petite fille riche. Tu vas mourir!

17.

Le lendemain, nous étions à la veille de Noël. Rien ne nous incitait à la gaieté habituelle de cette période de l'année, et les choses allaient certainement empirer.

Aucun d'entre nous ne s'était senti capable d'entamer les préparatifs de la célébration familiale. La période des fêtes rendait encore plus pénible la tension qui régnait parmi les membres de l'équipe des otages, et plus intense le caractère déprimant de la tâche qui nous était impartie. Si Soneji avait choisi la période des fêtes dans ce but... il avait parfaitement réussi. Grâce à lui, le Noël de chacun de nous n'était plus qu'un gâchis merdique.

Vers dix heures du matin, je descendis Sorrell Avenue à pied pour me rendre chez les Goldberg. Pendant ce temps-là, Sampson s'était éclipsé pour travailler un peu sur les meurtres du quartier sud-est. Nous avions décidé de nous rencontrer vers midi pour comparer nos horreurs respectives.

Je parlais avec les Goldberg pendant plus d'une heure. Ils ne tenaient pas bien le coup. Ils se montraient sur bien des points plus directs que Katherine et Thomas Dunne. Même s'ils étaient des parents plus stricts que les Dunne, Jerrold et Laurie Goldberg étaient néanmoins extrêmement attachés à leur fils.

Onze ans plus tôt, les médecins avaient expliqué à Laurie Goldberg qu'elle ne pourrait pas avoir d'enfants, parce que son utérus était en trop mauvais état. Quand elle se trouva enceinte de Michael, ce fut comme un véritable miracle.

Soneji était-il au courant? Jusqu'à quel point avait-il poussé ses investigations avant de choisir ses victimes? Et pourquoi spécialement Maggie Rose et Michael Goldberg?

Les Goldberg m'avaient autorisé à visiter seul la chambre de Michael. Après avoir refermé la porte, je restai assis dans la chambre pendant un bon moment. J'avais fait la même chose chez les Dunne.

La chambre du petit garçon était stupéfiante. On aurait dit un musée, renfermant tout ce qu'on pouvait trouver de plus sophistiqué concernant les ordinateurs de toutes conceptions... Macintosh, Nintendo, Prodigy, Windows. Les laboratoires d'A.T.-T. n'étaient pas aussi bien équipés que Michael Goldberg.

Des posters représentant Katherine Rose dans ses films *Tabou* et *Lune de miel* étaient affichés sur les murs. La photo du chanteur, Sebastien Bach, était fixée au-dessus du lit. A travers la porte de la salle de bains personnelle de Michael, on avait l'œil attiré par un portrait d'Einstein affublé d'une perruque *punk* mauve et par une page de couverture d'un magazine des Rolling Stones où s'étalait en grosses lettres la question *Qui a tué Pee Wee Herman?*

Un cadre contenant une photo de Michael et de Maggie Rose était posé sur la table de travail du garçon. Les deux gosses qui se tenaient par le bras avaient l'air d'être de grands amis. Cela avait-il inspiré Soneji? Leur belle amitié avait-elle joué un rôle dans son choix?

Aucun des Goldberg n'avait vu M. Soneji, bien que Michael leur en ait beaucoup parlé. Soneji était la seule personne – enfant ou adulte – qui ait réussi à le battre aux jeux *Ultima* et *Super Mario Brothers* proposés par Nintendo. Cela suggérait l'idée que Soneji était lui-même une tête d'œuf, un autre gosse surdoué, mais qu'il ne voulait pas se laisser battre à des jeux vidéo par un gosse de neuf ans, même pour mener à bien son projet. Il ne voulait donc jamais perdre, quel que soit le jeu.

J'avais rejoint les Goldberg dans la bibliothèque, et regardais par la fenêtre, quand soudain cette affaire de kidnapping bascula à tout jamais dans la folie la plus totale...

J'aperçus Sampson qui venait de chez les Dunne en dévalant la rue à toute vitesse. Chacune de ses enjambées couvrait la distance d'un tiers de pâté de maisons. J'atteignis la porte d'entrée au moment où Sampson arrivait sur la pelouse. En bout de course, il s'arrêta pile comme l'avait fait Jerry Rice à San Francisco, en 1849.

– Il a retéléphoné?

Sampson secoua la tête.

– Non! Mais il y a du nouveau. Il s'est passé quelque

chose, Alex, que le F.B.I. garde pour lui, dit Sampson. Ils savent quelque chose. Allons-y.

On avait installé un barrage de police, tout près de Sorrel Avenue, au bout de la rue menant à Plately Bridge. Le barrage, composé d'une demi-douzaine de chevaux de frise, bloquait efficacement la route et empêchait la presse de suivre les deux voitures qui venaient de quitter le domicile des Dunne, peu après deux heures de l'après-midi. Sampson et moi nous engouffrâmes dans une troisième voiture.

Quelque soixante-dix minutes plus tard, les trois conduites intérieures parcouraient à toute allure les collines des environs de Salisbury, dans le Maryland. Les voitures s'engagèrent le long d'une route en lacet menant vers un complexe industriel niché au cœur d'un épais bois de pins.

L'ensemble du complexe ultramoderne était désert en cette veille de fête. Des allées recouvertes d'un tapis de neige menaient à trois bâtiments de pierre blanche abritant des bureaux. Une demi-douzaine de voitures appartenant à la police locale et des ambulances stationnaient déjà dans cet endroit étrange.

Un petit cours d'eau qui allait se jeter dans la baie de Chesapeake coulait derrière les bureaux. Son eau de couleur brun-rouge avait l'air polluée. Sur les bâtiments s'étalait en lettres bleu roi le nom de la firme : *Manufacture J. Cad. Groupe Raser/Becton. Techno-Sphère.*

Aucun indice n'avait été fourni, aucune parole prononcée à propos de ce qui avait pu se passer dans le parc industriel.

Nous avons rattrapé le groupe qui se dirigeait vers la rivière. Quatre agents du F.B.I. étaient sur le site. Ils semblaient très préoccupés.

Entre le parc industriel et l'eau se trouvait un bout de terrain couvert d'herbes jaune pâle, desséchées par l'hiver. Puis un espace dénudé de trente à quarante mètres qui s'étendait jusqu'à la rivière. Au-dessus de nous, le ciel d'un gris profond annonçait de nouvelles chutes de neige.

Sur l'une des rives boueuses, les adjoints du shérif étaient en train de déverser un mélange de plâtre dans l'espoir de relever quelques empreintes de pieds. Est-ce que Gary Soneji était venu là ?

– Est-ce qu'ils vous ont dit quelque chose ? demandai-je à Jezzie Flanagan en descendant la rive escarpée et boueuse. Les chaussures qu'elle portait pour travailler étaient en passe de rendre l'âme. Elle n'avait même pas l'air de s'en apercevoir.

— Non. Pas encore. Rien du tout.

Elle se sentait aussi frustrée que Sampson et moi. C'était la première fois que *l'équipe* avait l'occasion de ne « pas » se montrer homogène. Le F.B.I. avait là sa chance de paraître coopératif. Il n'en fit rien. Ce n'était pas bon signe. Un début peu encourageant.

— Pour l'amour du ciel, pourvu qu'il ne s'agisse pas de ces gosses, murmura Jezzie Flanagan au moment où nous arrivions au terrain plat.

Deux agents du F.B.I., O'Reilly et Gerry Gorse, se tenaient au bord de la rive. Des flocons de neige tombaient en tourbillonnant. Un vent glacial soufflait sur l'eau qui répandait une odeur de linoléum en train de brûler.

Pendant tout ce temps, j'avais la gorge serrée. Je ne distinguais rien le long de la rivière.

L'agent Scorse nous fit un petit discours, vraisemblablement pour nous calmer.

— Ecoutez-moi, cette manière que nous avons de garder les choses pour nous n'a rien à voir avec vous autres. A cause de la presse on nous a demandé, en fait ordonné, de ne rien dire avant que nous ne soyons tous présents ici et que nous puissions constater les choses par nous-mêmes.

— Constater quoi? demanda Simpson à l'agent spécial du F.B.I. Allez-vous finir par nous dire ce qui se passe ici, nom de Dieu? Arrêtez cette diarrhée verbale.

Scorse fit un signe en direction d'un des agents du F.B.I et échangea quelques mots avec lui. L'homme s'appelait Mc Goey et venait du bureau du directeur. Nous l'avions vu souvent entrer et sortir de chez les Dunne. Nous pensions tous qu'il était le remplaçant de Roger Graham, mais nous n'en avions pas eu confirmation.

Mc Goey acquiesça de la tête en écoutant Scorse, puis s'avança vers nous. C'était un gros homme solennel avec de grandes dents et des cheveux blancs coupés court et en brosse. Il avait l'air d'un militaire proche de la retraite.

— La police locale a trouvé un enfant qui flottait dans la rivière, vers une heure, cet après-midi, annonça Mc Goey. Elle ne dispose d'aucun élément lui permettant de savoir s'il s'agit ou non de l'un des deux gosses.

L'agent Mc Goey nous fit alors signe de le suivre jusqu'à environ soixante mètres en aval de la rive boueuse. Il nous arrêta quand nous eûmes dépassé un monticule couvert de mousse et de joncs. Personne ne soufflait mot. On n'entendait que le sifflement du vent glacial à la surface de l'eau.

Nous comprenions finalement pourquoi on nous avait amenés là. Une couverture de laine grise provenant d'une des ambulances recouvrait un tout petit corps... Un paquet minuscule, la chose la plus solitaire qu'il y ait au monde.

On demanda à l'un des sergents de nous donner des détails. Quant il prit la parole, ce fut d'une voix sourde et instable :

– Je suis le lieutenant Edward Mahoney et je fais partie de la police de Salsbury. Il y a environ une heure vingt, un gardien de Raaser/Becton a découvert ici le cadavre d'un enfant.

Nous nous sommes rapprochés de l'endroit où s'entassaient les couvertures. Le corps gisait sur un monticule d'herbe qui descendait jusqu'à l'eau saumâtre. A gauche du monticule, s'étendait un marécage sombre sous des mélèzes d'Amérique.

Le lieutenant Mahoney s'agenouilla près du petit corps. Le genou de son pantalon d'uniforme s'enfonça dans la boue. Des flocons de neige flottaient autour de son visage, s'accrochant à ses joues et dans ses cheveux.

Il souleva les couvertures de laine avec respect. On aurait dit un père, réveillant doucement son fils au petit matin avant de l'emmener à la pêche.

Il ne s'était passé que quelques heures depuis que je m'étais penché sur la photographie des deux enfants kidnappés. Je fus donc le premier à ouvrir la bouche à la vue du corps de l'enfant assassiné.

– C'est Michael Goldberg, dis-je à voix basse, mais nettement. Je suis désolé d'avoir à dire qu'il s'agit bien de Michael. Pauvre petite Crevette.

18.

Jezzie Flanagan ne rentra chez elle que le matin de Noël. Elle avait la tête qui tournait, prête à éclater.

Il fallait à tout prix faire cesser ces images obsédantes. Si elle n'arrêtait pas la machine, tout allait exploser. Il fallait cesser de raisonner en flic. Ce qui la différenciait de la plupart des autres policiers – et elle le savait – c'était qu'elle était capable de le faire.

Jezzie habitait Arlington avec sa mère. Elles partageaient l'appartement trop petit que sa mère avait acheté en copropriété, près de la station de métro Crystal City. Jezzie l'appelait intérieurement l'*appartement-suicide.* La cohabitation était censée n'être que temporaire... mais elle durait depuis son divorce d'avec Dennis Kelleher, depuis presque un an.

Dennis-la-Menace vivait désormais dans le Nord et tentait toujours d'entrer au *New York Times.* Jezzie savait au fond qu'il ne parviendrait jamais à réaliser cet exploit. La seule chose que Dennis réussissait parfaitement, c'était de saper la confiance que Jezzie avait en elle. Dans ce domaine, il était génial. Mais elle avait finalement réagi et ne s'était plus laissé faire.

Elle avait été trop occupée par son travail aux services secrets pour trouver le temps de déménager. Du moins était-ce ce qu'elle n'arrêtait pas de se dire. Elle économisait... en vue de quelque chose de grandiose, d'un changement radical dans sa vie. Deux fois par semaine, elle récapitulait ce qu'elle possédait. Elle avait mis de côté vingt-quatre mille dollars, nets. Elle avait maintenant trente-deux ans. Elle se savait jolie, *presque* belle... exactement comme Dennis qui lui était *presque* bon écrivain.

Jezzie pensait souvent qu'elle avait l'étoffe d'une lutteuse. Elle était presque parvenue à ses fins. Il ne lui manquait plus qu'une bonne occasion, elle savait que cela ne tenait qu'à elle. Jezzie s'y consacrait entièrement.

Elle but une Smithwich, une très bonne bière blonde de *Old Sod.* La Smithwich avait été le poison préféré de son père. Elle grignota ensuite une tranche de cheddar frais. Elle emporta une deuxième bière avec elle dans la douche qui se trouvait dans le sinistre hall n° 1, chez sa mère. Le petit visage de Michael Goldberg lui sauta de nouveau en pleine figure.

Elle *refusa absolument* toute nouvelle image du gosse. Elle ne voulait pas se sentir coupable, bien qu'elle se sentît assaillie par la conviction de sa responsabilité...

Les deux enfants avaient été enlevés alors qu'elle en assurait la sécurité. C'était comme ça que tout avait commencé... Que les images... disparaissent... Que tout s'arrête maintenant.

Irène Flanagan toussait dans son sommeil. La mère de Jezzie avait travaillé trente-neuf ans pour la compagnie de téléphone *C. et P.* Elle était propriétaire de son appartement de Crystal City. Et c'était une joueuse de bridge hors pair. Irène avait ce qu'elle voulait.

Le père de Jezzie, lui, avait passé trente-sept ans dans la police du district de Columbia. Le dernier acte de son existence s'était produit au cours de son travail qu'il adorait. Une crise cardiaque parmi la foule de la gare de l'Union – des centaines de gens pour le regarder mourir, et personne pour s'en soucier. Du moins est-ce ainsi que Jezzie racontait l'histoire.

Pour la millième fois, Jezzie décida qu'elle devait quitter l'appartement de sa mère. Quoi qu'il arrive. Plus d'excuses ridicules. Pars, ou gâche ta vie, ma fille. Il faut aller de l'avant, toujours plus avant dans l'existence.

Elle avait perdu toute notion du temps quand elle s'aperçut qu'elle était toujours sous la douche, tenant à la main sa bouteille de bière vide, se frottant la cuisse contre le verre froid.

– Une droguée en train de noyer son désespoir, se dit-elle. Pitoyable.

Elle était restée assez longtemps sous la douche pour vider la bouteille de Smithwich, et avoir de nouveau soif... soif de quelque chose.

Elle avait réussi à oublier le petit Goldberg pendant un moment... mais pas vraiment complètement. Comment l'aurait-elle pu? Le petit Michael Goldberg!

Au cours des dernières années, Jezzie Flanagan était devenue experte quand il s'agissait d'oublier... d'éviter à tout prix de souffrir. C'était idiot de souffrir si on pouvait faire autrement.

Bien sûr, il fallait éviter tout rapport d'intimité, toute possibilité d'amour et, plus encore, toute naturelle émotion humaine. Après tout cela pouvait être acceptable. Elle avait découvert qu'elle vivait très bien sans amour. Ça avait l'air terrible, mais c'était la pure vérité.

Oui, et pour le moment, et plus précisément en ce moment c'était une chance, pensait Jezzie. Cela l'aidait à supporter chacune des nuits et chacun des jours de cette crise. Tout se passait pour le mieux, en tout cas jusqu'au soir.

Elle s'en tirait bien. Elle possédait tous les éléments nécessaires à sa survie. Si elle réussissait comme femme-policier, elle pouvait réussir dans n'importe quel domaine. Les autres agents secrets de son service disaient qu'elle avait des *couilles*. Pour eux, c'était un compliment, et Jezzie l'acceptait comme tel. Qui plus est, ils avaient parfaitement raison, elle avait vraiment des *couilles du tonnerre*. Et quand elles lui faisaient défaut, elle était assez intelligente pour faire semblant.

Vers une heure du matin, Jezzie Flanagan sentit qu'il lui fallait absolument aller faire un tour avec sa BMW ; il lui fallait sortir du petit appartement d'Arlington où elle suffoquait.

Il le fallait, il le fallait, il le fallait absolument.

Sa mère avait sans doute entendu la porte d'entrée s'ouvrir. Encore mal réveillée, elle l'appela de sa chambre :

– Jezzie, où vas-tu si tard ? Jezzie ? Jezzie, c'est toi ?

– Je vais juste faire un tour, maman, dit-elle.

Une phrase cynique lui trottait dans la tête : *Des emplettes en ville pour Noël.* Comme d'habitude, elle la garda pour elle. Elle aurait voulu que Noël n'existât pas. Noël lui faisait peur.

Et puis, la voilà partie en pleine nuit sur sa BMW K-1... fuyant ses cauchemars, ses démons... ou les poursuivant.

C'était Noël. Est-ce que Michael Goldberg était mort pour racheter nos péchés ? Qu'est-ce que tout cela voulait dire ? se demandait-elle.

Elle refusait d'accepter le poids de la culpabilité. Le Christ était mort depuis longtemps pour racheter tous les péchés du monde, y compris ceux de Jezzie Flanagan. Elle avait l'impression d'être un peu folle. Non, très folle, mais elle était capable de se contrôler. Il fallait toujours se contrôler. Et c'est ce qu'elle allait faire, maintenant.

Elle se mit à chanter *Winter Wonderland* – à cent soixante-dix kilomètres/heure sur l'autoroute vide qui sortait de Washington. Elle n'avait pratiquement peur de rien, mais ce jour-là elle avait peur.

19.

Le matin de Noël, on fouilla maison par maison différents quartiers de la ville et des faubourgs situés dans le Maryland et en Virginie. Des patrouilles de police, en uniforme bleu ou blanc, sillonnaient les rues et diffusaient sur leur système de haut-parleurs :

Nous recherchons Maggie Rose Dunne. Maggie a neuf ans. Maggie est blonde et porte des cheveux longs. Maggie mesure un mètre trente et pèse trente-neuf kilos cinq. Une forte récompense est offerte pour toute information pouvant conduire à retrouver Maggie saine et sauve.

Dans la maison, une demi-douzaine d'agents du F.B.I. travaillaient plus que jamais en intime collaboration avec les Dunne. Katherine Rose et Tom Dunne étaient l'un et l'autre terriblement secoués par la mort de Michael. Katherine avait vieilli de dix ans d'un seul coup. Nous attendions tous le prochain appel de Soneji.

Il m'était venu à l'esprit que Gary Soneji allait appeler les Dunne le jour de Noël. Je commençais à avoir l'impression de le connaître un peu. Je voulais qu'il appelle, qu'il se manifeste, qu'il commette sa première grosse erreur.

Je voulais le coincer.

Vers onze heures du matin, le jour de Noël, l'équipe des otages reçut l'ordre de se réunir immédiatement dans le salon de réception des Dunne. Nous n'étions maintenant pas loin de vingt à participer aux recherches et nous dépendions du F.B.I. pour les informations. Une activité intense régnait dans la maison.

Quelles étaient les dernières nouvelles du Fils de Lindbergh ?

On ne nous avait pas dit grand-chose encore. Nous savions cependant que les Dunne avaient reçu un télégramme. On lui accordait une attention si particulière qu'il ne devait pas s'agir d'un de ces nombreux messages de cinglés, mais sûrement d'un télégramme de Soneji.

Les agents du F.B.I. monopolisaient toutes les lignes téléphoniques de la maison depuis plus d'un quart d'heure. L'agent spécial Scorse revint chez les Dunne peu avant onze heures et demie, ayant sans doute brusquement quitté les festivités de Noël. Le chef Pittman arriva en trombe cinq minutes plus tard. On avait appelé le grand patron de la police !

– Ils y vont quand même un peu fort. Ils ne nous disent jamais rien – Sampson était affalé contre le dessus de la cheminée. Dans cette position, il ne mesurait plus qu'un mètre quatre-vingt-dix-huit. – Les gens du F.B.I. n'ont pas confiance en nous. Et nous, on a encore moins confiance en eux !

– On n'a jamais eu confiance en eux, lui rappelai-je.

– Là, tu as tout à fait raison.

Il eut un sourire ironique. Je m'imaginais un instant portant son blouson. J'aurais l'air petit... Je me demandais si le monde entier paraissait minuscule vu de si haut.

– Est-ce que notre bonhomme l'a expédié par la Western Union ? me demanda-t-il.

– C'est ce que pense le F.B.I. Ça doit être sa manière de souhaiter un Joyeux Noël. Il a peut-être envie de faire partie de la famille.

Sampson me regarda par-dessus ses lunettes noires.

– Merci, docteur Freud.

L'agent Scorse traversait la pièce et s'arrêta en route pour serrer la main du chef Pittman. C'est comme ça qu'on établissait de bonnes relations au sein de la communauté.

– Nous venons de recevoir un message qui semble provenir de Soneji, annonça Scorse en arrivant.

Il avait une façon bizarre de s'étirer le cou, et de hocher la tête de droite à gauche quand il se sentait nerveux. Il répéta ce geste deux ou trois fois avant de reprendre la parole :

– Je vais vous le lire. Il est adressé aux Dunne :

Chers Katherine et Tom... Que diriez-vous de dix millions de dollars ? Deux en espèces. Le reste en diamants ou en actions négociables. A Miami Beach... Pour l'instant M. R. va bien. Faites-moi confiance. DEMAIN est le grand jour... Joyeux... Fils de L.

Dix minutes après son arrivée, le télégramme avait été identifié comme provenant d'un des bureaux de la Western Union – celui de l'avenue Collins à Miami Beach. Des agents du F.B.I. s'étaient immédiatement rendus à l'agence pour interroger le directeur et les employés. Ils n'obtinrent pas la moindre information... exactement comme cela s'était passé jusqu'ici.

Pas d'autre solution que de partir sur-le-champ pour Miami.

20.

L'équipe des otages arriva à l'aéroport de Tamiami en Floride, le jour de Noël, à quatre heures de l'après-midi. Le secrétaire d'Etat Goldberg s'était occupé de notre transport par avion dans un jet privé fourni par l'Air Force.

La police de Miami nous escorta à grande vitesse jusqu'à l'agence du F.B.I. de Collins Avenue, toute proche du *Fontainebleau* et des autres grands hôtels de la Gold Coast. Le bureau de l'agence n'était qu'à six pâtés de maisons du bureau de la Western Union d'où Soneji avait envoyé le télégramme.

Le savait-il? Vraisemblablement. C'est comme cela que son cerveau fonctionnait. Soneji était un cinglé du détail. Je passais beaucoup de temps à noter des observations sur son comportement. J'avais déjà rempli vingt et une pages du bloc-notes que j'emportais toujours avec moi. Je n'étais pas encore prêt à établir un portrait de Soneji, pour l'excellente raison que je ne savais encore rien de son passé. Cependant mes notes contenaient tous les mots clés : un homme organisé, sadique, méthodique, se contrôlant parfaitement, hypomaniaque, peut-être.

Etait-il en ce moment même occupé à nous regarder cavaler dans tout Miami? C'était tout à fait possible. Peut-être arborait-il un nouveau déguisement? Eprouvait-il des remords pour la mort de Michael? Ou, au contraire, était-il en proie à une crise de rage forcenée?

On avait déjà installé des opérateurs sur un standard de lignes téléphoniques privées dans les bureaux du F.B.I. Nous ignorions quels moyens de communication Soneji allait utiliser la prochaine fois. Plusieurs officiers de police de Miami s'étaient joints à notre équipe... plus de deux cents agents du Bureau Fédéral de Floride.

La consigne était : vite, vite, vite. Dépêchez-vous et attendez...

Je me demandais si Gary Soneji se rendait vraiment compte de l'état de chaos qu'il créait au fur et à mesure que la date limite approchait ? Est-ce que cela aussi faisait partie de son plan ? Maggie Rose Dunne était-elle vraiment en bonne santé ? Etait-elle encore vivante ?

Il nous en faudrait une preuve avant que l'échange soit décidé. Du moins, *demanderait*-on une preuve physique à Soneji. *M. R. va bien pour le moment. Faites-moi confiance*, avait-il dit. Ben voyons ! Gary.

Les mauvaises nouvelles nous rattrapèrent.

Le rapport préliminaire d'autopsie sur Michael Goldberg avait été envoyé par fax au bureau de l'agence de Miami. Un *briefing* eut lieu juste après notre arrivée dans la salle des cellules de crise du F.B.I.

Nous nous sommes assis devant des bureaux disposés en gradins, doté chacun de son propre moniteur vidéo et d'un traitement de texte. Il régnait dans la pièce un silence inhabituel. Aucun d'entre nous n'avait envie d'écouter les détails précis de la mort du petit garçon.

Un agent spécialisé du F.B.I., nommé Harold Friedman, avait été choisi pour expliquer et commenter le rapport médical. Friedman ne ressemblait en rien aux autres agents, c'est le moins qu'on puisse dire. C'était un juif orthodoxe, bâti et attifé comme un de ces *surfers* qui traînent sur les plages de Miami. Il se présenta au *briefing*, la tête surmontée d'une calotte multicolore.

– Nous sommes à peu près certains que la mort de l'enfant Goldberg est due à un *accident*, dit-il d'une voix profonde et en articulant ses mots. Il semble qu'il ait d'abord été neutralisé par une giclée de chloroforme. On a trouvé des traces de chloroforme dans les fosses nasales et dans la gorge. Environ deux heures plus tard, on lui a injecté une dose de *secobarbital de sodium*. Le secobarbital est un anesthésique puissant. Il possède aussi certaines propriétés capables d'inhiber la fonction respiratoire. C'est apparemment ce qui s'est produit. La respiration de l'enfant est devenue irrégulière, puis son cœur et ses poumons se sont arrêtés définitivement. S'il est resté endormi, il n'a pas dû souffrir. Je pense d'ailleurs qu'il est mort pendant son sommeil. On a aussi constaté qu'il avait plusieurs os brisés, poursuivit Harold Friedman – malgré son allure, il avait l'air désolé et faisait son compte rendu avec intelligence. Nous pensons que le petit garçon a probablement reçu des dizaines de coups de poing et de coups de pied.

Mais cela n'a rien à voir avec sa mort. Les os ont été brisés et la peau déchiquetée *après* la mort de l'enfant. Je dois vous dire aussi qu'il a été violé après sa mort. Il a été sodomisé et éventré au cours de l'acte. Ce Soneji est un très grand malade.

Cette dernière phrase fut le seul commentaire personnel de Friedman.

Cela représentait aussi les seuls renseignements spécifiques que nous ayons sur l'état pathologique de Gary Soneji. De toute évidence, il était entré dans une rage folle en découvrant que Michael Goldberg était mort. Et que son plan parfait n'était pas aussi parfait qu'il le croyait.

Nous étions logés dans un hôtel situé juste en face des bureaux du F.B.I. Comparé aux palaces pour millionnaires, il était plutôt minable. Mais il avait tout de même une grande piscine en bordure de l'Océan.

Vers onze heures du soir, la majorité d'entre nous s'étaient retirés pour la nuit. La température avoisinait les quarante degrés. Le ciel était brillant d'étoiles, et parfois strié au passage d'un jet venu du Nord.

Nous avons traversé l'avenue Collins, Sampson et moi. Les gens ont dû penser qu'une équipe des Grands Lacs était venue affronter celle des *Calorifères* de Miami.

– Tu veux qu'on aille manger ? ou qu'on aille prendre une cuite ? me demanda-t-il, au beau milieu de l'avenue.

– Je suis déjà à moitié cuit, lui dis-je. J'étais en train de penser qu'on pourrait aller se baigner. On est quand même à Miami Beach, non ?

– C'est pas ce soir que tu pourras bronzer.

Il faisait tournicoter une cigarette éteinte entre ses lèvres.

– Raison de plus pour aller nager de nuit.

– Tu me trouveras au salon-bar, dit Sampson au moment de nous séparer dans le hall. Tu pourras me repérer grâce à la nuée de jolies femmes agglutinées autour de moi.

– Bonne chance, lui dis-je. C'est Noël, j'espère qu'on te fera un cadeau.

J'allai mettre un slip de bain et me dirigeai vers la piscine.

J'en suis arrivé à penser que l'exercice physique est la clé d'une bonne santé. J'en fais tous les jours, et peu importe où je me trouve. Je fais beaucoup d'étirements, par exemple, et on peut en faire n'importe où.

La grande piscine était fermée, mais cela ne m'a pas arrêté. Tout le monde sait que les policiers traversent hors des clous, se garent en double file, et ne tiennent, en général, aucun compte des règlements. C'est notre seule distraction.

Quelqu'un d'autre avait eu la même idée que moi. Quelqu'un était en train de nager si régulièrement et si doucement que je ne m'en aperçus qu'au moment de me frayer un chemin parmi les transats, sentant sous mes pieds la fraîcheur humide des dalles.

La personne qui nageait était une femme vêtue d'un maillot noir ou bleu foncé. Elle avait un corps svelte et athlétique, de longs bras, des jambes encore plus longues. Elle était belle à voir, dans cette journée pas si belle que ça. Elle semblait se déplacer sans effort, d'un mouvement sûr et bien rythmé. Elle avait l'air de se trouver dans son élément, et je ne voulais pas la déranger.

Quand elle effectua son demi-tour, je m'aperçus qu'il s'agissait de Jezzie Flanagan. J'en fus très étonné. Je ne m'attendais pas à cela de la part d'une responsable des services secrets.

Je suis finalement descendu tout doucement dans la piscine à l'extrémité opposée et me suis mis à nager.

Mes mouvements ne sont ni beaux, ni rythmés, mais j'avance vite et je peux nager longtemps.

J'ai fait facilement mes trente-cinq brasses. Pour la première fois depuis quelques jours, je me sentais tout à fait relaxé. Mon esprit se clarifiait. Peut-être pourrais-je faire encore vingt brasses avant d'aller me coucher. Ou de boire une bière avec Sampson.

Quand je m'arrêtai pour reprendre mon souffle, je vis Jezzie Flanagan assise sur une chaise longue, tout près du bord.

Elle avait négligemment jeté sur ses épaules nues une épaisse serviette blanche. Elle était très jolie sous le clair de lune de Miami : une silhouette fine, des cheveux très blonds, des yeux bleus lumineux... qui me regardaient.

– Cinquante brasses, inspecteur Cross ?

Elle m'adressa un sourire qui révélait une personne très différente de celle que j'avais vue travailler au cours des derniers jours. Elle avait l'air bien plus détendue.

– Trente-cinq. Je ne suis pas vraiment de votre

niveau, lui dis-je. Je n'en approche même pas. J'ai appris à nager, au Y[1], en ville.

– Il faut persévérer – elle continuait à sourire. Vous avez l'air en forme.

– Peu importe ma façon de nager. Ce soir, c'est vraiment formidable. Toutes ces heures où nous sommes restés enfermés dans ce bureau! Et ces petites fenêtres encastrées qui ne s'ouvrent même pas...

– S'ils avaient de larges baies, les gens ne penseraient qu'à s'échapper pour aller à la plage. Personne ne travaillerait plus dans l'Etat de Floride.

– Et, est-ce que notre travail donne des résultats? lui demandai-je.

Ses cheveux blonds étaient encore mouillés. Elle les avait peignés en arrière et ça lui allait bien. Elle n'était pas maquillée, et n'en avait nul besoin. Elle était tellement différente de ce qu'elle était dans son travail – beaucoup plus à l'aise et détendue.

– Pour être tout à fait franche et honnête, je dois vous dire une chose.

Elle riait.

– Quelle chose?

– Eh bien, vous êtes un bon nageur, mais vous n'avez pas de style. D'un autre côté, vous êtes très chouette en slip de bain.

Nous nous sommes mis à rire tous les deux. La tension de cette longue journée commençait à se relâcher. Et tous les deux en partageant un snack et une bière nous nous sommes montrés doués pour faire parler l'autre. C'était sans doute dû au stress et à la pression. Cela faisait aussi partie de mon travail de faire parler les autres, et c'était le genre de défi que j'appréciais tout particulièrement.

Je réussis à lui faire admettre qu'elle avait été naguère miss Washington D.C. quand elle avait dix-huit ans. Elle avait également été élue à un club de l'université de Virginie, mais s'en était fait virer pour *conduite inacceptable*. Une phrase qui me plut beaucoup.

Je m'étonnai aussi de m'entendre lui dire, au cours de notre conversation, beaucoup plus de choses que prévu. Il était facile de lui parler.

---

1. Y.M.C.A. : Young Men's Christian Association – Foyer pour jeunes gens chrétiens. *(N.d.T.)*

Jezzie m'interrogeait sur mes premières expériences de psychologue à Washington.

— Cela avait surtout été une grosse erreur, dis-je sans lui parler de la colère que j'avais ressentie alors. Quantité de gens ne veulent pas entendre parler d'un *psy* de race noire. Et la plupart des Noirs ne peuvent pas se le payer. Il n'y a pas de libéraux sur le divan du psychiatre.

Elle m'interrogea sur Maria, mais très brièvement. Elle me raconta ce qu'impliquait le fait d'être une femme au sein des services secrets composés à quatre-vingt-dix pour cent de mâles macho.

— Ils me provoquent en moyenne, oh – une fois par jour. Ils m'appellent *l'Homme*.

Elle connaissait aussi des histoires amusantes de bisbilles à la Maison Blanche. Elle connaissait les Bush et les Reagan. Tout bien pesé, ce fut une heure fort agréable, trop vite passée...

En fait, cela avait duré plus d'une heure, probablement. Finalement Jezzie s'aperçut que notre serveuse restait toute seule au bar.

— Allons-y. Nous sommes les derniers clients de ce restaurant.

Nous avons payé la note et pris l'ascenseur pour descendre du dernier étage du gratte-ciel. La chambre de Jezzie se trouvait aux étages supérieurs. Sans doute sa *suite* donnait-elle sur l'Océan.

— Ça a été un bon moment, lui dis-je.

Je crois que la phrase sortait directement d'une des comédies de Noël Coward : *Merci de l'avoir passé avec moi. Joyeux Noël*.

— Joyeux Noël, Alex – Jezzie sourit, elle repoussa ses cheveux blonds derrière ses oreilles, un tic que j'avais remarqué – ça a *vraiment* été un bon moment. Malheureusement, demain, ce ne sera sûrement pas la même chose.

Jezzie m'embrassa rapidement sur la joue et regagna sa chambre.

— Je vais sûrement rêver de vous en slip de bain, dit-elle au moment où la porte de l'ascenseur se refermait.

Je descendis encore quatre étages et pris ma douche de Noël, tout seul dans ma chambre d'hôtel de Noël. Je pensais à Jezzie Flanagan. Des fantasmes imbéciles dans une chambre d'hôtel de Miami Beach... Sans aucun doute, nous n'avions rien à faire ensemble. Mais elle me plaisait.

J'avais vaguement l'impression que je pourrais lui parler de n'importe quoi.

Je repris ma lecture des crises de dépression de Styron, jusqu'à ce que le sommeil me gagne. Après quoi, je fis des rêves très personnels.

21.

Fais très attention, très, très attention, maintenant, Gary, mon garçon.

Gary Soneji lorgnait la grosse femme du coin de son œil gauche. Il surveillait ce gros tas de graisse comme un lézard surveille un insecte – juste avant l'heure du repas. Elle n'avait pas la moindre idée de ce qui se passait.

Elle était à la fois agent de police et préposée au péage à la sortie n° 12 de l'autoroute. Elle compta soigneusement la monnaie qu'elle lui rendit. C'était une femme énorme, noire comme la nuit, et totalement hors du coup. A moitié endormie à son poste.

Soneji se dit qu'elle ressemblait à une Aretha Franklin ne sachant pas chanter, qui serait obligée de gagner sa vie dans le monde ordinaire du travail.

Elle n'attachait pas la moindre importance à tous ces gens qui faisaient partie du défilé monotone de la circulation en ces jours de vacances. Et pourtant, elle et tous ses semblables étaient censés *le* chercher désespérément.

Voilà ce que donnaient les *barrages de police considérables mis en place* et *la chasse à l'homme sur tout le territoire*. Quelle merde! et quelle déception pour lui! Comment pouvaient-ils espérer le coincer avec des gens de cet acabit. Ils auraient au moins pu essayer de faire quelque chose qui éveille son intérêt.

Parfois, et particulièrement à des moments comme celui-ci, Gary Soneji avait envie de proclamer la vérité incontestable de son univers.

Proclamation. Ecoute-moi bien, espèce de garce imbécile et mal embouchée de flickesse! Est-ce que tu ne vois pas qui je suis? Est-ce que tu te laisses abuser par n'importe quel déguisement ridicule? Je suis celui que tu

as vu dans tous les reportages de ces trois derniers jours. Toi, et la moitié du monde, Aretha, ma fille.
Proclamation. C'est moi qui ai monté et exécuté le Crime du Siècle si parfaitement. Je suis déjà plus célèbre que John Wayne, Gacy, Jeffrey Dahmer, Juan Corona... Tout a été parfait jusqu'au moment où l'enfant bleu du millionnaire m'a claqué dans les mains.
Proclamation. Rapproche-toi de moi, regarde-moi bien. Sois une saloperie de héros une fois dans ta vie. Sois autre chose qu'une nullité noire et grassouillette sur l'autoroute de l'Amour. Regarde-moi, veux-tu! *Regarde-moi!*
Elle lui rendit sa monnaie.
– Joyeux Noël, monsieur.
Gary Soneji haussa les épaules.
– Joyeux Noël à vous, dit-il.
Tandis qu'il s'éloignait de la lumière vive qui clignotait sur le guichet du péage, il imaginait la femme policier arborant un de ces visages *Bonne journée à vous*. Il voyait dans son esprit un pays tout entier rempli de ces têtes souriantes en forme de ballons. Et qui plus est, c'était exactement ce qui se passait.
Cela devenait pire qu'une invasion de kidnappeurs... Ça le rendait fou quand il y pensait. Il essayait de ne pas le faire. Un pays entier de ballons souriants. Il aimait beaucoup Stephen King, s'identifiait à ses bizarreries, et aurait voulu que le *King* écrive quelque chose sur tous les imbéciles souriants d'Amérique. Il visualisait d'avance la jaquette du chef-d'œuvre de King : *Les Têtes-Ballons*.
Quarante minutes plus tard, à Crisfield dans le Maryland, Soneji fit quitter la route 413 à sa fidèle Saab. Il accéléra en prenant le chemin creux qui menait à la vieille ferme. A ce stade, il ne pouvait s'empêcher de sourire, de rire, tellement il les avait tous possédés et fait tourner en bourrique. Complètement tourneboulés!
Il avait déjà surpassé l'affaire Lindbergh, pas vrai? Et maintenant, le moment était venu que le sol, encore une fois, se dérobe sous les pieds de toutes ces têtes-ballons.

22.

Aucun doute, le grand spectacle allait commencer ! Un porteur préposé au courrier express fédéral était arrivé au bureau du F.B.I. juste avant dix heures trente du matin, ce 26 décembre. Il apportait un nouveau message du Fils de Lindbergh.

On convoqua la cellule de crise. Tout le personnel du F.B.I. semblait s'y être réuni. C'était le moment crucial et tout le monde le savait.

Quelques instants plus tard, l'agent spécial de Miami, Bill Thompson, fit irruption dans la pièce. Il brandissait une de ces enveloppes orange et bleu du service postal fédéral. Thompson l'ouvrit avec précaution devant tout le monde.

– Il va nous laisser voir le message. Seulement il ne va pas nous le lire, ricana à voix basse Jeb Klepner des services secrets.

Sampson et moi étions debout, à côté de lui et de Jezzie Flanagan.

– Oh, non, il ne voudra pas assumer seul toute la responsabilité, cette fois, prédit Jezzie. Il va la partager avec nous.

Thompson nous faisait face. Il était prêt.

– J'ai reçu un message de Gary Soneji. Voici ce qu'il contient :

N° 1 : Dix millions.

N° 2 : Disney World, Orlando – Le Royaume magique.

N° 3 : Garez-vous à Pluto 24. – Traversez le lagon des Sept-Mers par le ferry, pas le monorail. 12 h 50, aujourd'hui. Tout sera terminé à 13 h 15.

L'inspecteur Alex Cross remettra la rançon.

Fils de Lindbergh.

Bill Thompson leva immédiatement la tête et parcourut la salle des yeux. Il n'eut aucun mal à me trouver parmi l'auditoire. Je peux garantir sans réserve que le choc et la surprise qu'il venait de subir n'étaient rien en comparaison de ce que je ressentais. Une poussée d'adrénaline m'envahissait déjà le corps.

Pourquoi diable Soneji m'avait-il désigné? Comment connaissait-il mon existence? Est-ce qu'il savait à quel point je voulais avoir sa peau?

– Il n'y a aucune proposition de négociation! – L'agent spécial Scorse commençait à s'énerver. – Soneji considère comme acquis le paiement des dix millions.

– Evidemment, dis-je, et il a raison. C'est à la famille de prendre l'ultime décision quant au paiement de la rançon.

Les Dunne nous avaient ordonné de payer Soneji sans condition. Soneji s'en doutait sûrement. Ce devait être la principale raison du choix de Maggie Rose.

Mais pourquoi m'avoir désigné, moi?

Debout à mon côté, Sampson secoua la tête, et murmura :

– Vraiment, les voies du Seigneur sont impénétrables.

Une demi-douzaine de voitures cuisaient au soleil, en nous attendant sur le parking situé derrière le bâtiment du F.B.I. Bill Thomson, Jezzie Flanagan, Klepner, Sampson et moi, nous sommes tous entassés dans l'une d'elles. Nous transportions l'argent et les autres valeurs.

L'inspecteur Alex Cross remettra la rançon.

La somme d'argent avait été réunie la veille au soir. L'opération était extrêmement compliquée à réaliser dans un temps aussi court. Mais la Citibank et Morgan Stanley avaient coopéré. Les Dunne et Jerry Goldberg avaient le pouvoir d'obtenir ce qu'ils désiraient.

Comme l'avait exigé Soneji, deux millions étaient en coupures. Le reste de la rançon était composé de petits diamants et de bons anonymes. La rançon était facilement négociable et facile à transporter. Le tout tenait dans une valise de la marque *American Tourister.*

Le parcours de Miami Beach à l'aéroport d'Opa Lock West nous prit environ vingt-cinq minutes. Le vol durerait quarante minutes. Nous arriverions à Orlando vers onze heures quarante-cinq du matin. Ce serait juste.

– On pourrait doter Cross d'un appareil – nous écoutions l'agent spécial Scorse parler à Thompson par radio –

un émetteur radio portable. Nous en avons un dans l'avion.
— Ça ne me plaît pas beaucoup, Gerry, répondit Thompson.
— A moi non plus, dis-je depuis mon siège à l'arrière.
— C'était bien au-dessous de la vérité. — Pas de micro caché. C'est hors de question !

Je me demandais toujours pourquoi Soneji m'avait choisi. Je ne comprenais pas. Je me dis qu'il avait peut-être lu des articles sur moi dans les magazines de Washington. Mais il devait avoir une bonne raison. J'en étais sûr. Il n'y avait aucun doute là-dessus — ou si peu.

— Il va y avoir une foule énorme, dit Thompson, quand nous fûmes installés à bord du Cessna 310, en route pour Orlando. C'est évidemment pour ça qu'il a choisi Disney Park. Il y a des quantités de parents et de gosses au *Royaume magique*. Il pourra se glisser parmi eux avec Maggie Dunne. Il se peut qu'il l'ait déguisée, elle aussi.

— Le parc d'attractions de Disney correspond à son obsession des figures célèbres et des gens importants, dis-je.

Une des hypothèses que j'avais notées était que Soneji avait peut-être été un enfant maltraité. Dans ce cas, il n'éprouverait que de la rage et du mépris pour un endroit comme Disney World, où les *bons* petits enfants allaient avec leurs *bons* papas et mamans.

— Nous avons déjà mis en place un dispositif de surveillance dans le parc, ajouta Scorse. En ce moment même, les images du parc défilent sur les écrans de la salle de crise à Washington. Nous filmons également EPCOT et l'*Ile aux plaisirs*, au cas où il effectuerait un changement de dernière minute.

J'imaginais facilement la scène à la cellule de crise de la Dixième Rue. Il devait y avoir au moins deux douzaines de VIP[1] entassés là-dedans. Chacun d'entre eux sans doute devant un bureau personnel muni d'un écran de télévision en circuit fermé. Les images aériennes de Disney World étaient projetées sur tous les écrans en même temps. Le grand tableau d'affichage de la pièce se remplissait d'informations... Le nombre d'agents et autres personnels du F.B.I. qui convergeaient vers le parc en ce moment précis... le nombre de gens qui sortaient... le nom des routes d'entrée ou de sortie... Les conditions météorologi-

---

1. Very Important Persons. *(N.d.T.)*

ques... l'évaluation du nombre de visiteurs pour la journée... le nombre d'agents de sécurité du parc lui-même... mais rien, vraisemblablement, concernant Gary Soneji ou Maggie Rose... Sinon, nous serions déjà au courant.

– Je vais enfin aller à Disney World! plaisanta un des agents qui se trouvaient à bord.

Cette remarque humoristique, typiquement policière, provoqua quelques rires nerveux. Faire tomber la tension était une bonne chose, mais difficile à réaliser dans des circonstances aussi pénibles.

La perspective d'une rencontre avec un fou dangereux et une petite fille n'était guère réconfortante, pas plus que celle de la foule qui nous attendait à Disney World. On nous avait dit que plus d'un demi-million de gens avaient déjà envahi le parc avec son aire de stationnement. De toute façon, c'était sans doute la meilleure occasion pour nous de coincer Soneji – peut-être même la seule.

Nous sommes partis vers le *Royaume magique* au milieu d'une caravane, escortée par la police dont les spots lumineux et les sirènes marchaient à plein. Nous avons pris un raccourci sur la route 1-4, ce qui nous a permis de dépasser le trafic habituel venant de l'aéroport.

Les gens entassés dans des familiales ou de petites caravanes nous prodiguaient des huées ou des encouragements quand nous les dépassions à toute allure. Personne ne savait qui nous étions, ni pourquoi nous nous précipitions vers Disney World. Des VIP qui vont voir Mickey et Minnie...

Nous avons quitté la route à la sortie 26-A, et continué le long de l'Avenue du Monde vers l'Auto-Plazza. Nous sommes arrivés sur l'aire de parking à douze heures quinze passées. C'était vraiment limite! mais Soneji ne nous avait pas laissé le temps de nous organiser.

Pourquoi Disney World? Je continuais à essayer de comprendre. Etait-ce qu'enfant Soneji avait toujours rêvé d'y aller, et qu'on ne lui avait jamais permis de le faire? Ou parce qu'il était fasciné par l'efficacité, quasi névrotique, qui présidait à l'ordonnance parfaite du parc d'attractions?

Il serait relativement facile pour lui d'entrer à Disney World. Mais comment allait-il en sortir? Nous ne trouvions pas de réponse à la question.

23.

Les employés de Senior Disney ont garé nos voitures dans la section *Pluto*, rangée 24. Un tram en fibres de verre nous attendait pour nous amener au ferry.

– Pourquoi croyez-vous que Soneji vous a choisi? me demanda Bill Thompson au moment où nous sortions de la voiture. Vous avez une idée là-dessus, Alex?

– Il a peut-être lu quelque chose sur moi dans la presse, dis-je. Il sait peut-être que je suis psychologue, et cela peut l'avoir intéressé. Je le lui demanderai quand je le verrai, vous pouvez compter là-dessus.

– Faites gaffe avec lui. – Thompson me donnait des conseils. – Tout ce que nous voulons, c'est récupérer la gosse.

– C'est tout ce que je veux, moi aussi, lui dis-je.

Nous exagérions l'un et l'autre. Nous voulions récupérer Maggie Rose saine et sauve, mais nous voulions aussi coincer Soneji – ici – à Disney World.

Thompson m'entoura les épaules de son bras tandis que nous sortions sur le parking. Enfin un peu de camaraderie pour changer. Sampson et Jezzie Flanagan me souhaitèrent bonne chance.

Les agents du F.B.I. se montraient aimables, pour le moment du moins.

– Comment te sens-tu? – Sampson me prit à part un instant. – Tu penses te... tirer de toute cette merde? Il t'a choisi, mais tu n'es pas obligé d'y aller.

– Tout va bien. Il ne me fera pas de mal. J'ai l'habitude des cinglés, rappelle-toi.

– Tu es cinglé toi-même, mon bonhomme.

Je pris en main la valise contenant la rançon. Je montai seul dans le tram orange vif et, m'accrochant à la lanière de cuir qui pendait du plafond, je me laissai emporter vers le *Royaume magique*, où je devais procéder à l'échange de la rançon contre Maggie Rose Dunne.

Il était douze heures quarante-quatre. J'étais en avance de six minutes.

Personne ne faisait attention à moi tandis que j'avançais dans le flot compact des visiteurs vers les rangées de baraques où l'on prenait des billets, et les tourniquets d'entrée au *Royaume magique*. Pourquoi m'aurait-on remarqué ?

Ça devait être pour cela que Soneji avait choisi un endroit aussi encombré. J'ai serré encore plus fort la poignée de la valise. Tant que j'avais la rançon, j'avais un moyen sûr de récupérer Maggie Rose.

Avait-il osé amener la petite fille avec lui ? Etait-il venu lui-même ? Ou bien tout cela n'était-il qu'un test pour nous mettre à l'épreuve ? Tout était possible.

La foule était détendue et joyeuse. Il s'agissait surtout de familles en vacances, venues s'amuser sous un ciel bleu. La voix amicale d'un annonceur psalmodiait gentiment : *Prenez les petits enfants par la main, n'oubliez pas vos affaires personnelles, et profitez bien de votre visite au* Royaume magique.

Aussi blasé que l'on puisse être, on était fasciné par ce domaine de féerie. Tout y était tellement simple et on s'y sentait en *sécurité*. On ne pouvait s'empêcher de se croire protégé... Une sale impression en ce qui me concernait.

Mickey Mouse, Goofy et Blanche-Neige accueillaient tout le monde à la porte d'entrée. Le parc était d'une propreté immaculée. Des haut-parleurs, astucieusement camouflés dans un buisson parfaitement taillé, diffusaient *Yankee Doodle Dandy*.

Je sentais mon cœur battre sous ma chemise de sport flottante. J'étais complètement coupé de mes arrières pour le moment, et il en serait ainsi jusqu'à ce que je pénètre physiquement à l'intérieur du *Royaume magique*.

J'avais les paumes moites. Je les essuyais sur mon pantalon. Mickey Mouse serrait les mains des gens juste devant moi. C'était de la folie.

J'entrai dans une zone d'ombre projetée par des bâtiments. On pouvait voir le ferry, une sorte de bateau du Mississippi en miniature, sans la roue.

Un homme vêtu d'une veste de sport et d'un chapeau à large bord se glissa à mon côté. Je ne savais pas s'il s'agissait de Soneji. Mais l'impression de sécurité s'évanouit aussitôt.

– Il y a un changement de plan, Alex. Je vais vous emmener retrouver Maggie Rose. Jusqu'ici vous avez été parfait. Continuez à regarder droit devant vous. Continuez et tout ira bien.

Une Cendrillon d'un mètre quatre-vingts nous croisa, se dirigeant dans la direction opposée. Les enfants et les adultes poussaient des Oh!... et des Ah!... sur son passage.

– Faites demi-tour, Alex. Nous allons refaire le chemin que vous avez suivi jusqu'ici. Vous pouvez aussi passer la journée sur la plage. Cela dépend de vous, mon ami.

Il était très calme et se contrôlait parfaitement, comme Soneji au cours du kidnapping. Il flottait une aura d'invincibilité autour de tout ce qui se passait. Il m'avait appelé Alex. Nous sommes repartis en sens inverse en fendant la foule.

La tête de la Cendrillon coiffée de boucles blondes s'agitait devant nous. Les enfants riaient de plaisir en voyant l'héroïne des films et des dessins animés se montrer à eux en personne.

– Il faut d'abord que je voie Maggie Rose.

Je ne trouvai rien d'autre à dire à l'homme au chapeau à large bord. S'agissait-il de Soneji portant un déguisement? J'étais incapable de le savoir. Il me fallait l'observer plus longuement.

– Eh bien, c'est parfait. Mais si quelqu'un nous arrête, je vous le dis tout de suite, la petite fille est morte.

L'homme au chapeau me dit cela comme il aurait donné l'heure à un passant.

– Personne ne nous arrêtera, ai-je assuré. Notre seul but est de retrouver la petite fille saine et sauve.

J'espérais dire vrai. J'avais eu un bref contact ce matin-là avec Katherine et Tom Dunne. Je savais bien que ce qui comptait pour eux c'était de retrouver leur petite fille le soir même.

Mon corps tout entier commençait à baigner dans la transpiration. Je ne pouvais rien y faire. La température n'excédait pas trente-cinq, mais le degré d'humidité était très élevé.

Je commençais à m'inquiéter à l'idée d'une embrouille. Tout pouvait basculer. Ce n'était pas comme si nous avions eu le temps de prévoir une manœuvre ici, au cœur de Disney World et de ses foules imprévisibles.

– Ecoutez-moi. Si le F.B.I. me voit sortir d'ici, il se peut que quelqu'un intervienne.

J'avais décidé de prévenir l'homme.

– J'espère bien que non, dit-il en faisant claquer sa langue, et en secouant la tête de droite à gauche. Ce serait d'une très grave impolitesse.

Quel qu'il soit, il se montrait étrangement calme sous le feu de l'ennemi. Avait-il déjà fait quelque chose du même genre? Je me le demandais. Je crus comprendre que nous retournions vers les rangées de trams orange. L'un d'eux nous ramènerait au parking. Est-ce que cela faisait partie du plan?

L'homme était trop trapu pour être Soneji. A moins qu'il n'ait revêtu un déguisement extraordinaire, plein de rembourrage. L'aspect *comédie* de l'affaire me trottait de nouveau par la tête. J'espérais surtout – grand Dieu – qu'il ne s'agissait pas d'un imposteur qui aurait découvert ce que nous faisions en Floride, et décidé de nous contacter. Ce ne serait pas la première fois que ce genre de choses se produirait dans une affaire de kidnapping.

– *F.B.I.! Les mains en l'air!* entendis-je soudain.

Ça éclata comme un coup de feu. Mon estomac me remonta à la gorge. Qu'est-ce que ces cons étaient en train de faire? Où avaient-ils la tête?

– Bureau fédéral!

Une demi-douzaine d'agents du F.B.I. nous entouraient. Ils avaient sorti leurs revolvers. Les armes étaient braquées sur l'émissaire, et par conséquent sur moi.

L'agent spécial Bill Thompson se trouvait parmi les autres. *Nous ne voulons que récupérer la gosse*, m'avait-il dit, peu de temps auparavant!

– Reculez! Allez-vous-en, hurlai-je, perdant mon calme. Foutez-moi le camp! Laissez-nous tranquilles!

Je regardai l'homme au chapeau, bien en face. Ce n'était pas Gary Soneji. J'en étais à peu près certain. En tout cas, il se fichait d'être reconnu, ou même photographié à Orlando.

Pourquoi? Comment se faisait-il que ce type reste si indifférent?

– Si vous m'arrêtez, la fillette est morte, dit-il aux agents qui nous encerclaient – il avait les yeux morts. Rien

ne pourra l'empêcher. Je ne peux rien y faire. Vous non plus. Un cadavre, c'est tout ce que vous aurez.
— Est-ce qu'elle est vivante ?
Thompson fit un pas vers l'homme. Il avait l'air d'être prêt à le frapper — ce que nous avions tous envie de faire.
— Elle est vivante. Je l'ai vue il y a environ deux heures. Elle était prête à retourner chez elle, sauf si vous foutiez le bordel. Ce que vous êtes en train de faire pour de bon. Maintenant, allez-vous-en. Faites ce que vous dit l'inspecteur. Fous-le camp, mon vieux.
— Comment pouvons-nous être sûrs que vous êtes en cheville avec Soneji ? demanda Thompson.
— N° 1 Dix millions. N° 2 Disney World, Orlando. Le Royaume magique. N° 3 Garez-vous à Pluto 24.
Il récita mot pour mot le message de la demande de rançon.
Thompson restait ferme sur ses positions.
— Nous allons négocier la libération de la petite. Négocier. Vous allez suivre *nos* directives.
— Quoi ? *Et tuer l'enfant ?* — Jezzie Flanagan venait d'arriver juste derrière Thompson et le reste de la troupe. — Rangez vos revolvers, dit-elle fermement. Laissez l'inspecteur Cross s'occuper de l'échange. Si vous agissez à votre guise et si l'enfant meurt, je le dirai à tous les reporters du pays. Je vous jure que je le ferai, Thompson. Je le jure devant Dieu.
— Je ferai la même chose, dis-je à l'agent spécial du F.B.I. Je vous en donne ma parole.
— Ce n'est pas lui. Ce n'est pas Soneji, dit enfin Thompson.
Il regarda l'agent Scorse et secoua la tête d'un air écœuré.
— Laissez-les partir, Cross va rejoindre Soneji avec la rançon. Voilà ma décision.
L'émissaire au visage glacial et moi-même sommes repartis. Je tremblais. Les gens nous regardaient marcher d'un air étonné. Je nageais en pleine irréalité.
Quelques instants plus tard, nous montions tous les deux dans un tram. Il était plus d'une heure et demie. L'échange n'aurait pas lieu à Disney World.
— Le message précisait que tout serait terminé à une heure et quart, dis-je au moment où nous sortions de la Nissan.
Une brise chaude venant des tropiques soufflait sur

l'aéroport. On était assailli par une forte odeur de carburant pour diesels et de macadam en train de cuire.
— Le message mentait, dit-il — il était de nouveau d'une froideur glacée. Voilà notre avion. Il n'y a plus que vous et moi, maintenant. Essayez d'être plus intelligent que le F.B.I., Alex. Ça ne devrait pas être difficile.

24.

– Laissez-vous aller, détendez-vous, profitez du voyage, me dit-il quand nous fûmes installés à bord. On dirait presque que vous volez avec un ami pilote. Enfin pas si *ami* que ça.

Avec des menottes, il m'attacha à l'accoudoir d'un des quatre sièges prévus pour les passagers. Les voilà avec un deuxième otage, pensai-je. Il devait être possible de l'arracher. Fait de métal et de plastique, il ne paraissait pas très solide.

L'émissaire avait sans aucun doute l'habitude de piloter cet avion. Quand on lui eut donné l'autorisation de décoller, il lança son Cessna sur la piste, d'abord lentement, puis accélérant petit à petit. Il décolla finalement, prit la direction du sud-est et passa au-dessus de la section est d'Orlando et de St. Petersbourg.

Jusque-là, j'étais certain que nous étions sous surveillance. Maintenant, tout allait dépendre de l'émissaire... et du plan magistral élaboré par Soneji.

Les premières minutes du vol s'écoulèrent en silence. Je m'étais calé dans mon fauteuil et le regardais faire en essayant de me souvenir de chaque détail. Il contrôlait très efficacement l'appareil, semblait détendu. Aucun signe de stress. Cet homme-là se comportait dans tous les domaines comme un professionnel.

Une idée bizarre – un indice possible – me vint à l'esprit. Nous survolions, pour le moment, la Floride en direction du sud. Un cartel de trafiquants de drogue colombiens avait naguère menacé la famille Goldberg. S'agissait-il d'une coïncidence? Je ne croyais plus aux coïncidences. Plus maintenant.

Un des dogmes de la police, qui s'appliquait souvent à mon travail, me trottait dans la tête. Il ne manquait pas d'intérêt : quatre-vingt-quinze pour cent des crimes n'étaient résolus que grâce à une erreur commise. Jusqu'ici, Soneji n'avait commis aucune erreur. Il ne nous avait laissé aucune faille. Mais c'était maintenant qu'il pourrait en commettre. Le moment de l'échange serait très dangereux pour lui.

– Tout cela a été planifié avec la plus grande précision, dis-je à l'homme au chapeau. L'avion déviait de plus en plus loin au-dessus de l'Atlantique. Vers quelle destination? Allions-nous finalement procéder à l'échange et libérer Maggie Rose?

– Vous avez absolument raison. Tout est si parfaitement imbriqué qu'un pet n'y passerait pas. Vous n'imaginez pas à quel point tout a été prévu.

– Est-ce que la fillette est vraiment en bon état? lui demandai-je à nouveau.

– Je vous l'ai déjà dit. Je l'ai vue ce matin. Elle va très bien. On n'a pas touché à un seul poil de son petit menton joli.

– C'est difficile à croire, dis-je.

Je me souvenais de la découverte du corps de Michael Goldberg.

Le pilote haussa ses larges épaules.

– Croyez ce que vous voulez.

Il se moquait royalement de ce que je pouvais penser.

– Michael Goldberg a été violé. Qu'est-ce qui nous fait croire qu'on n'a pas abusé de la fillette?

Il me regarda. J'ai eu l'impression qu'il n'avait pas été mis au courant. Je me dis qu'il n'était pas véritablement l'associé de Soneji... que Soneji n'aurait jamais de vrais associés. Le pilote n'était sans doute qu'un homme de main – ce qui voulait dire que nous avions une chance de récupérer Maggie Rose.

– Michael Goldberg a été battu et sodomisé *après* sa mort. Autant que vous sachiez où vous avez mis les pieds, et quel genre d'homme est votre complice.

Je ne sais pourquoi, cela fit sourire l'émissaire.

– Okay. Plus d'insinuations, ni de questions agaçantes, bien que j'apprécie votre intérêt pour ma personne. Profitez du voyage. La fillette n'a été ni battue ni violée. Vous avez ma parole de gentleman.

– Parce que vous êtes un *gentleman*? De toute façon, vous ne l'avez pas vue depuis ce matin, et vous ne savez pas ce que Soneji a pu lui faire depuis. Sous ce nom-là ou un autre.

– Ouais. Il faut bien faire confiance à ses associés. Détendez-vous et bouclez-la. Faites-moi confiance. Etant donné la pénurie de stewards, on ne servira ni snack ni boissons sur ce vol.

Pourquoi, bon Dieu, était-il si calme ? Il était *trop* sûr de lui.
Y avait-il eu d'autres kidnappings avant celui-ci ? Il avait peut-être essayé de roder les détails ailleurs ? C'était quelque chose à vérifier... si j'étais encore capable de vérifier quoi que ce soit, une fois cette affaire terminée.
Je m'appuyai un moment au dossier de mon siège, laissant mes yeux errer sur ce qu'on pouvait voir au-dessous de nous. Nous étions en pleine mer. Je consultai ma montre. Nous avions quitté Orlando une bonne demi-heure plus tôt. L'Océan était agité, bien que le temps fût clair et ensoleillé. De temps à autre un nuage projetait son ombre à la surface d'une eau couleur de pierre grise.
La silhouette de l'avion apparaissait et disparaissait. Le F.B.I. ne pouvait nous suivre qu'au radar. Le pilote le savait certainement. Ça n'avait pas l'air de le gêner. Une terrible façon de jouer au chat et à la souris. Comment l'émissaire allait-il réagir ? Où étaient Soneji et Maggie Rose ? Où se passerait l'échange ?
– Où avez-vous appris à piloter ? lui demandai-je. Au Viêt-nam ?
Je m'étais posé la question. Il devait avoir à peu près l'âge adéquat : entre quarante-cinq et quarante-huit ans. Il était très marqué. J'avais traité des vétérans, qui auraient pu être assez cyniques pour se fourrer dans une histoire de kidnapping.
Ma question n'eut pas l'air de l'affecter, mais il n'y répondit pas.
C'était vraiment bizarre. Il ne donnait toujours aucun signe de nervosité et semblait indifférent. L'un des deux enfants était déjà mort... pourquoi avait-il l'air si détendu et si content de lui ? Que savait-il que j'ignorais ? Qui était Gary Soneji ? Qui *était*-il ? Quel était le lien entre eux ?
Environ une demi-heure plus tard, le Cessna amorça une descente ves une petite île entourée de plages de sable blanc.
J'ignorais absolument où nous nous trouvions ? Peut-être quelque part aux Bahamas ? Est-ce que le F.B.I nous surveillait toujours ? Du haut du ciel ? Le pilote avait-il réussi à les semer ?

– Comment s'appelle cette île, là, en bas ? Où sommes-nous ? Qu'est-ce que je peux faire, maintenant ?
– C'est la petite Abaco, finit-il par me répondre. Est-ce qu'on nous suit ? Les gens du F.B.I. ? une machine électronique ? des micros cachés sur vous ?
– Non, lui dis-je. Pas de micros. Rien de caché.
– Peut-être quelque chose qu'ils auraient mis sur les billets ? – Il avait l'air de connaître toutes les possibilités. – De la poudre fluorescente ?
– Pas que je sache.
Je lui disais la vérité. Mais je n'en étais pas sûr. Le F.B.I. pouvait très bien ne pas m'avoir tout dit.
– J'espère bien. Difficile de vous faire confiance après ce qui s'est passé à Disney World. L'endroit était bourré de flics. Et on vous avait bien dit de n'en rien faire. On ne peut plus faire confiance à personne de nos jours.
Il essayait d'être drôle. Peu lui importait ma réaction. Il me faisait penser à un homme désespéré qui en avait bavé et à qui on aurait donné une dernière chance de se faire de l'argent. L'argent le plus sale du monde.
Il y avait une piste d'atterrissage très étroite sur la plage. Le sable bien tassé s'étendait sur plusieurs centaines de mètres. Il y posa l'appareil avec facilité et maîtrise. Après quoi, il lui fit effectuer un demi-tour, et le fit rouler jusqu'à un bouquet de palmiers. Tout cela semblait faire partie d'un plan, jusque dans le moindre détail. Et jusqu'ici, parfait.
Il n'y avait même pas une de ces curieuses bicoques qu'on trouve dans les îles... pas le moindre baraquement. Derrière la plage, les montagnes étaient recouvertes d'une végétation tropicale épaisse et brillante.
Aucun signe d'être vivant, nulle part. Pas de Maggie Rose Dunne – pas de Soneji.
– Est-ce que l'enfant est ici ? lui demandai-je.
– Bonne question, répondit-il. Attendons et on verra. Je vais regarder.
Il avait coupé le moteur, et nous restions là, en silence, par une chaleur suffocante. Plus aucune réponse à mes questions. J'avais envie d'arracher l'accoudoir et de lui taper dessus avec. J'avais tellement serré les dents que j'en avais mal à la tête.
Il garda les yeux rivés sur le ciel sans nuages pendant plusieurs minutes. J'avais du mal à respirer par cette chaleur.
Est-ce que la petite fille est ici ? Est-ce que Maggie Rose est vivante ? Allez au diable.

Des insectes venaient se fracasser sur le verre teinté. Un pélican passa deux ou trois fois devant nous. L'endroit était désert et sinistre. Rien ne se produisit.

Il faisait de plus en plus chaud. Le genre de chaleur qui envahit une voiture laissée en plein soleil. Le pilote n'avait pas l'air de s'en apercevoir. Il avait certainement l'habitude de ce type de temps.

Les minutes devinrent une heure, puis deux. J'étais trempé de sueur, et je mourais de soif. J'essayais de ne pas penser à la chaleur, mais ce n'était pas possible. J'étais obsédé par l'idée que le F.B.I. nous observait du ciel. Une impasse, un *pat* aux échecs! Qu'est-ce qui nous en sortirait?

– Est-ce que Maggie Rose est ici? Je lui posais la question – encore et encore. Plus le temps s'écoulait, plus j'avais peur pour elle.

Pas de réponse. Pas le moindre signe révélant qu'il m'avait entendu. Il ne regarda pas sa montre. Il ne bougea pas, ne s'agita pas. Etait-il en transe? Qu'est-ce qu'il avait, ce type?

Je passai beaucoup de temps à étudier l'accoudoir auquel il m'avait attaché. Je me disais qu'ils avaient peut-être commis là une erreur. L'accoudoir était usé et grinçait quand je tâchais de le bouger. Je pourrais probablement l'arracher s'il le fallait absolument. Je savais que c'était dangereux. Mais il faudrait que j'essaie. Il n'y avait pas d'autre solution.

Tout à coup, sans que rien le laisse prévoir, le Cessna se mit à rouler vers la piste de la plage et décolla.

Nous volions assez bas, à moins de trois mille mètres. De l'air frais pénétra dans l'avion. Le bruit de l'hélice commençait à m'hypnotiser.

La nuit tombait. Je regardai le soleil se livrer à son tour de passe-passe habituel, disparaissant totalement derrière l'horizon qui s'étendait devant nous. Ce spectacle magnifique était, vu les circonstances, fantastique et inquiétant. Je savais maintenant ce que nous avions attendu si longtemps : la nuit. Il voulait que tout se passe la nuit. Soneji aimait la nuit.

Environ une demi-heure après, l'appareil amorça une nouvelle descente. Au-dessous de nous, je voyais scintiller des lumières. Vu d'en haut, cela ressemblait à une petite ville. Nous y étions. Le grand moment était arrivé. L'échange allait s'opérer.

– Ne me posez pas de questions, je ne vous dirai rien, déclara-t-il sans quitter le tableau de bord des yeux.

– Voilà qui ne m'étonne pas.

Tout en essayant de lui faire croire que je changeais de position, je tentais d'arracher l'accoudoir. Je sentis qu'il cédait. Je n'osai pas aller plus loin.

La piste d'atterrissage était très réduite, mais bien réelle. J'aperçus deux avions et un bâtiment qu'on ne s'était pas donné la peine de peindre. Le pilote n'établit aucun contact radio avec le sol. Mon cœur battait à tout rompre.

Une vieille pancarte aux couleurs de l'aéroport était peu solidement fixée au toit du bâtiment. Aucun signe de vie quand l'appareil s'arrêta en cahotant. Pas de Gary Soneji – Pas de Maggie Rose. Du moins, pas encore.

Quelqu'un a laissé une lumière allumée, me dis-je. *Où diable sont-ils ?*

– Est-ce que c'est ici que nous faisons l'échange ? Je tirai sur l'accoudoir de toutes mes forces.

L'émissaire se leva et quitta son siège. Il se faufila devant moi et descendit de l'appareil. Il tenait à la main la valise et les dix millions !

– Adieu, inspecteur Cross, dit-il en se retournant. Désolé, mais je suis très pressé. Ne vous fatiguez pas à fouiller les environs. L'enfant n'est pas ici. Même pas à proximité. A propos, nous sommes de nouveau aux Etats-Unis. Vous êtes en Caroline du Sud.

– *Où est l'enfant ?* hurlai-je, en essayant de me libérer des menottes. Où diable était le F.B.I. ? Etaient-ils encore loin derrière nous ?

Il fallait absolument que je fasse quelque chose, que j'agisse maintenant. Je me levai pour prendre appui, et tirai de toutes mes forces et de tout mon poids sur l'accoudoir du petit avion. Je tentai encore et encore de l'arracher. Le morceau de plastique et de métal finit par céder avec un bruit d'arrachement comparable à celui de l'extraction pénible d'une dent.

En deux enjambées, j'atteignis la porte de l'avion. L'émissaire était déjà à terre, en train de fuir avec la valise. Je plongeai sur lui. Il me fallait absolument ralentir sa course, le temps que le F.B.I. arrive. Qui plus est, j'avais envie d'aplatir ce salaud et de lui montrer qui, désormais, prendrait l'initiative.

Je fondis sur lui comme un aigle sur un rat des champs. Nous nous sommes effondrés tous les deux sur la piste, rejetant l'air avec une sorte d'aboiement. L'accoudoir pendait toujours de mes menottes, et le métal lui racla la figure et le fit saigner. Je le frappai de mon bras libre.

— Où est Maggie Rose ? Où est-elle ? Je hurlais à pleins poumons.

A ma gauche, au-dessus de l'obscurité de la mer, je distinguais des lumières qui s'approchaient de nous à toute vitesse. Ça ne pouvait être que le F.B.I. Leurs avions espions venaient à mon secours. Ils avaient réussi à nous suivre.

C'est à ce moment précis que je reçus un coup sur la nuque. On aurait dit un tuyau de plomb. Je ne m'évanouis pas tout de suite. Au fond de moi, une voix criait : *Soneji ?* Un deuxième coup m'atteignit à la base de la nuque — l'endroit le plus sensible. Cette fois-ci je fus mis K.-O. Je n'avais pas vu qui m'avait frappé.

Quand je revins à moi, le petit aérodrome grouillait de gens, et de projecteurs aveuglants. Le F.B.I. au complet était sur place. La police locale aussi. On voyait partout les ambulances des services d'urgence, et les voitures de pompiers.

L'émissaire au chapeau avait, bien sûr, disparu. Avec les dix millions de la rançon. Il s'en était tiré sans bavures. Les plans de Soneji étaient parfaits. Une action menée de main de maître.

— La petite fille ? Maggie Rose ? demandai-je à un médecin des urgences au crâne dégarni, qui pansait mes blessures.

— Rien, monsieur, dit-il avec l'accent traînant du Sud. Aucune nouvelle de la petite fille. Personne n'a vu Maggie Rose Dunne par ici.

25.

Un ciel sinistre, gris éléphant, s'étendait sur Crisfield, dans le Maryland. Il avait plu par intermittence toute la journée. Le long des routes de campagne détrempées, une seule et unique voiture de police roulait, toutes sirènes hurlantes.

A l'intérieur se trouvaient Artie Marshall et Chester Dils. Dils avait vingt-six ans, vingt ans de moins que Marshall. Comme beaucoup de jeunes policiers des zones rurales, il rêvait d'aller ailleurs. Rêves et espoirs qu'il nourrissait déjà au temps où il fréquentait le lycée de Wilde Lake dans le district de Columbia.

Seulement, voilà, il était toujours à Crisfield. Il avait surnommé *Twin Peaks II* la petite ville de moins de trois mille habitants.

Dils souffrait de ne pas faire partie de la milice d'Etat du Maryland. Il était difficile de s'y glisser en raison des examens compliqués qu'il fallait passer pour y entrer – surtout en maths. Mais s'il arrivait à devenir milicien, il pourrait se tirer loin du comté de Somerset, bon Dieu. Peut-être même aller jusqu'à Salisbury ou Chestertown.

Ni Dils, ni Artie Marshall au tempérament si conciliant n'étaient préparés à faire face à la notoriété qui allait brusquement changer leur vie... dans l'après-midi du 31 décembre. Le commissariat de Old Hurley Road avait reçu un coup de téléphone. Deux chasseurs avaient remarqué quelque chose de suspect du côté de West Crisfield, sur la route menant au terrain de camping de l'île Tangier. Ils avaient trouvé un véhicule abandonné. Une camionnette Chevrolet bleue.

Au cours des derniers jours, tout ce qui avait l'air vaguement suspect avait été considéré comme lié au fantastique kidnapping de Washington. Cette fois-ci, l'idée avait été vite abandonnée. On envoya cependant Dils et Marshall vérifier sur place. Après tout c'était une camionnette Chevrolet bleue qui avait servi à enlever les enfants.

L'après-midi touchait à sa fin lorsqu'ils arrivèrent à la ferme de la route 413. Ils étaient un peu angoissés en prenant le chemin qui aboutissait à la propriété.

— Qu'est-ce qu'il y a là-bas, une vieille ferme, ou quoi? demanda Dils à son coéquipier.

Dils était au volant, il avançait à environ dix à l'heure sur le chemin boueux et défoncé. Artie Marshall, lui, aurait préféré foncer comme pour une chasse à l'homme avec des carabines – mais *sans* carabine...

— Ouais! Personne n'habite plus là. Je ne crois pas qu'on trouve quoi que ce soit d'excitant, Chesty.

— On ne sait jamais. C'est ce qui fait la beauté de *notre travail*. Il arrive toujours quelque chose d'excitant.

Il avait pris l'habitude de donner aux choses plus de poids qu'elles n'en avaient réellement. Il avait la tête remplie de rêves et de grandes idées. Artie Marshall les attribuait à l'immaturité de la jeunesse.

Ils arrivèrent devant la grange en ruine.

— Allons jeter un coup d'œil, dit Marshall, en s'efforçant de partager l'enthousiasme de son cadet.

Chester Dils sauta de la voiture de police. Artie Marshall le suivit d'un pas moins vif.

Ils s'approchèrent de la grange peinte d'un rouge bien passé – une bâtisse qui avait l'air de s'être enfoncée de soixante centimètres dans le sol, depuis sa construction.

Les chasseurs s'y étaient arrêtés un moment pour s'abriter de la pluie. Après quoi, ils avaient appelé la police.

A l'intérieur, la grange leur apparut obscure et inquiétante. Les fenêtres avaient été recouvertes de filets à fromage.

Artie Marshall alluma sa lampe de poche.

— Eclairons nos lanternes, murmura-t-il. Puis, il se mit à hurler, *nom de Dieu de nom de Dieu!*

Tout y était. Un énorme trou au milieu du sol en terre et une camionnette bleu foncé.

— Bon Dieu de merde, Artie!

Chester Dils sortit son revolver de service. Il eut tout à coup le souffle coupé. Il avait du mal à rester debout.

Pour être tout à fait honnête, il n'avait aucune envie de s'approcher du trou. Aucune envie de rester dans la grange. Sans doute n'était-il pas encore prêt pour la milice d'Etat.

– Qui est là? cria Artie Marshall d'une voix forte et claire. Sortez de là immédiatement. Police! C'est la police de Crisfield.

Ciel! pensa Dils. Artie s'en tirait mieux que lui. Il se montrait à la hauteur. Cette idée lui redonna des jambes. Il s'avança dans la grange... pour voir si ce qui se trouvait là était bien ce qu'il suppliait *Dieu tout-puissant* de ne pas trouver.

– Braque ta lampe là-dedans, dit-il à son partenaire.

Ils se tenaient maintenant au bord du trou. Il pouvait à peine respirer. Il avait l'impression qu'on lui enserrait le poitrine. Ses genoux s'entrechoquaient.

– Ça va, Artie? demanda-t-il.

Marshall projeta la lumière de sa lampe de poche dans le trou noir et profond. Ils virent ce que les chasseurs avaient eux-mêmes découvert.

Il y avait une boîte dans le trou... une sorte de *cercueil*. La petite caisse de bois était ouverte.

– Qu'est-ce que c'est que ce machin-là? s'entendit dire Dils.

Artie Marshall se pencha un peu plus. Il dirigea le rayon de sa lampe dans le trou. Il se retourna instinctivement et vérifia ses arrières. Puis il prêta de nouveau attention à l'intérieur du trou.

Il y avait quelque chose au fond – quelque chose de rose vif ou de rouge.

Tout se bousculait dans la tête de Marshall... *C'est un soulier... Seigneur, ça doit être celui de la petite fille. C'est là qu'ils ont dû cacher Maggie Rose Dunne.*

– C'est là qu'ils ont caché les deux gosses, dit-il finalement. Nous avons trouvé l'endroit, Chesty.

Et c'était vrai.

Ils avaient trouvé l'une des jolies baskets roses de Maggie Rose. Les vieilles *Reebok* qu'elle affectionnait. Le plus inquiétant de l'affaire était qu'on avait l'impression que la chaussure avait été laissée là... pour qu'on la trouve.

DEUXIÈME PARTIE

LE FILS DE LINDBERGH

26.

Quand Gary était très inquiet, il se réfugiait dans les chères histoires de son enfance, dans les fantasmes obsédants qui s'y rattachaient.
A ce moment précis, il était très inquiet. Son plan si parfaitement élaboré semblait échapper à son contrôle. Il n'avait même pas envie d'y penser.
En chuchotant, il se remémorait et se répétait les mots magiques qu'il avait appris par cœur :
La ferme des Lindbergh brillait, illuminée de lumières orangées. On aurait dit un château en flammes... Seulement, maintenant, le rapt de Maggie Rose est devenu le crime du siècle. Tout simplement!
Enfant, il avait été la proie d'un fantasme particulier : il kidnappait le bébé Lindbergh. Gary se l'était répété jusqu'à le savoir par cœur.
C'est là que tout avait commencé, cette histoire qu'il avait inventée à l'âge de douze ans. Une histoire qu'il se racontait sans cesse pour ne pas devenir fou. Un rêve éveillé où il commettait un crime vingt-cinq ans avant sa naissance.
Il faisait noir comme dans un four dans le sous-sol de sa maison. Il s'était habitué à l'obscurité. Il pouvait y vivre. Il pouvait même s'y trouver très bien.
Il était six heures quinze du matin, ce mercredi 6 janvier à Wilmington – dans l'Etat du Delaware.
Gary laissait vagabonder son esprit – il le laissait *s'envoler*. Il était capable de se représenter la ferme de Lindy-le-Veinard et d'Anne Morrow à Hopeweli Junction, dans ses détails les plus intimes. Cela faisait si longtemps qu'il était obsédé par ce kidnapping... depuis que sa belle-mère s'était installée chez lui avec ses deux bâtards – des gosses trop gâtés... depuis la première fois où elle

l'avait expédié à la cave *où l'on enferme les méchants petits garçons pour qu'ils réfléchissent à leurs mauvaises actions.*

Il en savait plus sur les kidnappings des années trente que n'importe qui au monde. Le bébé Lindbergh avait finalement été retrouvé dans une tombe peu profonde à cinq kilomètres seulement du domaine du New Jersey. *Ah! Mais était-ce véritablement le bébé Lindbergh?* Le cadavre qu'on avait exhumé était trop grand – il mesurait un mètre zéro deux alors que Charles Junior ne faisait que quatre-vingt-dix centimètres.

Personne depuis n'avait résolu l'énigme que posait le rapt. Et c'était exactement ce qui se passerait pour le kidnapping de Michael Goldberg et de Maggie Rose Dunne.

Personne ne comprendrait jamais ce qui s'était passé. Cela, il se l'était juré.

Personne n'avait jamais élucidé les autres meurtres qu'il avait commis, pas vrai? Ils n'ont arrêté John Wayne Gacy Jr à Chicago qu'après son trentième crime. Jeffrey Dalmer en avait commis dix-sept avant de tomber à Milwaukee. Gary avait assassiné plus de gens que les deux hommes réunis. Mais personne ne savait qui il était, ni où il habitait, ni quels étaient ses plans pour l'avenir.

Il faisait nuit dans sa cave, mais Gary en avait l'habitude.

– On apprend à se trouver très bien à la cave, avait-il dit un jour à sa belle-mère pour la mettre en colère.

La cave représentait pour lui ce que serait son esprit après sa mort. Ce serait délicieux pour les gens dotés d'un esprit hors du commun. Ce qui était certainement son cas.

Gary réfléchissait maintenant à son plan d'action. Cela s'avérait très simple : *Ils n'avaient encore rien vu.*

Ils auraient intérêt à ne pas fermer les yeux, même une seconde!

A l'étage, Mme Murphy faisait de son mieux pour ne pas se mettre en colère contre Murphy. Elle était en train de faire des *cookies* pour leur fille, Roni, et pour les enfants du voisinage. Elle essayait de toutes ses forces de se montrer compréhensive et coopérative. *Une fois de plus.*

Elle s'efforçait de ne pas penser à Gary. En général, elle y arrivait quand elle était occupée à faire la cuisine.

Mais ce jour-là, ça ne marchait pas. Gary était incorrigible. Il était adorable, gentil et plus *brillant* qu'une ampoule de mille watts. C'était cela qui l'avait attirée au début.

Elle l'avait rencontré à une réception organisée par l'université du Delaware. Gary n'y était pas vraiment à sa place. Il venait de Princeton. Elle n'avait jamais rencontré quelqu'un d'aussi intelligent. Même ses professeurs étaient loin derrière.

Elle l'avait épousé en 1982 à cause de son côté charmant. Malgré les mises en garde de tous ses proches. Sa meilleure amie, Michelle Lowe, qui croyait aux tarots, à la réincarnation et tout le tremblement, avait fait leur horoscope :

– Laisse tomber, Missy, lui avait-elle dit. As-tu vraiment bien regardé ses yeux ?

Mais Missy n'avait rien voulu entendre et s'était quand même mariée. Peut-être était-ce la raison pour laquelle elle avait accepté l'inacceptable. Plus que personne ne pouvait s'attendre à la voir accepter. Il lui semblait parfois qu'il existait deux Gary. Gary et ses incroyables jeux intellectuels.

Tout en versant les ingrédients dans la pâte, elle se disait qu'il allait se passer quelque chose de très déplaisant. Elle sentait venir le jour où il lui annoncerait, une fois de plus, qu'il avait été renvoyé de son travail. L'horrible processus habituel recommencerait.

Gary lui avait souvent dit qu'il était *plus intelligent que tous les autres* dans son travail – c'était, sans doute, parfaitement exact. Il lui disait qu'il *distançait tout le monde de cent coudées*. Que ses patrons ne juraient que par lui – au début c'était probablement vrai. Il lui disait qu'on allait le promouvoir directeur des ventes d'un secteur. Ça, c'était certainement une de ses *inventions*. Et puis tout se mettait à aller de travers. Gary prétendait que son patron commençait à le jalouser. Les heures de travail devenaient insupportables – c'était tout à fait vrai. Il était parfois absent une semaine entière, et pendant pas mal de week-ends. Le *processus* annonçant le danger était bien parti. L'aspect le plus désolant de la chose était que, s'il n'arrivait pas à garder *ce* genre de travail avec *ce* patron-là, il ne pourrait jamais le faire nulle part.

Missie Murphy était convaincue que Gary allait arriver un soir pour lui dire qu'il avait été viré de nouveau. Ce n'était qu'une question de jours. Elle aurait pu compter les jours qui lui restaient à surveiller les ventes de l'Entreprise de chauffage de la côte atlantique. Et où trouverait-il du travail ensuite? Et qui aurait pu être plus compréhensif que son patron actuel... son propre frère à elle, Marty.

Pourquoi fallait-il que sa vie soit aussi pénible? Pourquoi tombait-elle toujours naïvement dans les pièges tendus par tous les Gary Murphy de la création?

Missie Murphy se demandait si tout allait se déclencher ce soir. Avait-il déjà été renvoyé? Pourquoi un homme aussi intelligent était-il constamment perdant? Une première larme tomba dans la pâte à *cookies*, puis Missie laissa libre cours au Niagara qui suivit. Elle hoquetait et tremblait de tout son corps.

27.

Je n'ai jamais eu de mal à rire des frustrations que je devais subir, soit en tant que flic, soit comme psychologue. Mais maintenant, j'éprouvais de grandes difficultés à accepter sans broncher ce qui se passait. Soneji nous avait blousés dans le Sud, en Floride et en Caroline du Nord. Nous n'avions pas retrouvé Maggie Rose. Nous ne savions même pas si elle était vivante.

Après un *debriefing* de cinq heures mené par le F.B.I., on m'emmena en avion à Washington, dans mon propre service, où il me fallut répondre aux mêmes questions. L'un de mes derniers inquisiteurs était Pittman, le chef des détectives.

Le *Jefe* était arrivé vers minuit, récuré et rasé de près pour l'occasion. Notre rencontre très spéciale!

– Vous avez l'air complètement ravagé, me dit-il, en guise de bienvenue.

– Je suis debout depuis hier matin, répliquai-je. Et je sais de quoi j'ai l'air. Vous n'avez pas autre chose de plus intéressant à me dire.

Je me rendis compte, avant d'avoir terminé ma phrase, que j'avais eu tort de dire ça. Je ne suis pas aussi agressif d'habitude, mais je me sentais abruti, éreinté, complètement à côté de mes pompes.

Le *Jefe*, assis sur une des petites chaises métalliques de sa salle de conférences, se pencha en avant. Quand il ouvrit la bouche, je vis ses dents en or.

– Une chose est sûre, Cross, je suis obligé de vous retirer de l'affaire du kidnapping. A tort ou à raison, la presse nous rend responsables du cafouillage. Le F.B.I. n'est même pas mis en cause! Thomas Dunne fait un raffut de tous les diables. Ça ne m'étonne guère, la rançon a disparu et nous n'avons pas récupéré sa fille.

– Ce ne sont que ragots imbéciles, dis-je au chef Pittman. Soneji a exigé ma présence. Personne ne sait pourquoi. Je n'aurais sans doute pas dû y aller, mais je l'ai fait. C'est le F.B.I. qui s'est montré incapable d'assurer la surveillance, pas moi.

– Vous n'avez rien de plus intéressant à *me* dire, me renvoya Pittman. De toute façon, Sampson et vous allez pouvoir vous occuper des meurtres des Turner et des Sanders. C'est bien ce que vous souhaitiez au départ? Vous pouvez rester en arrière dans l'affaire du kidnapping – ça ne me gêne pas. Je n'ai rien d'autre à vous dire.

Le *Jefe* s'en alla. Terminé. Pas de discussion.

Sampson et moi avions été remis à notre place – dans le quartier sud-est de Washington. Les priorités étaient redevenues claires. L'assassinat de six personnes de race noire avait retrouvé son importance.

28.

Deux jours après mon retour de Caroline du Sud, j'étais réveillé par le vacarme d'une foule rassemblée devant notre maison.

Depuis le creux de mon oreiller, un endroit où je me trouvais, en principe, en sécurité, j'entendis des bruits de voix. Une vieille citation me passa par la tête :

– Oh, non, ce n'est pas déjà demain.

Je finis par ouvrir les yeux et me trouvai face à d'autres yeux. Damon et Janelle me regardaient fixement. Ils s'amusaient de me voir dormir à un moment pareil.

– Dites donc, les gosses, est-ce que c'est la télé qui fait un raffut pareil ?

– Non, papa, dit Damon. La télé n'est pas branchée.

– Non, papa, répéta Janelle. C'est mieux que la télé.

Relevé sur le coude, je me suis mis le menton dans la main.

– Alors, vous avez convoqué aussi vos copains ? C'est ça que j'entends par la fenêtre ?

Ils se sont mis à secouer vigoureusement la tête en signe de dénégation – très sérieusement. Damon finit par esquisser un sourire, mais la petite restait sérieuse et un peu inquiète.

– Non, papa, on n'a pas appelé nos amis, dit Damon.

– Hem ! Vous n'allez pas me dire que les reporters et les gens de la télé sont revenus. Ils sont déjà venus il y a quelques heures. Hier soir, exactement.

Damon restait là, debout, les mains posées sur le sommet de sa tête.

C'est une attitude qu'il prend quand il est excité ou nerveux.
— Oui, papa, c'est encore les r'porters.
— Y m'cassent les pieds, murmurai-je.
— Y m'cassent les pieds aussi, dit Damon en fronçant les sourcils.

Il comprenait en partie ce qui se passait. Un lynchage avec publicité! le mien.

Encore ces emmerdeurs de journalistes et de reporters. Je me retournai sur mon lit et regardai le plafond. Il avait besoin d'une bonne couche de peinture. Quand on est propriétaire, on n'en a jamais fini.

Désormais les médias considéraient que c'était moi qui avais fait capoter l'échange. Quelqu'un, peut-être un membre du F.B.I., peut-être George Pittman, m'avait désigné à la vindicte publique. Quelqu'un avait également laissé filtrer la fausse information selon laquelle c'était mon évaluation psychologique de la personnalité de Soneji qui avait dicté les actions entreprises à Miami.

Un magazine de diffusion nationale avait titré à la une : *Le flic de Washington perd la trace de Maggie Rose!*

Thomas Dunne avait déclaré dans une interview à la télévison qu'il me tenait pour responsable de l'échec de la libération de sa fille.

Et depuis, on en avait écrit des éditoriaux et des articles! Aucun d'eux n'essayait de me défendre... aucun d'eux ne relatait les faits réels.

Si j'avais cafouillé d'une manière ou d'une autre, j'aurais accepté les critiques sans broncher : je suis capable de reconnaître mes erreurs. Mais je n'avais pas cafouillé. En Floride, c'était ma propre vie que j'avais mise en jeu.

Plus que jamais, j'avais besoin de savoir pourquoi Gary Soneji m'avait choisi, moi, pour procéder à l'échange. Pourquoi faisais-je partie de son plan? Pourquoi m'avait-il désigné? Tant que je n'aurais pas découvert son mobile, je ne pouvais, en aucun cas, laisser tomber l'affaire du kidnapping. Peu importait ce que dirait le *Jefe*, ou ce qu'il ferait contre moi.

— Damon, va sous le porche de la maison et dis aux reporters de ficher le camp. Dis-leur d'aller faire un tour ailleurs. Dis-leur de *prendre la route, Jack*[1]. Okay?
— Ouais. Fiche le camp, Jean! dit Damon.

---

1. *Hit the Road, Jack,* chanson très populaire. *(N.d.T.)*

Je souris à Damon, qui comprenait très bien que j'essayais de m'en tirer le mieux possible. Il me rendit mon sourire. Janelle se mit elle aussi à sourire et prit Damon par la main. Je décidai de me lever. Ils devinaient qu'il allait y avoir de l'ACTION. Aucun doute là-dessus.

Je me traînai dehors et allai dire deux mots aux journalistes.

Je ne m'étais même pas donné la peine d'enfiler des chaussures, ni de mettre une chemise. Je songeais aux paroles immortelles de Tarzan... *Aaeeyaayaayaa!*

– Comment allez-vous, braves gens, par cette belle matinée d'hiver? leur demandai-je, vêtu d'un vieux pantalon avec des poches aux genoux. Quelqu'un veut-il encore du café ou des croissants?

– Inspecteur Cross, Katherine Rose et Thomas Dunne vous tiennent pour responsable des erreurs commises en Floride. M. Dunne a fait une nouvelle déclaration hier soir.

On me donnait les dernières nouvelles... et, qui plus est, gratuitement. Oui, j'étais encore le bouc émissaire de la semaine.

– Je comprends très bien la déception des Dunne après ce qui s'est passé en Floride, répondis-je d'une voix calme. Continuez donc à jeter vos cartons de café n'importe où dans l'allée, comme vous l'avez déjà fait. Je les ramasserai plus tard.

– Vous reconnaissez donc que vous avez commis une faute en leur remettant la rançon avant d'avoir vu Maggie Rose?

– Non, je ne reconnais rien du tout. Je n'ai pas eu le choix, ni en Floride, ni en Caroline du Sud. Le seul choix que j'ai eu à faire était d'accepter ou non de rencontrer l'émissaire. Voyez-vous, quand on a des menottes aux poignets et que l'autre type a un revolver, on est sérieusement handicapé. Et quand ceux qui sont censés vous suivre et vous protéger arrivent en retard, il y a encore un autre problème.

Ils réagirent comme s'ils n'avaient pas entendu un seul mot de ce que je leur avais dit.

– Inspecteur, nous savons de source sûre que c'est vous qui avez, dès le début, décidé qu'il fallait payer la rançon, avança quelqu'un d'autre.

– Pourquoi venez-vous camper sur ma pelouse? dis-je face à toutes ces conneries. Pourquoi venez-vous terroriser ma famille? Flanquer la pagaille dans le quartier? Je me moque de ce que vous écrivez à mon sujet, mais je vais ajouter ceci : vous n'avez pas la moindre idée de ce qui se passe réellement. Et il se pourrait fort bien que vous mettiez la petite Dunne en danger.

— Est-ce que Maggie Rose Dunne est vivante ? cria quelqu'un.

Je leur tournai le dos pour rentrer dans la maison. Ça leur apprendrait. Ils comprendraient maintenant ce que voulait dire le respect de la vie privée.

— Hé, l'Homme au beurre de cacahuètes. Qu'est-ce qui se passe ?

Un peu plus tard dans la matinée, une foule d'un genre tout différent me salua. Des hommes et des femmes faisaient la queue par rangées de trois devant l'entrée de l'église St. Anthony dans la Douzième Rue. Ils avaient faim et froid, et aucun d'eux ne portait de Nikon ou de Leica autour du cou.

— Hé, l'Homme au beurre de cacahuètes, j'vous ai vu à la télé. Vous êtes devenu une star, pas vrai ? cria quelqu'un.

— Eh oui, merde. Ça se voit pas ?

Sampson et moi nous occupions de la soupe populaire de St. Anthony depuis quelques années. Deux ou trois fois par semaine. J'avais commencé à y aller parce que Maria s'était penchée sur certaines situations pénibles du quartier. Et j'avais continué après sa mort pour des raisons très égoïstes. Ce genre de travail me convenait, il correspondait à ce que je ressentais profondément.

Sampson est celui qui accueille les gens à l'entrée. Il ramasse les numéros qu'on leur a distribués quand ils se sont joints à la file d'attente. Il empêche aussi les gens de tricher.

Moi, je suis celui qui maintient, physiquement, un certain ordre dans la salle à manger. On m'appelle l'*Homme au beurre de cacahuètes* parce que Jimmy Moore, qui fait la cuisine, croit au pouvoir nutritif du beurre de cacahuètes. En plus du repas complet qui comprend généralement deux petits pains, deux légumes, un plat de viande ou de poisson et un dessert, tous ceux qui le souhaitent reçoivent une tasse de beurre de cacahuètes. Tous les jours.

— Hé, l'Homme au beurre de cacahuètes ! Est-ce qu'il y a du bon beurre de cacahuètes, aujourd'hui ? Et des patates ? ou cette saleté de machin jaunâtre ?

J'adressai un sourire à ces visages ravagés qui

m'étaient si familiers. Les relents habituels de sueur, de mauvaise haleine et d'alcool me montaient au nez.
— Je ne sais pas exactement ce qu'il y a au menu.

Ceux qui venaient régulièrement nous connaissaient, Sampson et moi. La plupart d'entre eux savaient également que nous étions de la police. Certains savaient que j'étais aussi *psy*, parce que je reçois et conseille les gens, à l'extérieur du bâtiment, dans une caravane sur laquelle on peut lire : *Le Seigneur aide ceux qui s'aident eux-mêmes. Entrez donc, bon sang!*

Jimmy Moore dirige ce bel endroit avec efficacité. Il prétend que sa cuisine est la plus grande soupe populaire de tout l'est du pays et que nous sommes proches des mille cent repas par jour.

Il commence à servir à dix heures quinze et le déjeuner doit être terminé à midi trente. Si quelqu'un arrive à midi trente et une, il reste à jeun toute la journée. La discipline fait partie du programme de St. Anthony.

Les personnes ivres ou simplement éméchées ne sont pas admises. On exige une tenue correcte pendant le repas. Les gens disposent de vingt minutes pour manger... car d'autres — qui ont faim et froid — restent dehors dans la longue file d'attente. Chacun est traité avec dignité et respect. On ne pose jamais de questions. Si vous faites la queue avec les autres, on vous nourrit. On vous appelle monsieur ou madame, et le personnel — en majorité des volontaires — apprend à se montrer extrêmement aimable. *Des contrôles de sourire* ont lieu au moment du recrutement des volontaires.

A midi, ce jour-là, on entendit un grand charivari dehors. Sampson hurlait. Quelque chose n'allait pas. Dans la file d'attente, les gens criaient et juraient. Sampson m'appela à l'aide :
— Alex! Viens vite ici.

Je me précipitai dehors et compris tout de suite ce qui se passait. Je serrai les poings, prêt à m'en servir comme de marteaux. La presse nous avait retrouvés. Elle m'avait retrouvé, moi.

Deux cameramen étaient en train de filmer la file d'attente des clients. Et ça ne leur plaisait pas du tout... ce qui est parfaitement compréhensible. Ils essayaient de préserver ce qui leur restait de dignité et ne voulaient pas être vus à la télévision en train de faire la queue devant une soupe populaire, en quête de charité.

Jimmy Moore est un Irlandais insolent, un dur à cuire qui a naguère travaillé avec nous dans les forces de police.

Il venait de sortir, et, très franchement, c'était lui qui faisait le plus de bruit !

– Espèces de lèche-culs, ordures, fils de putes ! – Je m'étais mis à hurler. – Personne ne vous a invités. On veut pas de vous ici, nom de Dieu ! Laissez ces gens tranquilles. Laissez-nous servir notre déjeuner en paix.

Les photographes arrêtèrent leurs appareils. Tout le monde me regardait. Sampson, Jimmy Moore, et presque tous les gens de la file d'attente aussi.

La presse ne quitta pas les lieux, mais bon nombre d'entre eux reculèrent. La plupart des reporters traversèrent la Douzième Rue. Je savais très bien qu'ils allaient m'attendre à la sortie.

Tout en observant les journalistes et les photographes de presse qui m'attendaient dans le parc, de l'autre côté de la rue, je pensais aux repas que nous devions servir à ceux qui en avaient besoin. Qui diable la presse servait-elle de nos jours, sinon les trusts et les familles les plus huppées ?

Des murmures furieux s'élevaient de partout.

– On a faim et on a froid. On veut manger. On a le droit de manger, cria quelqu'un.

Je regagnai mon poste et nous recommençâmes à servir le déjeuner. J'étais redevenu l'Homme au beurre de cacahuètes.

29.

Wilmington, Delaware, Gary Murphy était en train de déblayer la neige devant sa porte avec une pelle. C'était le 6 janvier – un mercredi après-midi. Il réfléchissait au kidnapping. Il s'efforçait de dominer la situation. Il songeait à cette petite salope de millionnaire, Maggie Rose Dunne, quand une superbe Cadillac bleue s'arrêta devant sa petite maison de style colonial de Central Avenue. Gary jura intérieurement. Il soufflait. De la buée lui sortait de la bouche.

Roni, six ans – la fille de Gary –, faisait des boules de neige qu'elle disposait en rang. Elle se mit à pousser de petits cris en voyant son oncle Marty descendre de sa voiture.

– Qui est cette ravissante petite fille ? s'écria l'oncle Marty à travers la cour. Serait-ce une star de cinéma ? Je crois bien que oui ! Serait-ce Roni ? Bien sûr, c'est elle !

– Oncle Marty ! Oncle Marty ! hurla la petite fille en se précipitant vers la voiture.

Chaque fois que Gary voyait Marty Kasajian, il se souvenait d'un film absolument infect qui s'appelait *Oncle Buck*. Dans *Oncle Buck*, John Candy jouait le rôle d'un parent détestable que personne n'avait envie de voir et qui ne cessait d'arriver à l'improviste pour torturer une famille de fermiers du Middle West. Le film était à vomir.

L'oncle Marty Kasajian était riche et plus encombrant que le personnage de John Candy. Gary méprisait le grand frère de Missy pour toutes ces raisons, mais plus encore parce que Marty était son patron.

Missy devait avoir entendu son arrivée bruyante. Impossible de ne pas être alerté de Central Avenue à North Street ! Elle sortit par la porte de derrière, tenant encore un torchon à la main.

— Venez voir qui est là !

Ses cris, comme ceux de Roni, sonnaient aux oreilles de Gary comme des couinements de porcelets.

Tu parles d'une sacrée bon Dieu de surprise ! avait envie de hurler Gary. Mais il se retint, comme il retenait toujours ses véritables pensées quand il était chez lui. Dans sa tête, il se voyait en train d'assassiner Marty à coups de pelle, de le tuer sous les yeux de Missy et de Roni. Ça leur montrerait qui était vraiment l'homme de la maison.

— La divine miss M. — Marty Kasajian continuait de faire tourner son moulin à paroles à plein régime.

Il finit par s'adresser à Gary :

— Comment ça va, mon vieux *Gar* ? Qu'est-ce que tu as fait pour les *Aigles* ? Randall est en pleine forme. Tu as des billets pour le Superbowl !

— Bien sûr, Marty, deux places face à la ligne des quatre cents mètres.

Gary Murphy lança sa pelle d'aluminium qui alla se ficher dans un tas de neige. Il se dirigea vers eux d'un pas lourd.

Ils entrèrent tous ensemble dans la maison. Missy servit un *eggnog* qui coûtait très cher, et apporta un gâteau aux pommes et au raisin, agrémenté de lamelles de cheddar, tout frais sorti du four. Le morceau qu'elle donna à Marty était plus gros que ceux des autres. C'était lui l'homme, naturellement !

Marty tendit une enveloppe à sa sœur. C'était la *pension* qu'il lui versait et il voulait que Gary en soit témoin. Une façon d'envenimer les blessures.

— Ta maman, l'oncle Marty et ton papa ont à parler ensemble, deux ou trois minutes, dit Marty dès qu'il eut fini sa part de gâteau. Je *crois bien* que j'ai laissé quelque chose pour toi dans ma voiture. Je ne sais plus très bien. Peut-être sur la banquette arrière. Va donc voir.

— Mets ton manteau d'abord, ma chérie, dit Missy à sa fille. Ne prends pas froid.

Roni embrassa son oncle, en poussant des cris et en riant. Puis elle sortit rapidement.

— Qu'est-ce que tu as bien pu lui apporter ? chuchota Missy à son frère. C'est trop.

Marty haussa les épaules comme s'il ne s'en souvenait plus. Avec n'importe qui Missy était parfaite. Elle rappelait à Gary sa vraie mère. Elle ressemblait même à sa vraie mère. Mais quand elle se trouvait avec son frère — Gary l'avait remarqué — elle changeait de manière déplaisante.

Elle imitait le comportement et le débit insupportables de son frère.

– Ecoutez, les enfants – Marty se rapprocha d'eux – nous avons un petit *problème*. Ça peut s'arranger parce que nous n'en sommes qu'au début. Mais c'est quand même quelque chose qu'il faut regarder en face. On va faire semblant d'être tous des adultes responsables, d'accord?

Missy fut tout de suite sur ses gardes.

– De quoi s'agit-il, Marty? Quel est le problème?

Kasajian avait pris un air sincèrement désolé et semblait mal à l'aise. Gary l'avait vu arborer son air de chien perdu des centaines de fois avec ses clients... Quand il se trouvait confronté à un client qui n'avait pas encore réglé sa note – ou quand il se préparait à renvoyer l'un de ses employés.

– *Gar?* – Il regarda Gary d'un air implorant. – Tu as peut-être quelque chose à me dire?

Gary haussa les épaules comme s'il ne voyait pas où Marty voulait en venir. *Va te faire foutre, trou du cul*, pensait-il intérieurement. *Ne compte pas sur moi cette fois-ci.*

Gary sentait un ricanement lui monter aux lèvres, du plus profond de son être. Il ne voulait pas le laisser échapper, mais il finit par lui remonter jusqu'à la bouche. L'instant avait quelque chose de délectable. Se faire prendre en flagrant délit lui apportait une satisfaction subtile. Il y avait peut-être là une leçon à tirer – quelque chose à apprendre.

– Désolé. Je ne vois pas ce qu'il peut y avoir de drôle, Marty. Kasijian secouait la tête et ajouta : Je ne vois vraiment pas, Gary.

– Eh bien, moi non plus, dit Gary d'une voix bizarre, pointue comme celle d'un jeune garçon.

Missy lui jeta un regard étonné.

– Qu'est-ce qui se passe? Voulez-vous, tous les deux, s'il vous plaît, m'expliquer ce que ça veut dire?

Gary regarda sa femme. Il était aussi très en colère contre elle. Elle faisait partie du piège, et elle le savait bien.

– Mon bilan de ventes chez Atlantic est assez épouvantable ces derniers temps, dit enfin Gary en haussant les épaules. C'est bien ça, Marty?

Marty fronça les sourcils et fixa des yeux ses nouvelles chaussures de chez Timberland.

– Oh! ça va beaucoup plus loin, Gar. Ton bilan de

ventes est pratiquement inexistant... mais le pire, c'est que tu dois trois cent trente dollars pris sur avances. Tu es dans le rouge, Gary, tout est négatif. Je ne vais rien ajouter de plus, parce que je sais que je le regretterai. Mais très franchement, je ne sais pas comment résoudre la situation. C'est très difficile pour moi. Très embarrassant. Je suis désolé, Missy. J'ai horreur de tout ça.

Missy se prit la tête dans les mains et se mit à pleurer. D'abord tout doucement, parce qu'elle ne voulait pas. Puis elle éclata en sanglots. Les yeux de son frère se remplirent de larmes.

– Voilà ce que je voulais éviter à tout prix. Je suis désolé, petite sœur.

Ce fut Marty qui la serra contre lui pour la consoler.

– Ça va aller!

Missy se détacha de son frère et fixa Gary par-dessus la table de la salle à manger. Ses yeux s'étaient rétrécis et assombris.

– Et où as-tu été pendant tous ces mois de tournées, Gary? Qu'est-ce que tu as fait? Ô Gary, Gary. Il y a des moments où je me dis que je ne te connais pas du tout. Dis-moi quelque chose qui explique tout ça. Je t'en prie, dis quelque chose, Gary.

Gary réfléchit longuement avant de parler :

– Je t'aime tellement, Missy. Roni et toi, je vous aime plus que ma vie.

Gary mentait. Il savait très bien qu'il avait choisi un excellent mensonge – qu'il avait mis le ton qu'il fallait et joué son rôle à la perfection.

Or, ce qu'il avait véritablement envie de faire, c'était de leur rire au nez. Ce qu'il voulait, c'était les tuer tous.

C'était ça la solution. *Boom. Boom. Boom.* L'heure des crimes en série avait sonné à Wilmington. Reprendre le maître plan.

C'est alors que Roni revint à la maison en courant. Elle tenait à la main une cassette de film toute neuve et souriait comme une *tête en forme de ballon.*

– Regarde ce qu'oncle Marty m'a apporté.

Gary se tenait la tête à deux mains. Une voix qu'il ne pouvait arrêter hurlait dans sa tête :

Je veux devenir quelqu'un!

30.

Dans le quartier sud-est, le cycle de la vie et de la mort se poursuivait. Sampson et moi avions repris notre travail sur les assassinats des Sanders et des Turner. Rien d'étonnant à ce qu'on n'ait guère progressé dans l'enquête. Rien d'étonnant, ça n'intéressait personne.

Le dimanche 10 janvier, je me dis qu'il était temps de prendre un jour de repos, mon premier jour de congé depuis la date du kidnapping.

Je me réveillai ce matin-là, en proie à une vague envie de m'apitoyer sur mon sort et traînai au lit jusqu'à dix heures, avec un mal de tête carabiné – conséquence de la nuit précédente que j'avais passée à faire la foire avec Sampson. Presque tout ce qui me traversait l'esprit était négatif.

Maria me manquait comme jamais. Je me souvenais des moments formidables pendant lesquels nous faisions la grasse matinée le dimanche. J'étais furieux de la façon dont on avait fait de moi un bouc émissaire. Mais, plus grave encore, je me sentais merdeux. Aucun de nous n'avait pu apporter une aide quelconque à Maggie Rose Dunne. Dès le début de l'affaire, j'avais identifié la petite fille à mes propres enfants. Chaque fois que je pensais à elle – sans doute déjà morte – mon estomac se révulsait... une sensation plutôt pénible, surtout quand on a passé la nuit à faire tous les bars de la ville.

Je me suis demandé si je n'allais pas rester au pieu jusqu'à six heures du soir et perdre toute une journée. Je l'avais bien mérité. Je n'avais pas envie de voir Nana et de l'écouter m'asticoter à propos des endroits où j'avais passé la nuit. Je n'avais même pas envie de voir mes gosses ce matin-là.

J'en revenais toujours à Maria. Il était une fois, dans

une autre vie, des dimanches qu'elle et moi, et généralement les enfants, passions ensemble – toute la journée. Parfois, nous restions au lit jusqu'à midi. Puis on s'habillait, et il nous arrivait d'aller claquer du fric pour un *brunch*. Pas grand-chose que nous ne fassions ensemble, Maria et moi. Tous les soirs, je rentrais à la maison le plus tôt possible, et Maria faisait la même chose. Nous y tenions beaucoup. C'est elle qui m'avait aidé quand mon cabinet de psychologue n'avait pas répondu à mes espoirs. C'est grâce à elle et à son soutien moral que j'avais finalement retrouvé une sorte d'équilibre, après deux ans passés à souffrir et à courir les filles avec Sampson et quelques autres célibataires endurcis, des noceurs qui jouaient au basket-ball avec l'équipe des Washington Bullets.

Maria m'avait tiré de là et permis de retrouver une vision plus saine des choses. Je ne l'en aimais que plus. Cela aurait pu durer éternellement... mais nous nous serions peut-être séparés... Qui peut vraiment savoir? On ne nous a pas donné la chance de le découvrir.

Un soir, elle ne rentra pas de son travail. Quelqu'un finit par me téléphoner et je me précipitai à l'hôpital de la Miséricorde. On avait tiré sur Maria. Son état était désespéré. On ne voulut pas m'en dire plus au téléphone.

J'arrivai un peu après huit heures du soir. Un ami – un agent de police que je connaissais bien – me fit asseoir et me dit que Maria était morte pendant son transport à l'hôpital. On avait tiré sur elle d'une voiture qui passait dans une rue du quartier en rénovation. Personne ne savait qui pouvait avoir tiré, ni pourquoi. Nous ne nous étions pas dit au revoir. Rien ne nous y avait préparés... il ne s'était rien passé qui puisse nous alerter... aucune explication.

Je ressentais une douleur qui me faisait l'effet d'une colonne d'acier me traversant l'estomac et remontant jusqu'au front. Je pensais constamment à Maria, le jour et la nuit. Après trois ans, je commençais enfin à oublier. Du moins, j'essayais.

J'étais toujours couché, dans un état de calme résigné, quand Damon arriva en trombe dans la chambre, comme s'il avait le diable à ses trousses.

– Hé! papa. Hé! papa, tu es réveillé?

– Qu'est-ce qui ne va pas? demandai-je. – Je détestais cette phrase depuis quelque temps. – Est-ce que tu as vu un fantôme devant la porte d'entrée?

– C'est quelqu'un qui vient te voir, papa, m'annonça

Damon, en reprenant son souffle. Y a quelqu'un qui est là !

— Ali Baba sorti de sa caverne ? *Qui* est là ? Tu ne pourrais pas être un peu plus précis ? Pas un journaliste, j'espère ? Si c'est un journaliste...

— Elle dit qu'elle s'appelle Jezme. C'est une dame, papa.

Je m'assis sur mon lit. Mais ce que je voyais dans cette position ne me plaisait pas trop. Je m'allongeai de nouveau.

— Dis-lui que je descends tout de suite. *Ne lui dis pas que je suis au lit.* Dis-lui que j'arrive tout de suite.

Damon quitta la chambre tandis que je me demandais comment j'allais tenir la promesse que je venais de faire.

Janelle, Damon et Jezzie Flanagan étaient encore debout dans le hall quand je finis par descendre. Janelle avait l'air un peu mal à l'aise, mais elle commençait à s'habituer à ouvrir la porte. Elle se montrait si sauvage avec les étrangers que pour l'aider à surmonter sa timidité, Nana, Damon et moi l'encouragions à répondre à la sonnette pendant la journée.

Il devait s'agir de quelque chose d'important pour que Jezzie Flanagan vienne jusque chez moi. Je savais que la moitié du F.B.I. recherchait le pilote qui avait pris la rançon. Aucun renseignement ne nous était encore parvenu. Le peu que nous sachions sur l'affaire, c'était moi qui l'avais découvert.

Elle portait un large pantalon noir, un corsage blanc tout simple et de vieilles chaussures de tennis. Je me souvenais de son aspect décontracté à Miami. Cela me faisait presque oublier le poste qu'elle occupait dans les services secrets.

— Il s'est passé quelque chose ? dis-je en grimaçant.

Une douleur aiguë me traversa le crâne, et m'envahit la figure. Le son de ma propre voix me faisait éclater la tête.

— Non, Alex. Rien de nouveau concernant Maggie Rose. Rien que quelques localisations de plus. C'est tout.

Localisation était le terme utilisé par le F.B.I. pour qualifier l'endroit où des témoins *affirmaient* avoir vu Maggie Rose ou Gary Soneji. Jusqu'à présent, ces *localisations* allaient d'un terrain vague à proximité de l'école de Georgetown jusqu'en Californie, en passant par le pavillon des enfants à l'hôpital Bellevue de New York, l'Afrique du Sud et – faut-il le mentionner – un terrain d'atterrissage pour vaisseau spatial près de Sedona, en Arizona. Il ne se passait pas un jour qui n'apporte sa moisson de localisations. Le pays était vaste... avec beaucoup de cinglés lâchés dans la nature.

— Je n'avais pas l'intention de m'imposer chez vous autres, bonnes gens, dit-elle en souriant. Mais je suis écœurée par ce qui est arrivé. Toutes ces histoires qu'on raconte sur vous sont dégueulasses. Et, qui plus est, entièrement fausses. Je voulais vous dire ce que j'en pensais. Voilà pourquoi je suis venue ici.

— Merci de l'avoir dit, Jezzie.

C'était une des rares choses agréables de cette dernière semaine. J'en fus étrangement touché.

— Vous avez fait tout ce qu'il était possible de faire. Et je ne dis pas cela pour vous faire plaisir.

J'essayai d'ajuster mon regard. J'avais encore la vue brouillée.

— J'irai pas jusqu'à dire qu'il s'agit d'une réussite dans mon travail. Mais je ne crois pas avoir mérité de figurer en première page pour ça.

— Sûrement pas. Quelqu'un vous a dans le collimateur. Quelqu'un vous a livré à la presse. Rien que des foutaises.

— C'est des foutaises, s'écria Damon. Pas vrai, mon papa !

— Cette dame s'appelle Jezzie, expliquai-je aux gosses. Nous travaillons quelquefois ensemble.

Les mômes commençaient à s'habituer à elle, mais restaient encore un peu intimidés. Jannie essayait de se cacher derrière son frère et Damon s'était enfoncé les mains dans les poches de derrière, exactement comme son papa.

Jezzie s'accroupit pour se mettre à leur hauteur. Elle serra d'abord la main de Damon, puis celle de Janelle. Une bonne réaction de sa part.

— Ton papa est le meilleur policier que je connaisse, dit-elle à Damon.

— Je sais. – Il accepta le compliment d'un air aimable.

— Je m'appelle Janelle, dit Janelle.

Je fus surpris de la voir donner son nom à Jezzie. Je voyais bien qu'elle voulait qu'on l'embrasse. Elle adore qu'on la serre dans les bras, plus que n'importe qui en ce bas monde. De là lui vient un de ses nombreux surnoms : *Velcro*.

Jezzie le comprit. Elle tendit les bras et serra Janelle contre elle. Elles formaient un charmant tableau. Je me dis qu'elle était vraiment quelqu'un de gentil, et qu'au cours de notre enquête, je n'avais pas rencontré beaucoup de gens comme elle. Qu'elle soit venue jusqu'à la maison était non seulement une marque d'amitié, mais impliquait un certain courage. Le quartier sud-est n'est pas un endroit très indiqué pour les pérégrinations d'une femme blanche, même armée d'un revolver.

— Bon, je suis juste venue pour quelques embrassades, dit-elle en me faisant un clin d'œil. En fait, j'ai une enquête à faire pas loin d'ici. Allez, je reprends ma carrière de droguée du travail.

— Que diriez-vous d'une tasse de café? ai-je demandé...

Je pensais être capable de faire du café. Nana en avait sans doute fait, cinq ou six heures auparavant...

Elle m'adressa une sorte de grimace puis se remit à sourire.

— Deux gosses charmants, et une belle matinée de passée à la maison avec eux... Après tout vous n'êtes pas si dur à cuire que ça.

— Pas vrai, je suis aussi un dur à cuire, ai-je répliqué. Il se trouve que je suis un dur à cuire qui aime bien se retrouver chez lui le dimanche matin.

— Okay, Alex – elle continuait de sourire. Ne vous laissez pas entamer par ces imbéciles de journalistes. De toute façon personne ne prend les pages comiques au sérieux! Il faut que je m'en aille. Gardez-moi du café pour une prochaine fois.

Elle ouvrit la porte d'entrée et sortit. Elle fit un signe de la main aux enfants avant que la porte ne se referme derrière elle.

— A bientôt, *papa*, me dit-elle avec un sourire en coin.

30.

Quand Jezzie Flanagan eut terminé ce qu'elle avait à faire dans le quartier, elle sortit de la ville pour gagner la ferme où Soneji avait *enterré* les enfants. Elle y était déjà allée deux fois, mais il y avait encore bien des choses qu'elle ne s'expliquait pas. De toute façon, elle était complètement obsédée par cette histoire, et se disait que personne n'était aussi décidé qu'elle à retrouver Soneji.

Jezzie ne prêta aucune attention aux écriteaux signalant l'interdiction de pénétrer sur *les lieux du crime*, et s'engagea rapidement sur le chemin de terre. Elle se souvenait parfaitement de la topographie de l'endroit : le bâtiment principal de la ferme, un garage, et la grange où les enfants avaient été enfermés.

Pourquoi ce lieu ? se demandait-elle. Pourquoi justement ici ? Est-ce que l'endroit pourrait lui révéler qui était vraiment Soneji ?

Elle faisait figure de gosse surdouée, d'enquêteur hors pair, depuis le jour où elle avait été recrutée par les services secrets. Elle arrivait de l'université de Virginie avec un diplôme d'études supérieures de droit qu'elle avait passé avec la mention *excellent*. Le *Département du Trésor* avait bien tenté de l'orienter vers le F.B.I. dont la moitié des agents étaient licenciés en droit, mais Jezzie avait préféré les services secrets où son diplôme lui donnait plus d'importance.

Jusqu'à maintenant, elle avait travaillé de quatre-vingts à cent heures par semaine. Elle était devenue la *star* du service pour une seule raison : son intelligence *et* son obstination, bien plus développées que celles des hommes avec qui elle travaillait. Elle était aussi beaucoup plus motivée. Mais elle savait très bien qu'à la première erreur sérieuse son vedettariat s'écroulerait. Elle en était très consciente. Il ne lui restait plus qu'une solution : mettre la main sur Gary Soneji d'une manière ou d'une autre. Il fallait que ce soit elle qui le trouve.

Elle arpenta le terrain jusqu'à la tombée de la nuit. Après quoi, elle continua avec une torche électrique. Elle prit des notes pour essayer d'établir les connexions qui lui manquaient. Peut-être existait-il un lien entre cette affaire et le cas Lindbergh.

Le fils de Lindbergh?
Le lieu d'habitation des Lindbergh à Hopewell, dans le New Jersey, était également une ferme.
Bruno Hauptmann, le kidnappeur du bébé Lindbergh, venait de New York. Le kidnappeur de Washington serait-il par hasard un de ses parents éloignés? Etait-il originaire de la région de Hopewell? ou de Princeton? Comment se faisait-il qu'on n'ait jusqu'ici rien découvert sur ses antécédents?

Avant de quitter la ferme, Jezzie resta un moment assise dans sa voiture. Elle mit le contact, brancha le chauffage, et resta simplement assise là... perdue dans ses pensées.

Où était Gary Soneji? Comment avait-il fait pour disparaître? De nos jours, personne ne peut disparaître aussi facilement. Si malin soit-il.

Elle pensa à Maggie Rose, à la *petite crevette* Goldberg et des larmes coulèrent sur ses joues. Elle ne pouvait plus s'arrêter. Elle savait bien pourquoi elle était venue là. Jezzie Flanagan avait besoin d'un endroit où elle pouvait pleurer sans retenue.

Maggie Rose était dans l'obscurité la plus totale.

Elle ne savait pas depuis combien de temps elle se trouvait là. Très, très longtemps, sûrement. Elle ne se rappelait plus quand elle avait mangé, ni quand elle avait vu ou parlé à quelqu'un pour la dernière fois. Seulement des voix dans sa tête.

Elle espérait qu'on viendrait. Elle ne pensait qu'à ça – des heures durant.

Elle allait même jusqu'à souhaiter le retour de la vieille femme qui hurlait des injures. Elle en arrivait à se demander pourquoi on la punissait de cette façon – Qu'est-ce qu'elle avait bien pu faire de mal? Est-ce qu'elle méritait tout ce qui se passait? Elle commençait à penser qu'elle devait être vraiment très méchante pour que toutes ces choses horribles lui arrivent.

Elle ne pouvait plus pleurer, même si elle en avait envie. Elle n'y arrivait plus.

Elle se disait souvent qu'elle était peut-être morte. Elle ne sentait pratiquement plus rien. Alors, elle se pinçait très fort et allait même jusqu'à se mordre. Une fois, elle s'était mordu le doigt si fort qu'il avait saigné et le goût du sang l'avait étrangement réconfortée. Ce temps qu'elle passait dans l'obscurité lui semblait éternel. C'était comme une toute petite pièce, comme un placard. Elle...

Tout à coup, Maggie Rose entendit des bruits de voix. Elle n'entendait pas assez clairement pour comprendre ce que l'on disait, mais il s'agissait de voix, sans aucun doute. La vieille femme? Probablement. Maggie Rose avait envie d'appeler, mais elle avait peur de la vieille. Ses hurlements, ses menaces étaient pires que ceux qu'on entendait dans les films d'horreur que sa mère ne voulait pas qu'elle regarde. Pire que la voix de Freddie Krueger – et de loin!

Les voix se turent. Elle n'entendit plus rien, même en collant l'oreille à la porte du placard. Ils étaient partis. Elle allait rester là pour toujours.

Elle essaya de pleurer, mais aucune larme ne vint.

Alors, elle se mit à hurler.

La porte s'ouvrit brusquement et elle fut éblouie par la plus belle lumière du monde.

31.

Gary Murphy se trouvait en sécurité et confortablement installé au sous-sol de sa maison. Personne ne savait qu'il y était descendu, et si cette fouineuse de Missy ouvrait par hasard la porte de la cave, il n'aurait qu'à allumer la lampe qui éclairait son établi. Il était en train de revoir dans sa tête le déroulement de ses projets. Une fois de plus.

Il se sentait agréablement envahi par le désir d'assassiner Missy et Roni... mais il attendrait encore un peu. Ce fantasme lui plaisait beaucoup. Assassiner sa propre famille aurait un certain cachet. Un travail artisanal *fait à la maison*. Il ne ferait pas preuve d'imagination, mais l'effet était garanti : un frisson d'horreur glacerait la petite communauté de banlieue, stupide et satisfaite. Et toutes les autres familles – suprême ironie – s'enfermeraient chez elles, *s'enfermeraient toutes ensemble*.

Vers minuit, il se rendit compte que sa petite famille était allée se coucher sans lui. Personne ne s'était donné la peine de l'appeler. Ça leur était bien égal. Un grondement sourd lui remplissait la tête. Il lui fallut prendre une demi-douzaine de pilules de *Nuprin* pour neutraliser temporairement ce bruit intolérable.

Il pourrait bien mettre le feu à sa merveilleuse petite maison de Central Avenue. Incendier vous rafraîchissait l'âme. Il l'avait déjà fait. Il recommencerait volontiers. Grand Dieu, son crâne tout entier lui faisait mal, comme si on avait tapé dessus avec un marteau. Est-ce que, par hasard, il serait physiquement atteint ? Etait-il en train de devenir fou cette fois-ci ?

Il essaya de penser à l'Aigle solitaire – Charles Lindbergh. Ça ne marcha pas non plus. Il s'imagina en train de revisiter la ferme du Carrefour de Hopewell. Rien à faire. Ce fantasme-là s'était usé lui aussi.

Bon sang! il était célèbre dans le monde entier. *Actuellement, c'était lui qui était célèbre.* Le monde entier connaissait son existence. Il était devenu la vedette de tous les médias de la Planète creuse.

Il finit par sortir de sa cave et quitta la maison de Wilmington. Il était un peu plus de cinq heures trente du matin. La lumière de l'aube l'éblouit tandis qu'il se dirigeait vers sa voiture. Il se sentait comme un animal libéré.

Il prit la direction de Washington, D.C. Il avait encore du travail à y faire. Il ne fallait pas qu'il déçoive son public, pas vrai?

Ne me prenez pas pour quantité négligeable!

Vers onze heures, ce matin-là, Gary Murphy appuya légèrement sur la sonnette d'une maison de brique rouge, très bien entretenue, aux abords de la colline du Capitole. Ding. Un ding-dong sophistiqué résonna à l'intérieur.

Le simple fait de se trouver dans une situation dangereuse, d'être à Washington, lui donnait des frissons délicieux. C'était beaucoup plus excitant que de se cacher. Il se sentait bien vivant, il respirait parfaitement, il était dans son élément.

Vivian Kim n'enleva pas la chaîne, mais ouvrit la porte de quelques centimètres. Elle avait reconnu, à travers l'œilleton, l'uniforme familier des agents du service public d'électricité.

Une jolie dame. Gary se souvenait bien d'elle. De longues nattes brunes. Un amusant petit nez retroussé. Visiblement, elle ne le reconnaissait pas en blond, sans moustaches.

– Oui? Qu'est-ce que c'est? Que puis-je faire pour vous? demanda-t-elle à l'homme debout sous son porche.

De l'intérieur parvenait les notes d'une musique de jazz : Thelonious Monk.

– C'est plutôt le contraire, dit-il en souriant aimablement. Quelqu'un s'est plaint d'une majoration inexplicable de sa note d'électricité.

Vivian Kim fronça les sourcils et secoua la tête. Elle portait autour du cou une cordelette de cuir au bout de laquelle pendait une carte miniature de Corée.

– Je n'ai appelé personne.

— En tout cas, quelqu'un nous a appelés, mademoiselle.

— Revenez une autre fois, lui dit Vivian Kim. C'est peut-être mon ami. Je suis désolée, mais il faudra que vous reveniez.

Gary haussa les épaules. Tout cela l'enchantait. Il aurait voulu que ça dure éternellement.

— D'accord. Vous pouvez nous rappeler. On vous inscrira de nouveau sur la liste des visites. Cela dit, il s'agit d'une erreur de notre part. Vous avez payé plus que vous ne deviez.

— Okay. Je vois. Je comprends.

Vivian Kim décrocha la chaîne et ouvrit la porte. Gary pénétra dans l'appartement. Il tira un long couteau de chasse de dessous sa veste d'uniforme et le pointa vers le visage de l'enseignante.

— Ne criez pas. *Ne criez pas,* Vivian.

— Comment savez-vous mon nom? demanda-t-elle. Qui êtes-vous?

— N'élevez pas la voix. Vous n'avez aucune raison d'avoir peur... J'ai l'habitude de ce genre de choses. Je suis de ceux qui s'introduisent dans les jardins.

— Qu'est-ce que vous voulez?

Elle s'était mise à trembler.

Gary réfléchit une seconde avant de répondre à sa question de lapin affolé.

— Je veux faire passer un nouveau message à la télé, je crois... Je veux la célébrité que je mérite. Je veux être l'homme qui terrorisera l'Amérique. C'est pour ça que je suis revenu dans la capitale. Je suis *Gary.* Vous ne vous souvenez pas de moi, Viv?

32.

Nous dévalions la rue C[1], Sampson et moi, en plein cœur de Capitol Hill. J'entendais mon souffle me racler le nez tandis que je courais. Mes bras et mes jambes ne semblaient plus m'appartenir.

La rue était complètement bouchée par les voitures de police et les ambulances des urgences. Nous avions dû nous garer dans la rue F et galoper le long de deux blocs d'immeubles. La chaîne de télévision WJLA était déjà sur place. CNN aussi. On entendait des sirènes hurler dans tous les coins.

J'aperçus une tapée de reporters. Ils nous virent arriver aussi. Il nous est aussi facile de passer inaperçus ici, que les Harlem Globe Trotters à Tokyo.

– Inspecteur Cross ? Docteur Cross ?

Ils nous appelaient en essayant de ralentir notre course.

– Pas de commentaires, dis-je en leur faisant signe de disparaître. Foutez-moi le camp d'ici !

Une fois dans l'appartement de Vivian, nous nous trouvâmes face aux visages familiers et macabres des techniciens du labo, des médecins légistes et de la troupe du D.O.A.[2]

– Je ne veux plus voir des choses comme ça, me dit Sampson. Le monde entier s'écoule par les cuvettes des chiottes. C'est trop, même pour moi.

– Nous nous consumons à petit feu, marmonnai-je.

Sampson m'agrippa la main et la garda dans la

---

1. Certaines rues de Washington ne sont pas numérotées comme à New York, mais signalées par des lettres de l'alphabet. *(N.d.T.)*
2. Dead On Arrival (mort à l'arrivée). Service de la morgue. *(N.d.T.)*

sienne. Je compris tout de suite qu'il était dans un état de bouleversement profond. Nous entrâmes dans la pièce qui donnait sur le côté droit de l'entrée. Je faisais de mon mieux pour garder mon calme. Je n'y arrivais pas. La chambre à coucher de Vivian Kim avait été décorée avec beaucoup de goût. La plus grande partie des murs était tapissée de très belles photos en noir et blanc de sa famille, et de *posters* artistiques. Un violon occupait seul un autre mur. Je ne voulais pas regarder ce qui m'avait amené ici. Mais j'y étais bien obligé.

Vivian Kim était épinglée sur son lit par un long couteau de chasse qui lui transperçait l'estomac. *Ses deux seins* avaient été coupés et les poils du pubis, rasés. Elle avait les yeux révulsés, comme si, au cours de ses derniers instants, elle avait eu la révélation de quelque chose d'insondable.

Je laissais mes yeux s'attarder sur le reste de la chambre. Je ne supportais pas de regarder ce corps mutilé. Je repérais une touche de couleur vive sur le parquet. Je retins mon souffle. Personne ne nous en avait parlé à notre arrivée. Personne n'avait remarqué l'indice essentiel. Heureusement, personne n'avait touché à cette preuve.

– Regarde donc ça, dis-je à Sampson en lui montrant l'objet.

La deuxième basket de Maggie Rose gisait sur le parquet. Le tueur avait agrémenté son crime de ce que les pathologistes appellent des *touches artistiques*. Cette fois, le message était clair. Je tremblais littéralement en me penchant sur la chaussure de la petite, illustration d'un humour au comble du sadisme. Une basket rose contrastant de la manière la plus atroce avec la scène sanglante du crime.

Gary Soneji avait pénétré dans cette chambre. Soneji était donc également le tueur des quartiers en rénovation. C'était lui la Bête. Et il était revenu en ville.

33.

Aucun doute, Gary Soneji se trouvait encore à Washington, d'où il envoyait des messages à ses *fans*. Mais il y avait désormais une différence. Il nous provoquait. Sampson et moi avions obtenu du *Jefe* le droit de travailler sur le kidnapping, dans la mesure où il existait un lien évident avec nos enquêtes criminelles.

— Puisque c'est notre jour de congé, amusons-nous, me dit Sampson tandis que nous parcourions les rues du quartier sud-est.

On était le 10 janvier. Il faisait un froid de chien. Les gens avaient allumé des feux dans les poubelles, pratiquement à chaque coin de rue. Un des mecs s'était fait raser le derrière de la tête pour qu'on y puisse y lire FUC U 2[1]. Ça correspondait exactement à ce que je pensais.

— Monroe, le maire, ne nous appelle plus au téléphone. Il ne nous écrit même plus, dis-je à Sampson en regardant ma respiration s'échapper dans l'air glacé.

— Voyons, il y a quand même un bon côté aux choses, cria-t-il dans le vent. Il reviendra quand nous aurons attrapé la Bête. Il sera là pour la saluer à notre place.

Nous poursuivions notre chemin, tout en délirant, et sur la situation, et sur nous-mêmes. Sampson improvisait des paroles sur des chansons *pop* – une de ses activités préférées. Ce matin-là, il s'exerçait sur *Now That We've Found Love*[2], un des tubes d'Heavy D & The Boyz.

— Serre-moi fort, serre-moi fort, mon petit bouton-d'or, psalmodiait Sampson, comme si ce genre de paroles allait résoudre nos problèmes.

---

1. « Fuck you too » (Va te faire foutre aussi). *(N.d.T.)*
2. « Maintenant que nous avons trouvé l'amour » *(N.d.T.)*

Nous étions en train de passer au peigne fin les alentours du domicile de Vivian Kim, qui s'étendaient jusqu'au quartier sud-est. Un travail abrutissant, même pour les débutants sans expérience.

— Avez-vous remarqué quelque chose d'inhabituel, hier ? demandions-nous à tous les gens assez stupides pour nous ouvrir leur porte. Avez-vous vu des gens étrangers au quartier, des voitures que vous ne connaissiez pas, n'importe quoi qui vous soit resté à l'esprit ? C'est à nous de décider si c'est important ou pas.

Comme d'habitude, personne n'avait rien vu. *Nada de nada*[1]. Personne n'était enchanté de nous voir, bien entendu.

Pour couronner le tout, le vent glacial avait encore fait descendre la température de trois degrés. Il tombait une sorte de neige fondue. Les rues et les trottoirs étaient recouverts d'une espèce de bouillie gelée. Nous nous sommes approchés une ou deux fois des poubelles où les gens avaient allumé des feux pour se réchauffer.

— Vous autres, salauds de flics, vous avez toujours froid, même en été, nous dit un des jeunes voyous du coin.

Cela nous fit rire, Sampson et moi.

Nous avons péniblement regagné notre voiture vers six heures du soir. Nous étions crevés. La journée avait été longue. Nous n'avions rien appris d'intéressant. Gary Soneji s'était de nouveau évanoui dans la nature. J'avais l'impression de vivre un film d'horreur.

— Tu veux qu'on fasse encore quelques pâtés de maisons ! demandai-je à Sampson.

J'en étais au point où j'aurais essayé de faire parler les machines à sous d'Atlantic City. Soneji se fichait de nous. Il nous épiait peut-être. Qui sait ? Il était peut-être *devenu* invisible, l'ordure.

Sampson hocha la tête.

— *No mas*[2], mon pote. J'ai envie de boire une caisse de bière, après quoi j'envisagerai de boire sérieusement.

Il essuya ses lunettes de soleil, avant de les remettre. C'est étrange d'être capable de prévoir chacun de ses gestes. Il essuie ses lunettes de la même façon depuis l'âge de douze ans. Qu'il pleuve, qu'il neige ou qu'il vente.

— Allons voir ces autres pâtés de maisons, lui dis-je.

---

1. « Rien de rien », (espagnol) *(N.d.T.)*
2. « Ça suffit », (espagnol) *(N.d.T.)*

En souvenir de miss Vivian. C'est la moindre des choses que nous puissions faire pour elle.

— Je savais bien que tu allais dire ça.

Il était environ six heures vingt quand nous sommes entrés dans l'appartement d'une certaine Mme Quillie McBride. Quillie et son amie Mme Scott étaient assises devant la table de la cuisine. Cette dernière avait quelque chose à nous dire qui, pensait-elle, nous aiderait peut-être. Nous étions là pour l'écouter.

S'il vous arrive, un dimanche matin, de traverser le quartier sud-est de D.C., ou le secteur nord de Philadelphie, ou encore Harlem à New York, vous ne pouvez manquer de voir des dames comme Mme McBride, ou son amie Willie Mae Randall Scott. Chemises blousantes sur jupes de gabardine aux couleurs passées, chapeaux à plumes et chaussures lacées à talons épais qui leur boudinent les pieds comme des saucissons, elles sont généralement en train d'aller à l'église ou d'en revenir. Si elles appartiennent aux témoins de Jéhovah, comme Willie Mae, elles distribuent le magazine *The Watchtower*.

— Je crois que je peux vous aider tous les deux, nous dit Mme Scott d'une voix douce et sincère.

Elle devait avoir environ quatre-vingts ans, mais elle avait toute sa lucidité et parlait d'une voix assurée.

— Nous vous en serions reconnaissants, dis-je.

Nous nous sommes assis tous les quatre autour de la table de la cuisine, où se trouvait une assiettée de petits gâteaux de farine d'avoine destinés aux visiteurs. Sur le mur se détachait un triptyque composé des photos des deux Kennedy assassinés et de Martin Luther King.

— J'ai entendu parler de l'assassinat de la jeune femme, dit Mme Scott pour nous éclairer. Bon, j'ai vu un homme tournicoter en voiture dans le quartier, environ un mois avant le meurtre des Turner. C'était un Blanc. J'ai la chance d'avoir gardé une très bonne mémoire. J'essaie de la conserver en me concentrant sur tout ce qui se passe sous mes yeux. Dans dix ans, messieurs les inspecteurs, je me souviendrai de notre rencontre, minute par minute.

Mme McBride s'était assise à côté de son amie. Au début, elle n'avait rien dit, mais elle avait posé la main sur le bras plutôt dodu de Mme Scott.

— C'est absolument vrai. Elle s'en souviendra, dit-elle.

— Une semaine avant l'assassinat des Turner, ce même homme blanc est repassé dans le quartier. Mais la deuxième fois, il a fait du porte à porte. C'était un *voyageur de commerce.*

Sampson et moi échangeâmes un regard.

– Qu'est-ce qu'il vendait ? lui demanda Sampson.

Mme Scott regarda longuement Sampson avant de répondre à sa question. Je me dis qu'elle était en train de se concentrer, et de passer en revue tout ce qu'elle savait de lui.

– Il vendait des appareils de chauffage. Je suis allée regarder sa voiture et j'ai jeté un coup d'œil à l'intérieur. Il y avait une sorte de carnet de ventes sur le siège avant. Sa compagnie s'appelait *Atlantic Heating*, et la maison mère se trouvait à Wilmington, dans le Delaware.

Mme Scott nous regarda l'un après l'autre, soit pour s'assurer que ses paroles étaient claires, soit pour voir si nous avions bien compris tout ce qu'elle nous avait dit.

– Hier, j'ai revu la voiture traverser le quartier. Et je l'ai encore aperçue le matin de l'assassinat de la rue C. J'ai dit à mon amie qui est là : ça ne peut pas être une coïncidence, quand même ? Bon, je ne sais pas s'il s'agit de l'homme que vous recherchez, mais, à votre place, j'irais lui parler.

Sampson me regarda. Et il se produisit quelque chose qui ne nous était pas arrivé depuis longtemps, nous nous sommes mis à sourire si largement que les deux dames en firent autant. Enfin quelque chose... Nous avions trouvé un indice – enfin – le premier de toute l'affaire.

– Nous allons parler au voyageur de commerce, dis-je à Mme Scott et à Quillie McBride. Nous partons tout de suite pour Wilmington, Delaware.

34.

Gary Murphy rentra chez lui un peu après cinq heures, ce soir-là, 10 janvier. Bien que ce soit un dimanche, il s'était rendu à son bureau, juste à la sortie de Wilmington. Personne ne s'y trouvait. Il avait prévu de terminer des classements sans intérêt. Il lui fallait préserver les apparences encore pour quelque temps.

Il finit par penser à des choses bien plus importantes. Le maître plan. Car il ne pouvait pas prendre au sérieux la montagne de comptes et de factures qui s'entassaient sur son bureau, toutes ces factures froissées des clients, dont il regardait vaguement le nom, le montant et l'adresse.

Pendant un bon moment, une heure ou deux, il s'adonna au jeu d'imagination appelé *Donjons et Dragons*.

Quel individu doué d'un peu de bon sens pourrait s'intéresser à ce tas de factures? se demandait-il. Tout ça était tellement mesquin, ridicule et imbécile. C'était d'ailleurs pour ça, que cet emploi lui offrait une couverture idéale.

Il ne fit donc rien à son bureau si ce n'est passer le temps. Il s'arrêta cependant, sur le chemin du retour, afin d'acheter des cadeaux pour Roni. Il se décida pour une bicyclette rose garnie de fanions, et pourvue de deux roues supplémentaires de manière à garder l'équilibre. Il y ajouta une maison de poupée Barbie. Le goûter d'anniversaire avait été fixé à six heures.

Missy l'accueillit avec force embrassements. Renforcer l'aspect positif des choses était son point fort. L'anniversaire lui en donnait l'occasion. Cela faisait un moment qu'elle lui fichait la paix.

– C'est un grand jour, ma chérie, et ce n'est pas de la

blague. J'ai trois rendez-vous sûrs pour la semaine prochaine. Tu as bien entendu : trois! lui dit Gary.

Que diable! il savait se montrer charmant quand il le voulait. *Mr. Chips parcourt le Delaware.*

Il suivit Missy dans la salle à manger où elle était en train d'installer des rubans de plastique et de papier de couleurs vives en guise d'ornements, pour cette super-occasion. Missy avait déjà suspendu sur un mur une de ces grandes banderoles peinturlurées – dans le genre de celles qu'on accrochait dans le stade de football de U.D.[1]. L'université des Débiles. Celle-là arborait la phrase : VA-Z-Y RONI... QUITTE OU DOUBLE.

— C'est absolument génial, ma chérie. Tu fais des choses formidables à partir de rien. Tout ça est fabuleux, dit-il. Les choses vont aller de mieux en mieux! Tu verras!

En fait, il commençait à se sentir déprimé. Tout ça ne l'intéressait guère et il avait envie d'aller faire un somme. Tout d'un coup, l'idée même de l'anniversaire de Roni lui devint insupportable. Il n'y avait jamais eu de fêtes pour lui quand il était gosse. Ça c'était sûr.

Les voisins arrivèrent à six heures pile. Bonne chose, se dit-il. Ça voulait dire que les gosses avaient vraiment envie de venir et qu'ils aimaient bien Roni.

Un certain nombre de parents restèrent pour assister au goûter. Des amis à eux. Il accomplit son devoir d'hôte et servit à boire, Missy entraînait les enfants dans toutes sortes de jeux : farandoles, chaises musicales, cache-cache, etc. Tout le monde s'amusait beaucoup. Il regarda Roni... elle tournait comme une toupie. Et lui, Gary, était en proie à un de ses fantasmes favoris... Il assassinait tous les gens qui étaient là pour la réunion d'enfants; un anniversaire... ou une course aux œufs de Pâques. Ça le réconforta.

---

1. U.D. : University of Delaware. *(N.d.T.)*

35.

C'était une maison de brique peinte en blanc, à un étage. Elle était déjà entourée de quantités de voitures, de Canadiennes, de Jeeps et de toutes sortes de véhicules utilisés par les familles des banlieues résidentielles.

— Ça n'est *sûrement* pas sa maison, dit Sampson tandis que nous nous garions dans une petite rue voisine. La Bête ne peut pas habiter là. C'est une maison pour Jimmy Stewart.

Nous avions trouvé Gary Soneji... mais ça ne correspondait pas. La maison du monstre était une ravissante résidence de banlieue, un modèle de pâtisserie dans une rue bien entretenue de Wilmington, Delaware.

Presque toutes les fenêtres étaient éclairées. Une voiture de livraison de chez *Domino* arriva à peu près en même temps que nous. Un adolescent blond et dégingandé courut vers la porte chargé de quatre grandes boîtes de pizza. Quelqu'un paya le livreur, et la camionnette repartit aussi vite qu'elle était venue.

Qu'il s'agisse d'une maison d'un beau quartier me rendait nerveux et encore plus méfiant. Soneji nous avait toujours devancé de deux longueurs.... *d'une manière ou d'une autre.*

— Allons-y, dis-je à l'agent spécial Scorse. Nous y sommes, les gars. Voilà les portes de l'enfer.

Nous fûmes neuf à investir la maison... Scorse, Reilly, Craig et deux autres membres du F.B.I., Sampson, moi, Jeb Klepner et Jezzie Flanagan. Nous étions tous armés jusqu'aux dents et portions des gilets pare-balles. Nous avions envie d'en finir. Ici, et tout de suite.

Nous avons fait irruption dans la cuisine avec Scorse. Sampson, un pas derrière nous, n'avait rien d'un parent arrivant en retard à la fête.

– Qui êtes-vous ? Qu'est-ce qui se passe ? hurla une femme qui se tenait devant une table.

– Où est Gary Murphy ? demandai-je d'une voix forte, tout en lui montrant rapidement ma carte de police. Mon nom est Alex Cross. Nous enquêtons sur l'enlèvement de Maggie Rose.

– Gary est dans la salle à manger, dit une autre femme penchée sur un mixer, la voix tremblante. Par là, montra-t-elle de la main.

Nous nous sommes précipités à travers le hall. Le mur était couvert de photos de famille, et le parquet était plein de cadeaux qu'on n'avait pas encore ouverts. Nous avions sorti nos revolvers.

Ce fut un moment affreux. Les enfants étaient terrifiés, leurs mères et leurs pères aussi. Il y avait tant de gens innocents là, devant nous... *comme à Disneyworld*, pensai-je. *Et aussi comme à l'école de Georgetown.*

Gary Soneji ne se trouvait pas dans la salle à manger. Il n'y avait que des policiers, des gosses avec des chapeaux en papier, des animaux familiers, des mères et des pères, bouche bée d'étonnement.

– Je crois bien que Gary est monté à l'étage, finit par dire l'un d'eux. Qu'est-ce qui se passe ici ? Bon Dieu, qu'est-ce qui se passe ?

Craig et Reilly redescendaient déjà l'escalier et débouchaient dans le hall.

– Personne là-haut, hurla Reilly.

L'un des gosses dit :

– Je crois que M. Murphy est descendu à la cave. Qu'est-ce qu'il a fait ?

Nous sommes partis en courant dans la cuisine et sommes descendus à la cave. Sampson est remonté à l'étage pour vérifier une nouvelle fois.

Il n'y avait personne dans les deux petites pièces du sous-sol. La porte de secours qui donnait dans la rue était close et avait été fermée de l'extérieur.

Sampson redescendit un instant plus tard, en sautant deux marches à la fois.

– J'ai fouillé tout l'étage. Il n'y est pas.

Gary Soneji avait de nouveau disparu.

36.

Okay, remontons tout ça d'un cran! Un peu de vrai rock and roll pour l'occasion. Maintenant on va jouer sérieusement! pensait Gary en s'enfuyant.

Il avait élaboré des plans d'évasion depuis l'âge de quinze ou seize ans. Il savait depuis toujours que les *autorités* viendraient lui mettre le grappin dessus un jour ou l'autre, d'une manière ou d'une autre, à un endroit ou à un autre. Tout cela, il l'avait *vu* dans son esprit, au cours de ses fantasmes diurnes si compliqués. La seule question sans réponse était : Quand? Et peut-être aussi, pourquoi? Pour lequel de ses crimes?

Bon, ils étaient *là* à Central Avenue, Wilmington. La fin de la fameuse chasse à l'homme... Ou n'était-ce que le début?

Depuis l'instant où il avait repéré la police, Gary n'était plus qu'une machine programmée. Il avait du mal à croire que le fantasme qu'il avait imaginé tant de fois était en train de se réaliser. Et pourtant, ils étaient là. Si l'on a gardé le cœur jeune, les rêves de ce genre finissent par se réaliser.

Il avait tranquillement payé le livreur de pizzas. Après quoi il était descendu et était sorti par la cave. Il était passé par une porte à moitié cachée pour entrer dans le garage et avait verrouillé la porte de l'extérieur. Une autre petite porte s'ouvrait dans une minuscule allée qui conduisait à la cour des Dwyer. Il verrouilla également cette autre porte. Les snow-boots de Jimmy Dwyer étaient restés sur les marches du porche. Le sol était couvert de neige. Il s'empara des bottes de son voisin.

Un instant il s'arrêta et envisagea de se laisser prendre là, à ce moment précis... se faire prendre... exactement comme Bruno Hauptman dans l'affaire Lindbergh. L'idée lui plaisait beaucoup. Mais pas encore et pas ici.

C'est alors qu'il se mit à fuir. Il courut le long de ces petits sentiers serpentant entre les maisons, que seuls les gosses empruntaient, envahis par les mauvaises herbes, jonchés de vieilles boîtes de soda.

Il avait l'impression de se trouver dans un tunnel. Ça devait avoir un rapport avec la peur qu'il ressentait dans tout son corps. Car Gary *avait peur.* Il dut reconnaître qu'il avait peur. Fais face à la montée d'adrénaline, mon vieux.

Il ne se retourna qu'une fois, et les vit s'approcher de sa maison, repéra les deux grands Noirs, Cross et Sampson. Très surévaluée, la notion de chasse à l'homme. Le F.B.I. dans toute sa gloire...

Il piqua un sprint droit sur la gare qui n'était qu'à quatre pâtés de maisons de chez lui. Par là, il était relié à Washington, Philly[1], New York et le monde extérieur.

Il n'avait pas dû mettre plus de dix minutes... à peu de chose près. Il se maintenait en bonne forme physique. Ses bras et ses jambes avaient gardé toute leur force et il n'avait pas un gramme de graisse sur l'estomac.

Une vieille Volkswagen se trouvait dans le parking de la gare. Il la laissait toujours là... La fidèle Coccinelle témoin des actions atroces de sa jeunesse. *Le lieu clef de ses crimes passés*, c'est le moins qu'on puisse dire. Il s'en servait juste assez pour que la batterie reste chargée. Le temps était venu maintenant de passer à de nouveaux jeux, de goûter à de nouveaux plaisirs. Le Fils de Lindbergh reprenait la route.

---

1. Philadelphie. *(N.d.T.)*

37.

A onze heures passées, Sampson et moi étions encore chez les Murphy. Les journalistes s'étaient rassemblés derrière les cordons jaune vif tendus à travers la rue. Avec eux, environ deux cents amis intimes et voisins appartenant tous à la communauté de Wilmington. La ville n'avait jamais connu de soirée aussi passionnante.

On avait déjà mis sur pied une chasse à l'homme tous azimuts, non seulement sur la côte Est, mais aussi à l'Ouest, en Pennsylvanie et en Ohio. Il paraissait impossible que Gary Soneji/Murphy puisse disparaître une deuxième fois. Nous ne pensions pas qu'il ait pu planifier sa fuite comme il l'avait fait pour quitter Washington.

L'un des gosses invités avait remarqué une voiture de police en patrouille quelques minutes avant notre arrivée. Le jeune garçon en avait innocemment parlé à Murphy... Il avait pu s'échapper grâce à ce coup de chance inouï! Nous l'avions raté de quelques minutes.

Nous avons questionné Missie pendant plus d'une heure. On allait enfin apprendre quelque chose sur le véritable Soneji/Murphy.

Missy Murphy se serait parfaitement intégrée aux mères des enfants de l'école privée. Ses cheveux blonds étaient coiffés de façon très classique. Elle portait une jupe bleu marine, un corsage blanc, des collants et des escarpins. Elle avait quelques kilos de trop, mais elle était jolie.

– Je vois bien que vous ne me croyez pas, mais je connais Gary. Je sais ce qu'il est, nous dit-elle. Ce n'est pas un kidnappeur.

Tout en parlant, elle allumait l'une après l'autre des Marlboro Light, seul et unique geste qui trahissait l'inquiétude et la douleur qu'elle ressentait. Nous nous étions installés dans la cuisine. La pièce était propre et nette, même en ce jour de festivité. J'avais remarqué des livres de cuisine de Betty Crooker à côté de ceux de la collection *Silver Palate*, et un exemplaire de *Méditations pour les femmes qui en font trop*. Une photo de Gary Soneji/Murphy en maillot de bain trônait sur le réfrigérateur. Il avait tout du père américain idéal.

— Gary n'est pas un être violent. Il n'arrive même pas à se faire obéir de Roni, nous racontait Missy Murphy.

Voilà qui m'intéressait. Cela correspondait à un schéma que j'étudiais depuis des années : *Etude du comportement des psychopathes avec leurs enfants*. Les psychopathes éprouvent souvent des difficultés à se faire obéir de leurs enfants.

— Est-ce qu'il vous a dit *pourquoi* il a du mal à se faire obéir de sa fille ? lui ai-je demandé.

— Gary n'a pas eu une enfance heureuse. Pour Roni, il veut tout ce qu'il y a de mieux. Il sait parfaitement qu'il s'agit d'une compensation. C'est un homme très intelligent. Il aurait très bien pu passer une thèse de mathématiques.

— Est-ce que Gary a été élevé ici, à Wilmington ? questionna Sampson. Il lui parlait d'une voix douce et sur un ton familier.

— Non, à Princeton, dans le New Jersey. Gary y a vécu jusqu'à l'âge de dix-neuf ans.

Sampson prit des notes puis me jeta un coup d'œil. Princeton était proche de Hopewell, là où s'était passé l'enlèvement du bébé Lindbergh, dans les années trente. Soneji avait signé ses messages *Le Fils de Lindbergh*. Nous ne savions toujours pas pourquoi.

— Est-ce que sa famille est toujours à Princeton ? Pouvons-nous les contacter là-bas ?

— Il ne lui reste plus aucune famille à l'heure actuelle. Il y a eu un incendie pendant que Gary était à l'école. Le père et la belle-mère de Gary, son demi-frère et sa demi-sœur ont tous péri dans cette tragédie.

J'avais très envie de sonder plus avant les propos de Mme Murphy, mais j'y résistai pour le moment. Un incendie dans la maison d'un jeune homme perturbé, cela ouvrait des horizons... La disparition d'une famille ; la destruction d'une autre... Etait-ce là le but réel de Gary Soneji/Murphy ? Les familles ? Mais alors, pourquoi l'assassinat de Vivian Kim ? L'avait-il tuée uniquement par bravade ? J'interrogeai à nouveau Missy Murphy :

— Avez-vous connu des membres de sa famille ?

– Non, malheureusement. Ils étaient déjà morts quand j'ai rencontré Gary. Nous avons fait connaissance au cours de notre deuxième année à l'université.

– Qu'est-ce que votre mari vous a dit de ses années dans la région de Princeton ?

– Pas grand-chose. Il est plutôt renfermé. Je sais que les Murphy habitaient à quelques kilomètres de la ville. Leur voisin le plus proche se trouvait à quatre ou cinq kilomètres. Gary n'avait pas d'amis avant d'aller à l'école. Et même là, il était souvent la cinquième roue du carrosse. Il est très timide.

– Que savez-vous du frère et de la sœur dont vous avez parlé ? s'enquit Sampson.

– En fait, il s'agissait des enfants de sa belle-mère. C'était une partie de son problème. Il ne se sentait aucun lien avec eux.

– Vous a-t-il jamais parlé du kidnapping du bébé Lindbergh ? Est-ce qu'il a des livres sur Lindbergh, enchaîna Sampson, dont la technique d'interrogatoire consiste à foncer droit sur la jugulaire.

Missy Murphy secoua vigoureusement la tête.

– Non, pas que je sache. Il a une pièce pleine de livres au sous-sol. Vous pouvez aller voir.

– Oh, nous allons y aller, lui dit Sampson.

C'était un renseignement précieux. Jusque-là, nous n'avions rien eu, ou si peu qui nous permette de nous lancer dans une direction quelconque.

– Est-ce que sa vraie mère est vivante ? poursuivis-je.

– Je n'en sais rien. Gary refuse absolument d'en parler. Il ne veut même pas qu'on mentionne son nom.

– Et sa belle-mère ?

– Gary n'aimait pas sa belle-mère. Il semble qu'elle ait été très attachée à ses propres enfants. Il l'appelait *La Prostituée de Babylone*. Je crois qu'elle était originaire de West Babylon dans l'Etat de New York... quelque part à Long Island, il me semble.

Après des mois passés sans la moindre information, les questions se bousculaient dans ma tête. Tout ce que je venais d'entendre se recoupait. Mais une question importante me trottait dans la tête : Gary Soneji/Murphy était-il *capable* de dire la vérité à quelqu'un ?

– Madame Murphy, avez-vous une idée de l'endroit où il aurait pu aller ? demandai-je alors.

– Quelque chose a vraiment effrayé Gary, dit-elle. Je pense que ça peut avoir un rapport avec son travail – et avec mon frère qui est aussi son patron. J'ai du mal à croire qu'il ait pu retourner dans le New Jersey, mais après tout, peut-être est-il revenu chez lui. Il est très impulsif.

Marcus Connor, un des agents du F.B.I., passa la tête par la porte de la cuisine.

– Est-ce que je peux vous parler une minute, à tous les deux... Excusez-moi, mais il n'y en a que pour une minute, dit-il à Mme Murphy.

Connor nous conduisit au sous-sol. Gerry Scorse, Reilly, et Kyle Craig du F.B.I. étaient déjà là et nous attendaient.

Scorse nous tendit une paire de socquettes *Fido Dido*. Je les reconnus grâce à la description des vêtements que Maggie Rose portait le jour de l'enlèvement, et aussi parce que, en fouillant sa chambre, j'avais vu quantité de vêtements, de bibelots et de breloques de ce genre.

– Alors, qu'est-ce que vous en pensez, Alex? questionna Scorse.

J'avais remarqué que si quelque chose d'inquiétant et de mystérieux se produisait, il sollicitait mon avis.

– Je pense la même chose que pour la chaussure de l'appartement de Washington. Il les a laissées exprès pour que nous les trouvions. Il a inauguré un nouveau jeu, et il veut nous y entraîner.

38.

Le vieil hôtel *Du Pont* au centre de Wilmington était un endroit où l'on pouvait dormir au calme. Il y avait un bar agréable et tranquille où Sampson et moi avions prévu de boire quelques verres en paix. Nous pensions y être seuls, aussi avons-nous été surpris de voir arriver Jezzie Flanagan, Klepner, et quelques agents du F.B.I., venus prendre un dernier verre avec nous.

Nous étions tous fatigués et surtout frustrés d'avoir raté Gary Soneji/Murphy de si peu. Nous avons bu pas mal d'alcool en très peu de temps. En somme, tout se passait très bien entre nous. On a fait beaucup de bruit, joué au poker menteur, fait un chahut de tous les diables dans la salle Delaware de cet hôtel si convenable. Sampson a longuement bavardé avec Jezzie. Lui aussi pensait qu'elle était un flic à la hauteur.

Le besoin de boire a fini par s'éteindre de lui-même, et nous sommes partis à la recherche de nos chambres, disséminées dans cet immense hôtel.

A trois heures du matin, le *Du Pont de Nemours* avait tout d'un mausolée. Il n'y avait plus aucune circulation sur la route principale qui traversait Wilmington.

La chambre de Klepner se trouvait au deuxième.

– Je vais regarder à la télé un de ces films vaguement porno, dit-il, en nous quittant, Jezzie et moi. Rien de tel pour dormir immédiatement!

– Faites de beaux rêves, lui dit Jezzie. Rendez-vous dans le hall à sept heures.

Klepner émit une sorte de gémissement tout en se dirigeant lourdement vers sa chambre. Jezzie et moi nous retrouvâmes au troisième par l'escalier en colimaçon. Tout était si calme qu'on pouvait entendre le changement des feux de circulation au dehors, qui cliquetaient en passant du rouge à l'orange, puis au vert.

— Je me sens encore très énervé, dis-je à Jezzie. J'ai tout le temps l'impression de *voir* Soneji/Murphy. Deux visages. Tous les deux très nets dans ma tête.

— Je suis très tendue aussi. C'est ma nature. Qu'est-ce que vous feriez, si vous étiez chez vous au lieu d'être ici ? demanda Jezzie.

— J'irais sans doute jouer du piano dans la véranda... et réveiller les voisins avec quelques airs de blues.

Jezzie éclata de rire.

— On pourrait retourner dans la salle. Il y a un vieux piano droit là-bas. Il a dû appartenir à la famille Du Pont. Vous pourriez jouer pendant que je boirais un tout dernier verre.

— Le barman est parti environ dix secondes après nous. Il est déjà chez lui et couché.

Nous étions arrivés au troisième étage. Le couloir était légèrement en courbe et, sur le mur, des panneaux donnaient la liste des numéros des chambres et indiquaient la direction à prendre. Quelques clients avaient déposé leurs chaussures devant leur porte pour les retrouver cirées au matin.

— Je suis au 311, dit-elle après avoir tiré une clé à étiquette blanche de la poche de sa veste.

— Moi au 334. Il est l'heure d'aller se coucher si on veut être frais demain matin.

Jezzie sourit et me regarda dans les yeux. C'était la première fois que nous ne trouvions rien à nous dire.

Je la pris dans mes bras et la tins doucement serrée contre moi. Nous nous sommes embrassés dans le couloir.

Il y avait longtemps que je n'avais pas embrassé quelqu'un de cette manière. En fait, je ne savais pas qui de nous deux en avait pris l'initiative.

— Vous êtes très belle, murmurai-je quand nos lèvres se séparèrent. Ce n'était pas très original, mais c'était vrai.

Jezzie sourit et secoua la tête.

— J'ai les lèvres trop grosses et trop gonflées. J'ai l'air d'être tombée la tête en avant quand j'étais gosse. C'est vous qui êtes beau. Vous ressemblez à Mohammed Ali.

— Absolument — quand il a pris trop de coups sur la figure.

— Quelques coups, peut-être, qui donnent du caractère. Juste ce qu'il faut de coups encaissés. J'aime aussi votre façon de sourire. Faites-moi un sourire, Alex.

J'embrassai une nouvelle fois ses lèvres *gonflées*. En ce qui me concernait, je les trouvais parfaites.

Il existe un mythe tenace à propos des Noirs qui désirent les femmes blanches, et des Blanches portées sur les hommes noirs. Jezzie Flanagan était une femme intelligente et extrêmement désirable. Une personne avec qui j'avais envie de parler, quelqu'un que j'avais envie d'avoir souvent près de moi.

Et nous étions là, blottis dans les bras l'un de l'autre à trois heures du matin. Nous avions bu pas mal mais pas trop. Nous n'avions rien à voir avec le mythe. Deux êtres solitaires, égarés dans une ville inconnue, par une nuit des plus étranges pour l'un comme pour l'autre. J'avais envie que quelqu'un me tienne dans ses bras. Je pense que Jezzie ressentait la même chose.

J'étudiai son visage comme je n'aurais jamais pu le faire auparavant, et comme je n'avais jamais pensé pouvoir le faire un jour. D'un doigt, je lui caressai légèrement les joues. Elle avait la peau douce et lisse, et ses cheveux coulaient entre mes doigts comme de la soie. Son parfum raffiné évoquait des fleurs sauvages.

Une phrase me traversa l'esprit : Ne commence pas quelque chose que tu ne puisses pas continuer.

— Eh bien, Alex ? dit-elle en levant un sourcil. Nous voilà face à un problème épineux, pas vrai ?

— Pas pour deux flics astucieux comme nous, lui dis-je.

Nous avons pris le couloir de gauche et nous sommes dirigés vers la chambre 311.

— Nous devrions peut-être y réfléchir à deux fois, dis-je tout en marchant.

— Peut-être l'ai-je déjà fait, me chuchota-t-elle en réponse.

39.

A une heure du matin, Gary Soneji/Murphy sortit d'un *Motel 6* à Reston, en Virginie. Il vit son image reflétée dans une porte en verre.

Un nouveau Gary... le Gary du jour le regardait en face. Une perruque brune, une barbiche effilochée, les vêtements poussiérieux d'un pauvre type. Il savait qu'il était capable de jouer ce genre de rôle et de prendre l'accent du Sud. Aussi longtemps qu'il en aurait besoin. Pas trop longtemps quand même. Que personne n'ait à cligner des yeux.

Gary monta dans sa vieille Volkswagen et se mit en route. Il se sentait très remonté. Il aimait son plan plus qu'il n'aimait sa propre vie. Il n'arrivait même plus à séparer l'un et l'autre. Il en était à la partie la plus fabuleuse de toute cette aventure. Vraiment du sérieux, cette fois.

Pourquoi était-il si excité ? se demandait-il tandis que son esprit vagabondait. Etait-ce seulement dû au fait que la moitié de la police et des agents du F.B.I. des Etats-Unis étaient à ses trousses? Parce qu'il avait kidnappé deux gosses de riches, et que l'un des deux était mort? Et l'autre... Maggie Rose? Il ne voulait même pas y penser... Qu'est-ce qu'elle était devenue?

L'obscurité s'estompait et le ciel prenait la couleur d'un velours gris. Il résista à une terrible envie d'accélérer, de garder le pied au plancher. Une teinte orangée émergea enfin dans le ciel au moment où il traversait la ville de Johnstown en Pennsylvanie.

Il s'arrêta devant un drugstore et se dégourdit les jambes. Il vérifia son déguisement dans le rétroviseur de sa Coccinelle.

Un ouvrier agricole décharné le regardait. Un autre

Gary-tout-différent ! Il connaissait sur le bout des doigts toutes les attitudes spécifiques du paysan balourd. Il adopta la façon de marcher du cow-boy qui a reçu un coup de pied de cheval et qui se déplace les mains dans les poches ou les pouces enfoncés dans la ceinture. Il fallait sans arrêt se peigner les cheveux avec les doigts et se mettre à cracher à la moindre occasion.

Il se paya un café très fort au comptoir... ce qui n'était pas absolument sans danger. Puis un petit pain de gruau bien beurré. Les journaux du matin n'étaient pas encore sortis.

Une employée stupide et contente d'elle le servit. Il eut envie de lui rabattre définitivement son caquet. Il passa cinq bonnes minutes à imaginer qu'il l'obligeait à sortir sur la place du patelin...

Enlève donc ce corsage blanc d'écolière, ma belle, et roule-le jusqu'à la taille. Okay. Je vais sans doute te tuer, mais ce n'est pas certain. Parle-moi gentiment, et supplie-moi de n'en rien faire. Quel âge as-tu ?... Vingt ans, vingt et un ans ? Sers-toi de ça pour implorer ma pitié. Tu es trop jeune pour mourir dans un drugstore de province.

Gary décida finalement de la laisser vivre.

L'extraordinaire, c'est qu'elle ne se douta jamais qu'elle avait manqué de très peu de se faire assassiner.

– Bonne journée, monsieur. Revenez-nous bientôt, dit-elle.

« Vous allez bientôt prier pour que je ne revienne jamais. »

Tandis qu'il poursuivait sa route sur la nationale 22, Soneji/Murphy se laissait aller à un sentiment de colère qu'il n'avait pas éprouvé depuis longtemps. Il en avait assez de cette merde sentimentale. Personne ne s'intéressait à lui... On ne lui manifestait pas l'intérêt dont il avait besoin et qu'il méritait.

Est-ce que ces imbéciles patentés et incapables qui le poursuivaient s'imaginaient qu'ils pouvaient l'arrêter ? Le capturer à eux seuls ? Le faire passer en jugement... retransmis à la télé nationale ? Il était temps de leur donner une leçon. Il était temps de montrer son immense VALEUR. Il ferait *tic* quand le monde entier s'attendrait à ce qu'il fasse *tac*.

Gary Soneji/Murphy s'arrêta dans le parking d'un restaurant *McDonald's* à Wilkinsburg. Les enfants adorent les *McDonald's*, pas vrai ? De la nourriture et une bonne ambiance.

Il suivait scrupuleusement son emploi du temps. Le

Méchant Garçon! On pouvait compter sur lui... On aurait pu régler sa montre sur lui.

Il y avait la foule habituelle des imbéciles et des cons qui passent leur temps à entrer et sortir du Mickey D. Ils étaient tous embourbés dans leurs routines, à se farcir leur quartier de bidoche et leurs frites grasses.

Voyons,... que disait cette vieille chanson subversive? *Vous tous, les zombies! Vous marchez comme des zombies!* Et quelque chose à propos des millions de zombies dans le pays. Très en dessous de la vérité.

Etait-il le seul à vivre à la hauteur de ses capacités intellectuelles? se demandait Soneji/Murphy. Ça avait foutrement l'air d'être le cas. Personne ne lui arrivait à la cheville. Et s'il y en avait, il ne les avait pas rencontrés.

Il entra dans la salle du *McDonald's*. Cent milliards de McBurgers déjà servis. Et ça continuait. Les femmes étaient venues par paquets. Les femmes et leurs précieux rejetons. Celles qui veillaient sur leur nid, qui ne s'intéressaient qu'à des banalités... les bécasses stupides avec leurs seins stupides et flasques.

Même Ronald McDonald était là, sous forme de gâteaux rassis et démesurément grands pour plaire aux gosses. Quelle journée! Monsieur Ronald McDonald, je vous présente Mr. Chips.

Gary paya ses deux cafés noirs et se dirigea vers la sortie en fendant la foule. Il avait l'impression que sa tête allait éclater. Son visage et son cou étaient tout rouges. Il avait du mal à respirer. Il avait la gorge sèche et transpirait.

– Ça ne va pas, monsieur? lui demanda la caissière.

Il ne songea même pas à lui répondre. *C'est à moi que vous parlez?* comme disait Robert De Niro.

Il était un autre De Niro – aucun doute là-dessus mais, lui, c'était un bien meilleur acteur. Son champ d'action était plus vaste. De Niro ne prenait pas les mêmes risques que lui. De Niro, Dustin Hoffman, Al Pacino... aucun d'eux ne prenait de risques et n'essayait de se dépasser.

Son cerveau projetait une foule de pensées et de sensations. Il avait l'impression de flotter au sein d'un océan de particules légères, de photons et de neutrons.

Si seulement ces gens pouvaient plonger dans sa tête, ne fût-ce que dix secondes, ils auraient peine à y croire.

Exprès, il se cognait contre eux en emportant ses cafés loin du comptoir.

– *Excusez*-moi, dit-il après avoir méchamment cogné les hanches d'un client.

– Dites donc, faites un peu attention, lui lança quelqu'un.

– Faites donc attention vous-même, espèce de con, dit Soneji/Murphy en s'arrêtant devant le type chauve qu'il venait d'agresser. Qu'est-ce qu'il faut donc faire pour obtenir un minimum de respect ? Vous tirer une balle dans l'œil droit ?

Il avala ses deux cafés tout en continuant de traverser le restaurant. *A travers* le restaurant, *à travers* les gens qui se trouvaient sur son passage. *A travers* les tables de Formica, couleur crème, *à travers* les murs... s'il l'avait voulu.

Gary tira de son blouson un revolver au nez plat. Le moment était venu. Le réveil de l'Amérique allait commencer. Une représentation très spéciale pour tous les gosses et leurs mamans.

Tout le monde le regardait. Un revolver, ils comprenaient ce que ça voulait dire.

– Réveillez-vous, bordel ! hurla-t-il. Voilà du café *chaud* ! Il ARRIVE. Réveillez-vous tous. Vous allez en avoir !

– Cet homme a un revolver ! dit l'un des scientifiques qui travaillait à la base de fusées de l'endroit et qui pour l'heure était en train de manger un *Big Mac* dégoulinant. Remarquable qu'il ait pu distinguer quelque chose malgré le brouillard graisseux qui s'échappait de sa nourriture.

Gary fit face en brandissant son revolver.

– Personne ne quitte cette salle ! hurla-t-il. Vous êtes réveillés, maintenant ? *Est-ce que vous êtes bien réveillés ?* Je crois que oui. Je crois que vous allez tous pouvoir suivre le programme maintenant. C'est moi qui décide ! Tout le monde se tient tranquille. Regardez et écoutez.

Gary tira une giclée de balles en pleine figure d'un client qui mâchonnait un sandwich. L'homme porta les mains à sa tête et glissa lourdement de sa chaise. Tout le monde le regardait. *Un vrai revolver, de vraies balles, la vraie vie.*

Une femme noire se mit à hurler et tenta de sortir en courant. Quand elle passa près de lui, Soneji la fit tomber d'un coup de crosse sur la tête. Un geste très réussi, pensa-t-il. Tout à fait dans le style de Steven Seagal.

– *Gary Soneji, c'est moi !* en personne. Ça ne vous rappelle rien ? Vous êtes en présence du fameux kidnappeur. Ceci est une démonstration gratuite, pour ainsi dire. Alors, regardez bien. Vous apprendrez peut-être quelque chose. Gary Soneji a beaucoup voyagé. Il a vu des choses que vous ne verrez jamais de toute votre vie. Vous pouvez me croire. – Il finit le reste de son Mc-café, en regardant vibrer les ventilateurs du *fast food* par-dessus le bord de sa tasse. – Nous nous trouvons, dit-il enfin d'un air pensif, au cœur de ce qu'on appelle une dangereuse prise d'otages. On vient de kidnapper Ronald McDonald, braves gens. Vous venez officiellement d'entrer dans l'Histoire.

40.

Deux membres de la police d'Etat, Mick Fescoe et Bobby Hatfield allaient entrer chez *McDonald's* quand le bruit d'une rafale se fit entendre. Des balles de revolver? A l'heure du déjeuner, chez *McDonald's*? Merde, qu'est-ce qui se passe!

Fescoe était un homme grand et solide de quarante-quatre ans. Hatfield avait presque vingt ans de moins et n'était entré dans la police d'Etat que l'année précédente. Les deux policiers partageaient le même sens de l'humour. Un humour noir envers leur profession. Malgré leur différence d'âge, ils étaient devenus amis intimes.

– Nom de Dieu! murmura Hatfield quand il entendit le feu d'artifice.

Il s'agenouilla en position de tir – une technique qu'il avait apprise peu de temps auparavant et qu'il n'avait mise en pratique qu'au stand de tir.

– Ecoute-moi, Bobby, lui dit Fescoe.
– Ne t'en fais pas, je t'écoute.
– Toi, tu vas vers cette sortie là-bas. – Il lui montra du doigt la sortie qui se trouvait près de la caisse. – Moi, je vais passer par le côté gauche. Tu ne fais rien avant de m'avoir vu l'approcher. Alors, si tu as un bon angle de tir, tu y vas. Tu appuies sur la détente et c'est tout.

Bobby Hatfield acquiesça de la tête.
– J'ai compris.
Et ils se séparèrent.

L'officier de police Fescoe avait du mal à respirer en courant pour faire le tour du restaurant. Il restait tout contre le mur de brique qu'il rasait de près. Il se disait depuis des mois qu'il devrait se préoccuper de sa forme. Il haletait, et la tête lui tournait un peu. Il n'avait vraiment pas besoin de ça. Les vertiges et la mise en jeu de sa vie et de sa carrière, ça faisait une très mauvaise combinaison.

Mike Fescoe s'approcha de la porte. Il entendait le cinglé hurler à l'intérieur.

Mais c'était bizarre. Comme si le salaud était manœuvré de l'extérieur. Ses gestes étaient saccadés, sa voix suraiguë, comme celle d'un très jeune garçon.

— Je suis *Gary Soneji*. Vous m'avez bien compris ? Je suis *le Caïd* en personne. C'est vous autres qui m'avez *trouvé*, pour ainsi dire. Vous êtes tous de fameux héros.

Etait-ce possible ? Fescoe se le demandait. Soneji le kidnappeur, ici, à Wilkinsburg ? De toute façon, Soneji ou pas, l'homme brandissait un revolver. Et il avait tiré sur quelqu'un. Un homme gisait étalé sur le parquet. Il ne bougeait plus.

Fescoe entendit un nouveau coup de feu. Des cris de terreur lui parvenaient de la salle bourrée de clients du *McDonald's*.

— Faites donc quelque chose, cria au policier un homme vêtu d'une parka vert pâle.

Tu parles, murmura-t-il pour lui-même. Les gens étaient toujours très courageux quand il s'agissait de la vie d'un policier. Mais voyons, passez donc le premier. Vous êtes celui qu'on paie six cent cinquante dollars par mois pour ça.

Mick Fescoe s'efforça de contrôler sa respiration. Quand il eut réussi, il s'avança jusqu'à la porte en verre, fit une prière intérieure et entra.

Tout de suite, il vit l'homme armé : un Blanc, déjà tourné vers lui, *comme s'il s'était attendu à le voir. Comme si ça faisait partie de son plan.*

— Boom ! hurla Gary Soneji, en appuyant sur la détente.

41.

Aucun de nous n'avait dormi plus de deux heures, et certains, encore moins. Nous étions abrutis et plutôt hors du coup tandis que nous roulions sur l'autoroute 22.

On avait signalé plusieurs fois la présence de Gary Soneji/Murphy dans la région située au sud de Washington. Il était devenu le croque-mitaine d'une bonne moitié de l'Amérique. Ce rôle lui plaisait tout particulièrement, je le savais.

Jezzie Flanagan, Jeb Klepner, Sampson et moi-même nous trouvions dans une Lincoln bleue. Sampson essayait de dormir. J'avais été désigné comme chauffeur pour la première partie du voyage.

Nous traversions Murrysville quand on nous appela en urgence par radio, à midi et quart, ce 11 janvier.

— A toutes les unités. Nous avons un tueur qui tire à répétition! dit le *dispatcher* au milieu d'un afflux de parasites. Un homme qui prétend être Gary Soneji a descendu au moins deux personnes dans un *McDonald's* à Wilkinsburg. Soixante personnes sont coincées dans le restaurant et gardées comme otages.

Nous sommes arrivés sur les lieux moins d'une demi-heure plus tard. Sampson secouait la tête d'un air stupéfait et dégoûté.

— Ce con est en train d'organiser une réception, ou quoi?

— Est-ce qu'il cherche à se faire descendre? Est-ce que c'est un suicide. – Jezzie Flanagan aurait voulu savoir.

— Rien de ce qu'il fait ne m'étonne. *McDonald's* correspond à quelque chose. Regardez tous les enfants qui sont là. Ça rappelle l'école... et Disney World, dis-je aux autres.

Dans la rue, juste en face du restaurant, je voyais des

tireurs d'élite de la police ou de l'armée, postés sur le toit d'un magasin K Mart. Ils avaient des fusils automatiques pointés en direction des « colonnes » dorées de la façade.

— Ça me rappelle un massacre, il y a quelques années, dans un *McDonald's* du sud de la Californie, dis-je à Sampson et à Jezzie.

— Ne dites pas ça, me chuchota-t-elle, même pour plaisanter.

— Je le dis. Et je ne plaisante absolument pas.

Nous nous sommes dépêchés. Après tout ce qui s'était passé, nous ne voulions pas qu'on lui tire dessus et qu'on le tue.

On nous filmait. Les camions de la télévision étaient parqués en double file de tous les côtés. Ils filmaient tout ce qui bougeait ou parlait. Une immense pagaille, le pire qui puisse nous arriver... Ça me remettait en mémoire le carnage de Californie : un homme du nom de James Hubery y avait tué vingt et une personnes. Etait-ce cela que Soneji/Murphy voulait nous remettre en mémoire ?

Un chef de section du F.B.I. arriva vers nous en courant. C'était Kyle Craig. Il nous avait accompagnés chez les Murphy à Wilmington.

— Nous ne sommes pas absolument sûrs qu'il s'agit de lui, dit-il. Ce type est habillé comme un fermier. Il a les cheveux noirs et une barbe. Il proclame qu'il est Soneji. Mais ça pourrait tout aussi bien être un autre cinglé.

— Je vais jeter un coup d'œil, lui dis-je. Il a insisté pour que ce soit moi qui aille en Floride. Il sait que je suis psychologue. Je peux peut-être essayer de lui parler.

Avant que Craig n'ait eu le temps de me répondre, je me dirigeai vers le restaurant, me frayai un chemin entre un agent de la police d'Etat et deux flics locaux. Ils étaient accroupis près de l'entrée qui se trouvait sur le côté, je leur montrai ma carte de police et leur dis que je venais de Washington. Aucun bruit ne parvenait plus de l'intérieur. Il fallait que je le ramène sur terre. Pas de suicide. Pas de massacre chez Mickey D.

— Qu'est-ce qu'il raconte ? demandai-je au policier d'Etat, est-il cohérent ?

Le policier était très jeune et il avait les yeux vitreux.

— Il a tiré sur mon coéquipier. Je crois qu'il est mort. Seigneur Dieu, dans quel monde vivons-nous ?

— Nous allons entrer et nous occuper de votre coéquipier, dis-je au jeune policier. Est-ce que l'homme au revolver dit des choses sensées ? Est-ce qu'il est cohérent ?

— Il est en train de raconter que c'est lui le kidnappeur de Washington. Il se fait très bien comprendre. Il s'en vante. Il dit qu'il veut devenir quelqu'un d'important.

Le tueur tenait à sa merci les soixante-dix personnes, ou plus, qui se trouvaient chez *McDonald's*. Tout était silencieux. S'agissait-il de Soneji/Murphy ? Ça avait l'air de correspondre : les gosses et leurs mères... les otages... Je me souvenais des photos accrochées dans sa salle de bains. Il voulait que ce soit *sa photo* que d'autres garçons solitaires accrochent sur leurs murs.

— Soneji ! criai-je, êtes-vous Gary Soneji ?
— Qui êtes-vous, bon Dieu ?

La réponse vint de l'intérieur. Il criait :

— Qui veut savoir qui je suis ?
— Inspecteur Alex Cross. Je viens de Washington. Je suis sûr que vous êtes au courant des dernières décisions concernant votre otage. Nous ne négocierons pas avec vous. Vous savez donc fort bien ce qui va se passer maintenant.

— Je connais *toutes* les règles, inspecteur Cross. Tout le monde les connaît, n'est-ce pas ? Elles font partie du domaine public. Mais les règles ne s'appliquent pas toujours. Pas à moi, en tout cas.

— *Ici, elles s'appliquent*, dis-je d'un ton ferme. Vous pouvez même parier votre vie là-dessus.

— Etes-vous prêt à parier sur la vie de tous ces gens, inspecteur ? Moi aussi, j'ai une règle : les femmes et les enfants d'abord ! Vous me suivez ? Les femmes et les enfants passent toujours en premier pour moi.

Je n'aimais pas le ton de sa voix. Je n'aimais pas ce qu'il disait. Il fallait que je lui fasse comprendre qu'il ne s'en tirerait en aucun cas, qu'il n'y aurait pas de négociation et que, s'il recommençait à tirer, on le descendrait.

Je me rappelais des situations du même genre auxquelles j'avais participé. Soneji, lui, était plus compliqué, plus astucieux. Il donnait l'impression de n'avoir rien à perdre.

— Je veux que personne d'autre ne soit blessé ! Vous non plus, lui dis-je d'une voix forte et nette.

Je commençais à transpirer. Je sentais la sueur dégouliner sous mon blouson, m'imprégner tout le corps.

— Comme c'est touchant. Je suis très ému par vos paroles. J'en ai des battements de cœur. Franchement...

Notre conversation avait rapidement pris un tour familier.

— Vous voyez ce que je veux dire, Gary.

J'avais adouci ma voix, et lui parlais comme à un patient effrayé et anxieux.

— Parfaitement bien, Alex.

— Nous avons ici des tas de gens armés. Personne ne pourra les contrôler si les choses dégénèrent. Ni moi. Ni même vous. Il pourrait se produire un accident. Cela, nous ne le voulons pas.

Tout était de nouveau silencieux à l'intérieur de la salle. Une idée me hantait. Si Soneji était suicidaire, il en terminerait maintenant. Il tirerait sa dernière rafale dans les secondes à venir. Il accéderait à la célébrité avec son dernier feu d'artifice. Et nous ne saurions jamais quelle avait été sa motivation. Nous ne saurions jamais ce qu'était devenue Maggie Rose Dunne.

— Bien le bonjour, inspecteur Cross.

Il se trouva tout à coup dans l'embrasure de la porte, à environ un mètre de moi. *Il était là, devant moi.* Le bruit d'un coup de feu nous parvint d'un toit voisin. Soneji se prit l'épaule dans la main et chancela. L'un des tireurs d'élite l'avait atteint.

Je fis un saut en avant et le saisis de mes deux bras. Mon épaule droite s'écrasa sur sa poitrine. Même Lawrence Taylor n'aurait pas réussi une meilleure prise.

Nous sommes tombés lourdement sur le bitume. Je ne voulais surtout pas que quelqu'un l'achève. Il fallait que je lui parle. Il fallait que nous sachions où était Maggie Rose.

Tandis que je le tenais cloué au sol, il se tortilla de façon à me regarder dans les yeux. Le sang qui coulait de son épaule s'était répandu sur nous deux.

— Merci de m'avoir sauvé la vie, dit-il. Un jour viendra où je vous tuerai en remerciement, inspecteur Cross.

42.

Je m'appelle Bobby, lui avait-on appris à dire. Toujours son nouveau nom... jamais l'ancien.
Jamais, plus jamais Maggie Rose.
Elle était enfermée dans un fourgon obscur ou un camion bâché. Elle ne savait pas. Elle n'avait aucune idée de l'endroit où elle se trouvait... si elle était loin ou près de sa maison. Elle ignorait combien de temps avait passé depuis qu'on l'avait enlevée de son école.
Elle arrivait à penser plus clairement maintenant, presque normalement. Quelqu'un lui avait apporté des vêtements et cela devait vouloir dire qu'on n'allait pas lui faire de mal, en tout cas, pas tout de suite. Sinon pourquoi lui donner des vêtements ?
Le fourgon était d'une saleté repoussante. Il n'y avait ni couverture ni tapis sur le plancher. Ça sentait l'oignon. On avait dû y entreposer de la nourriture. Où faisait-on pousser des oignons ? Maggie Rose essayait de s'en souvenir. Dans le New Jersey ou au nord de l'Etat de New York ? Elle croyait aussi sentir une odeur de pommes de terre ou de navets et de patates douces.
Quand elle faisait un effort de concentration, elle se disait qu'elle était séquestrée quelque part dans le Sud.
Que savait-elle de plus ? Que pouvait-elle deviner d'autre ? On ne la droguait plus depuis que ça avait changé. Elle pensait que M. Soneji n'était pas revenu ces jours derniers. Pas plus que l'horrible vieille dame.
On ne lui parlait que très rarement. Et quand on lui adressait la parole, on l'appelait Bobby. Pourquoi Bobby ?
Elle faisait de son mieux pour tout supporter, mais elle avait parfois envie de pleurer. Maintenant, par exem-

ple, elle étouffait ses sanglots. Elle avait peur qu'on ne l'entende.

Une seule chose lui donnait du courage. C'était très simple, mais tellement efficace.

Elle était vivante.

Et plus que tout au monde, elle voulait rester vivante.

Maggie Rose n'avait pas remarqué que le camion ralentissait. Il y avait un moment qu'il cahotait. Le véhicule s'arrêta pour de bon.

Elle entendit quelqu'un descendre. Des mots étouffés furent échangés. Mais on l'avait prévenue : si elle essayait de parler tant qu'elle était dans le camion, on lui remettrait un bâillon.

Quelqu'un ouvrit la porte. Le soleil arriva en plein sur elle. Au début, elle ne put rien distinguer. Quand elle arriva enfin à voir à peu près clair, elle n'en crut pas ses yeux.

– Bonjour, dit-elle dans un chuchotement si faible qu'on aurait cru qu'elle avait perdu la voix : Je m'appelle Bobby.

43.

Cette journée passée à Wilkinsburg fut une des plus longues. Nous devions interroger tous les gens retenus en otage. Pendant ce temps-là, le F.B.I. avait mis Soneji/Murphy en lieu sûr.

Je décidai de passer la nuit sur place. Jezzie Flanagan aussi. Nous aurions une deuxième nuit ensemble. Rien ne pouvait me faire plus plaisir.

Dès que nous avons pénétré dans la chambre de l'*Auberge du Cheshire* à Millvale, Jezzie me dit :

– Tu veux bien me prendre contre toi une minute ou deux, Alex. Je ne me sens pas aussi solide que j'en ai l'air.

J'aimais beaucoup la serrer dans mes bras et être dans les siens. J'aimais son odeur, la façon dont son corps épousait le mien. Il passait une sorte de courant électrique entre nous.

J'étais tout excité à l'idée de me trouver de nouveau avec elle. Je n'avais jamais connu plus d'une ou deux personnes auxquelles je pouvais me confier – et aucune femme depuis la mort de Maria. J'avais l'impression que Jezzie pouvait devenir l'une d'entre elles, et j'avais vraiment besoin de retrouver ce genre de rapport. J'avais mis assez longtemps à m'en apercevoir.

– Comme c'est étrange, murmura-t-elle, deux flics en proie à la passion.

Je sentais son corps trembler contre moi. Elle me caressait doucement le bras.

Je n'étais pas du genre à limiter mes aventures à une nuit, et à m'y tenir. Ce n'était sans doute pas maintenant que j'allais m'y mettre. Tout ça soulevait des problèmes et des questions que je n'étais pas encore prêt à affronter.

Jezzie ferma les yeux.

– Serre-moi encore une minute de plus, murmura-t-elle. Tu sais ce qui est absolument formidable ?... C'est de rencontrer quelqu'un qui comprenne vraiment les problèmes qu'on a eus. Mon mari n'a jamais rien compris au boulot.

– Moi non plus. En fait, plus les jours passent, moins je le comprends, dis-je en plaisantant.

Mais au fond c'était en partie la vérité.

J'ai tenu Jezzie dans mes bras de longues minutes. Elle possédait cette étonnante beauté qui n'a rien à voir avec le temps. J'aimais la regarder.

– Tout ça est *si bizarre*, Alex. *Merveilleux*, mais bizarre. Est-ce que toute cette histoire est un rêve ?

– Ça ne peut pas être un rêve. Mon deuxième prénom est Isaïe. Tu n'en savais rien.

Jezzie secoua la tête.

– Mais si, je le savais. Je l'ai lu sur des rapports du F.B.I. « Alexander Isaïe Cross. »

– Je commence à comprendre pourquoi tu as si bien réussi, lui dis-je. Et qu'est-ce que tu as appris d'autre sur moi ?

– On verra plus tard, dit Jezzie.

Elle posa un doigt sur mes lèvres.

Le *Cheshire* était une auberge de campagne pittoresque, à quinze kilomètres environ du nord de Wilkinsburg. Jezzie était allée nous retenir une chambre. Jusqu'ici, personne ne nous avait vus ensemble, ce qui nous convenait parfaitement à l'un et à l'autre.

Notre chambre était une ancienne écurie passée à la chaux, séparée du bâtiment principal et meublée d'antiquités qui avaient l'air authentiques, dont un métier à tisser et plusieurs édredons.

Il y avait une grande cheminée garnie de bûches, nous avons allumé le feu, Jezzie a commandé du champagne.

– On va célébrer ça. On va faire la fête, dit-elle en raccrochant l'appareil. Après tout, nous l'avons bien mérité. On a eu ce salaud.

L'auberge, la chambre isolée, tout approchait la perfection. Par la baie, on voyait une pelouse enneigée et un lac recouvert de glace. A l'horizon se dressait une chaîne de montagnes abruptes.

Nous avons bu notre chamapgne à petites gorgées devant le feu qui flamboyait. J'avais éprouvé quelques inquiétudes quant aux conséquences possibles de notre nuit à Wilmington, mais tout allait bien. Nous parlions facilement et, quand nous nous taisions, tout allait bien aussi.

Nous avons commandé notre dîner assez tard.

Le garçon de service était mal à l'aise en installant nos plateaux devant la cheminée. Il n'arrivait pas à ouvrir le four portatif qui tenait le repas au chaud, et faillit laisser tomber un plateau entier. Sans doute n'avait-il jamais été confronté à un tabou *en chair et en os.*

– Pas de problème, expliqua Jezzie au serveur. Nous appartenons tous les deux à la police. Nous ne sommes pas un couple illégal. Vous pouvez me faire confiance.

Nous avons encore bavardé pendant une heure et demie. Ça me rappelait mon enfance, quand un ami venait passer la nuit à la maison. Nous nous sommes un peu laissés aller – puis beaucoup. Il n'y avait guère de réticences entre nous.

Elle m'a poussé à parler de Damon et de Jannie sans chercher ensuite à m'arrêter.

Le dîner se composait de rosbif et de quelque chose qui ressemblait à du Yorshire pudding. Ça n'avait d'ailleurs aucune importance. Quand Jezzie eut avalé la dernière bouchée, elle se mit à rire.

Nous avons ri tous les deux.

– Pourquoi ai-je avalé toute cette nourriture? Je n'aime pas le Yorkshire pudding – même quand il est réussi. Seigneur, nous passons un bon moment. Ça nous change!

– Et qu'est-ce que nous faisons maintenant? lui demandai-je, histoire de continuer la fête.

– Je n'en sais rien. Qu'est-ce que tu as envie de faire? J'imagine qu'ici ils ont toutes sortes de tables de jeux et tu ne sais pas que je suis l'une des seules cent personnes à savoir jouer au Pachisi!

Jezzie tendit le cou pour regarder par la fenêtre.

– On pourrait aller se promener au bord du lac et chanter *Vive le bel hiver.*

– Ouais! On pourrait patiner sur le lac. J'adore les patins à glace. Je suis génial en patineur. Tu n'as pas lu ça sur ma fiche du F.B.I.

Jezzie me fit un sourire en coin.

– J'aimerais voir ça. Je suis même prête à payer cher pour te voir sur des patins à glace!

– Dommage, je ne les ai pas apportés!

– Tant pis. Alors quoi d'autre? J'ai trop d'affection, trop de respect pour toi, pour te laisser imaginer que je pourrais m'intéresser à ton corps!

– Pour être tout à fait franc, j'avoue que moi, je m'intéresserais volontiers au *tien*, lui dis-je.

Nous nous sommes embrassés. Cela me paraissait toujours aussi bon. Le feu pétillait. Le champagne était glacé. Le feu et la glace. Le yin et le yang. Toutes sortes d'oppositions qui s'attirent. Un feu sauvage, dans un pays sauvage.

Nous ne nous sommes endormis qu'à sept heures, le lendemain matin. Nous étions allés patiner sur nos souliers au clair de lune.

Jezzie s'était penchée vers moi et m'avait embrassé au beau milieu du lac. Un baiser très sérieux. Un baiser de femme.

– Oh, Alex, avait-elle chuchoté contre ma joue, je crains que nous n'allions au-devant de sérieuses complications.

44.

Gary Soneji/Murphy fut enfermé à la prison fédérale de Lorton, dans le nord de la Virginie. Des rumeurs se répandirent selon lesquelles il lui serait arrivé quelque chose là-bas, mais aucune personne appartenant au département de la police de Washington ne fut autorisée à le voir. La justice et le F.B.I. le gardaient sous leur coupe, et rien ne leur aurait fait lâcher prise.

Dès que le public apprit qu'il était incarcéré à Lorton, une foule de gens entoura la prison. Il s'était produit la même chose quand Ted Grundy avait été emprisonné en Floride. Des hommes, des femmes, des enfants s'étaient rassemblés aux alentours du parking de la prison. Ils psalmodiaient des slogans pour exprimer leur émotion, toute la journée et toute la nuit. Ils faisaient continuellement le tour de la prison en portant des bougies allumées et des pancartes.

– *Où est Maggie Rose ? Maggie Rose est vivante ! La Bête de l'Est à la Chaise électrique !*

Une semaine et demie après sa capture, je décidai d'aller le voir. Il me fallut faire appel à tous les appuis que j'avais à Washington pour y parvenir. Le Dr Marion Campbell, un des responsables de Lorton, m'accueillit devant une rangée d'ascenseurs métalliques, au sixième étage de la prison – l'étage de l'infirmerie. Campbell avait une soixantaine d'années. Il était resté très alerte et arborait une superbe crinière noire. Il faisait penser à Reagan.

– Vous êtes l'inspecteur Cross ?

Il me tendit la main et me sourit poliment.

– Oui. Je suis aussi le psychologue accrédité auprès de la police, lui expliquai-je.

Le Dr Campbell eut l'air tout à fait surpris de l'apprendre. De toute évidence, personne ne lui en avait parlé.

— Eh bien, vous avez dû avoir un sacré piston pour être autorisé à lui parler. Car, en ce qui le concerne, les droits de visite sont plus que limités.

— Je m'occupe de cette affaire depuis qu'il a enlevé les gosses à Washington. Et j'étais présent quand on l'a arrêté.

— Eh bien, je me demande si nous parlons du même homme, dit le Dr Campbell sans donner d'explication. Dois-je vous appeler docteur Cross[1] ?

— Docteur Cross, inspecteur Cross, Alex. A vous de choisir.

— Veuillez me suivre, docteur, s'il vous plaît. Vous allez trouver le cas très intéressant.

En raison de sa blessure, Soneji avait été mis dans une chambre privée de l'hôpital de la prison. Le Dr Campbell me guida le long d'un interminable corridor. Toutes les chambres disponibles étaient occupées. Lorton est un lieu très populaire. On y fait la queue à la porte.

La plupart des prisonniers étaient des Noirs. Leur âge variait entre dix-neuf et cinquante-cinq ans environ. Ils arboraient tous des airs provocateurs et arrogants, un genre d'attitude qui ne marche pas très bien dans une prison fédérale.

— Je crains d'avoir été obligé de le protéger un peu, dit Campbell tandis que nous marchions. Vous verrez pourquoi tout à l'heure. Tout le monde veut le voir, a *absolument* besoin de le voir. J'ai reçu des appels de la terre entière. Un écrivain japonais... un médecin de Francfort... un autre de Londres. Vous voyez ce que je veux dire.

— J'ai l'impression qu'il y a quelque chose que vous ne me dites pas, docteur. De quoi s'agit-il ?

— J'aimerais que vous tiriez vos propres conclusions, docteur Cross. Il se trouve là, tout près dans la section qui touche à la salle commune. Je serais heureux d'avoir votre opinion.

Nous nous sommes arrêtés dans le couloir devant une porte en fer verrouillée. Un garde nous a fait entrer. De l'autre côté de la porte il y avait une autre série de chambres mais dans une zone de haute sécurité.

---

1. Le titre de docteur n'est pas réservé au corps médical, mais est également mentionné quand il s'agit d'un titre universitaire. *(N.d.T.)*

La première pièce était violemment éclairée. Ce n'était pas la chambre de Soneji. Lui était dans une pièce plus sombre, sur la gauche. Le parloir habituel de la prison était trop exposé. Deux gardes armés de revolvers étaient assis devant sa porte.

– S'est-il montré violent ? demandai-je.

– Non, en aucune façon. Je vais vous laisser parler avec lui. Je ne crois pas que vous ayez à craindre une agressivité quelconque. Vous allez le constater vous-même.

Gary nous regardait de son lit. Il avait un bras en écharpe, mais pour le reste il était tel que je l'avais vu la dernière fois. Je suis resté debout. Quand le Dr Campbell nous eut quittés, il s'est mis à me regarder. Rien ne montrait que cet homme, qui avait menacé de me tuer, me reconnaissait le moins du monde.

Professionnellement parlant, ma première impression fut qu'il avait peur de rester seul avec moi. Son corps le trahissait. Il se montrait hésitant, très différent de l'homme que j'avais plaqué à terre dans le restaurant *McDonald's* de Wilkinsburg.

– Qui êtes-vous ? Qu'est-ce que vous me voulez ? finit-il par dire d'une voix un peu chevrotante.

– Je suis Alex Cross. Vous me connaissez.

Il avait l'air troublé. L'expression qu'on lisait sur son visage semblait tout à fait crédible. Il ferma les yeux. Sur le moment, je me sentis totalement déconcerté, stupéfait.

– Je suis désolé, je ne me souviens pas de vous – on avait l'impression qu'il s'excusait. J'ai vu tellement de gens au cours de ce cauchemar que j'en ai oublié une bonne partie. Bonjour, inspecteur Cross. Je vous en prie, prenez une chaise. Comme vous voyez, j'ai eu pas mal de visites.

– Vous avez demandé que je vienne en Floride pour négocier. J'appartiens à la police de Washington.

J'avais à peine terminé ma phrase qu'il se mit à sourire. Il détourna la tête et la secoua. Je ne voyais pas ce qu'il y avait d'amusant et je le lui dis.

– Je n'ai jamais mis les pieds en Floride de ma vie, répondit-il, pas une seule fois.

Gary Soneji/Murphy se leva de son lit. Il portait un large pyjama blanc de l'hôpital. Son bras semblait le faire souffrir.

Il avait l'air esseulé et vulnérable. Il y *avait* là quelque chose qui n'allait pas. Que diable se passait-il ? Pourquoi ne m'avait-on rien dit avant mon arrivée ? De toute évidence, le Dr Campbell voulait que j'en tire mes propres conclusions.

Soneji/Murphy s'assit sur l'autre chaise. Il me regardait fixement d'un air désolé.

Il ne *ressemblait pas* à un tueur. Il ne *ressemblait pas* à un kidnappeur. A un professeur ? A un Mr. Chips ? A un petit garçon perdu ? Tout ça paraissait plus près de la vérité.

– Je ne vous ai jamais parlé de ma vie, me dit-il. Je n'ai jamais entendu le nom d'Alex Cross. Je n'ai jamais kidnappé d'enfants. Vous avez lu Kafka ?

– Quelques-uns de ses livres. Où voulez-vous en venir ?

– Je me sens comme Gregor Samsa dans *La Métamorphose*. Je suis coincé dans un cauchemar. Tout ça n'a aucun sens pour moi. Je n'ai jamais enlevé les enfants de qui que ce soit. Il faut que quelqu'un me croie. Il le faut absolument. Je suis Gary Murphy et de toute ma vie, je n'ai jamais fait de mal à personne.

Si je le suivais bien, il était en train de me raconter qu'il était doté d'une double personnalité... *Gary Soneji/Murphy*.

– Mais est-ce que tu le crois, Alex ! Seigneur Dieu, mon vieux. C'est la question à soixante-quatre dollars.

Scorse, Craig et Reilly du F.B.I., Klepner et Jezzie Flanagan des services secrets, Sampson et moi, étions tous tassés dans une petite salle de conférences au siège du F.B.I. en ville. C'était la semaine de retour à la base pour l'équipe de récupération des otages.

La question avait été posée par Gerry Scorse. Rien d'étonnant à ce qu'il ne croie pas à Soneji/Murphy. Il n'avalait pas l'histoire des multiples personnalités.

– Qu'est-ce qu'il a à gagner à raconter des tas de mensonges ? – Voilà à quoi je leur demandais de réfléchir. – Il dit qu'il n'a pas kidnappé les enfants. Il dit qu'il n'a tué personne chez *McDonald's*. – Je regardais les visages les uns après les autres. – Il prétend être une agréable nullité du Delaware, appelée Gary Murphy.

– Il veut essayer de se faire passer pour fou. – Reilly proposa la réponse la plus évidente. – Il ira dans un asile confortable du Maryland ou de la Virginie. Il en sortira dans huit ou dix ans, sans doute. Tu peux parier qu'il sait très bien tout ça, Alex. Est-ce qu'il est assez intelligent et assez bon acteur pour s'en tirer de cette façon ?

– Pour l'instant, je n'ai parlé avec lui qu'une seule fois. Et moins d'une heure. Je vais vous dire une chose. Il est très convaincant dans le rôle de Gary Murphy. Je crois qu'il est véritablement T.F.C.

– Qu'est-ce que c'est que T.F.C., bon Dieu ? demanda Scorse. Je n'ai jamais entendu parler de ça.

– C'est un terme de psychiatrie très connu, lui dis-je. Quand nous sommes ensemble, nous autres psy, nous ne parlons que de ça. *Tout à Fait Cinglé.*

Tout le monde autour de la table se mit à rire, sauf Scorse.

Sampson l'avait baptisé le Croque-mort... Scorse, le fossoyeur. C'était un homme qui croyait en son métier et qui se comportait toujours en professionnel. Mais on ne pouvait pas dire qu'il avait le sens de la plaisanterie.

– Très Foutrement Drôle, Alex, finit-il par répliquer : T.F.D.

– Est-ce que tu pourras le voir à nouveau ? me demanda Jezzie.

Elle était aussi professionnelle que Scorse, mais autrement plus agréable.

– Ouais, je pourrai. Il veut me revoir. Je finirai peut-être par découvrir pourquoi diable il voulait me faire venir en Floride. Pourquoi, dans ce cauchemar, il a jeté son dévolu sur ma personne ?

45.

Deux jours plus tard, je réussis à obtenir un rendez-vous d'une heure avec Gary Soneji/Murphy.

J'avais passé les deux nuits précédentes à relire des études sur les cas de personnalité multiple. Ma salle à manger s'était transformée en bibliothèque de psychologie, tant il existe de livres traitant de ce sujet de personnalité multiple. Le désaccord est tel que cela va jusqu'à une sérieuse remise en question de l'existence même du cas de double personnalité.

En arrivant, j'ai trouvé Gary assis sur son lit, le regard vague. Il n'avait plus le bras en écharpe. C'était très difficile de parler à ce kidnappeur, assassin d'enfants et tueur en série. Il me revint en mémoire une phrase que Spinoza avait écrite quelque part : *Je me suis efforcé de ne pas rire des actions humaines, ni de pleurer sur elles, ni de les haïr, mais seulement de comprendre.* Jusqu'à présent, je ne comprenais pas.

— Salut, Gary, lui dis-je doucement pour ne pas l'effrayer. Etes-vous prêt à parler ?

Il se retourna et parut content de me voir. Il approcha une chaise pour que je m'asseye près de son lit.

— J'avais peur qu'on ne vous laisse pas venir, dit-il. Je suis content qu'on vous l'ait permis.

— Pourquoi pensiez-vous qu'on ne me laisserait pas venir ?

Je voulais qu'il me l'explique.

— Oh, je n'en sais rien. Simplement parce que... vous êtes quelqu'un à qui je peux parler. Et, étant donné ma chance actuelle, je me suis dit qu'ils empêcheraient tout contact entre nous.

Il s'exprimait avec une sorte de naïveté qui me

déconcertait. Il était presque devenu charmant, tel que ses voisins l'avaient décrit.

— A quoi pensiez-vous, il y a une minute, lui demandai-je, juste avant que je ne vous interrompe ?

Il sourit.

— Je ne sais pas. A quoi est-ce que je pensais ? Ah oui, je sais. Je me suis souvenu que mon anniversaire tombait ce mois-ci. Je passe mon temps à penser que, tout à coup, je vais me réveiller. C'est devenu une idée fixe – comme un leitmotiv.

— Revenons un peu en arrière. Racontez-moi ce qui s'est passé quand on vous a arrêté.

Je changeai de sujet.

— Je me suis réveillé. Je me trouvais dans une voiture de police devant un *McDonald's*. – Sur ce point, il ne déviait pas d'un pouce. Il m'avait dit la même chose deux jours plus tôt. – On m'avait mis des menottes et attaché les bras derrière le dos... Plus tard, on m'a aussi entravé les jambes.

— Vous ne savez pas comment vous êtes arrivé dans cette voiture ? lui demandai-je.

Bon Dieu ! il était parfait. Il parlait d'un ton calme, aimable. Il était tout à fait crédible.

— Non. Et je ne sais pas non plus comment j'ai pu me trouver dans un *McDonald's* à Wilkinsburg. C'est la chose la plus bizarre qui me soit jamais arrivée.

— Oui, j'imagine.

Une théorie s'était formée dans ma tête pendant mon trajet en voiture. C'était peut-être un peu tiré par les cheveux, mais ça pouvait expliquer un certain nombre de points restés obscurs jusqu'à maintenant.

— Est-ce qu'il vous était déjà arrivé quelque chose du même genre auparavant ? Quelque chose de vaguement comparable, Gary ?

— Non. Je n'ai jamais eu d'ennuis d'aucune sorte. On ne m'a jamais arrêté. Vous pouvez sûrement le vérifier ? Bien sûr, c'est facile pour vous.

— Ce que je veux dire, c'est : *Vous est-il déjà arrivé de vous réveiller dans un endroit inconnu ?* Sans savoir comment cela s'était produit ?

Gary me gratifia d'un coup d'œil étrange, en penchant légèrement la tête.

— Pourquoi me demandez-vous cela ?
— Alors, Gary ?
— Eh bien... oui.

– Racontez-moi donc tout ça. Parlez-moi des moments où vous êtes revenu à vous dans un lieu inconnu.

Il avait un tic qui consistait à tirer sur sa chemise, entre le premier et le deuxième bouton et à libérer sa poitrine du poids du tissu. Je me demandais s'il avait peur de ne pas pouvoir respirer normalement, et si c'était le cas, d'où cette crainte pouvait bien lui venir.

Il avait peut-être été malade étant enfant... ou coincé dans un endroit sans air... ou enfermé quelque part – enfermé comme Maggie Rose et Michael Goldberg l'avaient été.

– Cela fait un an ou deux, peut-être même plus, que je souffre d'insomnie. Je l'ai dit au médecin qui est venu me voir, dit-il.

Je n'avais relevé aucune mention d'insomnie dans les rapports de la prison. En avait-il parlé à l'un des médecins, ou l'avait-il simplement imaginé ? En revanche, j'y avais trouvé un profil Wechsler discontinu, qui indiquait qu'il était impulsif. Une évaluation verbale de son quotient intellectuel, et un questionnaire écrit. Dans les deux cas, le résultat indiquait un Q.I. fabuleux. On lui avait fait passer un Rorschach qui révélait une très grande tension émotionnelle. Le test taxonomique – qu'on appelait couramment *test des tendances suicidaires* – avait fourni une réponse positive. Mais pas un mot sur l'insomnie.

– Parlez-moi de vos insomnies, s'il vous plaît. Cela pourrait m'aider à comprendre.

Nous étions déjà tombés d'accord sur le fait qu'en dehors de mes dons remarquables de policier j'étais aussi psychologue de métier. Mes titres le rassuraient – du moins jusqu'à maintenant. Etait-ce pour cela qu'il avait insisté pour que je me rende en Floride ?

Il me regarda dans les yeux.

– Est-ce que vous allez m'aider réellement, sans essayer de me coincer ? Docteur, aidez-moi !

Je lui dis que j'allais essayer, que j'écouterais ce qu'il avait à me dire en gardant l'esprit ouvert. Il répondit qu'il ne pouvait pas en demander plus.

– Cela fait un moment que je n'arrive pas à dormir. Cela remonte aussi loin que je puisse me souvenir, reprit-il. Je nageais en pleine confusion. J'étais éveillé, je rêvais. Je n'arrivais pas à démêler l'un de l'autre. Quand j'ai ouvert les yeux dans cette voiture de police, je n'avais pas la moindre idée de ce qui m'avait amené là. Voilà exactement ce qui s'est passé. Est-ce que vous me croyez ? *Il faut que quelqu'un me croie.*

— Je vous écoute, Gary. Quand vous aurez fini, je vous dirai ce que je pense. Je vous le promets. Pour l'instant, il faut que je sache tout ce dont vous vous souvenez.

Cela sembla le satisfaire.

— Vous m'avez demandé si cela m'était déjà arrivé avant. Oui. Deux ou trois fois. Je me suis réveillé dans des lieux inconnus. Parfois dans ma voiture, arrêtée le long d'une route. Quelquefois sur une route que je ne connaissais pas, dont je n'avais jamais entendu parler. Cela s'est produit dans des motels, ou en parcourant des rues; à Philadelphie, New York, Atlantic City, notamment. Je me suis retrouvé avec des jetons du casino, et un ticket de parking gratuit dans ma poche. Je n'ai jamais su comment ils étaient parvenus là.

— Est-ce que cela vous est jamais arrivé à Washington?

— Non, pas à Washington. Je n'ai pas remis les pieds à Washington depuis mon enfance. J'ai découvert récemment que je pouvais revenir à moi en pleine conscience. Tout à fait conscient. Je me retrouvais en train d'absorber un repas, par exemple. Mais je n'avais pas la moindre idée de la façon dont j'étais venu au restaurant.

— Avez-vous vu quelqu'un à ce sujet? Avez-vous essayé de trouver de l'aide? Un médecin?

Il ferma les yeux. Ceux-ci étaient brun noisette et très clairs... un de ses traits les plus remarquables. Un sourire envahit son visage quand il les rouvrit à nouveau.

— Nous n'avons pas d'argent à dépenser chez les psychiatres. Nous arrivons tout juste à joindre les deux bouts. C'est pour ça que je suis si déprimé. Nous devons trente mille dollars. Ma famille a une dette de trente mille dollars, et moi, je suis ici, en prison.

Il cessa de parler et me regarda de nouveau. Il ne se sentait nullement gêné de scruter mon visage, ni d'essayer d'y lire ce que je pensais. Il m'apparaissait comme un homme coopératif, stable et tout à fait lucide.

Mais je savais aussi que quiconque s'intéressait à lui risquait d'être la victime de la manipulation d'un psychopathe supérieurement intelligent, et très doué. Il avait trompé quantités de gens avant moi. Visiblement, il savait y faire.

— Jusqu'ici, je vous crois, Gary, lui dis-je finalement. Ce que vous dites se tient. J'aimerais vous aider si c'est possible.

Ses yeux se remplirent soudain de larmes qui lui coulaient sur les joues. Il me tendit les mains.

Je pris dans les miennes les mains de Gary Soneji/Murphy. Elles étaient glacées. Il semblait avoir peur.

– Je suis innocent, me dit-il. Je sais que ça a l'air invraisemblable, mais je suis innocent.

Je rentrai très tard chez moi, ce soir-là. Une moto se rangea le long de ma voiture au moment où j'allais tourner dans l'allée. Qu'est-ce que c'était encore que ça ?

– Veuillez me suivre, monsieur. Tout à fait dans le style motard d'autoroute. Montez derrière moi.

C'était Jezzie. Elle se mit à rire, et j'en fis autant. Je savais qu'elle s'efforçait de me faire réintégrer le monde des vivants. Elle m'avait dit que je travaillais trop, et rappelé que le problème était résolu.

– La journée de travail est terminée, Alex, dit-elle. D'accord ? Onze heures du soir, cela te paraît-il une heure correcte pour cesser le travail ?

Je suis entré dans la maison pour vérifier que tout allait bien. Les enfants dormaient tranquillement. Je n'avais donc aucune raison de refuser la proposition. Je ressortis et m'installai sur le siège arrière de la moto.

– C'est la pire ou la meilleure chose que j'aie faite ces temps derniers, lui dis-je.

– Ne t'en fais pas. C'est la meilleure. Tu es en bonnes mains. Rien à craindre à part une mort instantanée.

En quelques secondes, la Neuvième Rue disparut, avalée par la lumière crue du phare de la machine. La moto passa en trombe le long de l'avenue de l'Indépendance, et déboucha sur la route du Parc qui – on ne sait trop pourquoi – est dotée de virages en épingle à cheveux ! A chacun d'eux, Jezzie se penchait sur le côté, dépassant les voitures qui, comparées à nous, semblaient être arrêtées.

Pas le moindre doute, elle savait conduire. Elle n'avait rien d'un amateur. Le paysage, les fils télégraphiques et les lignes hachurées de la route, défilaient si vite qu'elle roulait au moins à cent soixante. Je me sentais pourtant extraordinairement calme.

Je ne savais pas où nous allions, et ça m'était égal. Les gosses dormaient. Nana était avec eux. Cette aventure faisait partie du rôle thérapeutique de la nuit. Je sentais l'air froid s'infiltrer dans les moindres recoins de mon corps. Mon cerveau se nettoyait... et Dieu sait qu'il en avait besoin.

La rue N, où elle habitait, était une artère étroite et longue, bordée de maisons vieilles d'un siècle... C'était une jolie rue, surtout en hiver, avec ses toits à pignons recouverts de neige, et les lumières qui clignotaient sous les porches.

Jezzie mit pleins gaz pour remonter la rue déserte. Quatre-vingts, cent, cent cinquante. je ne pouvais pas évaluer la vitesse de façon précise, mais nous volions littéralement. Les arbres et les maisons n'étaient plus que des images brouillées. La chaussée était devenue indiscernable. En fait, c'était plutôt agréable... à condition de survivre pour le raconter.

Jezzie arrêta la BMW sans le moindre à-coup. Elle n'essayait nullement de se mettre en valeur. Elle savait tout simplement comment faire.

— Nous voilà chez moi. J'ai enfin cherché un coin à moi. Je viens tout juste de m'y installer, dit-elle en descendant de sa moto. Tu as été plutôt bien. Tu n'as crié qu'une fois, dans l'avenue George-Washington.

— J'ai gardé mes cris pour moi.

Emoustillés par la promenade, nous sommes entrés dans la maison. L'appartement ne correspondait pas du tout à ce que j'avais imaginé. Jezzie disait qu'elle n'avait pas encore eu le temps de l'arranger, mais tout était beau et de bon goût, sophistiqué et moderne, mais sans aucune froideur. On y voyait beaucoup de photographies d'art, en noir et blanc pour la plupart. Elle me dit qu'elle les avait prises elle-même. Il y avait des fleurs dans le living et la cuisine, et des livres avec des signets marquant les pages : *The Prince of Tide, Burn Marks, Women in Power, Zen* et *L'Art de garder sa moto en forme.* Une étagère à vin, du Beringer, du Rutherford, et un crochet planté dans un mur pour y accrocher son casque.

— Une vraie femme d'intérieur, finalement.

— Tu parles. Retire ça immédiatement, Alex ! Je suis une des plus dures à cuire des services secrets.

Je l'ai prise dans mes bras et nous nous sommes embrassés dans le living-room. J'avais trouvé de la tendresse, alors que je ne m'y attendais pas ; j'avais découvert une sensualité qui m'étonnait. Il y avait là tout ce que j'avais cherché – et juste une petite complication.

— Je suis très content que tu m'aies amené chez toi, dis-je. Vraiment, j'en suis très touché.

– Même s'il a pratiquement fallu te kidnapper ?
– Des balades à toute vitesse, dans la nuit. Un appartement splendide et accueillant, des photographies aussi belles que celles d'Anna Leibowitz... Qu'est-ce que tu me caches encore comme secrets ?

Jezzie me passa doucement un doigt autour du menton et continua d'explorer mon visage.

– Je ne veux pas qu'il y ait de secrets entre nous. C'est ça que je voudrais. Okay ?

Je lui dis que oui... que c'était exactement ce que je souhaitais, moi aussi. Il était temps de tout partager à nouveau avec quelqu'un. Pour nous deux, il était plus que temps. Le monde extérieur ne s'en était sans doute pas aperçu, mais nous étions restés trop longtemps solitaires, repliés sur nous-mêmes. Nous nous aidions l'un l'autre à faire face à cette simple vérité.

Elle me ramena chez moi très tôt le lendemain. Un vent froid nous râpait la figure. Je la tenais par la taille tandis que nous flottions dans la faible lumière grise de l'aube. Les rares personnes déjà levées qui se rendaient à leur travail en voiture, ou à pied nous regardaient passer d'un air stupéfait. J'en aurais probablement fait autant à leur place. Quel sacré beau couple nous faisions.

Jezzie me déposa à l'endroit exact d'où nous étions partis. Je me penchai contre elle dans la chaleur de la moto qui continuait à vibrer. Je l'embrassai sur les joues, la gorge, et finalement sur les lèvres. J'aurais pu rester comme ça toute la matinée, dans les rues minables du quartier sud-est.

L'idée me traversa l'esprit qu'il faudrait que ce soit comme ça pour toujours. Et pourquoi pas ?

– Il faut que je rentre, dis-je enfin à Jezzie.

– D'accord, je le sais bien. Rentre chez toi. Embrasse tes gosses pour moi.

Elle avait quand même l'air un peu triste quand je me détournai pour rentrer.

Ne commence pas quelque chose que tu ne pourras pas terminer.

TROISIÈME PARTIE

LE DERNIER GENTLEMAN DU SUD

46.

Pendant le reste de la journée, je brûlai la chandelle par l'autre bout. Je me sentais un peu irresponsable, mais c'était bon pour moi. Ça ne fait pas de mal de porter le poids du monde sur ses épaules, de temps en temps, quand on sait comment s'en débarrasser.

Je suis donc parti en voiture pour la prison de Lorton. Le thermomètre était au-dessous de zéro, mais il y avait du soleil. Le ciel était d'un bleu si clair qu'il en était presque aveuglant. Beau et générateur d'espoir. On est loin, dans ces années 1990, d'avoir perdu la vision romantique de la nature.

Tout en conduisant, je pensais à Maggie Rose Dunne. Impossible de ne pas penser qu'elle était morte maintenant. Son père faisait un ramdam de tous les diables dans les médias. Je ne pouvais guère l'en blâmer. J'avais eu Katherine Rose deux ou trois fois au téléphone. Elle n'avait pas perdu espoir. Elle m'avait dit qu'elle *sentait* que sa petite fille était encore vivante. C'était affreusement triste à entendre.

J'essayais bien de me préparer à mon entrevue avec Gary, mais mon esprit vagabondait. Des images de la nuit précédente me passaient sans cesse devant les yeux. J'étais obligé de me rappeler que j'étais en train de conduire une voiture, à midi, en plein Washington et que j'étais censé travailler.

C'est alors qu'une idée intéressante me traversa la tête : une théorie à propos de Soneji/Murphy, qui était vérifiable et qui me *semblait* avoir un sens en termes de psychologie, une théorie qui m'aida à me concentrer une fois à la prison.

On me conduisit au sixième étage. Il m'attendait. Il avait l'air de ne pas avoir dormi de la nuit, lui non plus.

C'était maintenant mon tour de déclencher quelque chose.

Je l'interrogeai pendant une heure cet après-midi-là. Un peu plus encore, peut-être. Sans pitié, je le poussai dans ses retranchements, allant sans doute plus loin que je ne le faisais avec mes patients.

– Gary, vous est-il arrivé de trouver des reçus dans vos poches... des notes d'hôtel, de restaurant, des fiches d'achats... sans avoir le moindre souvenir d'avoir effectué ces dépenses?

– Comment avez-vous découvert ça? – Ses yeux s'étaient allumés à ma question. Son visage semblait exprimer une sorte de soulagement. – Je leur *ai dit* que c'était vous que je voulais comme docteur. Je ne veux plus revoir le Dr Walsh. Tout ce qu'il sait faire, c'est écrire des ordonnances pour des somnifères.

– Je ne crois pas que ce soit une bonne idée. Je suis psychologue, et non psychiatre comme le Dr Walsh. Et je fais partie de l'équipe qui a contribué à votre arrestation.

Il hocha la tête.

– Je sais tout ça. Mais vous êtes aussi le seul à bien vouloir m'écouter avant d'arriver à un jugement définitif. Je sais bien que vous me haïssez parce que vous croyez que j'ai enlevé ces deux enfants, et à cause de tous les autres crimes que je suis censé avoir perpétrés. Mais, au moins, vous m'écoutez. Walsh, lui, fait semblant de m'écouter.

– Vous devez continuer à le voir, lui dis-je.

– Bon, d'accord. Je commence à comprendre la politique de cette maison. Seulement, ne me laissez pas tout seul dans cet horrible trou, je vous en prie.

– N'ayez aucune crainte. A partir de maintenant, je m'occuperai de vous régulièrement. Nous continuerons nos séances, comme aujourd'hui.

J'ai alors demandé à Soneji/Murphy de me parler de son enfance...

– Je ne me souviens pas de beaucoup de choses. Est-ce particulièrement bizarre?

Il avait envie de parler. C'était à moi de déterminer si ce que j'entendais était la vérité, ou des mensonges parfaitement élaborés.

– Cela arrive. Parfois, les choses vous reviennent

quand on en parle, quand on les traduit avec des mots.
— Je connais des faits et des chiffres. Okay. Date de naissance : 24 février 1957. Lieu de naissance : Princeton, New Jersey. Des choses comme ça. J'ai parfois l'impression d'avoir *appris* tout ça au fur et à mesure que je grandissais. J'ai vécu des expériences dont je ne peux dire s'il s'agit de rêves ou de réalité. Est-ce l'un ? Est-ce l'autre ? Je ne suis sûr de rien.
— Essayez de me parler de vos toutes premières impressions, lui dis-je.
— Guère de joies ou d'amusements. J'ai toujours souffert d'insomnies. Je n'ai jamais pu dormir plus d'une heure ou deux à la fois. Je ne me souviens pas *de ne pas avoir été fatigué* et déprimé... comme si j'avais passé toute ma vie à essayer de me sortir d'un trou. Je ne tente pas de faire le travail à votre place, mais je n'ai jamais eu une très haute idée de moi-même.

Tout ce que nous savions de *Gary Soneji* révélait une personnalité absolument *contraire* : une grande énergie, une attitude positive, une très haute opinion de lui-même.

Gary continua de tracer les grandes lignes d'une enfance épouvantable : violences physiques de la part de sa belle-mère quand il était encore petit, violences sexuelles de la part de son père.

Il raconta encore et encore, comment il avait été obligé de se couper intérieurement de l'angoisse et des conflits dans lesquels il se trouvait. Sa belle-mère était venue vivre avec eux en 1961 et avait amené ses deux enfants. Gary avait quatre ans et souffrait déjà d'instabilité. A partir de ce moment-là, les choses n'avaient fait qu'empirer. Jusqu'à quel point... il n'était pas encore près de me le dire.

Pour l'étude que le Dr Walsh lui avait consacrée, Soneji/Murphy avait subi les tests de Wechsler, l'*Inventaire des personnalités multiphasées*, mis au point dans le Minnesota, et le Rorschah. Dans le domaine de la créativité, il dépassait de loin toutes les normes. Cela se mesurait par un test dans lequel il fallait compléter des phrases tronquées. Il avait obtenu un nombre fantastique de points, aussi bien à l'oral qu'à l'écrit.

— Quoi d'autre encore, Gary ? Essayez de remonter le plus loin possible. Je ne pourrai vous aider que si j'arrive à mieux vous comprendre.

— Il y avait toujours ces *heures perdues*. Du temps

que je ne retrouvais pas, dit-il. – Son visage s'était creusé au fur et à mesure qu'il parlait. Les veines de son cou ressortaient. Un peu de sueur lui coulait sur le visage. – On me punissait parce que je ne me rappelais pas...

– Qui? Qui vous punissait?

– Ma belle-mère, généralement.

Cela signifiait sans doute que les dommages les plus importants s'étaient produits dans sa petite enfance; à l'époque c'était sa belle-mère qui était chargée de l'élever.

– Une pièce noire, dit-il.

– Que se passait-il dans cette pièce noire? Quel genre de pièce était-ce?

– C'est au sous-sol qu'elle m'enfermait. Dans la cave. Elle m'y mettait presque tous les jours.

Sa respiration devenait haletante. Il éprouvait de grandes difficultés à respirer. Un état que j'avais souvent observé chez les enfants victimes de mauvais traitements. Il avait fermé les yeux. Il se souvenait. Il revoyait un passé auquel il aurait voulu ne plus jamais être confronté.

– Et que se passait-il au sous-sol?

– Rien... il ne se passait rien. Mais j'étais tout le temps puni. On me laissait là, tout seul.

– Et on vous y laissait combien de temps?

– Je ne sais pas... Je ne peux pas me souvenir de tout.

Il avait entrouvert les yeux et m'observait par la fente étroite de ses paupières.

Je n'étais pas certain de pouvoir aller plus loin, et qu'il puisse le supporter. Il fallait que je fasse très attention. Je devais l'aider à me raconter les épisodes les plus durs de son histoire, pour qu'il ait le sentiment que je le comprenais, qu'il pouvait me faire confiance, que je l'écoutais vraiment.

– Est-ce que vous y restiez parfois toute la journée et toute la nuit?

– Oh, non, non. Cela durait très, très longtemps, pour que je n'oublie plus les choses. Pour que je devienne un garçon sage. Plus le Méchant Garçon.

Il me regarda, mais n'ajouta rien. Je me rendais compte qu'il attendait que je fasse un commentaire.

Je décidai de le féliciter parce que cela me semblait être la réaction adéquate.

– Voilà qui est excellent, Gary. Nous sommes bien

partis. Je sais à quel point cela doit être pénible pour vous.

Tout en observant l'homme, j'imaginais le petit garçon enfermé dans une cave. Tous les jours. Pendant des semaines qui devaient lui sembler encore plus longues qu'elles n'étaient réellement. Et puis, je songeais à Maggie Rose. Se pouvait-il qu'il l'ait enfermée quelque part et qu'elle soit toujours vivante ? Il fallait que j'arrive à lui extraire de la tête ses secrets les plus terribles, et je ne pouvais pas me permettre d'y consacrer le temps d'une thérapie habituelle. Il fallait faire vite. Katherine Rose et Thomas Dunne méritaient de savoir ce qu'était devenue leur petite fille.

Qu'est-il arrivé à Maggie Rose, Gary ? Souvenez-vous de Maggie Rose !

Poser la question à ce moment de notre séance était très risqué. Il pouvait prendre peur et refuser de me revoir s'il avait l'impression que je n'étais plus *un ami*. Il pouvait se replier sur lui-même. Il pouvait aussi sombrer dans une psychose totale. Il pouvait devenir catatonique. Et alors tout serait perdu.

Il valait mieux que je continue à féliciter Gary de l'effort qu'il avait fait. Il était important qu'il ait envie de me revoir.

— Ce que vous m'avez dit jusqu'à présent devrait nous aider considérablement. Vous avez fait du bon travail. Je suis impressionné par tout ce dont vous avez réussi à vous souvenir, grâce à votre ténacité.

— Alex, dit-il au moment où je m'apprêtais à sortir, je prends Dieu à témoin, je n'ai jamais rien fait d'horrible, ou de mal. Je vous en prie, aidez-moi.

On avait prévu de lui faire passer le texte du polygraphe cet après-midi-là. L'idée même du détecteur de mensonges le rendait nerveux, mais il me jura qu'il était heureux de s'y soumettre.

Il me dit que je pouvais rester pour attendre les résultats, si je le désirais. Et je le désirais très fort.

Le préposé au polygraphe était un homme particulièrement calé et qu'on avait fait venir de Washington pour mener le test. Il avait dix-huit questions à poser. Quinze d'entre elles servaient à contrôler les réponses. Les trois autres donnaient le bilan du test.

Le Dr Campbell me rejoignit environ quarante minutes après qu'on eut emmené Soneji/Murphy faire son test. Il était tout rouge et très excité. On avait l'impression qu'il avait couru tout le long du chemin pour venir de l'endroit où le test s'était passé. Il avait dû arriver quelque chose d'important.

– Il a marqué le score le plus élevé possible, me dit Campbell. Il a réussi au-delà de toute espérance. Dix points de plus partout. Gary Murphy dit peut-être la vérité !

47.

Gary Murphy disait peut-être la vérité.
J'avais convoqué une réunion à la salle de conférences de la prison de Lorton pour le lendemain après-midi. L'auditoire, très important, comprenait le Dr Campbell, attaché à la prison, le procureur fédéral du District, James Dowd, un représentant du bureau du gouverneur du Maryland, deux représentants du bureau du procureur général venus de Washington, le Dr James Walsh, délégué du ministère de la Santé publique, enfin le personnel de la prison qui faisait fonction de conseil.

Les réunir avait été extrêmement compliqué. Maintenant que je les avais tous là, il fallait qu'ils m'écoutent. Je n'aurais pas une deuxième chance de leur demander ce dont j'avais besoin.

C'était comme si j'étais de nouveau en train de passer mon oral d'examen à John Hopkins. Je faisais de la corde raide, persuadé que toute l'enquête sur Soneji/Murphy en dépendait, que tout se jouait ici, dans cette pièce.

– Je voudrais, dis-je, le soumettre à une tentative d'hypnose régressive. Cela ne comporte aucun risque et peut, au contraire, nous apporter des renseignements essentiels. Je suis certain que Soneji/Murphy sera un bon sujet et que nous découvrirons des choses utiles. Nous apprendrons peut-être ce qu'est devenue la petite fille. En tout cas, beaucoup de choses sur Gary Murphy lui-même.

Plusieurs problèmes juridiques très complexes avaient déjà été soulevés à propos de ce cas. Un juriste m'avait déclaré que les questions posées feraient un excellent sujet d'examen pour les candidats à la profession d'avocat. Etant donné que les faits s'étaient déroulés dans différents Etats, le kidnapping et l'assassinat de Michael Goldberg dépendaient de la juridiction fédérale et seraient jugés par un tribunal fédéral. Les meurtres perpétrés au *McDonald's* seraient jugés par la cour de Wesmoreland. Soneji/Murphy pourrait aussi être jugé à Washington pour l'un ou plusieurs des crimes commis dans le quartier sud-est.

– A quel but espérez-vous arriver?

Le Dr Campbell voulait le savoir. Il s'était montré très coopératif et continuait de l'être. Comme moi, il constatait qu'un certain scepticisme se lisait sur plusieurs visages, dont, au premier chef, celui de Walsh. Je comprenais très bien pourquoi Gary n'aimait pas Walsh. Il avait l'air d'être étroit d'esprit, mesquin et fier de l'être.

– Bien des aspects de ce qu'il nous a dit jusqu'ici suggèrent une réaction dissociative aiguë. Il semble avoir eu une enfance épouvantable. Il a subi des violences d'ordre physique, et même peut-être sexuel. Il se peut, qu'à l'époque, il se soit psychiquement dédoublé, pour échapper à la douleur et à la peur. Je ne dis pas qu'il possède une personnalité multiple, mais c'est une possibilité. Il a eu le type d'enfance qui peut provoquer une psychose aussi rare.

Le Dr Campbell saisit la balle au bond.

– Le Dr Cross et moi-même avons discuté de la possibilité que Soneji/Murphy soit parfois soumis à des *états de fugue*, autrement dit, à des épisodes psychotiques en rapport à la fois avec l'amnésie et l'hystérie. Il parle de *journées perdues*, de *week-ends perdus*, et même de *semaines entières perdues*. Si un patient se trouve en proie à un tel *état de fugue*, il peut très bien se réveiller dans un endroit inconnu, ne pas savoir comment il y est arrivé, ni ce qu'il a fait pendant une période relativement longue. Dans certains cas, ces patients ont deux personnalités séparées, souvent antinomiques. Cela peut se produire également dans des cas d'épilepsie liée au lobe temporal.

– Vous vous prenez pour quoi, tous les deux, des poseurs d'étiquettes? – Walsh rouspétait, tout en restant assis sur son siège. – Epilepsie du lobe! Arrête ton char, Marion. Plus tu nous mènes en bateau, et plus il a de chances de s'en tirer devant un tribunal, nous avertissait Walsh.

– Je ne vous mène pas en bateau, lui dis-je. Ce n'est pas mon genre.

Le procureur prit la parole et s'interposa entre Walsh et moi. James Dowd était un homme sérieux approchant la quarantaine. S'il était désigné comme accusateur public au procès de Soneji/Murphy, il allait devenir un juriste extrêmement célèbre.

– Est-ce qu'il se pourrait qu'il ait créé de toutes pièces à notre intention cet état apparemment psychotique? s'enquit Dowd, et qu'il soit purement et simplement psychopathe, rien de plus?

Je parcourus la table des yeux avant de répondre à ses questions. Visiblement, Dowd souhaitait entendre ce que nous avions à lui répondre. Il souhaitait apprendre la vérité. Le représentant du gouverneur semblait plutôt sceptique et peu convaincu, mais gardait l'esprit ouvert. Le groupe du procureur général était resté neutre jusqu'ici. Le Dr Walsh en avait déjà suffisamment entendu de ma part et de celle de Campbell.

– C'est tout à fait possible, dis-je. C'est même l'une des raisons pour lesquelles je voudrais tenter l'hypnose. Un des résultats serait au moins de savoir si les histoires qu'il raconte gardent leur crédibilité.

– *S'il* est accessible à l'hypnose, interrompit Walsh. Et si vous êtes capable de déceler s'il est hypnotisé ou non.

– Je pense que oui, lui répondis-je rapidement.

– Et moi, j'ai de sérieux doutes là-dessus. Franchement, j'ai aussi des doutes à votre sujet, Cross. Peu m'importe qu'il aime vous parler. La psychiatrie ne consiste pas à se faire aimer de ses patients.

– Ce qu'il aime, c'est que *je l'écoute.*

Je jetai un coup d'œil furieux à Walsh de l'autre côté de la table. Il me fallut faire un effort énorme pour ne pas me jeter sur cet emmerdeur patenté.

– Quelles sont les autres raisons d'hypnotiser le prisonnier?

C'était le représentant du gouverneur qui prenait la parole.

– Nous n'en savons pas assez sur ce qui s'est passé au cours de ces *états de fugue*, répondit le Dr Campbell. Il n'en sait rien non plus. Pas plus que sa femme et ses proches que j'ai déjà questionnés plusieurs fois.

J'ajoutai :

– Nous ne savons pas non plus combien de personnalités pourraient être en jeu... L'autre raison en faveur de l'hypnotisme est – je m'arrêtai un instant pour donner tout son impact à ce que j'allais dire – que je veux absolument lui parler de Maggie Rose Dunne. Je veux essayer de découvrir ce qu'il a fait de Maggie Rose.

– Bon, nous avons entendu vos arguments, docteur

Cross. Merci de nous avoir consacré du temps et merci de vos efforts, déclara James Dowd à la fin de cette réunion. Nous vous ferons savoir ce qui a été décidé.

C'est ce soir-là que j'ai décidé de prendre les choses en main.

J'ai appelé un reporter du *Post* que je connaissais et en qui j'avais confiance. Je lui ai donné rendez-vous au restaurant *Pappy* qui se trouvait à la limite du quartier sud-est, un endroit où personne ne nous repérerait. Je ne voulais pas qu'on soit au courant de notre rencontre. Aussi bien pour lui que pour moi.

Lee Kovel était un *yuppie* grisonnant, pas très futé que j'aimais bien. Il portait ses sentiments en bandoulière : ses petites jalousies, son amertume quant au triste état du journalisme, sa tendance à s'apitoyer sur tout, et même parfois son attitude ultraconservatrice... tout cela s'étalait au point que n'importe qui pouvait s'en apercevoir et réagir en conséquence.

Lee se laissa tomber sur un tabouret voisin du mien. Il était vêtu d'un complet gris et de chaussures de sport bleues.

On trouve chez *Pappy* un mélange extraordinaire de gens : des Noirs, des *Hispaniques*, des Coréens, des ouvriers blancs travaillant dans le quartier sud-est pour un quelconque service public... mais personne qui ressemble à Lee de près ou de loin.

— Je crève les yeux, ici, se plaignit-il. Je suis bien trop réglo pour ce genre d'endroit.

— Et qui donc va te voir ? Bob Woodward ? Evans et Novak ?

— Tu es d'un drôle, Alex ! Qu'est-ce que tu as à me dire. Pourquoi ne m'as-tu pas appelé quand ça en valait la peine ? *Avant* qu'on arrête ce pauvre con ?

— Donnez donc à ce monsieur un café chaud, bien noir et bien tassé, dis-je au barman. Il faut qu'il se réveille. – Je me suis retourné vers Lee. – Je vais hypnotiser Soneji dans sa prison. Je vais partir à la recherche de Maggie Rose Dunne *à l'intérieur de son subconscient*. Tu en auras l'exclusivité mais tu me dois quelque chose en contrepartie.

C'est tout juste si Lee Kovel ne réagit pas en crachant.

— Foutaises! Sois plus précis, Alex. Tu ne m'as pas tout dit.
— Exact. *J'essaie* d'obtenir l'autorisation d'hypnotiser Soneji. Il y a des tas de petites magouilles en jeu. Si tu sors l'histoire dans *The Post*, je crois que j'aurai le champ libre. C'est la théorie des prophéties qu'on réalise soi-même. J'aurai mon autorisation. Et *alors* toi, tu auras ton exclusivité.

Le café arriva dans une très belle tasse ancienne, beige clair avec une ligne bleue juste au-dessous du bord. Lee se mit à boire son jus à petites lampées avec force bruits de succion, plongé dans une profonde méditation. Il semblait stupéfait et affolé de me voir tenter de manipuler l'ordre établi de Washington, D.C. Son cœur pitoyable en était tout remué.

— Si tu arrives à tirer quelque chose de Soneji, je serai le deuxième informé. Après toi, naturellement.
— Tu es dur en affaires, mais d'accord. C'est entendu. Penses-y, Lee. C'est pour la bonne cause... pour découvrir où se trouve Maggie Rose, sans parler de ta propre carrière.

Je laissai Kovel finir le café de *Pappy* et réfléchir à la façon dont il allait écrire son histoire. Apparemment, c'est ce qu'il fit : l'article parut le lendemain matin dans la première édition du *Post*.

A la maison, c'est presque tous les jours Nana Mama la première levée. Elle est même probablement la première levée dans le monde entier. Du moins, nous en étions persuadés, Sampson et moi, quand nous avions onze et douze ans, et qu'elle travaillait comme sous-directrice du collège d'enseignement général de Garfield North.

Que je me lève à sept, ou six, ou même cinq heures, je ne suis jamais descendu à la cuisine sans la trouver en train de prendre son petit déjeuner, ou de le préparer sur son réchaud. Elle mange la même chose presque tous les jours : un œuf poché, un petit pain de maïs avec du beurre, du thé léger avec du lait et deux morceaux de sucre.

Elle aura aussi mis nos petits déjeuners en route, et elle tient compte de nos goûts variés. Il peut y avoir au menu des crêpes, des saucisses de porc ou du bacon, du melon quand c'est la saison, du gruau ou des flocons d'avoine, un gâteau de farine avec une bonne couche de beurre et une grosse quantité de sucre en poudre par-dessus, ou des œufs cuisinés de toutes sortes de façons.

Une fois de temps en temps, elle fait une omelette à la gelée de raisin... le seul plat que je n'aime pas. Nana fait trop cuire le dessus et, comme je le lui ai souvent dit, des œufs avec de la gelée de fruits n'ont pas plus de sens que des crêpes avec du ketchup. Nana n'est pas d'accord, bien qu'elle n'en mange jamais elle-même. Les enfants, eux, adorent ça.

En ce matin de mars, Nana était assise à la table de la cuisine, en train de lire le *Washington Post*. Et il se trouve que l'homme qui dépose le journal s'appelle aussi Washington. M. Washington partage le petit déjeuner de Nana tous les lundis matin... Mais ce jour-là nous étions mercredi. Un jour important pour l'enquête.

C'était bien la scène familière du petit déjeuner, et pourtant je me sentis choqué en entrant dans la cuisine. Une fois de plus, je me trouvais confronté à l'importance que le kidnapping avait prise dans notre vie privée, dans la vie des membres de ma famille.

Le *Washington Post* étalait en première page le gros titre suivant :

SONEJI/MURPHY

VA SUBIR

UNE SÉANCE D'HYPNOTISME

L'article était illustré de deux photos – de Soneji/Murphy et de moi-même. J'avais appris la nouvelle tard la veille au soir. J'avais tout de suite appelé Lee Kovel pour lui en donner l'exclusivité selon notre arrangement.

J'ai lu l'article de Lee tout en finissant mes deux pruneaux. Il racontait que certaines de ses sources qui voulaient rester anonymes *demeuraient sceptiques quant aux intentions des psychologues désignés pour hypnotiser le kidnappeur,* que *des découvertes médicales pourraient affecter le procès* et que, *si Soneji/Murphy était considéré comme fou, il pourrait s'en tirer avec une condamnation aussi clémente que trois ans d'enfermement dans une institution spécialisée.* De toute évidence, Lee avait consulté d'autres sources après avoir reçu mon coup de téléphone.

– Pourquoi ne disent-ils pas franchement ce qu'ils ont

dans la tête, marmonnait Nana en mangeant son toast et en buvant sa tasse de thé.
 Je crois qu'elle n'aime pas beaucoup le style de Lee.
 – Pourquoi ne disent-ils pas quoi? ai-je demandé.
 – Ça crève les yeux. Il y a des gens qui ne veulent pas que tu te mêles de leurs petites affaires. Ils veulent une justice à l'emporte-pièce. Pas nécessairement la vérité. Personne n'a l'air de souhaiter la découvrir dans cette histoire. Ce qu'ils veulent, c'est se sentir soulagés tout de suite. Ils veulent *mettre fin à leurs angoisses.* Les gens ne sont plus capables de les dominer, surtout maintenant, depuis que le Dr Spock s'est mis à élever les enfants à notre place.
 – C'est ça que tu étais en train de mijoter en prenant ton petit déjeuner? Ça me fait penser à ce bouquin qui débute par *Le Crime, écrivait-elle*...
 Je me suis versé un peu de son thé. Ni sucre, ni lait. J'ai pris un petit pain et mis deux saucisses entre les deux moitiés.
 – Je n'ai rien mijoté. C'est aussi évident que le nez au milieu du visage, Alex.
 J'adressai un signe de tête approbateur à Nana. Elle avait peut-être raison, mais je n'avais aucune envie de me mettre à ce problème avant six heures du matin.
 – Rien de tel que des pruneaux à cette heure matinale, dis-je. Miam. Miam... c'est bon.
 – Hem – Nana Mama fronçait les sourcils. – A ta place, j'irais doucement avec les pruneaux. J'ai l'impression que tu vas avoir besoin de quelque chose de beaucoup plus substantiel comme nourriture, Alex, si je puis te dire le fond de ma pensée.
 – Merci, Nana. J'apprécie ta franchise.
 – C'est bien normal, aussi bien pour ton petit déjeuner que pour l'excellent conseil que je vais te donner : ne fais pas confiance aux Blancs.
 – Un excellent petit déjeuner, lui dis-je.
 – Et comment va ta nouvelle petite amie? demanda ma grand-mère.
 Décidément, rien ne lui échappe.

48.

Il y avait une sorte de bourdonnement aigu dans l'air quand je sortis de ma voiture devant la prison. Il s'agissait d'une rumeur humaine : les reporters des journaux et des chaînes de télévision s'étaient agglutinés tout autour de Lorton. Ils m'attendaient. Soneji/Murphy aussi. On l'avait transféré dans une des cellules habituelles de la prison.

Tandis que je quittais le parking sous un léger crachin, on braqua sur moi les caméras de la télé et on me fourra des micros sous le nez. J'étais là pour hypnotiser Gary et la presse le savait. J'étais leur plat de résistance pour la journée.

– Thomas Dunne a déclaré que vous étiez en train d'essayer de faire hospitaliser Soneji, et qu'il en sortirait dans quelques années. Avez-vous des commentaires à faire, inspecteur Cross ?

– Je ne peux rien vous dire maintenant.

Je ne pouvais parler à aucun des reporters, ce qui ne me rendait pas très populaire. J'avais dû souscrire à cet arrangement avec le bureau du procureur général avant d'obtenir l'autorisation de procéder à l'expérience.

De nos jours, on utilise fréquemment l'hypnose en psychiatrie. Elle est pratiquée, soit par le psychiatre traitant, soit par un psychologue. J'espérais découvrir au cours des différentes séances ce qui s'était passé pendant les *journées perdues* de Soneji/Murphy, quand il s'évadait du monde réel. Je ne savais pas si j'y arriverais très vite, ni même s'il se produirait quelque chose ou non.

Dès que je fus dans la cellule de Gary, le processus se déroula simplement et sans détour. Je lui conseillai de se relaxer et de fermer les yeux, lui demandai de respirer lentement et régulièrement, puis de ne plus penser à rien, de compter lentement jusqu'à cent.

Il avait l'air d'être un sujet réceptif. Il ne résista pas et s'enfonça progressivement dans un état second. Autant que je pouvais en juger, il avait perdu conscience. De toute façon, j'agis comme si c'était le cas. Je l'avais observé attentivement pour déceler des signes contraires, mais je n'en avais constaté aucun.

Sa respiration s'était nettement ralentie. Au début de la séance, je constatai que je ne l'avais jamais vu aussi détendu. Nous bavardâmes de choses et d'autres, sans aborder aucun sujet délicat pendant quelques minutes.

Puisqu'il avait, selon lui *repris conscience*, ou *était redevenu lui-même* dans le parking du *McDonald's*, je lui posai une question à ce sujet dès que je le trouvai tout à fait détendu.

– Vous souvenez-vous d'avoir été arrêté dans un *McDonald's*, à Wilkinsburg?

Il y eut un bref silence... puis il dit :

– Ah oui, bien entendu, je m'en souviens.

– J'en suis très heureux, parce que j'ai deux ou trois questions à vous poser sur ce qui s'est passé au *McDonald's*. Je ne comprends pas très bien le déroulement des événements. Vous souvenez-vous de ce que vous auriez pu manger à l'intérieur du restaurant?

Je pouvais voir ses yeux rouler derrière ses paupières closes. Il était en train de réfléchir. Il portait des tongs et de son pied gauche tapait sur le sol.

– Non, non... Je ne vois pas. Est-ce que j'ai vraiment déjeuné là? Je ne m'en souviens pas. Je ne sais pas si j'y ai mangé ou non.

En tout cas il ne niait pas s'être trouvé à l'intérieur du *McDonald's*.

– Y a-t-il des gens que vous auriez spécialement remarqués là-bas? lui demandai-je. Est-ce que vous vous souvenez de certains clients? d'une serveuse à qui vous auriez peut-être parlé?

– Hum, hum... C'était bondé. Je ne vois personne de particulier. Je me rappelle avoir pensé que certaines gens s'habillent si mal que c'en est comique. On en voit dans tous les lieux publics et particulièrement dans des endroits comme Ho-Jo ou *McDonald's*.

Dans sa tête, il se trouvait toujours chez *McDonald's*. Il m'avait accompagné jusque-là. Restez avec moi, Gary.

– Etes-vous allé aux toilettes?

Je savais déjà qu'il s'était rendu aux lavabos. La plupart de ses mouvements figuraient dans le rapport sur son arrestation.

– Oui, je suis allé aux toilettes.
– Et comme boisson? Avez-vous bu quelque chose? Emmenez-moi avec vous. Essayez de vous retrouver là, autant que possible.

Il sourit.

– Je vous en prie, cessez de prendre ce ton condescendant.

Il avait penché la tête de côté assez bizarrement. Puis il se mit à rire, d'un rire particulier, beaucoup plus rauque que d'habitude. Un rire étrange, mais pas vraiment inquiétant. Son débit était plus rapide et très saccadé. Son pied battait le sol de plus en plus vite.

– Vous n'êtes pas assez intelligent pour faire ça, dit-il.

Je fus légèrement surpris par le changement de ton de sa voix.

– Pour faire quoi? Expliquez-moi ce que vous voulez dire. Je ne vous suis plus.

– Pour essayer de le coincer, *lui*. Voilà ce que je veux dire. Vous êtes malin, mais pas au point de l'avoir.

– Mais qui est-ce que j'essaie de coincer?

– Soneji, naturellement. *Il* est là, chez *McDonald's*. Il *fait semblant* de prendre un café. Mais il est véritablement furieux. Il est au bord de l'explosion. Il *faut* qu'on l'écoute maintenant.

Je me penchai en avant sur ma chaise. Je ne m'étais pas attendu à cette réaction.

– Et pourquoi est-il en colère? Est-ce que *vous*, vous le savez?

– Il est furieux parce qu'ils ont eu de la chance. Voilà pourquoi.

– *Qui* a eu de la chance?

– La police. Il est furieux parce que des imbéciles sont capables de tout gâcher avec un coup de chance, et de démolir le maître plan.

– J'aimerais bien *lui* en parler, dis-je.

Je m'efforçais de rester aussi terre à terre que lui. Si Soneji se trouvait *présent*, peut-être pourrait-on dialoguer.

– Non! non! Vous n'êtes pas de taille. Vous ne comprendriez rien de ce qu'il vous dirait. Vous ne connaissez pas Soneji.

– Est-ce qu'il est encore furieux? Est-il en colère en ce moment? Est-ce parce qu'il est en prison? Que pense-t-il de sa présence dans cette cellule?

– Il vous dit... *Allez vous faire foutre. ALLEZ VOUS FAIRE FOUTRE.*

Il se jeta sur moi. Il s'agrippa violemment à ma chemise, à ma cravate et au-devant de ma veste de sport.

Il était d'une grande force, mais moi aussi. Je le laissai s'agripper et le saisis moi-même. On aurait dit deux ours luttant corps à corps. Nos têtes s'entrechoquèrent avec bruit. Je pouvais me libérer, mais je n'essayai pas. Il ne me faisait pas réellement mal. C'était plutôt une façon de me menacer, de mettre une frontière entre nous.

Campbell et ses gardiens arrivèrent du corridor en courant.

Soneji/Murphy me lâcha et se lança contre la porte de la cellule. De la bave lui coulait au coin de la bouche. Il se mit à hurler, à proférer des jurons à tue-tête.

Les gardiens le plaquèrent au sol. Ils eurent du mal à le maîtriser. Soneji était beaucoup plus fort que son corps frêle ne le laissait croire. Je venais d'en faire l'expérience.

L'infirmier de service lui fit une piqûre d'Ativan. Quelques minutes plus tard, il dormait sur le sol de la cellule.

Les gardiens le soulevèrent, le déposèrent sur son lit et lui passèrent la camisole de force. J'ai attendu qu'on l'enferme de nouveau.

Qui donc se trouvait dans cette cellule ?
Gary Soneji ?
Gary Murphy ?
Ou les deux ?

49.

Ce soir-là, Pittman me téléphona chez moi. Je pensais bien que ce n'était pas pour me féliciter de mon travail. J'avais raison. Le *Jefe* me demanda simplement de venir à son bureau le lendemain matin.

— Qu'est-ce qui se passe ?

Il ne voulut rien me dire au téléphone – sans doute ne voulait-il pas me gâcher la surprise.

Le lendemain matin, je pris soin de me raser de près et, pour l'occasion, mis ma veste de cuir. Avant de partir, je me jouai quelques airs de Lady Day[1] dans la véranda. Penser en termes de ténèbres et de lumière... Etre soi-même ténèbres et lumière... Je jouai *The Man I Love, For All We Know, That's Life, I Guess*. Et puis, en route pour voir le *Jefe* !

Il régnait au bureau de Pittman une activité insolite pour huit heures moins le quart du matin. L'assistant du *Jefe*, lui-même, paraissait très occupé, contrairement à son habitude.

Ce vieux bonhomme de Fred Cook est un ancien de la police des mœurs, un raté, qui joue actuellement les assistants administratifs. Il fait penser à l'un de ces gadgets qu'on ressort aux matches de base-ball entre vétérans. Fred a l'esprit étroit, il est mesquin et magouille dans la politique. Avoir affaire à lui ou confier un message à une poupée de cire reléguée dans un musée, c'est pareil !

— Le chef vous attend, dit-il en arborant un sourire ambigu sur ses lèvres minces.

---

1. Lady Day : surnom donné à la grande chanteuse de blues, **Billie Holiday**. *(N.d.T.)*

Fred Cook adore être au courant des choses avant tout le monde. Et quand il ne sait rien, il fait semblant.

– Qu'est-ce qui se passe ce matin, Fred ? – Je me suis adressé à lui sans détour. – Tu peux me le dire.

Je vis qu'il avait dans les yeux la lueur propre à celui qui sait tout.

– Tu n'as qu'à y aller et tu verras bien. Le chef t'expliquera lui-même ses intentions.

– Fred, je suis fier de toi. On peut vraiment te confier un secret. Tu sais, on devrait te nommer au conseil national de sécurité.

J'entrai dans le bureau, m'attendant au pire. Mais j'avais légèrement sous-estimé le patron.

Le maire, Carl Monroe, se trouvait dans le bureau. Il y avait là aussi notre capitaine Christopher Clouser, et, fait surprenant, John Sampson. Apparemment, il s'agissait d'un des événements les plus populaires de Washington, un petit déjeuner de travail, organisé dans le sanctuaire même du chef.

– *Tout* n'est pas mauvais, me dit Sampson à voix basse.

Contrastant totalement avec ses paroles, son attitude était celle d'un gros animal pris dans un piège à ressorts et à double mâchoire qu'utilisent les trappeurs. Il me donnait l'impression d'être prêt à se mâcher le pied si cela lui permettait de s'échapper de la pièce.

« Ça n'est pas mauvais du tout, dit Carl Monroe avec un large sourire, devant mon air méfiant. Nous avons de bonnes nouvelles à vous annoncer à tous les deux. De très bonnes nouvelles. On y va ? Oui, c'est le moment... Aujourd'hui vous êtes promus, vous et Sampson. Ici même. Mes félicitations à notre nouvel inspecteur-chef et à notre nouveau divisionnaire.

Tout le monde applaudit en chœur. Sampson et moi avons échangé des regards soupçonneux. Qu'est-ce que tout ça voulait dire ?

Si j'avais su, j'aurais emmené Nana et les gosses. Cela ressemblait à ces cérémonies où le Président remet des médailles et des citations à des veuves de guerre. Seulement, cette fois-ci, on avait invité *les morts* à la cérémonie. Pour le chef Pittman, nous étions morts tous les deux.

– Vous pourriez peut-être nous dire ce que tout cela signifie – je souris à Monroe avec un air de conspirateur – vous voyez ce que je veux dire, ce qui se cache derrière tout ça ?

Le splendide sourire du maire se fit encore plus éclatant – si chaleureux, et si personnel, si *franc*.

– On m'a demandé de venir jusqu'ici, dit-il, pour fêter vos promotions. Voilà ce que ça signifie. Et j'ai été ravi de venir, Alex, à huit heures moins le quart du matin.

De fait, il y a des moments où il est difficile de ne pas éprouver une sorte de sympathie pour Carl. Il est parfaitement conscient de ce qu'il est devenu depuis qu'il agit en politicien. Il me fait penser aux prostituées de la Quatorzième Rue qui vous racontent deux ou trois pénibles histoires *drôles* quand vous êtes obligé de les ramasser pour racolage.

– Il y a encore quelques petites choses à discuter, dit Pittman. – Mais il repoussa à plus tard toute conversation sérieuse qui ne devait pas troubler la cérémonie. – Ça peut attendre. D'abord, occupons-nous du café et des gâteaux.

– Je pense qu'il faut discuter des problèmes tout de suite, dis-je en défiant Monroe du regard. Mettez-les donc sur la table à côté des gâteaux.

Carl secoua la tête.

– Si vous vous calmiez un peu pour changer?

– Je ne me vois pas poser ma candidature à des postes importants, et vous? Je n'ai rien d'un politicien.

Il haussa les épaules, mais continua de sourire.

– Qui sait, Alex? Quand il acquiert de l'expérience, un homme peut être conduit à adopter un style plus efficace. Il voit ce qui marche et ce qui ne marche pas. La confrontation peut apporter une plus grande satisfaction personnelle. Cela dit, ça ne joue pas toujours dans le sens de l'intérêt général, c'est vrai.

– Est-ce de cela que nous allons parler? de l'intérêt général? C'est ça le sujet de conversation prévu au programme du petit déjeuner? demanda Sampson à la cantonade.

– Oui, je crois. Ma foi, oui.

Monroe acquiesça de la tête et mordit dans l'un des gâteaux.

Le chef versa du café dans une superbe tasse de porcelaine, beaucoup trop fine et trop délicate pour sa main. Cela me fit penser aux petits sandwiches au cresson que les gens riches mangent à midi.

– Dans cette affaire de kidnapping, finit-il par dire, nous nous heurtons au F.B.I., à la justice, aux services secrets. Ça ne fait de bien à personne. Nous avons décidé

de laisser tomber complètement. De vous retirer de l'affaire.
 Et voilà! La deuxième chaussure venait de tomber sur le parquet. La vérité venait de se joindre au petit déjeuner.
 Tout à coup, tout le monde s'était mis à parler en même temps. Et deux d'entre nous, au moins, hurlaient... Belle cérémonie.
 – C'est un mensonge éhonté, dit carrément Sampson en s'adressant au maire. Et vous le savez parfaitement. Vous le savez, avouez-le.
 – J'ai commencé une série de séances avec Soneji/Murphy, dis-je. Hier, je l'ai hypnotisé. Nom de Dieu de bordel... Non. Ne faites pas ça; pas à ce stade!
 – Vous voulez savoir la vérité, Alex – la voix de Carl Monroe s'éleva soudain dans la pièce. Vous voulez la vérité sur la question?
 Je l'ai regardé dans les yeux.
 – Comme toujours!
 Monroe me fixa en retour.
 – Le procureur général a fait pression sur bon nombre de gens à Washington. Un énorme procès *va commencer* dans les six semaines à venir, je crois. L'Orient-Express a déjà quitté la gare, Alex. Vous n'êtes pas à son bord. Je ne suis pas à son bord. Tout cela nous dépasse complètement, vous comme moi. Mais Soneji/Murphy, lui, est à bord. Le procureur, c'est-à-dire *le ministère de la Justice*, a décidé de mettre fin à vos séances et a désigné officiellement un groupe de psychiatres pour s'occuper de lui... Ça va fonctionner ainsi à partir de maintenant. C'est comme ça que ça va se passer. Car l'affaire a atteint un nouveau stade, et on n'aura plus besoin de nous.
 Nous avons planté là les célébrations. On n'avait plus besoin de nous.

50.

La semaine suivante, je suis rentré chez moi à des heures plus décentes, six heures, six heures et demie du soir. Finies, les semaines de cent heures. Damon et Janelle n'auraient pas été plus heureux si on m'avait définitivement viré de mon job.

Nous avons loué des cassettes vidéo de Walt Disney et des tortues Ninja, nous avons écouté les trois cassettes de *Billie Holiday : Les années 1933 à 1958* et nous nous sommes endormis tous ensemble sur le divan. Bref, nous avons fait toutes sortes de choses extrêmement agréables.

Un après-midi nous nous sommes rendus au cimetière, non loin de la maison, où se trouve la tombe de Maria. Ni Jannie, ni Damon ne s'étaient complètement remis de la perte de leur maman. En sortant, je me suis arrêté devant une autre tombe, la dernière demeure du petit Mustaf Sanders. Je voyais encore ses petits yeux tristes... des yeux qui me demandaient : *Pourquoi ?* Je n'ai pas encore de réponse, Mustaf. Mais je ne suis pas près de tout laisser tomber.

Un samedi, à la fin de l'été, Sampson et moi sommes allés en voiture faire le long trajet qui mène à Princeton, dans le New Jersey. On n'avait toujours pas retrouvé Maggie Rose Dunne. Pas plus que les dix millions de dollars. Nous voulions tout revérifier, et nous le faisions pendant notre temps libre.

Nous avons rencontré des voisins des Murphy. La famille Murphy tout entière avait péri dans un incendie, mais personne n'avait soupçonné Gary. Ça avait été un étudiant modèle, du moins était-ce ce que pensaient tous les gens qui vivaient dans les environs de Princeton. Il était sorti quatrième de son collège d'enseignement général, sans jamais donner l'impression de travailler ou d'essayer de concurrencer ses camarades. Il n'avait jamais eu non plus d'ennui quelconque. En tout cas, personne n'avait entendu parler de quoi que ce soit. Le jeune homme qu'ils décrivaient ressemblait tout à fait au Gary Murphy que j'avais interrogé à la prison de Lorton.

Tout le monde était donc d'accord... sauf un seul de ses amis d'adolescence, que nous avions eu beaucoup de mal à trouver.

Simon Conklin travaillait maintenant comme épicier pour l'un des grands marchés locaux. Il vivait seul, à environ vingt kilomètres du village de Princeton. Nous l'avions cherché parce que Missy Murphy avait mentionné son nom dans une de nos conversations. Le F.B.I. l'avait interrogé, mais n'en avait rien tiré malgré tous ses efforts.

Au début, Conklin refusa de nous parler. Il ne voulait plus voir de flics. Quand nous l'avons menacé de le ramener à Washington, il a fini par se déboutonner un peu.

– Gary a toujours trompé son monde, nous dit-il, alors que nous nous trouvions dans le living-room en désordre de sa petite maison.

L'homme était grand, débraillé, avait l'air épuisé, et portait des vêtements affreusement mal assortis. En revanche, il était très intelligent. Comme Murphy, il avait obtenu une bourse pour étudiants d'élite.

– Gary disait toujours que les grands hommes trompaient tout le monde. Les Grands Hommes, avec des majuscules, si vous voyez ce que je veux dire. Ainsi parlait Gary!

– Qu'est-ce qu'il entendait par les *grands hommes*? demandai-je à Conklin.

Je me disais qu'il continuerait à parler tant que je flatterais son ego. Il pouvait me fournir les renseignements dont j'avais besoin.

– Il les appelait les quatre-vingt-dix-neuvième sur cent, me confia Conklin. La *crème de la crème*, les meilleurs parmi les meilleurs. Ceux qui font marcher le monde, mon vieux.

– Les meilleurs *en quoi*? s'enquit Sampson.

Je voyais bien qu'il n'aimait pas beaucoup Simon. Il bouillait intérieurement. Mais il jouait le jeu et continuait son rôle d'auditeur intéressé.

– Les *véritables* psychopathes, répondit Conklin avec un sourire satisfait. Ceux qui ont toujours été de l'autre côté, et ne seront *jamais, jamais* pris. Ceux qui sont beaucoup trop malins pour se faire agrafer. Ils méprisent le reste du monde. Ils n'ont ni compréhension, ni pitié. Ils sont les maîtres absolus de leur destin.

— Est-ce que Gary Murphy en faisait partie? demandai-je.

Je voyais très bien que maintenant il avait envie de parler. A mon avis, Conklin se considérait comme appartenant au quatre-vingt-dix-neuvième rang.

— Non, d'après ce que disait Gary — il hochait la tête et arborait toujours son sourire équivoque. Il était bien plus intelligent que les gens du quatre-vingt-dix-neuvième rang. Il s'est toujours considéré comme le modèle original. Le Seul. Il disait qu'il était un *phénomène* de la nature.

Simon Conklin nous expliqua qu'il habitait la même route de campagne que Murphy à dix kilomètres de la ville. Ils prenaient tous les deux le même car de ramassage scolaire. Leur amitié remontait à l'âge de neuf ou dix ans. Cette route était celle qui menait à Hopewell, où se trouvait la ferme des Lindbergh.

Simon Conklin nous dit que l'incendie avait été sa vengeance. Il était au courant des sévices que Gary avait subis pendant son enfance. Il ne pourrait jamais en fournir la preuve, mais il savait parfaitement que c'était lui qui avait mis le feu à la maison.

— Je vais vous dire exactement comment j'ai eu connaissance de son plan. Il me l'a raconté... l'année de nos douze ans. Gary m'a dit qu'il les *aurait* pour ses vingt et un ans. Il m'a dit qu'il s'arrangerait pour qu'on pense qu'il était à ses cours... Que personne ne le soupçonnerait jamais. Et c'est bien ce qu'il a fait, pas vrai? Il a attendu neuf longues années. Pour ce crime-là, il avait un plan de neuf ans.

Nous avons parlé avec Simon Conklin trois heures, ce jour-là et cinq heures le lendemain. Il nous a raconté une longue série d'histoires tristes ou sinistres : comment Gary était enfermé dans la cave des Murphy pendant des jours, voire des semaines... l'obsession de Gary pour les plans, des plans sur *dix ans*, sur *quinze ans*, sur *toute la vie*... sa guerre secrète contre les petits animaux, spécialement les jolis petits oiseaux qui s'aventuraient dans le jardin de sa belle-mère. Comment il arrachait une patte à un rouge-gorge, puis une aile, puis la deuxième patte, et comment cela durait aussi longtemps que l'oiseau avait la force de vivre... comment Gary se considérait comme appartenant à l'élite du quatre-vingt-dix-neuvième rang, et enfin, son talent pour les mimiques, pour jouer la comédie, pour assumer des rôles.

J'aurais aimé avoir su tout cela du temps de mes rencontres avec Murphy. J'aurais alors consacré plusieurs séances à explorer avec lui les lieux qu'il fréquentait naguère à Princeton. Je lui aurais parlé de son ami Simon Conklin.

Malheureusement, on m'avait retiré de l'affaire. L'enlèvement ne nous concernait plus, ni moi, ni Sampson, ni Simon Conklin.

Je transmis nos découvertes au F.B.I. J'écrivis un rapport de douze pages sur Conklin. Le F.B.I. n'en tint aucun compte. Je rédigeai un second rapport et en envoyai des exemplaires à tous ceux qui avaient fait partie de la première équipe de recherche. Il mentionnait quelque chose que Simon Conklin nous avait dit à propos de son ami d'enfance : *Gary m'a toujours dit qu'il allait faire des choses importantes.*

Seulement, il ne se passa absolument rien. Le F.B.I. n'interrogea pas Simon Conklin une deuxième fois. Ils ne voulaient pas ouvrir une nouvelle piste. Ils voulaient clore l'affaire du kidnapping de Maggie Rose Dunne.

51.

Fin septembre, Jezzie Flanagan et moi sommes partis pour les îles. Nous nous sommes évadés pendant un long week-end. Rien que nous deux. Jezzie en avait eu l'idée, et je l'avais trouvée excellente. Repos et récréation! Nous éprouvions de la curiosité, une certaine appréhension. Nous étions très émus à l'idée de passer quatre jours ensemble, sans interruption. Qui sait! Nous ne pourrions peut-être pas nous supporter aussi longtemps. Et c'est ça que nous devions découvrir.

Sur la promenade du bord de mer de Virgin Gorda[1], personne ne s'intéressait à nous. Un changement agréable après Washington où les gens nous regardaient comme des bêtes curieuses.

Nous avons pris des leçons de plongée sous-marine avec une jeune Noire de dix-sept ans et appris à nous servir d'un respirateur, nous nous sommes promenés à cheval le long d'une plage qui s'étendait sur plus de trois kilomètres, nous sommes partis explorer la jungle en Range Rover et nous nous sommes perdus pendant une demi-journée.

Mais notre expérience la plus inoubliable eut lieu dans un endroit si étonnant que nous le baptisâmes *l'île personnelle de Jezzie et Alex dans un coin de paradis*. C'est notre hôtel qui nous l'avait indiquée. On nous y déposa en bateau, et on nous y laissa seuls.

— Je n'ai jamais vu de ma vie un endroit aussi fascinant, me dit Jezzie. Regarde toute cette étendue d'eau et de sable, et ces falaises à pic là-bas.

---

1. Une des îles Vierges. (N.d.T.)

– Ça ne vaut pas la Cinquième Rue. Mais c'est pas mal quand même, lui dis-je en riant.

Tout en admirant la scène, je me livrai à quelques exercices au bord de l'eau.

Notre île privée se composait d'une longue bande d'un sable si blanc que nous avions l'impression de poser les pieds sur du sucre en poudre. Au-delà de la plage, on voyait une jungle du vert le plus éclatant, parsemée de roses blanches et de bougainvillées. L'eau bleu-vert de la mer était aussi claire que celle d'une source.

Le cuisinier de l'auberge nous avait donné un panier-repas... de bons vins, des fromages exotiques, de la langouste, du crabe, et des salades variées. Il n'y avait pas un chat. Il était naturel que nous ôtions nos vêtements. Ni honte, ni tabou, nous étions seuls au paradis, pas vrai?

Je me mis à rire tout haut en m'allongeant à côté de Jezzie. Il y avait bien, bien longtemps, que ça ne m'était pas arrivé... Je pouvais sourire parce que je me sentais en paix avec tout ce qui m'entourait. *Je sentais, j'éprouvais*, j'étais incroyablement heureux de pouvoir éprouver quelque chose. Trois ans et demi de deuil – c'était trop.

– Est-ce que tu te rends compte que tu es extraordinairement belle? lui dis-je.

– Je ne sais pas si tu t'en es aperçu, mais j'ai emporté dans mon sac de la poudre avec un petit miroir – elle me regarda dans les yeux, y observant quelque chose que je ne verrais jamais. En fait, depuis que je fais partie des services secrets, j'ai essayé de ne pas me mettre en valeur pour éviter les problèmes. Tu vois à quel point tout est tordu dans ce Washington macho – elle me fit un clin d'œil. Tu es parfois si sérieux, Alex... mais tu peux être aussi très gai. Je parie qu'il n'y a que tes gosses qui te voient sous cet aspect-là. Damon et Jannie te connaissent bien.

– Ne change pas la conversation. Nous étions en train de parler de toi.

– *Toi*, pas moi. Il m'arrive d'avoir envie d'être jolie, mais, la plupart du temps, je n'ai envie que de jouer les *bobonnes*, de mettre des bigoudis roses avant de me coucher et de regarder de vieux films à la télévision.

– Tu as été très belle pendant tout ce week-end: pas de bigoudis roses... mais des rubans et des fleurs dans les cheveux... des maillots de bain sans bretelles et, à l'occasion, pas de maillot de bain du tout.

– Parce qu'en ce moment, j'ai envie d'être jolie. A Washington, ce n'est pas pareil. Un problème de plus à résoudre. Imagine, tu vas voir ton patron pour lui présenter un rapport important auquel tu as travaillé pendant des mois... et la première chose qu'il te dit, c'est : *Vous êtes très chouette en robe, ma belle!* Tu as envie de lui dire : *Va te faire voir, espèce de con.*

J'ai avancé un bras, et nous nous sommes tenus par la main.

— Merci d'être ce que tu es, lui dis-je. Tu es si belle.

— C'est pour toi seul que je suis comme ça, répliqua Jezzie en me souriant. J'ai envie de faire quelque chose pour toi... et que tu fasses quelque chose *pour moi*, également.

C'est ce que nous avons fait.

Jezzie et moi n'éprouvions aucune lassitude l'un envers l'autre. C'était même le contraire qui se produisait dans ce petit paradis.

Cette soirée-là, nous l'avons passée en ville, assis à la terrasse d'un café. Nous avons regardé défiler les habitants de cette île insouciante, en nous demandant pourquoi nous ne laissions pas tout tomber pour nous joindre à eux. Tout en mangeant des crevettes et des huîtres, nous ne cessions de bavarder. Jezzie tout particulièrement.

— Je suis quelqu'un de très tendu, Alex. Je ne parle pas seulement de l'affaire du kidnapping, où je me suis tapé tous les briefings, où j'ai participé à toutes les folles équipées... je suis comme ça depuis toujours. Quand une idée me trotte dans la tête, je ne peux plus m'en débarrasser.

Je ne disais rien. Je voulais l'écouter. Je voulais tout savoir d'elle.

Elle leva sa chope.

— Tu me vois ici assise avec un verre de bière à la main, d'accord? Eh bien mes parents étaient alcooliques tous les deux. Personne, en dehors de la maison ne savait à quel point c'était grave. Ils étaient constamment en crise et se battaient en poussant des hurlements. Papa finissait généralement par s'écrouler. Il s'endormait sur *sa chaise*. Ma mère restait éveillée et passait la moitié de la nuit assise à la table de la salle à manger. Elle ne pensait qu'à son Jamieson. Elle me disait : *Va me chercher un autre Jamieson, ma petite Jezzie.* J'étais là pour leur apporter leurs cocktails. C'est comme ça que j'ai gagné mon argent de poche jusqu'à l'âge de onze ans.

Jezzie cessa de parler et me regarda dans les yeux. Je ne l'avais jamais vue aussi vulnérable et si peu sûre d'elle-même. Elle montrait généralement une telle

confiance en elle. C'était d'ailleurs la réputation qu'elle avait au sein des services secrets.
– Veux-tu qu'on s'en aille maintenant? Veux-tu que j'arrête de parler?
J'ai secoué la tête.
– Non, Jezzie. Je veux entendre ce que tu as à dire. Je veux tout connaître de toi.
– Est-ce que nous sommes toujours en vacances?
– Oui. Et j'ai vraiment envie que tu me racontes tout ça. Parle-moi. Fais-moi confiance. Si jamais je m'ennuie, je me lèverai tout simplement et te laisserai avec l'addition à payer.

Elle sourit et enchaîna :
– D'une étrange manière, je crois que j'aimais beaucoup mes parents. Et je suis sûre qu'ils m'aimaient aussi – leur *Petite Jezzie*. Je t'ai dit un jour que je ne voulais pas devenir une superbe ratée comme mes parents.
– Tu as dû sous-estimer un peu les choses, dis-je en souriant.
– C'est bien possible. Toujours est-il que j'ai travaillé comme une dingue quand je suis entrée dans les *services*. Je me fixais des buts impossibles à atteindre – comme devenir responsable en chef à vingt-huit ans – et j'ai gagné à tous les coups. Ça explique en partie ce qui s'est passé avec mon mari. Mon travail passait avant notre mariage. Tu veux savoir pourquoi je me suis mise à faire de la moto?
– Et comment! Et aussi pourquoi tu veux m'en faire faire, à moi!
– Eh bien, écoute. Je ne pouvais pas me faire sortir le travail de la tête. Je ne pouvais pas cesser d'y penser. Alors j'ai acheté la moto. Quand tu roules à cent quatre-vingts, tu es bien obligé de concentrer ton attention sur la route. Tout le reste disparaît et, finalement, le travail aussi.
– C'est un peu pour ça que je joue du piano, lui dis-je. Je suis désolé pour tes parents, Jezzie.
– Finalement, je suis contente de t'en avoir parlé. Je n'en avais jamais parlé à personne. Personne au monde ne connaît la vérité là-dessus.

Jezzie et moi restions serrés l'un contre l'autre dans le petit café de cette île minuscule. Je ne m'étais jamais senti aussi proche d'elle. De tous les moments passés ensemble, celui-là resterait à jamais dans ma mémoire. Notre séjour au paradis...

Tout à coup, et beaucoup trop rapidement, nos vacances de flics sans enquêtes se terminèrent.

Nous nous retrouvâmes coincés dans un avion d'American Airlines en route vers Washington, un temps triste et pluvieux, et surtout le boulot !

Tout cela était bien nostalgique. Nous commencions des phrases en même temps, et il nous fallait alors jouer au jeu des *toi d'abord*. Pour la première fois de tout notre voyage, nous nous sommes mis à parler boutique – ce que nous avions voulu éviter...

– Alex, est-ce que tu crois vraiment que Soneji a une double personnalité ? Est-ce qu'il sait ce qui est arrivé à Maggie Rose ? Est-ce Soneji qui le sait ? Ou est-ce Murphy ?

– A un certain niveau, il le sait. Il a eu peur la seule fois où il a parlé de Soneji. De toute façon, que Soneji représente une deuxième personnalité, ou qu'il soit totalement Soneji, c'est un personnage effrayant. Il sait, lui, ce qui est arrivé à Maggie Rose.

– Et nous ne le saurons jamais. Du moins est-ce l'impression que j'ai.

– Oui. Je crois que j'aurais pu le lui faire dire. Mais cela prend du temps.

L'aéroport national du district de Columbia avait tout d'une catastrophe naturelle. La circulation se traînait. La file d'attente pour les taxis s'étendait jusqu'à l'intérieur de l'aéroport. Tout le monde avait l'air trempé jusqu'aux os.

Ni Jezzie, ni moi, n'avions d'imperméables, et nous étions complètement transis aussi. La vie n'était plus qu'une vaste déprime, qui nous plongeait au cœur d'un monde trop réel. Notre enquête avortée nous attendait à Washington. Le procès s'annonçait pour bientôt. Je trouverais sans doute un message de Pittman sur mon bureau.

– Partons, retournons là-bas.

Jezzie m'avait pris par la main et me tirait vers la porte en verre donnant accès à la navette de la Pan Am.

La chaleur et les odeurs familières de son corps restaient réconfortantes. Les derniers effluves de beurre de cacao et les senteurs d'aloès n'avaient pas encore tout à fait disparu.

Les gens se retournaient sur notre passage. Ils nous observaient. Ils nous jugeaient.

– Allons-nous-en d'ici, dis-je.

52.

Et voilà qu'arrivé à Washington à onze heures du matin, ce mardi – et à peine rentré chez moi – je reçus un coup de fil de Sampson. Il voulait que je le retrouve à trois heures devant la maison des Sanders. Il pensait avoir découvert un nouveau lien entre le kidnapping et les crimes du quartier en rénovation. Cette idée l'excitait comme un pou. Notre entêtement se révélait payant.

Cela faisait plusieurs mois que je n'étais pas retourné sur les lieux du meurtre des Sanders, mais tout m'était resté tristement en mémoire. Vues de l'extérieur, les fenêtres faisaient des trous sombres. Je me demandais si, un jour, la maison serait de nouveau à vendre ou à louer.

Assis dans ma voiture, je relisais entièrement le rapport de police initial, sans rien y trouver, que je ne sache déjà.

Je regardais constamment la façade, les stores jaunâtres baissés. Où diable était Sampson, et pourquoi m'avait-il fait venir ici? Mais il s'arrêta derrière moi à trois heures tapant, sortit de sa voiture, et vint s'asseoir sur le siège avant de la Porsche.

– Oh, oh, on voit *vraiment* que tu es noir à présent. Tu as l'air rôti à point. On en mangerait.

– Toi, tu es toujours aussi laid et aussi énorme. Rien ne change. Qu'est-ce qui se passe ici?

– Une enquête de police, et des meilleures! dit Sampson. – Il alluma un Corona. – A propos, tu as eu raison de ne pas lâcher cette piste.

On entendait un vent lourd de pluie hurler au-dehors. Pendant notre absence, l'Ohio et le Kentucky avaient été traversés par des tornades.

– Qu'est-ce que vous avez fait là-bas? de la pêche

sous-marine, du bateau ? des parties de tennis en tenue de tennis, non ?

– On n'a pas eu le temps de s'occuper de ça. Nous nous sommes penchés sur nos affinités spirituelles. Tu ne peux pas comprendre ?

– Tu causes, tu causes – Sampson s'était mis à imiter une nana noire, et c'était très drôle. – J'adore les grands mots... et toi, ma chère ?

– Est-ce que nous entrons ? lui demandai-je.

Des bribes de scènes passées me traversaient la tête depuis quelques minutes... toutes atroces. Je revoyais le visage de la jeune Sanders, âgée de quatorze ans, celui du petit Mustaf qui n'en avait que trois. Je me souvenais des beaux enfants qu'ils avaient été... je me souvenais que personne ne les avait pleurés quand ils étaient morts, ici, en plein quartier sud-est.

– Non. En fait nous allons voir leurs plus proches voisins, dit-il finalement. Allons-y. Il s'est passé quelque chose que je ne comprends pas tout à fait, mais c'est important, Alex. J'ai besoin d'avoir ton avis.

Nous sommes donc allés chez les voisins des Sanders qui s'appelaient Cerisier. *C'était* important. Je m'en suis rendu compte tout de suite.

Je savais déjà que Nina Cerisier et Suzette Sanders étaient amies depuis l'enfance. Les deux familles habitaient l'une à côté de l'autre depuis 1979. Comme son père et sa mère, Nina ne s'était pas remise des assassinats. S'ils avaient eu assez d'argent, ils auraient déménagé.

Mme Cerisier nous fit entrer et cria à sa fille de descendre. Nous nous assîmes autour de la table de la cuisine. Sur le mur était accroché un poster d'un Magic Johnson au visage souriant. L'air était envahi d'odeurs de friture et de fumée de cigarettes.

Nina était une très jeune fille, d'environ quinze ou seize ans, pas très jolie. Elle affichait un air froid et distant quand elle se décida à venir jusqu'à la cuisine. On voyait très bien qu'elle n'en avait pas envie.

– La semaine dernière, expliqua Sampson à mon intention, Nina s'est résolue à dire à une auxiliaire de l'école du quartier qu'elle avait sans doute vu le tueur deux ou trois nuits avant le crime. Elle n'avait pas osé en parler jusque-là.

– Je comprends, dis-je.

Il est à peu près impossible d'obtenir que des témoins oculaires consentent à parler à la police, que ce soit à

Garland, ou à Langley, où dans n'importe quel quartier noir de Washington, D.C.

– J'ai lu qu'on l'avait pris, dit Nina d'un air détaché – deux beaux yeux marron-roux qui tranchaient sur son visage plutôt laid, me regardaient fixement. – J'avais plus peur du tout. J'ai encore un peu peur quand même.

– Comment avez-vous fait pour le reconnaître ? interrogeai-je.

– J'l'ai vu à la télé. C'est lui aussi qui a fait ce kidnapping. On l'voit partout à la télé.

– Elle a reconnu Gary Murphy, dis-je à Sampson.

Cela voulait dire qu'elle l'avait vu sans son déguisement de prof.

– Vous êtes sûre que c'est le même homme qu'à la télé ? s'enquit Sampson, questionnant Nina.

– Oui. Y regardait la maison de mon amie Suzette. J'ai trouvé qu'c'était drô-lement bizarre. Y a pas beaucoup de Blancs par ici.

– Vous l'avez vu dans la journée ou la nuit ? dis-je à la jeune fille.

– La nuit. Mais j'sais qu'c'est lui. Le porche des Sanders, il était tout éclairé. Missus Sanders, elle avait peur de tout, de tout le monde. Hou-hou, qu'ça lui aurait fait peur, la pauv'. C'est aussi c'qu'elle disait, Suzette, qu'elle était comme ça.

Je me suis tourné vers Sampson.

– Ça le met sur les lieux du crime.

Sampson acquiesça et regarda Nina. Sa bouche faisait une moue en forme d'« o ». Elle tripotait constamment sa natte avec ses mains.

– Pouvez-vous dire à l'inspecteur Cross ce que vous avez vu d'autre ? lui demanda-t-il.

– Y avait un homme blanc avec lui, dit Nina Cerisier. Çui-là, il est resté dans la voiture, pendant que l'autre, y regardait la maison de Suzette. Le Blanc, il est resté là tout le temps. Deux hommes qu'y avait.

Sampson tourna sa chaise pour me faire face.

– Ils sont en train de précipiter le procès. Ils n'ont pas un seul *indice* sur ce qui s'est vraiment passé. Ils veulent en finir à tout prix. Enterrer l'affaire. Mais *nous*, nous avons peut-être la réponse, Alex.

– Jusqu'à maintenant, nous sommes les seuls à avoir des éléments de réponse, dis-je.

Nous avons quitté la maison et sommes rentrés en ville séparément, chacun dans sa voiture. Tout ce que nous savions, et une demi-douzaines de scénarios possibles – sur un millier – se déroulaient dans ma tête à toute vitesse. C'était ça le travail d'un policier : avancer centimètre par centimètre.

Je me mis à penser à Bruno Hauptmann et à l'enlèvement du bébé Lindbergh. Une fois arrêté, et peut-être victime d'un coup monté, Hauptmann avait lui aussi été jugé dans la précipitation. Il avait été condamné, peut-être à tort.

Gary Soneji/Murphy savait tout cela. En avait-il tenu compte pour l'un de ses plans aux jeux complexes? Un plan sur dix ou douze ans? Qui était l'autre Blanc? Le pilote de Floride? ou quelqu'un comme Simon Conklin?

Etait-il possible qu'il ait eu *un complice* depuis le début?

J'ai retrouvé Jezzie un peu plus tard, ce même soir. Elle avait insisté pour que je quitte mon travail à huit heures. Elle avait, depuis plus d'un mois, des billets pour un match de basket-ball auquel participait l'équipe de Georgetown, et j'avais une envie folle d'y assister. Pendant le trajet, nous avons fait quelque chose qui nous arrive rarement : nous n'avons parlé que du *boulot*. Je lui lâchai la dernière bombe, la théorie du *complice*.

– Je ne vois dans tout ça aucun point qui me séduise vraiment, dit Jezzie après m'avoir écouté lui raconter l'histoire de Nina Cerisier. Elle restait presque aussi accrochée que moi à l'affaire du kidnapping. Sans doute y mettait-elle plus de subtilité, mais je savais très bien qu'elle était accrochée pour de bon.

– Demande au porte-parole agréé... Moi, je vois tout ce qui me séduit. Je connais ce genre de séduction sur le bout du pouce.

– Okay. Cette jeune fille était l'amie de Suzette Sanders, d'accord? Elle était proche de toute la famille, et pourtant elle n'a rien dit. Pourquoi? Parce que, dans le quartier, les rapports des gens avec la police sont tellement mauvais? Je crois que je ne marche pas. Tout à coup, *maintenant*, elle se mettrait à parler...

– Moi, je marche, dis-je. Pour la plupart de ces gens du quartier, la police de Washington est pire que la mort-aux-rats. Moi qui habite là, et qu'on connaît, c'est tout juste si on m'accepte.

– Ça me semble bizarre, Alex. C'est vraiment trop étrange. Si les deux filles étaient si amies...

— Tu parles si c'est bizarre. L'O.L.P. ira bavarder avec l'armée isréalienne avant que les gens du quartier sud-est ne se décident à parler avec la police.

— Et alors, qu'est-ce que tu penses de tout ça ? maintenant que tu connais l'histoire de la jeune Cerisier, et ses révélations ? Qu'est-ce que tu fais de ce... *complice* ?

— Je ne sais pas encore trop où le caser, avouai-je. Ce qui veut dire qu'il se case parfaitement dans tout ce qui s'est produit jusqu'ici. Je crois que la jeune Cerisier a vu *quelqu'un*. Le problème est de trouver qui !

— Ecoute, il faut que je te dise, cet indice m'a tout l'air de conduire droit à une impasse. Et je ne voudrais pas que tu sois le Jim Garrison de ce kidnapping.

Nous sommes arrivés au stade central de Landover dans le Maryland, un peu avant huit heures. L'équipe de Georgetown affrontait *St. John* de New York. Jezzie avait des places de choix – ce qui prouvait qu'elle connaissait tout le monde en ville. Il est plus facile d'avoir des entrées au bal d'investiture d'un Président que des billets pour certains grands matches de la côte Est.

Nous avons traversé le parking en nous tenant par la main et nous sommes dirigés vers le centre tout illuminé. J'aime beaucoup l'équipe de basket de Georgetown et j'admire leur entraîneur, un Noir nommé John Thompson. Nous arrivions, Sampson et moi, à assister à deux ou trois matches par saison.

— Je plane quand je vois la *Bête de l'Est*.

Jezzie imitait l'argot des fans, en clignant de l'œil.

— Contre les Hoyas, dis-je.

— Les Hoyas sont la *Bête de l'Est* – elle fit claquer sa langue et m'adressa une horrible grimace. – Arrête de me mettre en boîte.

— Tu sais toujours tout, bon Dieu !

Je lui fis un sourire en coin. C'était vrai, par-dessus le marché. Il était difficile d'aborder un sujet qu'elle ne connaissait pas, ou sur lequel elle n'avait pas lu quelque chose.

— Quel est le surnom de l'équipe de St. John ?

— Les *St. John's Redmen*. Chris Mullin venait de chez eux. On les appelle aussi les *Jonhies*. Chris Mullin est devenu *pro* et joue pour l'équipe du *Golden State*[1]. On les appelle les *Warriors*.

---

1. La Californie. *(N.d.T.)*

Nous nous sommes arrêtés de parler en même temps. Ce que je voulais dire me resta coincé dans la gorge.

— *Hé là-bas... On aime les négros ?* venait de crier une voix à travers le parking. Alors, comme ça, on mélange ses couleurs ?

La main de Jezzie serra plus fortement la mienne.

— Alex ? Reste calme. Ne nous arrêtons pas.

— Je suis là, lui dis-je, et tout ce qu'il y a de plus calme.

— Laisse tomber. Viens avec moi et entrons au stade. Ce sont des cons. Ils ne méritent même pas qu'on leur réponde.

Je lui ai lâché la main et me suis dirigé vers les trois hommes qui se tenaient debout derrière une camionnette bleu et argent. Ce n'étaient pas des étudiants de Georgetown, ni des membres des St. John Redmen non plus. Ils portaient des parkas et des casquettes marquées du nom d'une compagnie ou d'une équipe. Ils étaient *libres, blancs et plus que majeurs*[1]. Assez âgés pour savoir ce qu'ils disaient.

— Qui a dit ça ? leur ai-je demandé — j'avais le corps raide et une impression d'irréalité. Qui a dit : *on aime les négros* : Est-ce censé être drôle ? Est-ce que par hasard je raterais une bonne plaisanterie ?

L'un d'entre eux fit un pas en avant pour en revendiquer la paternité. Il portait un bonnet de Peau-Rouge à visière fluorescente.

— Qu'est-ce que ça peut te faire ? Tu veux y aller à trois contre un, Magic ? C'est comme ça qu'ça va s'passer.

— Je sais que c'est pas régulier, moi contre vous trois, mais tant pis, lui dis-je. Vous pouvez peut-être en trouver un quatrième rapido ?

— Alex ? — j'entendis Jezzie qui arrivait derrière moi. Alex, je t'en prie, arrête. Laisse tomber.

— Va te faire foutre, Alex, dit l'un des types. T'as besoin d'une dame pour t'aider ?

— Alors, ma jolie, tu l'aimes, ton Alex ? C'est ton singe favori.

Je perçus quelque chose qui craquait derrière mes yeux. Un bruit réel. Tout mon corps craquait.

Mon premier direct fut pour l'homme au bonnet de

---

[1]. *Free, white and twenty-one...* Expression qui correspondrait à « majeur et vacciné » s'il n'y avait le mot « blanc ». *(N.d.T.)*

Peau-Rouge. Puis je pivotai sur moi-même et en assenai un second qui s'écrasa sur la tempe d'un autre membre du trio.

Le premier s'écroula d'un seul coup, et partit comme une balle de tennis. Le second titubait et ne tenait plus sur ses jambes. Il plia un genou et resta comme ça, sans bouger. Il était complètement à plat.

– J'en ai plus qu'assez de ce genre de merde. J'en ai par-dessus la tête.

J'en tremblais.

– Il a beaucoup trop bu, monsieur. Et nous aussi, dit le mec qui était encore debout. Il était pas dans son assiette. Les temps sont durs actuellement. Bon sang, nous travaillons avec des gars qui sont noirs. Nous avons des amis noirs. Qu'est-ce que je peux dire ? On est désolés.

Je l'étais aussi, et plus que je pouvais le dire à ces cons. Je leur ai tourné le dos, et nous sommes retournés à la voiture, Jezzie et moi. J'avais l'impression d'avoir les bras et les jambes taillés dans la pierre. Mon cœur battait comme le piston d'un derrick.

– Excuse-moi, lui dis-je – j'éprouvais une vague nausée. Je ne peux plus tolérer ce genre de merde. Je ne peux plus me défiler.

– Je comprends, dit-elle doucement. Tu as fait ce que tu pensais devoir faire.

Elle était à mes côtés dans cette histoire – pour le bon comme pour le mauvais.

Nous sommes restés un long moment serrés l'un contre l'autre dans la voiture. Et puis, nous sommes rentrés pour être ensemble.

53.

On m'a autorisé à revoir Gary Murphy le 1er octobre. *De nouveaux indices* avait-on donné comme raison officielle. A ce stade, la moitié de la population avait interviewé Nina Cerisier. La *théorie du complice* avait pris corps.

Nous avions lancé l'Equipe Spéciale d'Enquête sur toutes les pistes possibles du voisinage de la maison des Cerisier. Avec Nina Cerisier elle-même, j'avais tout essayé depuis les albums de photos d'identité de la Criminelle, jusqu'aux portraits-robots. Pour l'instant, cela ne l'avait aidée en rien à trouver une ressemblance quelconque avec le *complice*.

Nous savions seulement qu'il s'agissait d'un Blanc que Nina voyait plutôt costaud. Le F.B.I. prétendait mettre le paquet sur la recherche du pilote. On en reparlerait. J'étais de nouveau dans le coup.

Le Dr Campbell m'accompagna le long du couloir de haute sécurité de la prison. Les *pensionnaires* me jetaient des regards furieux. J'en fis autant. Je suis moi aussi un expert en la matière.

Nous sommes finalement arrivés à la cellule. Elle était, comme le couloir, très bien éclairée. Mais, du lit où il était assis, Soneji/Murphy me regardait en plissant les yeux. On aurait dit qu'il essayait de distinguer quelque chose dans les profondeurs d'une cave obscure.

Il lui fallut un moment pour me reconnaître.

Quand il y parvint enfin, il se mit à sourire. Il avait gardé son air de bon jeune homme de province : Gary Murphy, un personnage tiré d'un *remake* du film *It's a Wonderful Life*. Je me souvins que son ami Simon Conklin m'avait expliqué qu'il pouvait jouer n'importe lequel des rôles qu'il choisissait. Cela faisait partie de son classement au quatre-vingt-dix-neuvième rang.

— Pourquoi n'êtes-vous plus venu me voir, Alex? me demanda-t-il – son regard trahissait presque la tristesse. Je n'avais personne à qui parler. Tous ces autres médecins ne m'écoutent pas... Pas vraiment. Non.

— On ne m'a pas autorisé à revenir pendant un certain temps, lui dis-je. Mais ça s'est arrangé, et me voilà.

Il avait pris un air désolé. Il mâchonnait sa lèvre inférieure et contemplait les chaussures de toile de la prison qu'il avait aux pieds.

Tout à coup, il fit une grimace et se mit à rire si fort que les murs de sa cellule en résonnèrent.

Soneji/Murphy se pencha vers moi.

— Vous savez, vous n'êtes qu'un con de plus, aussi foutrement facile à manipuler que tous les autres. Astucieux, mais pas assez astucieux pour moi.

Je l'ai regardé fixement. Stupéfait. Peut-être un peu secoué.

— Les lumières sont allumées, mais il n'y a personne à la maison, dit-il pour commenter l'expression qu'on devait lire sur mon visage.

— Non. Je suis bien présent, dis-je. Je vous ai simplement un peu trop sous-estimé. Une erreur.

— Nous voilà face à la réalité, pas vrai? – il avait toujours la figure contorsionnée par ce terrible sourire. Vous êtes bien sûr d'avoir compris? Tout à fait sûr, monsieur le docteur-policier?

J'avais effectivement compris. Je venais de voir Gary *Soneji* pour la première fois. Nous venions d'être présentés l'un à l'autre par Gary Murphy. Le processus a pour nom un recyclage rapide.

C'était le kidnappeur qui m'observait, qui jouait les *m'as-tu-vu*, qui se montrait à moi sous son vrai jour.

Celui que je voyais là, assis devant moi, était l'assassin d'enfants, le mime et l'acteur exceptionnels... l'homme du quatre-vingt-dix-neuvième rang... le Fils de Lindbergh... tout cela, et sans doute bien d'autres choses encore.

— Vous vous sentez bien? me demanda-t-il, en parodiant mon inquiétude du début. Vous êtes dans votre assiette, docteur?

— Je vais très bien. Pas le moindre problème, dis-je.

— Vraiment? Je n'ai pas l'impression que vous vous sentiez bien. Il y a quelque chose qui ne va pas, n'est-ce pas, Alex?

Il avait l'air très préoccupé à mon sujet.

— Bon, écoute-moi bien! – j'ai fini par hausser le ton. Arrête tes conneries, *Soneji*. Ça, c'est un test de la réalité.

— Attendez une minute. – Il secouait la tête à droite et à gauche. L'affreux rictus s'était effacé de son visage aussi vite qu'il y était apparu un moment plus tôt. – Pourquoi m'appelez-vous Soneji? Qu'est-ce que ça veut dire, docteur? Qu'est-ce qui se passe?

J'observai son visage, et *je n'arrivais pas à croire ce que je voyais.*

Il avait de nouveau changé. Et toc! Gary Soneji avait disparu. Il avait changé de personne, deux, sinon trois fois, en l'espace de quelques minutes.

— Gary Murphy? fis-je en guise de test.

Il acquiesça.

— Et qui d'autre? Sérieusement, docteur, qu'est-ce qui ne va pas? Qu'est-ce qui se passe? Vous disparaissez pendant des semaines, et puis vous revenez.

— Dites-moi ce qui vient d'arriver, lui dis-je tout en continuant à l'observer. En ce moment même. Dites-moi ce que *vous* pensez qu'il vient de se produire?

Il avait l'air perturbé, complètement déconcerté par ma question. Si tout cela était de la comédie, il donnait là un spectacle extraordinairement convaincant et terrifiant, un genre de performance que je n'avais jamais vu au cours de mes années de pratique comme psy.

— Je ne comprends pas. Vous arrivez ici dans ma cellule. Vous avez l'air un peu tendu. Je me dis que vous êtes peut-être un peu gêné parce que vous n'êtes pas venu ces temps derniers. Et puis, vous m'appelez Soneji. Comme ça, sans raison. Ce n'est pas une plaisanterie, je suppose?

Parlait-il sérieusement? Se pouvait-il qu'il ne sache pas ce qui était arrivé moins de soixante secondes auparavant?

Ou bien s'agissait-il de Gary Soneji toujours en train de me jouer la comédie?

Etait-il possible qu'il passe si facilement d'un état à l'autre? C'était *possible*, mais extrêmement rare. Dans ce cas particulier, cela pouvait ridiculiser au maximum les séances du tribunal.

Cela pouvait même aboutir à un non-lieu.

Etait-ce là son plan? Avait-il, depuis le début, compté sur cette soupape de sûreté pour s'en tirer?

54.

Quand elle était au travail avec les autres, à ramasser des fruits et des légumes sur le flanc de la montagne, Maggie Rose essayait de se souvenir de sa vie d'avant, à la maison. Au début, la *liste* des choses dont elle se souvenait était restée très générale et peu détaillée.

Avant tout, sa mère et son père lui manquaient énormément. Ils lui manquaient à chaque minute de chaque journée.

Ses amis de l'école lui manquaient aussi, et Shrimpie tout spécialement.

Dukado, son petit chat *tout fou* lui manquait.

Angel, aussi, son petit chat *tout sage*.

Et les parties de Nintendo, et son placard à vêtements.

Les réunions d'amis, après la classe, étaient si chouettes.

Chouette aussi de prendre son bain dans la salle de bains du troisième étage qui donnait sur les jardins.

Plus elle pensait à sa maison, plus elle se souvenait, et plus elle augmentait sa liste de souvenirs.

La façon dont elle se glissait entre son père et sa mère quand ils s'embrassaient ou se serraient l'un contre l'autre. *Nous trois*, disait-elle. Tout cela lui manquait.

Et aussi les personnages que son père avait créés pour elle quand elle était petite : Hank, un père costaud, avec l'accent du Sud, qui s'écriait sans cesse *Quiiiiii est-ce qui te parle? Et Suzie Wooderman.* Suzie était la star qui personnifiait Maggie dans les histoires de son père.

Il y avait aussi cette espèce de rituel qu'ils observaient quand il fallait aller en voiture par temps froid. Ils criaient tous à tue-tête : *YucChuck-chuck, chuck-a, chuck-a, Uc chuck-chuck.*

Sa mère lui chantait un air de *La Belle au bois dormant* : *Je te connais, je t'ai vu une fois en rêve.* Du plus loin qu'elle puisse se souvenir, sa maman lui avait toujours chanté cette chanson.

Elle lui chantait aussi : *Je ferais n'importe quoi pour toi, ma chérie, parce que tu es ce que j'ai de plus précieux.* Et Maggie lui répondait en chantant : *Est-ce que tu m'emmènerais à Disneyland? Tout ce que tu voudras,* lui répondait sa mère. *Est-ce que tu embrasserais Dukado sur le nez? Tout ce que tu voudras,* lui répondait sa maman chaque fois.

Maggie se remémorait des journées entières qu'elle avait passées à l'école. Elle se souvenait des *clins d'œil spéciaux* que Mme Kim lui adressait. Elle se souvenait d'Angel s'installant en rond sur une chaise en faisant entendre un son qui ressemblait à *wow*.

— Je ferais n'importe quoi pour toi, ma chérie, parce que tu es ce que j'ai de plus précieux.

Maggie entendait encore la voix de sa mère quand elle lui chantait ces paroles.

Dans sa tête Maggie chantait : *S'il te plaît, s'il te plaît, viens me chercher et ramène-moi à la maison, tu veux? S'il te plaît, s'il te plaît, viens me chercher.*

Mais personne ne chantait plus rien. Plus maintenant. Personne ne chantait plus pour Maggie Rose. Personne ne pensait plus à elle. Du moins le croyait-elle, le cœur brisé.

55.

J'eus une douzaine d'entrevues avec Soneji/Murphy au cours des deux semaines suivantes. Il se refusait à toute conversation intime avec moi, bien qu'il m'assurât du contraire. Quelque chose avait changé. Je n'avais plus de contact avec lui, *ni avec l'un, ni avec l'autre.*

Le 15 octobre, un juge fédéral ordonna un report, repoussant temporairement l'ouverture du procès pour kidnapping. Ce devait être le dernier acte de toute une série de manœuvres dilatoires d'Anthony Nathan, l'avocat de Gary.

En une semaine, ce qui est extrêmement rapide pour ce genre de tactiques légales très complexes, le juge Linda Kaplan avait opposé une fin de non-recevoir aux requêtes de la défense. La Cour suprême avait également repoussé les injonctions et les pétitions de limitations restrictives qui les accompagnaient. Nathan déclara sur les trois chaînes de télévision que la Cour suprême pouvait être comparée à une *troupe de lyncheurs très organisée.* Le feu d'artifice ne faisait que commencer, disait-il à la presse. Il avait donné d'avance un ton au procès.

Le procès de l'*Etat* contre *Murphy* débuta le 27 octobre. A neuf heures moins cinq, ce matin-là, nous nous dirigions, Sampson et moi, vers une entrée annexe du palais de justice fédéral, située sur Indiana Avenue. Nous voulions passer inaperçus.

— As-tu envie de perdre un peu d'argent? me dit Sampson au moment où nous prenions Indiana Avenue.

— J'espère que tu n'es pas en train de me proposer un pari sur le résultat de ce procès.

— Bien sûr que si, mon trésor. Ça fera passer le temps un peu plus vite.

— Et c'est quoi, ton pari?

Sampson alluma un Corona et en tira une bouffée d'un air victorieux.

— C'est moi qui propose le pari... Je prétends qu'il va se retrouver à St. Aggies, ou dans quelque autre hôpital pour fous criminels. Voilà ce que je parie.

— Tu es en train de dire que notre système judiciaire ne fonctionne pas.

— Voyons, j'y crois de toutes mes forces, surtout dans le cas présent.

— D'accord. Je parie à deux contre un qu'il sera reconnu coupable de kidnapping et coupable de meurtre au premier degré.

Sampson tira une deuxième bouffée, en affectant toujours un air de victoire.

— Tu veux me payer tout de suite ? Est-ce que cinquante dollars seraient une trop grosse perte pour toi ?

— Cinquante, ça me convient. Je tiens le pari.

— Passe-moi le fric. J'adore te prendre le peu que tu as.

Une foule d'environ deux mille personnes s'était agglutinée devant l'entrée principale du tribunal qui donnait sur la Troisième Rue. Deux cents autres personnes, y compris sept rangées de reporters, étaient déjà installées dans la salle. Le procureur avait essayé d'interdire l'entrée à la presse, mais on ne l'y avait pas autorisé.

On avait imprimé des pancartes qu'on brandissait de tous les côtés : *Maggie Rose est vivante!*

Des volontaires arpentaient Indiana Avenue en offrant des roses gratuites. D'autres vendaient de petits drapeaux commémoratifs. Mais le plus grand succès allait aux petites bougies que les gens allumaient devant les fenêtres de leurs maisons en souvenir de Maggie Rose.

Une poignée de journalistes attendaient également devant l'entrée annexe, censée réservée aux livraisons et à quelques juges ou hommes de loi un peu timides. La plupart des flics ayant de la bouteille, ou ayant l'habitude de fréquenter le tribunal et n'appréciant guère les foules, utilisaient aussi cette porte de derrière.

On nous fourra immédiatement des micros sous le nez. Des caméras de télévision étaient braquées sur nous. Aucun de ces instruments ne nous impressionnait plus.

— Inspecteur Cross, est-il exact que vous avez été évincé de l'affaire par le F.B.I. ?

— Non. J'entretiens de bons rapports avec le F.B.I.

— Est-ce que vous voyez toujours Gary Murphy à Lorton, inspecteur ?

– Vous insinuez que je lui donne des rendez-vous galants ? Nous n'en sommes pas encore là. Je fais partie d'une équipe de médecins qui le voient régulièrement.
– Existe-t-il des sous-entendus racistes dans cette affaire, en ce qui vous concerne ?
– Les sous-entendus racistes existent dans bien des cas, je crois. Rien de spécial à signaler ici.
– Et l'autre policier ? Détective Sampson, est-ce que vous êtes d'accord, monsieur ? demanda un minet qui portait un nœud papillon.
– Monsieur, vous-même ! Ma foi, vous voyez que nous entrons par une porte de derrière, pas vrai ? Nous sommes voués aux portes de derrière.

Sampson sourit à la caméra. Il n'avait même pas ôté ses lunettes de soleil.

Nous avons enfin réussi à atteindre un ascenseur de service tout en essayant d'empêcher les reporters d'entrer dans la même cabine, ce qui fut difficile.

– Le bruit court, et il se confirme, qu'Anthony Nathan va plaider l'accès de folie temporaire. Avez-vous un commentaire à faire là-dessus ?
– Pas le moindre. Demandez à Anthony Nathan.
– Inspecteur Cross, quand vous témoignerez, allez-vous dire que Gary Murphy *n'est pas* fou ?

Les vieilles portes ont fini par se fermer. L'ascenseur se mit en marche en bringuebalant vers le septième étage. *Le septième ciel*, en argot de métier.

Le septième étage n'avait jamais été aussi calme et ordonné. L'atmosphère de hall de gare qui y régnait habituellement avec la présence de policiers, de jeunes délinquants et de leurs familles, de vieux chevaux sur le retour, d'avocats et de juges, avait disparu, en raison d'une décision de justice réservant l'étage à un seul et unique procès. Un grand procès. *Le procès du siècle.* N'était-ce pas précisément ce que Soneji avait voulu ?

Privé de son chaos, le bâtiment fédéral ressemblait à une personne âgée lorsqu'elle se lève le matin. Toutes les rides, toutes les vieilles cicatrices étaient devenues visibles dans les flots de lumière matinale que déversaient les fenêtres en ogives de cathédrale situées du côté est de l'étage.

Nous entrâmes juste à temps dans la salle pour voir arriver le procureur. Mary Warner était un procureur de trente-six ans, toute petite, qui appartenait au Sixième Circuit des procureurs fédéraux. On la considérait comme l'égale – du côté de l'accusation – de l'avocat de la

défense. Pas plus que lui, elle n'avait connu d'échecs, en tout cas jamais dans des affaires importantes. Elle jouissait d'une grande réputation quant à sa façon de préparer ses dossiers, sa conduite parfaite et extrêmement convaincante au tribunal. Un membre de la partie adverse qui venait de perdre son procès avait dit :
— C'est comme si on jouait au tennis contre un adversaire qui renvoie tous les coups. Votre meilleur smash... elle vous le retourne. Votre *ace*... elle vous le retourne. Tôt ou tard, elle vous bat à plate couture.

Mme Warner avait sans doute été sélectionnée par Jerrold Goldberg... et Goldberg pouvait parfaitement faire désigner n'importe quel procureur de son choix.

Carl Monroe était là aussi. Le maire ne pouvait se passer du contact des foules. Il me vit, mais ne se déplaça pas. Il m'adressa juste un sourire officiel depuis l'autre côté de la salle.

Au cas où je n'aurais pas su exactement où j'en étais avec lui, la situation était désormais claire. Ma nomination au grade de divisionnaire serait ma dernière promotion. Cette nomination avait été faite pour prouver qu'ils avaient eu raison de m'inclure dans l'équipe des otages, pour valider leur décision et pour éviter que l'on ne pose des questions sur mon comportement à Miami.

Jusqu'au jour d'ouverture du procès, les deux grandes nouvelles qui avaient agité Washington concernaient le fait que le secrétaire au Trésor, Goldberg, travaillait lui-même à la constitution du dossier de l'accusation... et que l'avocat de la défense n'était autre qu'Anthony Nathan.

The Post avait qualifié Nathan de *guerrier Ninja du tribunal*. Il figurait à la une des journaux depuis le jour où Gary Soneji/Murphy l'avait choisi. Nathan était l'un des sujets dont Gary refusait de discuter avec moi. Il m'avait seulement dit, une fois :
— J'ai besoin d'un bon avocat, il me semble ? M. Nathan m'a convaincu. Il est très malin, Alex.

Malin ? comme vous, Gary ?

Je lui demandai si Nathan était aussi intelligent que lui. Gary sourit et répondit :
— Je ne sais pas pourquoi vous dites que je suis intelligent, alors que je ne le suis pas. Si j'étais tellement intelligent, je ne serais pas ici.

Cela faisait des semaines qu'il n'avait pas quitté une seule fois le personnage de Murphy. Il avait également refusé de se laisser hypnotiser à nouveau.

J'observai de près le super-avocat quand il fit une

entrée remarquée et insupportable de fatuité, dans la salle du tribunal. Il était cyclothymique, et très connu pour sa manière de mettre hors d'eux les témoins au cours de ses contre-interrogatoires. Gary avait-il eu la présence d'esprit de choisir Nathan ? Qu'est-ce qui avait bien pu les rapprocher ?

Mais d'une certaine façon, le rapprochement paraissait évident... Un homme à la limite de la folie défendant un autre fou. Anthony Nathan avait déjà proclamé publiquement :

– Ça va être un véritable cirque. Un cirque ou un western, avec sa justice expéditive ! Je vous en donne ma parole. Un spectacle où on paierait mille dollars pour avoir une place.

Quand le préposé se posta devant la salle pleine et réclama le silence en annonçant *la Cour*, mon pouls battait à tout rompre.

J'aperçus Jezzie de l'autre côté de la salle. Elle était habillée de la manière qu'exigeait l'importance de ses fonctions : un tailleur à fines rayures et des talons hauts. Elle tenait à la main un porte-documents d'un noir brillant. Lorsqu'elle me vit, elle roula les yeux.

A droite de la salle d'audiences, je vis Katherine Rose et Thomas Dunne. Leur présence donnait à la scène un caractère d'irréalité. Je ne pus m'empêcher de penser à Charles et à Anne Morrow Lindberg assistant au procès, soixante ans auparavant.

Le juge Linda Kaplan avait la réputation d'une femme éloquente et énergique qui ne se laissait jamais manipuler par les avocats. Elle siégeait à la cour depuis moins de cinq ans, mais avait déjà présidé certains des procès les plus importants jugés à Washington. On disait qu'elle menait les débats avec une grande autorité.

Gary Soneji/Murphy avait été conduit à sa place sans esbroufe et presque clandestinement. Il était déjà assis et se tenait très correctement, comme le faisait toujours *Gary Murphy*.

Plusieurs journalistes réputés se trouvaient dans la salle. Au moins deux d'entre eux étaient en train d'écrire un livre sur le kidnapping.

D'un côté comme de l'autre, les équipes d'avocats avaient l'air satisfait et sûr de soi, de gens bien préparés, qui donnaient l'impression de se sentir invincibles.

Le procès commença par un incident très théâtral, en guise de *trois coups* : assise au premier rang, Missy Murphy déclara d'une voix forte :

— Gary n'a fait de mal à personne. Gary est incapable de faire du mal à qui que ce soit.

Elle sanglotait. Une voix s'éleva dans le public :
— Oh, madame, là-bas, un peu de calme!

Le juge Kaplan abaissa son marteau et ordonna :
— Silence dans la salle! Silence! Ça suffit comme ça!

Ça suffisait, en effet... C'était parti, et bien parti... le procès du siècle de Gary Soneji/Murphy.

56.

Tout me semblait bouleversé par un mouvement perpétuel et chaotique, particulièrement mes rapports initiaux avec l'enquête et le procès. Ce jour-là, une fois l'audience terminée, je fis une partie de *flag football*[1] avec les gosses – la seule chose qui me parut avoir un sens quelconque.

Damon et Janelle tourbillonnaient littéralement, jouant à qui attirerait le plus mon attention et me harcelant de leurs exigences. Ils m'empêchaient de penser à tous les moments désagréables qui m'attendaient.

Après le dîner, nous sommes restés à table, Nana et moi, devant une deuxième tasse de café. Je voulais savoir ce qu'elle pensait. Je la voyais venir depuis un bon moment. Pendant tout le repas, elle avait fait tournicoter ses bras et ses mains comme Satchel Paige se préparant à lancer une balle tordue[2].

– Alex, finit-elle par dire, il faut que je te parle.

Quand Nana Mama a quelque chose à dire, elle est d'abord très calme. Après quoi, elle parle sans arrêt... quelquefois pendant des heures.

Les gosses étaient dans l'autre pièce occupés à regarder *La Roue de la fortune* à la télé. Les acclamations et les chansons qui ponctuaient le jeu créaient un bon fond sonore familial.

– Et de quoi allons-nous parler? lui ai-je demandé. Dis-moi, est-ce que tu sais qu'un gosse sur quatre vit dans la pauvreté aux Etats-Unis? Nous allons bientôt faire partie de la *majorité morale*.

---

1. Jeu de ballon dans la rue, sur des pavés. *(N.d.T.)*
2. Terme de base-ball. *(N.d.T.)*

Avant d'aborder le sujet dont elle voulait parler, Nana prenait un air calme et réfléchi. Elle avait longuement préparé son discours – ça, je le voyais bien. Dans ses yeux, les pupilles étaient réduites à des pointes d'épingles marron foncé.

– Alex, dit-elle alors, tu sais que je prends toujours ton parti quand il s'agit de quelque chose d'important.

– C'est vrai depuis le jour où je suis arrivé à Washington avec un sac à dos, et soixante-quinze *cents*, je crois !

Je me souvenais parfaitement qu'on m'avait envoyé *dans le Nord* pour aller vivre avec ma grand-mère. J'avais débarqué à Union Station d'un train venant de Winston-Salem. Ma mère venait de mourir d'un cancer du poumon, mon père était mort l'année précédente. Nana m'a payé à déjeuner à la cafétéria *Morrison*. C'était la première fois que je mangeais dans un restaurant.

Regina Hope[1] m'a pris avec elle à l'âge de neuf ans. On avait surnommé Nana Mama *La Reine de l'espérance*. A l'époque, elle exerçait le métier d'institutrice, ici, à Washington. Elle avait la cinquantaine bien sonnée et mon grand-père était mort. Mes trois frères étaient venus en même temps que moi et avaient été pris en charge par des parents jusqu'à l'âge de dix-huit ans. Moi, je suis toujours resté chez Nana.

J'ai été le plus chanceux. Parfois, Nana Mama se conduisait en super-reine des garces, elle savait très bien ce qui était bon pour moi. Elle avait assez vu de gosses dans mon genre au cours de sa vie, elle avait bien connu mon père, ses bons et ses mauvais côtés, elle avait beaucoup aimé ma mère et la comprenait. Nana Mama était, et est toujours, une fine psychologue. Je l'ai surnommée Nana Mama quand j'avais dix ans. A cette époque, elle était devenue à la fois ma Nana[2] et ma Mama.

Elle avait croisé les bras sur sa poitrine – une volonté de fer.

– Alex, je me méfie de tes nouveaux rapports amoureux, dit-elle.

– Tu peux me dire pourquoi ?

– Oui, je vais te le dire : d'abord parce que Jezzie est une femme blanche, et que je n'ai aucune confiance dans la plupart des Blancs. J'aimerais bien... mais je ne peux pas. La majorité d'entre eux n'ont aucun respect pour

---
1. Hope : espérance. *(N.d.T.)*
2. Nana, diminutif de *granny* (grand-mère). *(N.d.T.)*

nous. Ils nous regardent en face et nous mentent. C'est leur manière d'agir avec les gens qu'ils ne considèrent pas comme leurs égaux.

— Tu parles comme les révolutionnaires qui prêchent dans la rue. On dirait Farrakhan ou Sonny Carson, lui dis-je.

Et je me suis mis à débarrasser la table, et à emporter les assiettes et l'argenterie pour les empiler dans notre vieil évier de porcelaine.

— Je ne suis pas fière de mes réactions. Mais je ne peux pas non plus m'empêcher de les avoir.

Nana Mama me suivait des yeux.

— Alors, le crime de Jezzie, c'est d'être une femme blanche?

Nana s'agita sur sa chaise, et chaussa ses lunettes qui pendaient à un cordon qu'elle avait autour du cou.

— Son crime, c'est d'aller avec toi. Elle semble toute prête à te laisser gâcher ta carrière dans la police, et tout ce que tu fais dans le quartier... tout ce que tu as fait de bien dans ta vie. Et Damon et Jannie.

— Damon et Jannie n'ont pas l'air d'en souffrir, ni même de s'en soucier. Le ton de ma voix commençait à monter tandis que je restais cloué sur place avec une pile d'assiettes sales sur les bras.

Nana abattit la paume de sa main sur le bras en bois de son fauteuil.

— Mais, bon Dieu, Alex, tu te bouches les yeux. Tu es leur soleil, leur dieu. Damon a peur que tu l'abandonnes.

— Si les gosses sont inquiets, c'est parce que toi, tu les rends inquiets.

Je disais ce que je pensais, ce que je croyais être la vérité.

Nana Mama se renversa en arrière. Un son frêle s'échappa de sa bouche... un petit cri d'animal blessé.

— C'est vraiment très méchant de ta part. Je protège ces deux enfants comme je t'ai protégé. J'ai passé ma vie à m'occuper des autres, à en prendre soin. Je ne fais jamais de mal à personne, Alex.

— Si, tu viens de me faire du mal, à moi, lui dis-je. Et tu le sais très bien. Tu sais ce que ces deux gosses représentent pour moi.

Nana Mama avait des larmes dans les yeux, mais elle ne céda pas. Elle continuait à me regarder fixement. L'amour que nous avons l'un pour l'autre est un amour dur, qui n'accepte aucun compromis. Il en a toujours été ainsi.

— Je ne souhaite pas que tu viennes t'excuser plus tard, Alex. Peu m'importe que tu te sentes coupable de m'avoir dit ça. Ce qui compte c'est que tu es coupable de tout abandonner pour une liaison qui ne pourra jamais marcher.

Nana Mama se leva, quitta la table et monta à l'étage. Fin de la conversation. Et voilà. Elle s'en tenait à son idée.

Etait-il vrai que j'abandonnais tout pour rester avec Jezzie? Notre liaison était-elle vouée à l'échec? Je n'en savais rien encore. Il fallait que je le sache par moi-même.

57.

Toute une série d'experts médicaux furent appelés à témoigner au procès. Certains des consultants qui vinrent à la barre firent preuve d'une attitude étrangement équivoque et d'un style très flamboyant pour des hommes de science. Les experts venaient de Walter Reed, de la prison de Lorton, de l'armée et du F.B.I.

On exhiba des photographies et des graphiques d'un mètre vingt sur un mètre quatre-vingt-dix qu'on expliqua et réexpliqua. On visita et revisita les lieux des crimes à l'aide de cartes impressionnantes. Voilà ce qui constitua l'élément dominant de cette première semaine.

On fit venir à la barre huit psychiatres et psychologues pour étayer la thèse selon laquelle Gary Soneji/Murphy contrôlait parfaitement ses actes... qu'il n'était qu'un *psychopathe* déviant... qu'il agissait rationnellement et de sang-froid, qu'il savait parfaitement ce qu'il faisait.

On le décrivit comme *un criminel de génie* sans conscience ni remords... comme un acteur brillant, *digne d'Hollywood,* et l'on dit que cela expliquait comment il avait pu manipuler et tromper tellement de gens au cours de sa vie.

C'était *un fait* que Gary Soneji/Murphy *avait* consciemment et délibérément kidnappé deux enfants, qu'il en avait tué un, ou peut-être les deux, qu'il avait assassiné d'autres personnes – au moins cinq, et peut-être plus. Il était l'image même du monstre humain qui hantait nos cauchemars... Ainsi parlèrent tous les experts de l'accusation.

Le chef du service psychiatrique de Walter Reed passa presque un après-midi entier à la barre. Elle avait interrogé Gary Murphy une bonne douzaine de fois.

Après qu'elle eut longuement décrit son enfance

perturbée à Princeton, New Jersey, et ses années d'adolescence marquées par des déchaînements de violence contre des êtres humains et des animaux... on demanda au Dr Maria Ruocco de donner son diagnostic psychiatrique.

   – Je le considère comme un être asocial extrêmement dangereux. Je crois Gary Murphy tout à fait conscient de ses actes. *Je ne crois absolument pas à une double personnalité.*

C'est ainsi que, jour après jour, Mary Warner consolidait sa thèse avec beaucoup d'habileté. J'admirais le caractère approfondi de son travail, et sa compréhension du processus psychiatrique. Elle était en train de rassembler pour le juge et le jury les différentes pièces du puzzle effroyablement complexe. Je l'avais rencontrée plusieurs fois, et trouvée très efficace.

Quand elle en aurait terminé, les membres du jury se verraient confrontés à une image extrêmement détaillée de l'esprit de Gary Soneji/Murphy.

Elle consacrait chacun des jours du procès à une et une seule pièce du puzzle. Elle la mettait en évidence. Elle l'expliquait à fond, et alors seulement, elle l'insérait dans le puzzle lui-même, démontrant au jury comment le nouvel élément était lié à tout ce qui avait été constaté auparavant. Il arriva même, une ou deux fois, que le public qui assistait à l'audience, fût impressionné au point d'applaudir l'accusateur public à la voix douce.

Elle accomplissait tout cela au milieu des *objections* qu'Anthony Nathan soulevait à chacune des démonstrations qu'elle s'efforçait de faire.

La défense de Nathan reposait quant à elle sur une affirmation toute simple et dont il ne se départit jamais : Gary Murphy était innocent parce qu'il n'avait jamais commis de crime.

Le criminel était Gary Soneji.

Le premier véritable mélodrame du procès se produisit au cours de l'intervention d'un des psychiatres du service de médecine légale. Il remplissait toutes les conditions pour jouer un rôle de *star*. Il correspondait exactement au genre de témoin que la presse attend patiemment.

Le Dr Joseph McElroy avait parcouru un long chemin depuis la ville de La Fayette, en Louisiane, pour venir à Washington. Dans l'Etat où il vivait, on l'appelait *Le Psy qui aime faire pendre*. Au cours de sa carrière, il avait témoigné contre des centaines de gens accusés de meurtre et, dans quatre-vingt-dix pour cent des cas, il avait déclaré que la peine capitale était celle qui convenait. Ce qui lui donnait une certaine importance dans le procès actuel venait du fait qu'il avait témoigné comme expert dans les procès de nombreux psychopathes, et notamment de kidnappeurs.

McElroy fit son apparition le matin du 12. Il était grand, très voûté, et avait les cheveux blancs. Si l'on se fondait sur son aspect extérieur, on pouvait le prendre pour un médecin à la retraite, un généraliste, ou un professeur d'université. Il n'avait pas l'air d'un homme capable de causer du tort ou de faire du mal à quelqu'un sans raison. L'étiquette de *Psy qui aime faire pendre* paraissait très exagérée.

De fait, l'auditoire parut déçu. On s'attendait à voir arriver un Faust, pas un Marcus Welby[1].

Mary Warner commença par une série de questions tendant à prouver la valeur du D^r McElroy. Il avait interviewé plus de trois mille assassins au cours de sa vie; on avait écrit sur lui quantité d'articles où on le qualifiait de *meilleur expert* au monde dans ce domaine que Mme Warner appelait *la zone grise et complexe où le mal se différencie de la folie.*

— En Louisiane, les jurys ont à prendre des décisions difficiles dont la conséquence est la vie ou la mort des meurtriers. La peine capitale existe toujours là-bas. Dites-nous sur quels critères vous vous appuyez pour déterminer la culpabilité ou l'innocence ? demanda la minuscule et toujours polie Mme Warner.

Anthony Nathan sauta de son siège si rapidement qu'il faillit s'envoler. Même pour lui, le geste était excessif.

— Objection ! Objection ! hurla-t-il.

— Je sais que vous aurez du mal à le croire, monsieur Nathan, dit le juge Kaplan, mais je vous avais entendu la première fois. Veuillez préciser votre objection. Une seule fois, s'il vous plaît.

— Votre Honneur, je suis certain que tout le monde dans ce tribunal peut comprendre mon objection. Toute cette mise en scène n'a rien à voir avec le procès. Cette audience ne doit pas être celle d'un *jugement*, mais celle d'un *procès*.

— En effet, il me semble que Mme Warner l'avait exprimé très clairement au moment d'appeler son témoin

---

1. Médecin au grand cœur, héros d'un feuilleton télévisé. *(N.d.T.)*

à la barre, quand je refusais votre objection à la présence du D^r McElroy. Hmmmm ? L'intérêt d'entendre le docteur provient de sa vaste expérience des cas de kidnapping perpétrés par des psychopathes. Pouvons-nous continuer ? Madame Warner, ayez l'obligeance de réduire les descriptions au minimum. Aidez-nous à ne pas gaspiller du papier, dans ce cas précis, des forêts entières !

– Je veux simplement montrer comment le D^r McElroy établit un jugement médical dans des cas où la défense plaide la folie.

– Vous pouvez continuer. Mais je vous prie de dominer votre éloquence.

Le docteur reprit exactement à l'endroit où on l'avait interrompu. Les interruptions de la défense ne le désarçonnaient jamais. Il était toujours prêt à aller de l'avant devant un tribunal.

– Pour arriver à une opinion et décider si un acte de meurtre est d'ordre criminel ou relève de la folie, il faut résoudre deux problèmes. Un : le meurtre a-t-il été commis délibérément ? Deux : n'y a-t-il eu aucune provocation de la part de la victime ?

– Docteur, avez-vous interrogé Gary Murphy ? demanda Mary Warner.

Le Dr Joseph McElroy secoua violemment la tête en signe de dénégation. Il y eut des cris de surprise dans le public.

– Non, je ne l'ai pas interrogé. C'est ainsi que j'ai procédé dans plus de deux cents cas quand j'ai témoigné devant un tribunal. Quantité d'autres médecins ont interrogé M. Murphy.

– Quelle méthodologie vous semble la meilleure, docteur McElroy ?

– Au temps où j'étais jeune psychiatre légiste, je me faisais un devoir d'interroger tous les accusés. Mais j'ai découvert que la plupart d'entre eux étaient de remarquables *comédiens*, des orfèvres en matière de mensonge. J'ai découvert que beaucoup ne souffraient d'aucune maladie mentale... Ils étaient mauvais, tout simplement. Il y a des psychopathes qui assassinent un enfant, puis vont dîner dans un restaurant de luxe pour célébrer l'événement.

– Objection ! vociféra Nathan, assez fort cette fois pour que les pigeons s'envolent en catastrophe du toit du palais de justice.

– Objection retenue. Le jury ne tiendra aucun compte de cette déclaration du témoin. Madame Warner ? Docteur McElroy ? Vous connaissez les règles l'un comme l'autre.

Mme Warner s'excusa puis reprit :
— Docteur McElroy, j'aimerais vous communiquer la liste des faits concernant ce cas précis.
— Objection !
Nathan avait de nouveau jailli de son siège.
— Dans quel but, madame Warner ? demanda le juge. Qu'avez-vous à gagner à réciter la liste des faits à ce témoin ?
— Votre Honneur, c'est en écoutant les *faits* de ce cas que le D^r McElroy pourra nous donner son opinion concernant l'état mental de Gary Murphy. Il a procédé ainsi dans des centaines de procès. Il existe quantité de précédents.
Le juge Kaplan autorisa la récitation des faits.
Pendant le quart d'heure qui suivit, Mary Warner décrivit le kidnapping et les meurtres. Elle le fit avec retenue, ce qui rendit les crimes encore plus tangibles et horrifiants. Je ne crois pas que Katherine Rose aurait pu le faire avec plus d'efficacité.
— Si Gary Murphy a commis ces actes tels que je les ai décrits, dit Mme Warner en terminant, quelle est votre opinion sur sa responsabilité et sur son état mental ? Quel est votre avis d'expert ?
A ce stade, tout le monde avait compris pourquoi Mary Warner avait fait citer le D^r McElroy comme témoin. Il était le plus qualifié du monde en matière de *plaidoyers fondés sur l'aliénation mentale*. Il était convaincant et possédait l'art de parler devant un tribunal. Il donnait l'image d'une personne ayant les pieds sur terre et qui disait la vérité.
— A mon avis, Gary Murphy est responsable de ses actes. Je le crois absolument sain d'esprit, dit-il.
Mary Warner introduisit rapidement la question suivante :
— En Louisiane, docteur, auriez-vous recommandé la peine capitale ?
Le D^r McElroy répondit aussi vite que la question avait été posée.
— Je recommanderais sans hésitation la peine capitale pour cet homme.
L'auditoire, Anthony Nathan en particulier, explosa littéralement. Mary Warner lui coupait l'herbe sous le pied.

58.

Anthony Nathan marchait de long en large avec son air provocateur habituel. Il portait un costume qu'il avait dû payer mille cinq cents dollars au bas mot, mais n'y était visiblement pas à l'aise. Le costume était bien coupé, mais les gestes de Nathan étaient si invraisemblables qu'il ressemblait à un sauvage qu'on aurait essayé d'habiller.

— Je ne suis pas quelqu'un de gentil, dit-il, devant un jury composé de sept femmes et cinq hommes, ce lundi de la deuxième semaine. Jamais en tout cas lorsque je plaide devant un tribunal. On dit que j'arbore un air de perpétuel mépris, que je suis outrecuidant... que je suis un égocentrique, qu'on a du mal à me supporter plus de soixante secondes... *C'est tout à fait vrai*, dit Nathan à son auditoire fasciné, c'est tout à fait vrai.

« Et c'est ce qui me vaut des ennuis. Je dis toujours la vérité. Je ne tolère pas, mais pas du tout, les demi-vérités. Je n'ai *jamais* accepté une cause où je ne pouvais dire La Vérité. Ma défense de Gary Murphy est simple – la moins compliquée, et la moins sujette à controverse sans doute que j'aie de ma vie développée devant un jury. Elle se fonde sur cette même vérité. Tout s'inscrit en noir et blanc, mesdames et messieurs. Ecoutez-moi bien, je vous prie.

« Mme Warner et son équipe comprennent à quel point la défense est forte, et c'est précisément pourquoi elle vient de vous présenter plus de faits que la commission Warren[1] n'en avait accumulé avant d'aboutir à la même chose : RIEN, ABSOLUMENT RIEN. S'il vous était possi-

---

1. La commission Warren a fonctionné lors du jugement de l'assassin présumé du président Kennedy.

ble de questionner Mme Warner, et si elle vous répondait franchement, elle vous le dirait elle-même. Nous pourrions alors tous rentrer chez nous. Ce serait bien agréable, pas vrai? Oui, ce serait bien agréable.

Il y eut quelques ricanements dans l'assistance. Mais, en même temps, certains membres du jury se penchèrent en avant pour mieux voir et entendre. Chaque fois que Nathan repassait devant eux, il se rapprochait un peu plus.

– Quelqu'un... plusieurs personnes en fait m'ont demandé pourquoi j'avais accepté d'assumer la défense de ce cas. Je leur ai dit – aussi simplement que je vous le dis maintenant – que les faits sont tels qu'ils assurent une victoire certaine de la défense. La Vérité joue un rôle déterminant en faveur de la défense. Je sais que vous ne le croyez pas actuellement, mais vous verrez, vous verrez.

« Tenez, je vous donne en exemple un *fait* saisissant. Mme Warner ne souhaitait pas que le procès ait lieu à cette date. Son patron, le secrétaire au Trésor, voulait au contraire que le procès se fasse maintenant. Le procès a été décidé en un temps record. Les rouages de la justice n'ont jamais fonctionné à une telle vitesse. La procédure n'aurait en aucun cas fonctionné avec la même rapidité pour vous et vos familles. Ça, c'est la vérité. Mais, en raison de la souffrance de M. Goldberg et de sa famille, le processus s'est mis en route très rapidement. Et aussi parce que Katherine Rose Dunne et ses proches qui sont des gens célèbres, très riches et très puissants, veulent voir cesser leurs souffrances. Qui pourrait les en blâmer? Sûrement pas moi.

« Mais PAS AUX DÉPENS DE LA VIE D'UN HOMME INNOCENT! Cet homme, Gary Murphy, ne mérite pas de souffrir comme ils ont souffert.

Nathan se dirigea alors vers l'endroit où Gary était assis : un Gary Murphy blond et musclé... ressemblant à un boy-scout qui aurait grandi trop vite.

– Cet homme est un homme bien, aussi bien que ceux que vous pourriez découvrir dans cette salle. Et, qui plus est, je vous en fournirai la preuve. *Gary Murphy est un homme bien.* Souvenez-vous-en. Voilà encore un fait que je vous signale. C'est l'un des *deux* faits – rien que deux – que je vous demande de ne pas oublier. L'autre est que *Gary Soneji est un dément.*

« Bon, il faut que je vous dise que je suis un peu fou, moi aussi. Juste un peu. Vous vous en êtes rendu compte. Mme Warner a attiré votre attention là-dessus. Hé bien,

Gary Soneji EST CENT FOIS PLUS FOU QUE MOI. Gary Soneji est l'homme le plus dément que j'aie rencontré de ma vie. Et j'ai rencontré Soneji. *Vous aussi vous le verrez.* Je vais vous faire une promesse. Vous verrez tous Gary Soneji et, quand vous l'aurez vu, vous ne pourrez pas condamner Gary Murphy. Vous finirez par vous attacher à Gary Murphy, et par le *soutenir* dans sa lutte personnelle contre Soneji. Murphy ne peut pas être condamné pour des meurtres et un kidnapping... commis par Soneji...

Anthony Nathan se mit alors à appeler à la barre les témoins de la défense. Chose étonnante, on trouvait parmi eux des enseignants de l'école de Georgetown, et quelques élèves. On y trouvait également des voisins des Murphy.

Nathan se montrait toujours doux et aimable, et aussi très clair avec eux. Ils avaient d'ailleurs l'air de l'apprécier et de lui faire confiance.

– Voudriez-vous, s'il vous plaît, nous donner votre nom?

– Dr Nancy Temkin.

– Et votre occupation, s'il vous plaît.

– J'enseigne l'art à l'école de Georgetown.

– Avez-vous connu Gary Soneji dans cette école?

– Oui, je l'ai connu.

– Avez-vous remarqué quelque chose qui aurait pu vous faire penser qu'il n'était pas un bon professeur?

– Non, c'était un excellent professeur.

– Et pourquoi pensez-vous cela, docteur Temkin?

– Parce qu'il était passionné par la matière qu'il enseignait et voulait absolument faire partager cette passion à ses élèves. Il était très populaire à l'école. On l'avait baptisé *Chips* comme dans *Good bye Mr. Chips*.

– Vous avez entendu certain des experts médicaux parler de folie, de double personnalité? Qu'en pensez-vous?

– Franchement c'est *la seule* façon dont je puisse expliquer ce qui s'est passé.

– Docteur Temkin, je sais bien qu'en ces circonstances, il va vous être difficile de répondre à ma question, mais est-ce que l'accusé était un de vos amis?

– Oui, il était un de mes amis.

– Et est-il toujours un ami?

– Je souhaite que Gary bénéficie de toute l'aide dont il a besoin.

– Et moi aussi, dit Nathan. Moi aussi.

Anthony Nathan ne tira véritablement sa première salve que le vendredi de la deuxième semaine du procès.

Et ce fut aussi dramatique qu'inattendu. Cela commença par un entretien privé entre Nathan, Mary Warner et le juge Kaplan devant l'estrade du tribunal.

Au cours de cette discussion, on entendit Mary Warner élever la voix – ce qui ne devait lui arriver que quelques rares fois au cours du procès.

– Votre Honneur, je m'y *oppose*. Je m'oppose à ce genre de... coup d'éclat théâtral. Ce n'est qu'un coup publicitaire!

On entendait déjà des murmures dans la salle. Assis au premier rang, les journalistes dressaient l'oreille. Il semblait bien que le juge Kaplan eût pris une décision en faveur de la défense.

Mary Warner retourna à sa place, mais elle avait visiblement perdu un peu de son contrôle.

– Pourquoi n'avons-nous pas été informés de cette possibilité, s'écria-t-elle. Pourquoi n'en a-t-on rien dit à la première audience?

Nathan leva les bras et réussit à calmer la salle. Il fit part de la nouvelle au public :

– J'appelle le Dr Alex Cross à la barre en tant que témoin de la défense. Je l'appelle en tant que témoin hostile à l'accusé et non coopératif, mais quoi qu'il en soit, en tant que témoin de la défense.

Le *coup d'éclat*, c'était moi.

QUATRIÈME PARTIE

SOUVENEZ-VOUS DE MAGGIE ROSE

59.

– Papa, je voudrais revoir encore le film, me dit Damon. Je te parle sérieusement.
– Chu-ut! On va regarder les infos, lui dis-je. Peut-être que ça t'en apprendra un peu plus sur la vie... que *Batman*.
– Le film, il est drôle..., répétait Damon pour essayer de me convaincre.
Je révélai à mon fils un petit secret :
– Les infos aussi.
Mais je ne lui dis pas que j'étais très nerveux à l'idée de témoigner devant le tribunal, le lundi suivant... *J'étais cité par la défense.*
Ce soir-là, à la télé, on a annoncé la candidature possible de Thomas Dunne aux élections sénatoriales de Californie. Dunne essayait-il de recoller les morceaux de sa vie? Ou bien était-il d'une façon ou d'une autre impliqué dans le kidnapping? J'en étais arrivé au point de ne plus rien exclure. Je me sentais des tendances paranoïaques à propos de beaucoup d'éléments liés au kidnapping. Existait-il un rapport caché entre les événements de Californie et cette candidature? J'avais demandé – deux fois – l'autorisation de me rendre là-bas pour mener ma propre enquête. On me l'avait refusée chaque fois. Jezzie s'efforçait de m'aider. Elle y avait un *contact*, mais il n'en était rien sorti pour l'instant.
Nous nous étions installés tous les trois par terre pour regarder la télévision. Janelle et Damon s'étaient blottis contre moi. Avant d'écouter les nouvelles, nous avions regardé pour la dixième ou douzième, ou même peut-être la vingtième fois, notre cassette d'*Un flic à la maternelle*.
Les enfants pensaient que j'aurais dû jouer le rôle

principal, au lieu d'Arnold Schwarzenegger. Personnellement, je trouvais qu'Arnold était en train de devenir un bon acteur comique. Et je préférais encore le regarder plutôt que de revoir *Benji* ou *La Belle et le Clochard*.

Nana était dans la cuisine en train de jouer à la belote avec tante Tia. J'apercevais le téléphone fixé au mur. Le récepteur était décroché, et pendait pour mettre un terme à tous les coups de fil des reporters et autres cinglés *du jour*[1].

Tous les appels de la presse se réduisaient aux mêmes questions. Me serait-il possible d'hypnotiser Soneji/Murphy au milieu d'une salle comble? Soneji nous dirait-il un jour ce qu'était devenue Maggie Rose Dunne? Quel était mon avis? L'homme était-il psychotique ou asocial?... Non, je n'avais rien à dire.

Vers une heure du matin, on sonna à la porte. Nana était montée se coucher depuis longtemps. J'avais mis Janelle et Damon au lit vers neuf heures après avoir partagé avec eux la lecture du livre *magique* de David Macaulay : *Noir et Blanc*.

Je suis allé jusqu'à la salle à manger plongée dans le noir, et j'ai ouvert les rideaux de chintz. C'était Jezzie, juste à l'heure.

Je suis sorti dans la véranda et l'ai serrée dans mes bras.

– Allons-y, Alex, dit-elle en chuchotant. – Elle avait un plan. Et son plan, dit-elle, c'était de *ne pas avoir de plan*.

Mais avec Jezzie, c'était rarement le cas.

Cette nuit-là, la moto de Jezzie *bouffait littéralement les kilomètres*. Quand nous dépassions les autres véhicules, j'avais l'impression qu'ils étaient arrêtés, comme pétrifiés dans le temps et dans l'espace. Devant nous défilaient des maisons, des pelouses, tout ce qui existe en ce bas monde. Le tout en troisième... une vitesse de croisière.

J'attendais qu'elle passe en quatrième, puis en cinquième. La BMW faisait entendre son grondement doux et régulier, et son phare perçait la route d'un faisceau de lumière réconfortant. Jezzie passa en quatrième et avala de droite et de gauche diverses allées pendant un moment, puis elle se mit en cinquième, la vitesse absolue. Nous avons enfilé l'Avenue du Parc de Washington à cent quatre-vingt-dix kilomètres à l'heure, et pris la route 95 à

---

1. En français dans le texte. *(N.d.T.)*

deux cent. Jezzie m'avait dit un jour qu'elle n'était jamais sortie en moto sans la pousser au moins jusqu'à cent soixante. Je n'avais aucun mal à le croire.

Nous avons continué à fendre l'air et l'espace jusqu'au moment où nous nous sommes arrêtés devant une antique station-service Mobil à Lumberton, en Caroline du Nord.

Il était presque six heures du matin. Nous devions avoir un air si ahuri que le préposé local n'en croyait pas ses yeux.

Un Noir et une femme blanche... blonde. Une énorme moto. On n'avait jamais vu ça dans ce patelin perdu.

Le pompiste de service n'avait pas l'air d'avoir les yeux bien en face des trous, lui non plus. Il portait les jeans gris qu'affectionnent les fermiers et là-dessus, le genre de genouillères qu'utilisent les fans de planches à roulettes. Il devait avoir un peu plus de vingt ans et avait les cheveux coupés en crête de coq, une coiffure qu'on voit plus sur les plages californiennes que dans cette partie du pays. Comment ce style de coupe était-il arrivé à Lumberton, Caroline du Nord, aussi rapidement ? Etait-ce une folie collective de l'époque ? ou la libre circulation des idées ?

– Salut, Rory !

Jezzie le gratifia d'un sourire et passa la tête entre deux pompes en me faisant un clin d'œil.

– Rory, me dit-elle, prend la tranche de service de onze heures du soir à sept heures du matin. C'est la seule station-service ouverte la nuit dans un rayon de quatre-ving-dix kilomètres. N'en parle pas à des gens dont tu n'es pas sûr. – Elle baissa la voix. – Rory a un petit commerce d'excitants et de tranquillisants... *Bumblebees... Black beauties... Diazepam?*

Elle avait pris une voix un peu traînante, très agréable à entendre. Ses cheveux blonds se gonflaient dans le vent, ce qui me plaisait aussi...

– Ecstasy, amphétamine hydrochloratée ?

Elle continuait à énumérer le menu. Rory la regardait en secouant la tête, comme s'il la prenait pour une folle. Mais je voyais bien qu'elle lui plaisait. Il se passa la main sur le front comme pour le dégager de mèches de cheveux qui n'y étaient plus.

– Bon Dieu de bon Dieu, dit-il, d'une voix éloquente.

– Ne vous en faites pas à cause d'Alex. – Elle sourit au pompiste, sa crête de coq lui donnait bien dix centimètres de plus. Pas de problème avec lui. C'est aussi un flic de Washington.

— Bon Dieu ! Jezzie, allez au diable ! Seigneur ! Vous et vos amis flics.

Rory tourna sur les talons de ses grosses bottes comme si on lui avait mis le feu aux trousses. Il en avait vu des cinglés, ici même dans la salle de repos de la station-service proche de la grand-route *inter-Etats*. Nous étions cinglés, pas de doute.

Nous sommes arrivés à la maison que Jezzie possédait au bord du lac moins d'un quart d'heure plus tard. C'était une petite construction en bois au bord de l'eau, entourée de sapins et de bouleaux. Le temps approchait de la perfection... un été indien, plus tardif que prévu. La terre continue à se réchauffer, paraît-il.

— Tu ne m'avais pas dit que tu étais propriétaire terrien, dis-je tandis que nous descendions à toute vitesse la route pittoresque, en lacet, qui menait à la maison.

— Si l'on peut dire... Alex ! Mon grand-père a légué tout ça à ma mère. Grand-papa était un voleur et un arnaqueur du cru. Il avait amassé une petite fortune de son vivant. C'est bien le seul membre de la famille qui ait réussi à s'enrichir. Apparemment, le crime paie.

— A ce qu'on dit.

J'ai sauté de la moto et me suis tout de suite étiré les muscles du dos et des jambes. Puis nous sommes entrés dans la maison. La porte n'était pas fermée à clef, ce qui m'a laissé rêveur.

Jezzie jeta un coup d'œil au réfrigérateur, qui était abondamment rempli. Elle installa une cassette de Bruce Springstein, et passa dehors.

Je la suivis sur le chemin qui descendait vers une eau miroitante, d'un bleu presque noir. On avait construit un appontement tout neuf qui surplombait le lac. Un étroit sentier conduisait à une plate-forme plus vaste où l'on avait installé une table et des chaises fixées au sol. De là, je pouvais entendre la musique de l'album *Nebraska*.

Jezzie ôta ses bottes, et retira ses chaussettes à rayures bleues. Elle trempa un pied dans l'eau qui ne faisait pas une ride.

Elle avait les jambes longues et musclées, les pieds allongés également, de forme agréable et aussi beaux que des pieds peuvent l'être. A ce moment-là, elle me rappelait les jeunes dames qui fréquentaient l'université de Floride, de Miami, de Caroline du Sud, ou de Vanderbilt. Pas une

partie de son corps qui ne me fascine d'une manière ou d'une autre.
— Crois-moi si tu veux, l'eau fait vingt-quatre degrés, dit-elle avec un sourire qui s'élargissait lentement.
— Très précisément, dis-je.
— Pile. Tu marches, ou tu te défiles?
— Que vont dire les voisins? Je n'ai pas emporté de slip de bain... ni rien d'autre d'ailleurs.
— C'est justement ça le plan de base, *pas de plan*. Imagine. Un samedi entier sans rien de prévu. Pas de procès. Pas d'interviews. Pas de coups bas de la part des Dunne — comme celui de Thomas dans l'émission de Larry King[1], cette semaine. Tu as vu comme il s'est plaint de l'enquête qui a précédé le procès, avec encore une fois des insinuations à ton sujet. Pas de kidnapping abominable qui puisse nous atteindre. Rien que nous deux, ici, au beau milieu de nulle part.
— *Au beau milieu de nulle part*, dis-je à Jezzie, voilà une expression qui me plaît.
Je me mis à scruter l'horizon là où les sapins rejoignaient le bleu du ciel.
— Eh bien, ça sera le nom de l'endroit pour nous deux. *Au milieu de nulle part*, Caroline du Nord.
— Sérieusement, Jez, qu'est-ce qu'on fait pour les voisins? Ici nous sommes dans un pays arriéré où l'on badigeonne encore les gens de goudron[2], je me trompe? Je ne veux pas de goudron sur moi.
Elle sourit.
— Personne n'habite ici, dans un rayon de trois kilomètres, Alex. Il n'y a pas de maison à proximité. Tu peux me croire. Et il est beaucoup trop tôt pour que quiconque vienne par ici, sauf les pêcheurs de perches.
— Je ne tiens pas non plus à rencontrer le moindre plouc arriéré et goudronneur, même pêcheur, dis-je. Ils pourraient me prendre pour un poisson noir. J'ai lu *Delivrance* de James Dickey.
— Les pêcheurs ne fréquentent que la rive sud du lac.

---

1. Larry King reçoit des personnalités en tous genres sur la chaîne C.N.N. (Cable News Network) International. *(N.d.T.)*
2. Une des traditions de justice expéditive de l'Ouest et du Sud consistait, au temps des pionniers, à enduire de goudron et de plumes les escrocs et les voleurs... et à se débarrasser ainsi de tous les gens dont une communauté ne voulait pas. La coutume s'étendit à des personnes dont la religion, les idées, ou la « race » déplaisait. Il en reste des traces tenaces encore aujourd'hui. *(N.d.T.)*

Fais-moi confiance. Je vais t'aider à te déshabiller. Tu seras plus à ton aise.
— On va se déshabiller réciproquement.
J'ai cédé et me suis livré complètement à elle et à l'exquise lenteur d'un matin idéal.
Nous nous sommes déshabillés sur le ponton de la baie. Le soleil du matin nous réchauffait, et je sentais la brise venant du lac caresser nos peaux nues.
Je tâtai l'eau du pied, jusqu'à la cheville que j'avais bien faite, moi aussi. Jezzie n'avait pas exagéré la température.
— Je ne raconte pas d'histoires. Je ne t'ai encore jamais menti, dit-elle avec un sourire.
Elle fit un plongeon superbe, n'éclaboussant qu'à peine la surface de l'eau.
Je la suivis en empruntant le même chemin marqué de quelques bulles. Tout en m'enfonçant dans la couche inférieure du lac, je me disais : *Un Noir et une femme blanche très belle qui nagent ensemble... Dans le Sud... en l'an de grâce mille neuf cent quatre-vingt treize...*
Nous prenions d'énormes risques... Nous étions sans doute un peu fous.
La couche supérieure de l'eau était chaude. Mais il faisait beaucoup plus froid un mètre cinquante ou deux mètres plus bas. L'eau devenait bleu-vert en profondeur. Le lac était probablement alimenté par des sources. En arrivant vers le fond, je sentis de forts courants me frapper la poitrine et le sexe.
Tout à coup, une idée me passa par la tête : *se pourrait-il que nous soyons en train de tomber véritablement et profondément amoureux l'un de l'autre? Était-ce cela que je ressentais à cet instant?* Je remontai pour reprendre mon souffle.
— Est-ce que tu as touché le fond? Il faut toujours toucher le fond quand on plonge pour la première fois de la journée.
— Sinon? demandai-je.
— Sinon tu n'es qu'un froussard et tu te noieras ou tu te perdras dans les bois avant la fin de la journée. C'est une histoire vraie. J'ai vu la chose se produire souvent, très souvent, ici *au milieu de nulle part.*
Nous nous sommes baignés dans le lac en jouant comme des enfants. Nous avions travaillé dur, trop dur... pendant presque un an de notre vie. Des semaines de cent heures... pour l'un comme pour l'autre.
Une échelle en cèdre facilitait la remontée sur la

plate-forme. Elle était toute neuve. On sentait encore l'odeur du bois frais. Il ne portait pas la moindre éraflure. Je me demandais si Jezzie l'avait construite elle-même... quand elle avait pris des vacances juste avant le kidnapping.

Plus loin, sur le lac, on entendait crier les canards – un drôle de son. C'est à peine si l'on voyait quelques rides sur la surface de l'eau qui s'étendait devant nous. De minuscules vagues venaient chatouiller le menton de Jezzie.

– J'adore quand tu es comme ça. Tu deviens si vulnérable, dit-elle. Le véritable *toi* commence à se montrer.

– J'ai l'impression d'avoir vécu dans un monde irréel pendant si longtemps. Le kidnapping, la poursuite de Soneji, le procès.

– Pour l'instant, la seule réalité qui existe c'est nous, ici. Okay? J'aime être avec toi, *comme ça*.

Jezzie posa la tête sur ma poitrine.

– *Comme ça?*

– Oui, j'aime que ce soit *comme ça*. Regarde comme c'est simple – elle montra d'un geste le lac si pittoresque, la forêt de sapins. Tu ne vois pas? Tout cela est si naturel que tout ira bien. Je te le promets. Aucun pêcheur ne viendra jamais se mettre entre nous.

Jezzie avait raison. Pour la première fois depuis très très longtemps, j'avais l'impression que tout pourrait marcher – tout ce qui pouvait arriver à partir de maintenant. Les choses se déroulaient lentement, sans complications, et aussi merveilleusement qu'il était possible. Nous aurions voulu, l'un et l'autre, que le week-end ne se terminât jamais.

60.

— Je travaille au département de la Police criminelle de Washington. J'ai le rang officiel de chef de division. Je suis souvent affecté à des enquêtes sur des crimes violents dont certains aspects psychologiques peuvent jouer un rôle important.

J'affirmai tout cela sous serment dans la salle bondée et quasiment électrisée du tribunal. C'était le lundi matin. Le week-end me semblait appartenir à un passé lointain. Des gouttes de sueur commençaient à me couler sur le crâne.

— Voulez-vous nous dire pourquoi on vous affecte à des affaires qui ont des implications d'ordre psychologique? me demanda Anthony Nathan.

— Je suis psychologue. J'ai eu un cabinet avant de m'engager dans la police de D.C., dis-je. Avant, j'avais travaillé dans des fermes comme ouvrier agricole pendant un an.

— Et où avez-vous obtenu votre diplôme?

Nathan refusait absolument de se laisser distraire de son but qui consistait à me présenter comme quelqu'un possédant des qualifications du tonnerre.

— Comme vous le savez déjà, monsieur Nathan, j'ai obtenu mon doctorat à John Hopkins.

— Une des facultés de médecine les plus cotées du pays!

— Objection. Il s'agit uniquement de l'opinion de M. Kaplan.

Mary Warner ne ratait jamais une subtilité légale. Le juge Kaplan lui donna raison.

— Vous avez également publié des articles dans *Psychiatric Archives*, dans *The American Journal of Psychia-*

try. – Nathan continuait comme si Mme Warner et le juge n'existaient pas.
– J'ai en effet écrit quelques articles. Ce n'est pas quelque chose d'extraordinaire. Bon nombre de psychologues le font.
– Mais pas dans le *Journal* ou *Archives*, docteur Cross. Quel était le sujet de vos dissertations érudites ?
– J'écris sur le mode de fonctionnement des criminels. J'en connais juste assez pour être publié par ces revues soi-disant érudites.
– J'admire votre modestie. Je le fais en toute honnêteté. Dites-moi, docteur Cross, vous m'avez observé pendant ces dernières semaines. Comme décririez-vous ma personnalité ?
– Il me faudrait quelques entrevues privées pour me faire une opinion, monsieur Nathan. Et je ne suis pas sûr que vous puissiez me payer assez cher pour que j'entreprenne une thérapie.

Tout le monde se mit à rire dans la salle – y compris le juge Kaplan qui se laissa aller à un de ses rares accès de gaieté.

– Essayez quand même, continua Nathan. Je suis prêt à tout entendre.

Il possédait un esprit inventif, rapide, doté de remarquables facultés. Il venait de démontrer que j'étais un témoin indépendant, et non pas un *expert* qu'il tirait de sa poche.

Je souris.

– Vous êtes névrosé, et sûrement retors.

Nathan se tourna vers le jury et leva les bras au ciel.

– En tout cas, il est honnête. Et, à défaut d'autre chose, je viens de lui extorquer une consultation psychiatrique gratuite.

On se mit à rire de nouveau au banc du jury. Cette fois-ci, j'eus la nette impression que certains jurés étaient en train de changer d'opinion vis-à-vis de Nathan, et peut-être aussi de son client.

Au début, il leur avait considérablement déplu. Ils se rendaient compte maintenant qu'il était sympathique, et très, très intelligent. Il prenait brillamment la défense de son client.

– Combien de séances avez-vous eues avec Gary Murphy ? me demanda-t-il. Avec Gary *Murphy*, pas Soneji.

– Quinze séances réparties sur une période de trois mois et demi.

— Suffisamment pour vous faire une opinion, je suppose ?

— La psychiatrie n'est pas vraiment une science exacte. J'aurais aimé avoir davantage de temps. Cela dit, je suis arrivé à quelques évaluations préliminaires.

— Qui sont ? me demanda Nathan.

— Objection !

Mary Werner se levait une fois de plus... une dame fort occupée...

— L'inspecteur Cross vient de dire qu'il aurait eu besoin de davantage de séances pour se faire une opinion.

— Objection refusée, dit le juge. L'inspecteur a précisé qu'il était arrivé à quelques évaluations préliminaires. J'aimerais savoir lesquelles.

— Docteur Cross – Nathan enchaîna comme si aucune interruption ne s'était produite –, à la différence des autres psychiatres et psychologues qui ont interrogé Gary, vous vous êtes trouvé intimement mêlé à cette affaire – à la fois en tant qu'officier de police, et en tant que psychologue.

Le procureur interrompit Nathan une fois de plus. Elle était en train de perdre patience.

— Votre Honneur, M. Nathan a-t-il une question à poser ?

— Avez-vous une question à poser ?

Il se tourna vers Mary Warner et fit claquer ses doigts.

— Une question ?... Pas difficile. Il se retourna vers moi. – En tant qu'officier de police mêlé à cette affaire depuis le début, et en tant que psychologue professionnel, pouvez-vous nous donner votre opinion d'expert concernant Gary Murphy ?

J'ai regardé Murphy/Soneji. Il avait vraiment l'air de Gary Murphy. A cet instant précis, il apparaissait comme un homme honnête et sympathique coincé dans le plus affreux cauchemar qu'on puisse imaginer.

— En toute honnêteté, mes premières impressions et mes premières réactions ont été d'ordre humain et viscéral. Qu'un kidnapping ait pu être perpétré par un professeur m'a beaucoup choqué et profondément ému, commençai-je à répondre. C'était un effroyable abus de confiance. Et cela a encore empiré. J'ai vu personnellement le corps torturé de Michael Goldberg. C'est quelque chose que je n'oublierai jamais. J'ai longuement parlé de leur petite fille avec M. et Mme Dunne, et j'ai l'impression de connaître Maggie Rose. J'ai aussi vu les victimes des assassinats Turner et Sanders.

– Objection! – Mary Werner était de nouveau debout –, objection!

– Vous savez très bien que ces considérations ne sont pas acceptables, me dit le juge Kaplan en me foudroyant du regard. Greffier, rayez tout cela du compte rendu. Le jury est prié de ne pas en tenir compte. Il n'existe aucune preuve que l'accusé soit mêlé aux événements qui viennent d'être mentionnés.

– Vous m'avez demandé de vous répondre honnêtement, dis-je à Nathan. Vous vouliez savoir ce que je pensais. Et c'est ce que je vous dis.

Nathan se dirigea vers le banc des jurés en acquiesçant de la tête. Puis il se retourna vers moi.

– Très juste, très juste. Je suis sûr que vous serez d'une totale honnêteté envers nous. Que cette honnêteté me plaise ou non. Que Gary Murphy l'apprécie ou non. Vous êtes un homme particulièrement honnête. Tant que l'accusation ne vous interrompra pas, ce n'est pas moi qui ferai obstacle à votre opinion. Continuez, je vous prie.

– Je souhaitais si fort mettre la main sur le kidnappeur que j'en étais malade. Et c'était la même chose pour tous les membres de l'équipe des otages. C'était devenu une lutte personnelle pour la plupart d'entre nous.

– Donc, vous haïssiez le kidnappeur. Vous souhaitiez qu'il soit puni au maximum de ce qui est prévu par la loi, et cela *quel qu'il soit*?

– Exactement, et je le souhaite toujours, lui ai-je répondu.

– Quand Murphy a été arrêté, vous étiez présent. Vous avez eu alors plusieurs séances avec lui. A l'heure actuelle, que pensez-vous de lui?

– Honnêtement, je ne sais trop quoi en penser.

Nathan ne rata pas l'occasion.

– Il existe par conséquent *un doute raisonnable dans votre esprit*.

Mary Warner était si souvent debout qu'elle était en train de creuser un trou dans le vieux parquet de la salle.

– C'est une directive, pas une question. Vous influencez le témoin.

– Le jury n'en tiendra pas compte, dit le juge.

– Dites-nous quels sont actuellement vos sentiments à l'égard de Gary Murphy. Donnez-nous votre opinion de professionnel, dit Nathan.

– Je n'ai encore aucun réel moyen de savoir s'il *est* Gary Murphy... ou Gary Soneji. Il est possible qu'il souffre d'un dédoublement de la personnalité.
– Et s'il avait une double personnalité?
– Si c'était le cas, Murphy pourrait n'avoir que peu – ou pas du tout – conscience des actes de Soneji. Mais il peut tout aussi bien être asocial, très intelligent et nous mener tous par le bout du nez... y compris vous.
– Okay. Jusqu'ici pas de problème, dit Nathan.

Il s'était croisé les mains sur la poitrine, comme s'il tenait une petite balle. Il désirait visiblement une définition plus précise.

– Le doute semble être le pivot de cette affaire, continua-t-il. Le match tout entier tourne autour de cet axe. Aussi aimerais-je que vous aidiez le jury à prendre sa décision, docteur Cross, *je voudrais que vous hypnotisiez Gary Murphy*! ... Ici même; dans cette salle du tribunal. Que les jurés décident alors tout seuls. Je leur fais entièrement confiance. J'en ai la certitude. Quand ils auront eux-mêmes constaté les preuves, ils arriveront à la bonne conclusion, j'en ai la certitude. Pas vous, docteur Cross?

61.

Le lendemain matin, on installa deux fauteuils de cuir rouge pour la séance que j'allais mener avec Gary. On avait baissé l'éclairage pour qu'il puisse se relaxer et oublier tout ce qui l'entourait. On nous avait l'un et l'autre pourvus de micros. C'étaient là les seuls aménagements que le juge Kaplan avait acceptés.

L'autre possibilité aurait été de filmer notre séance en vidéo, mais Gary pensait pouvoir être mis en état d'hypnose dans l'enceinte même de la salle d'audiences. Il voulait essayer. Son avocat le voulait aussi.

J'avais décidé de pratiquer l'hypnose comme s'il se trouvait dans sa cellule. Il était nécessaire de bloquer au maximum tout ce qui, dans la salle, pouvait le distraire.

Je ne savais pas du tout si cela marcherait, ni ce qui en sortirait. J'avais l'estomac noué quand je me suis assis dans l'un des fauteuils. J'essayai de ne pas regarder le public. Je n'ai jamais aimé me trouver sur une scène, mais, à ce moment-là, moins que jamais.

J'avais, auparavant, employé une technique simple fondée sur la suggestion verbale. Nous commençâmes l'hypnose de la même manière. Cette pratique est loin d'être aussi compliquée que la plupart des gens le croient.

La salle était plongée dans un silence total. On n'entendait que le bruit sourd des vibrations du climatiseur.

Gary finit par s'arrêter de compter.

— Etes-vous bien à l'aise ? Est-ce que tout va bien ? lui dis-je.

Ses yeux bleus étaient devenus fixes et humides. Il semblait avoir glissé facilement dans un état de transe. Impossible d'en être sûr.

— Oui, je vais bien. Je me sens à l'aise.

– Si vous voulez arrêter la séance à un moment donné, pour quelque raison que ce soit, vous savez ce qu'il faut faire.

Il acquiesça de la tête tout en répondant :

– Je sais. Mais ça va bien.

Il avait l'air de n'écouter qu'à moitié.

Etant donné la pression qu'il subissait et les circonstances particulières où il se trouvait, il m'apparaissait difficile qu'il puisse faire semblant.

Je lui dis :

– Au cours d'une séance précédente, nous avons parlé de la façon dont vous vous êtes réveillé au restaurant *McDonald's*. Vous m'avez dit que vous vous êtes réveillé comme quelqu'un qui vient de rêver. Est-ce que vous vous en souvenez ?

– Bien sûr que je m'en souviens, dit-il. Je me suis réveillé dans un car de police devant le *McDonald's*. Je suis sorti de mon rêve et la police était là. On était en train de m'arrêter.

– Qu'avez-vous ressenti quand la police vous a arrêté ?

– Je me suis dit que ce n'était pas possible, que c'était absolument impossible, que ça ne pouvait être qu'un cauchemar. Je leur ai expliqué que j'étais représentant. Je leur ai dit que j'habitais dans le Delaware. Je leur ai dit tout ce qui me venait à l'esprit pour leur faire comprendre qu'ils se trompaient de personne, que je n'étais pas un criminel, que je n'avais jamais eu affaire avec la police.

– Nous avions parlé du moment qui a immédiatement précédé votre arrestation... quand vous êtes entré dans le *fast food*.

– Je ne sais pas... Je ne suis pas certain de pouvoir m'en souvenir. Attendez un peu, que je réfléchisse...

Gary semblait lutter contre quelque chose. Faisait-il semblant ? Ou alors, se sentait-il mal à l'aise devant la vérité qui venait maintenant de lui apparaître ?

J'avais été étonné, auparavant, qu'il ait adopté la personne de Soneji au cours d'une séance à la prison. Je me demandais si cela pouvait se reproduire ici... dans des circonstances particulièrement difficiles.

– Vous vous êtes dirigé vers les toilettes. Vous vouliez aussi prendre un café pour rester bien éveillé en reprenant la route en voiture.

– Je m'en souviens... je m'en souviens un peu. Je me vois à l'intérieur du *McDonald's*. Oui... je me souviens d'avoir été à l'intérieur.

– Prenez tout votre temps. Nous ne sommes pas pressés, Gary. Que ressentiez-vous à ce moment précis ? Quand vous vous êtes arrêté devant la porte des toilettes ? Vous souvenez-vous de ce que vous ressentiez ?
– Enervé. Et ça ne faisait qu'empirer. Je sentais le sang me battre dans la tête. Je ne comprenais pas pourquoi. J'étais troublé, et je ne savais pas pourquoi.

Soneji/Murphy regardait fixement le vide, légèrement à gauche de l'endroit où j'étais assis. J'étais quelque peu surpris de la facilité avec laquelle j'oubliais le public qui nous observait.

– Etait-ce *Soneji* qui se trouvait là, dans le restaurant ? lui ai-je demandé.

Il pencha légèrement la tête. Curieusement ce geste avait quelque chose d'émouvant.

– *Soneji* est là. Oui, il est là, à l'intérieur du *McDonald's*. – Il commençait à s'exciter. – Il fait semblant de commander un café, mais il a l'air furieux. Il est... je crois qu'il est *tout à fait fou*. Soneji est un cinglé, de la mauvaise graine.

– Pourquoi est-il en colère ? Le savez-vous ? Qu'est-ce qui peut bien le rendre furieux ?

– Je crois que c'est parce que... tout a mal tourné pour lui. La police a bénéficié d'une chance incroyable. Son plan pour atteindre la célébrité était foutu. Complètement bouleversé. A ce moment-là, il s'est comparé à Bruno Hauptmann... Un perdant, comme lui.

Ça, c'était tout à fait nouveau. Il n'avait jamais parlé du kidnapping en tant que tel. J'avais complètement oublié que je me trouvais dans un tribunal. J'avais les yeux fixés sur Gary.

Je me suis efforcé de prendre un air aussi détaché que possible, sans rien de menaçant. Il fallait s'exprimer lentement et garder un ton aimable. J'avais l'impression de me trouver au bord d'un précipice. Ou bien je pourrais l'aider, ou bien nous tomberions tous les deux.

– Qu'est-ce qui n'a pas marché dans le plan de Soneji ?

– Tout, absolument tout ce qui pouvait clocher, dit-il.

Il était toujours Murphy, je m'en rendais parfaitement compte. Il n'avait pas assumé son autre personnalité. Mais il connaissait tous les actes de Soneji, et – sous hypnose – *Gary Murphy connaissait les pensées de Soneji.*

La salle restait silencieuse, et absolument immobile.

Pas le plus petit mouvement ne troublait mon champ de vision.
Gary se mit à entrer dans les détails du kidnapping.
– Il est allé vérifier que tout se passait bien pour le garçon des Goldberg – et il a trouvé le garçon mort. Il avait le visage tout bleu. Il avait dû forcer la dose de barbituriques... Soneji ne pouvait pas arriver à croire qu'il avait, *lui*, commis une erreur. Il avait pris toutes les précautions possibles. Il avait consulté des anesthésistes avant de faire quoi que ce soit.
Je lui posai alors une question clé.
– Comment se fait-il que le corps ait porté des traces de coups et de violences. Qu'est-ce qui est arrivé exactement à l'enfant?
– Soneji est devenu un peu fou. Il ne pouvait pas arriver à croire à une telle malchance. Il s'est acharné sur le corps du gosse et il l'a frappé, encore et encore, avec une grosse pelle.
– D'où venait cette pelle?
Il s'était mis à parler de plus en plus vite.
– C'est la pelle dont il s'était servi pour les sortir du trou. Il les avait enterrés dans la grange. Ils avaient de l'air pour deux ou trois jours. C'était comme dans un abri, vous voyez. Le système d'aération fonctionnait à la perfection. Tout marchait très bien. Soneji l'avait inventé lui-même. Il l'avait construit lui-même.
Mon pouls battait la breloque. J'avais la gorge sèche, très sèche.
– Et comment était la petite fille? Qu'est-il arrivé à Maggie Rose? lui demandai-je.
– Elle allait très bien. Soneji lui a fait prendre un Valium pour qu'elle se rendorme. Elle hurlait. Elle était terrorisée, parce qu'il faisait très sombre sous terre. Noir comme dans un four. Mais ce n'était pas *si* terrible. Soneji avait vu bien pire dans *la cave*.
A ce stade, il procédait avec une extrême précaution. Je ne voulais surtout pas qu'il m'échappe. Pas juste à ce moment-là. Il y avait bien l'histoire de la cave. Tant pis. J'essaierais d'y revenir plus tard.
– Et où est Maggie Rose actuellement? ai-je demandé à Gary Murphy.
– J'en sais rien, dit-il sans la moindre hésitation.
Il n'avait pas dit, *elle est morte*, ni, *elle est vivante...* mais *j'en sais rien*. Pourquoi voudrait-il cacher cette information? Parce qu'il savait que je voulais l'avoir?

Parce que tout le monde, ici, voulait connaître le sort de Maggie Rose Dunne?
Il enchaîna.
– Soneji est revenu là-bas pour la reprendre. Le F.B.I. avait donné son accord pour la rançon de dix millions de dollars. Tout était prêt. Mais elle avait *disparu*! Maggie Rose n'était plus là quand Soneji est revenu la chercher! *Elle avait disparu! Quelqu'un d'autre avait sorti la petite fille de son trou!*
Dans la salle, les spectateurs perdirent tout leur calme.
Le juge Kaplan hésitait à se servir de son marteau pour rétablir l'ordre. Elle se leva cependant et fit signe à la salle de se calmer. Mais cela ne servit à rien. *Quelqu'un d'autre avait sorti la petite fille de son trou. Quelqu'un d'autre avait emmené la petite fille.*
Je me dépêchai de poser encore quelques questions avant que l'auditoire et Soneji/Murphy ne perdent tout contrôle. Ma voix resta douce et étonnamment calme.
– Est-ce que c'est *vous*, Gary? Est-ce que c'est *vous* qui avez sauvé la petite fille des entreprises de Soneji? Est-ce que *vous* savez où se trouve actuellement Maggie Rose? lui demandai-je.
Ce genre de questions ne lui plaisait pas du tout. Il suait à grosses gouttes. Ses paupières s'agitèrent.
– Bien sûr que non. Non. Je n'ai jamais participé à tout ça. C'est Soneji qui a tout fait, tout le temps. Je n'ai aucune influence sur lui. Personne ne peut le contrôler. Vous ne comprenez pas?
Je me suis penché en avant.
– Est-ce que Soneji est présent ici, en ce moment? Est-ce qu'il est avec nous ce matin? – En toutes autres circonstances, je n'aurais jamais essayé de le pousser aussi loin. – Est-il possible de demander à *Soneji* ce qui est arrivé à Maggie Rose?
Gary Murphy se mit à secouer longuement la tête, d'un côté à l'autre. Il comprenait qu'il était en train de se produire quelque chose de nouveau pour lui.
– J'ai trop peur maintenant, dit-il – des gouttes de sueur lui dégoulinaient du visage, et il avait les cheveux trempés. J'ai trop peur. Soneji me terrifie! Je ne peux pas continuer à parler de lui. Je ne veux plus. Je vous en prie, docteur Cross, aidez-moi. Aidez-moi, je vous en prie.
– Je suis d'accord, Gary, cela suffit.
Je le fis sortir de sa transe sur-le-champ. C'était la

seule solution humaine en de telles circonstances. Je n'avais pas le choix.

D'un seul coup, Gary se retrouva dans la salle d'audiences avec moi. Ses yeux se fixèrent sur les miens. Je n'y lus que la peur.

La foule avait perdu tout contrôle sur elle-même. Les reporters de la presse et de la télévision se précipitaient dehors pour téléphoner à leurs salles de rédaction. Le juge Kaplan n'arrêtait pas de taper avec son marteau.

Quelqu'un d'autre avait récupéré Maggie Rose Dunne... Etait-ce possible ?

– Tout va bien, Gary, dis-je. Je comprends très bien pourquoi vous avez eu peur.

Il me regarda longuement, puis ses yeux firent très lentement le tour de la salle, d'où montait une grande rumeur.

– Qu'est-ce qu'il s'est passé ? demanda-t-il. Qu'est-ce qu'il vient d'arriver ici ?

62.

Je me souvenais de Kafka. Tout particulièrement des premières lignes terrifiantes du *Procès* : *On avait sûrement calomnié Joseph K., car, sans avoir rien fait de mal, il fut arrêté un matin*[1]. Voilà ce que Gary Murphy s'efforçait de nous faire croire : on l'avait coincé dans un cauchemar... il était aussi innocent que Joseph K.

On m'avait photographié deux bonnes douzaines de fois à ma sortie du tribunal. Tout le monde avait des questions à me poser. Je n'avais bien sûr aucun commentaire à faire. Je ne rate jamais une bonne occasion de me taire.

Est-ce que Maggie Rose est toujours vivante? voulaient savoir les journalistes. Je ne voulus pas leur dire le fond de ma pensée... c'est-à-dire qu'il y avait beaucoup de chance pour qu'elle *ne le soit plus*.

Au moment où j'allais m'éloigner, j'aperçus Katherine et Thomas Dunne qui venaient vers moi. Ils étaient entourés de reporters. J'avais envie de parler à Katherine, mais pas à Thomas.

– Pourquoi allez-vous dans son sens? – Thomas avait élevé la voix. – *Est-ce que vous n'êtes pas capable de voir qu'il ment?* Il y a quelque chose qui ne va pas chez vous, Cross?

Il était très tendu, il avait le visage rouge et perdait tout contrôle. Les veines de son front étaient gonflées à se rompre. Katherine Rose, elle, avait l'air malheureuse, et complètement désespérée.

---

1. Kafka, *Œuvres complètes*, tome I (p. 259). Trad. Alex. Vialatte, La Pléiade, Gallimard.

— J'ai été appelé à la barre en tant que témoin hostile à l'accusé, dis-je. Je n'ai fait que mon travail, c'est tout.

— Eh bien, vous faites très mal votre travail — Thomas Dunne continuait à m'attaquer. — Vous n'avez pas su récupérer notre fille en Floride, et maintenant vous essayez de faire libérer celui qui l'a kidnappée.

Je commençais à en avoir assez. Il m'avait constamment attaqué dans la presse et à la télévision. Quelle que soit mon envie de retrouver sa fille, je ne pouvais plus accepter de me laisser insulter.

— Je fais ça, moi?

Je me mis à crier tandis que les caméras tournaient autour de nous.

— On m'a lié les mains. On m'a retiré l'affaire sur un coup de tête, on me l'a redonnée. Je suis le seul qui ait réussi à obtenir quelques résultats.

J'ai viré de bord pour m'éloigner et me suis dirigé vers un escalier abrupt. Je comprenais parfaitement leur angoisse, mais Thomas Dunne me poursuivait depuis des mois, s'acharnait sur moi, et à tort. Personne ne semblait se rendre compte d'un fait tout simple : J'étais le seul à essayer de découvrir la vérité. J'étais absolument le seul.

Au moment où j'arrivais en bas de l'escalier, je fus rejoint par Katherine Rose. Elle m'avait suivi en courant. Les photographes lui avaient emboîté le pas. Il y en avait partout. Leurs appareils automatiques à gâcher de la pellicule cliquetaient comme pris de folie. La presse se frayait un chemin.

— Excusez-moi pour cette scène, dit-elle avant que j'aie pu ouvrir la bouche. La disparition de Maggie est en train de détruire Tom et de détruire notre mariage. Je sais que vous avez fait tout votre possible; je sais ce que vous avez dû supporter. Je suis désolée, Alex. Je suis désolée pour tout.

Ce fut un moment très très étrange. Je finis par réagir et serrai la main de Katherine Dunne. Je la remerciai et lui promis de ne pas arrêter mes recherches. Les photographes continuaient à prendre des photos. Je quittai rapidement les lieux, en refusant de leur dire ce qui venait de se passer entre Katherine et moi. Le silence est la meilleure vengeance qu'on puisse trouver contre les chacals de la presse.

Je pris le chemin de la maison. Je cherchais toujours Maggie Rose Dunne... *mais maintenant, à l'intérieur du cerveau de Soneji/Murphy.* Avait-elle été enlevée de la cache par quelqu'un d'autre ? Pourquoi Murphy nous avait-il dit cela ?

Tout en me dirigeant vers le quartier sud-est, je réfléchissais à ce que Gary avait dit sous hypnose. Est-ce que Soneji nous avait tous possédés ? C'était possible, très inquiétant, et tout à fait plausible. Est-ce que cela faisait partie de ses plans machiavéliques ?

Le lendemain matin, j'essayai de nouveau de mettre Soneji/Murphy en état d'hypnose. L'extraordinaire Dr Cross se trouvait une deuxième fois au centre de la scène ! Du moins est-ce ainsi que la chose apparaissait dans les nouvelles du matin.

Cette fois-ci, cela n'a pas marché. Il était trop effrayé – du moins était-ce ce qu'affirmait son avocat. Il y avait trop de bruits. Le juge fit évacuer la salle, mais cela ne servit à rien.

Ce jour-là, je dus subir le contre-interrogatoire de l'accusation, mais Mary Warner était bien plus préoccupée par l'idée de me faire quitter la barre des témoins que d'établir mes compétences professionnelles.

Ma participation au procès s'arrêtait là. Et cela me convenait parfaitement.

Sampson et moi ne sommes pas revenus au tribunal pendant le reste de la semaine – on écoutait les témoignages d'experts plus qualifiés. Nous avons repris notre travail dans la rue, sur de nouvelles affaires. Nous essayions aussi de reconsidérer certains points obscurs concernant la journée précise du kidnapping, tout analyser une fois de plus et passer des heures et des heures dans une salle de conférences remplie de fichiers. Si on avait enlevé Maggie Rose de la cache du Maryland, il se pouvait qu'elle soit encore en vie. Il restait une chance, si mince soit-elle.

Nous sommes retournés à l'école pour interroger à nouveau un certain nombre de professeurs. A vrai dire, la plupart d'entre eux ne se montrèrent pas enchantés de nous revoir.

Nous nous intéressions toujours à la théorie du *complice*. La possibilité que Soneji ait agi de concert avec quelqu'un d'autre existait réellement. Est-ce que ça pouvait être Simon Conklin, son ami de Princeton ? Et si ce n'était pas lui, alors qui... ? A l'école, personne ne nous fournit la moindre indication susceptible de corroborer l'hypothèse.

Nous quittâmes l'école avant midi, pour aller déjeuner dans un restaurant *Roy Rogers* de Georgetown. Les poulets *Roy Rogers* sont bien meilleurs que ceux du colonel... on y trouve ces formidables *ailes de poulet chaudes*. Très chouettes ces machins-là. Sampson et moi en avons commandé cinq, et deux énormes Cocas. Nous nous sommes ensuite assis à une minuscule table de pique-nique, au bord de l'aire de jeux. Nous envisagions de faire des tours de balançoire après le déjeuner.

Une fois le repas terminé, nous avons décidé d'aller en voiture jusqu'à Potomac, dans le Maryland. Pendant tout le reste de l'après-midi, nous avons arpenté Sorrell Avenue et les rues environnantes. Dans deux ou trois maisons, on nous a accueillis aussi fraîchement que si nous avions été Woodward ou Bernstein[1]. Mais la froideur de la réception ne nous décourageait pas.

Personne n'avait remarqué de voitures étrangères au quartier, ni de gens inconnus... ni dans les jours qui avaient précédé le kidnapping, ni dans les jours suivants. Personne n'avait vu de camionnette, du genre camionnette de dépannage, de livraison de fleurs, ou d'épicerie.

Tard dans l'après-midi, je me dirigeai en voiture vers Crisfield, Maryland, où Maggie Rose et Michael Goldberg étaient restés enfouis sous la terre durant les premiers jours du kidnapping... *dans une crypte? dans une cave?* Sous hypnose, Gary Soneji/Murphy avait parlé de *sous-sol*. On l'avait enfermé dans une cave obscure quand il était enfant. Il était resté sans amis pendant de longues périodes de sa vie.

Je voulais, cette fois-ci, pouvoir examiner la ferme tout seul. Tous les *liens manquants* de cette affaire m'obsédaient littéralement. Des faits isolés me trottaient dans la tête et me faisaient l'effet d'éclats d'obus dont je n'aurais pas pu me débarrasser. Quelqu'un d'autre avait-il pu enlever Maggie Rose? Si Einstein avait lui-même mené l'enquête... le nombre des possibilités lui aurait fait tourner la tête et lui aurait peut-être même défrisé la tignasse.

Tout en parcourant le terrain qui avoisinait la ferme déserte et fantomatique, je laissais tous les indices de l'affaire défiler dans mon esprit. J'en revenais toujours au

---

1. Il s'agit des deux journalistes du *Washington Post* qui révélèrent le scandale du Watergate après une enquête extrêmement difficile.

Fils de Lindbergh et au fait que le bébé Lindbergh avait été kidnappé dans une *ferme*.
Le soi-disant « complice » de Soneji... Un des problèmes non résolus.
On avait vu Soneji près de la maison où les Sanders avaient été assassinés... si l'on en croyait Nina Cerisier. Deuxième indice qui n'avait mené à rien.
S'agissait-il véritablement d'un cas de double personnalité? La communauté psychiatrique restait divisée sur l'existence même du phénomène. Les cas de personnalités multiples sont très rares. Tout cela provenait-il d'un plan machiavélique de Gary Murphy? Etait-il possible qu'il puisse jouer sur deux personnalités?
Qu'était-il arrivé à Maggie Rose Dunne? J'en revenais toujours au même point... Qu'était-il arrivé à Maggie Rose?
Sur le tableau de bord tout cabossé de la Porsche, j'avais posé l'une des petites bougies qu'on avait distribuées devant le tribunal. Je l'allumai et la laissai brûler tout le long du retour, comme une sorte de protection contre l'obscurité de la nuit qui s'annonçait.
N'oubliez pas Maggie Rose.

63.

J'avais rendez-vous avec Jezzie ce soir-là, et la perspective de cette rencontre m'avait aidé à passer la journée. Nous nous sommes retrouvés dans un motel de la chaîne *Embassy Suite*, à Arlington. En raison de l'afflux des journalistes à Washington, nous avions voulu être particulièrement prudents et ne pas nous montrer ensemble.

Jezzie arriva dans la chambre après moi. Elle était très sexy dans sa tunique noire largement décolletée. Elle portait des bas noirs à couture apparente et de ravissants souliers à talons hauts. Elle s'était mis du rouge à lèvres écarlate, et du rose aux pommettes. Ses cheveux étaient retenus par un peigne d'argent. Mon cœur s'emballait.

– J'ai assisté à un déjeuner avec toutes les huiles, dit-elle en guise d'explication. – Elle envoya balader ses chaussures. – Est-ce que j'ai vraiment l'air d'une personnalité du monde, ou non?

– Ma foi, tu en es la quintessence.

– J'en ai juste pour une minute, Alex. Une minute.

Et Jezzie disparut dans la salle de bains.

Elle passa le nez par la porte quelques minutes plus tard. Je m'étais allongé sur le lit. La tension de mon corps commençait à se relâcher. La vie était belle de nouveau.

– Si on prenait un bain ensemble. Okay? pour laver la poussière de la route, dit Jezzie.

– Ce n'est pas de la poussière, lui dis-je. C'est ma couleur à moi.

Je me levai et entrai dans la salle de bains. La baignoire était carrée et particulièrement grande. Tout autour, il y avait des quantités de carreaux bleus et blancs. Les vêtements *chics* de Jezzie jonchaient le sol.

– Tu es si pressée que ça? dis-je.

– Ouais.

Jezzie avait rempli la baignoire à ras bord. Quelques bulles de savon remontaient à la surface pour aller s'éclater au plafond, et des volutes de vapeur s'élevaient de la baignoire. Un parfum de jardin campagnard envahissait toute la pièce.

Elle agita l'eau du bain du bout des doigts, puis s'approcha de moi. Elle avait laissé le peigne d'argent dans ses cheveux.

– Je suis un peu énervée, dit-elle.
– Je le vois bien. C'est le genre de choses que je remarque.
– Je crois qu'il est temps de soigner ça.

C'est ce que nous avons fait. Jezzie se mit à jouer avec les boutons de mon pantalon, puis ouvrit la fermeture Eclair. Nos lèvres se joignirent, d'abord très doucement, puis avec fureur.

Tout à coup, Jezzie m'attira en elle alors que nous étions debout dans la baignoire couverte de vapeur. Deux ou trois caresses rapides... et elle s'écarta de moi. Son visage, son cou et sa poitrine étaient devenus rouges. Je me demandai, un court instant, si quelque chose n'allait pas.

J'avais ressenti de la surprise... puis une sorte de choc... du plaisir... à pénétrer en elle, et à en être si vite séparé. Elle était *vraiment* très excitée. Au bord de la violence.

– Qu'est-ce que tout ça veut dire? lui demandai-je.
– Je suis à la limite de la crise cardiaque, chuchota-t-elle. Réfléchis à l'histoire que tu raconteras à la police.

Elle me prit la main et me fit basculer dans la baignoire. L'eau était agréablement chaude, parfaite. Tout le reste aussi.

Nous nous sommes mis à rire. J'avais encore mes sous-vêtements sur moi, mais Popaul s'agitait et montrait son nez. Je retirai mon caleçon.

Nous avons pataugé dans la baignoire pour nous placer l'un en face de l'autre. Jezzie se trouva, je ne sais comment, couchée sur moi. Nous ne supportions pas de perdre contact l'un avec l'autre.

Elle se rejeta complètement en arrière, croisa les mains derrière la tête, tout en me dévisageant d'un air curieux et fasciné. La rougeur qui lui envahissait le cou et la poitrine s'était encore accentuée.

Elle projeta tout à coup ses longues jambes hors de l'eau et les noua autour de mon cou. Elle se pencha en avant et eut deux ou trois mouvements saccadés... nous avons explosé tous les deux.

Son corps s'est raidi... Nous nous sommes débattus et avons gémi un long moment. Des vagues d'eau passaient par-dessus la baignoire.

Elle réussit à m'enserrer entre ses bras et ses jambes. Je me renversai dans l'eau qui m'arrivait juste sous le nez. Puis m'y enfonçai. Elle était couchée sur moi. Mon corps sentait venir la jouissance. Nous en étions tous deux très proches. J'étais aussi sur le point de me noyer. Je l'entendis crier, un drôle de son étouffé par l'eau.

Je jouis au moment précis où j'allais manquer d'air. J'avalai de l'eau et toussai. Jezzie me tira de là et prit mon visage entre ses deux mains.

La délivrance. La merveilleuse délivrance.

Nous sommes restés ainsi, dans les bras l'un de l'autre... Epuisés, comme on disait en des temps policés. Il y avait maintenant plus d'eau par terre que dans la baignoire. Je ne savais qu'une chose, à ce moment-là, c'est que j'étais de plus en plus amoureux d'elle. Cela, au moins, j'en avais la certitude. Le reste de ma vie était plongé dans les mystères et le chaos, mais j'avais trouvé, en tout cas, une raison de vivre à laquelle m'accrocher. Il y avait Jezzie.

Vers une heure du matin, je décidai de m'en aller et de rentrer à la maison, pour être là quand les gosses se réveilleraient. Jezzie le comprenait très bien. Une fois le procès terminé, nous nous organiserions de façon plus rationnelle. Jezzie voulait mieux connaître Jannie et Damon. Nous étions d'accord pour nous employer à ce que les choses se passent bien.

– Tu me manques déjà, me dit-elle tandis que je me préparais à partir. Merde. *Ne t'en va pas! Je sais bien qu'il faut que tu partes.*

Elle retira le peigne d'argent de sa chevelure et me le mit dans la main.

Je sortis dans la nuit. Sa voix me résonnait encore dans la tête. L'obscurité était totale sur le parking, et au début, on n'y distinguait rien. Tout à coup, deux hommes se dressèrent devant moi. Je portai automatiquement la main sur la gaine de mon revolver qui pendait de mon épaule. L'un d'eux déclencha une lumière aveuglante, tandis que l'autre me braquait son appareil en pleine figure.

La presse m'avait retrouvé – avec Jezzie – *eh merde!* L'affaire du kidnapping avait pris de telles proportions que tous ceux qui s'y trouvaient mêlés d'une manière ou d'une autre étaient susceptibles de fournir matière à article. C'était comme ça depuis le début.

Une jeune femme traînait derrière les types. Elle avait des cheveux noirs, longs et frisés. Elle semblait sortir tout droit d'une équipe de tournage, venue de New York ou de Los Angeles.

– L'inspecteur Alex Cross? demanda l'un des deux hommes, tandis que son partenaire prenait quelques photos rapides avec son appareil dont les flashes illuminaient l'aile obscure du parking.

– Nous travaillons pour *The National Star*. Nous voudrions vous parler, inspecteur.

Je détectai un accent anglais. *The National Star* était une feuille de chou publiée à Miami.

– Qu'est-ce que tout ça a à voir avec l'affaire du kidnapping? dis-je à l'Anglais, tout en serrant les doigts sur le peigne que j'avais dans la poche. Il s'agit d'une affaire privée. Rien à voir avec un scoop. Ça ne regarde pas les autres.

– Ça, c'est à nous d'en décider, dit-il, mais après tout, mon vieux, il s'agit peut-être de communications essentielles et suspectes entre la police du district de Columbia et les services secrets... de contacts secrets et tout le *saint-frusquin...*

La fille était déjà en train de frapper à la porte du motel. Sa voix avait le même bruit métallique que les coups qu'elle donnait.

– C'est *The National Star*! annonça-t-elle d'un ton criard.

– Ne sors pas, hurlai-je.

La porte s'ouvrit et Jezzie resta debout dans l'embrasure, habillée de pied en cape. Elle fixa la bonne femme d'un regard qui ne cherchait pas à dissimuler son mépris.

– Ça doit être un grand moment dans votre vie, dit-elle à la journaliste. Vous n'aurez jamais été aussi près d'approcher un Pulitzer.

La journaliste trouva sa réplique...

– Je connais Roxane Pulitzer. Et maintenant, je vous connais aussi tous les deux.

64.

Je m'étais mis au piano et je jouais un pot-pourri des musiques *pop* de Keith Sweat, Bell Biv Devoe, M. C. Hammer et du groupe *Public Enemy*. Je suis resté dans la véranda jusqu'à huit heures, ce matin-là, à jouer pour le plus grand plaisir de Damon et Janelle. On était mercredi, jour où Jezzie et moi nous étions fait sinistrement piéger à Arlington.
Nana se tenait dans la cuisine et lisait un exemplaire tout frais sorti de *The National Star* que j'étais allé lui acheter à Acme. J'attendais qu'elle m'appelle pour aller la rejoindre.
Comme elle n'en faisait rien, je me levai et quittai mon piano qui n'en pouvait plus, pour aller écouter un autre genre de musique. Je dis à Damon et Janelle de rester là où ils se trouvaient.
— Continuez à rester comme ça, et surtout ne changez jamais.
Nana dégustait son thé à petites gorgées, comme elle le faisait tous les matins. Les restes de son œuf poché et de son toast se trouvaient toujours en évidence devant elle. Le *torchon* gisait, vaguement plié, sur la table de la cuisine. L'avait-elle lu ou pas? Impossible pour moi de le deviner d'après l'expression de son visage ou la position du journal.
J'ai bien été obligé de le lui demander.
— Tu as lu l'article?
— Ma foi, j'en ai lu assez long pour en comprendre l'essentiel. J'ai aussi vu ta photo en première page avant le reste, me dit-elle. Je crois bien que c'est comme ça qu'on lit cette sorte de journal. J'ai toujours été étonnée de voir des gens acheter ce genre de feuille à la sortie de l'église, le dimanche matin.

Je m'assis en face d'elle, de l'autre côté de la table. J'étais en proie à une vague de sentiments qui me submergeaient complètement. Des conversations comme celle-ci, nous en avions eu tant dans notre passé.

Nana prit un petit morceau de toast qu'elle plongea dans le pot de confitures d'oranges amères. Comme un oiseau. C'était quelque chose de la voir faire.

– C'est une femme blanche très belle, et sûrement très intéressante. Toi, tu es un très bel homme noir, et tu as parfois la tête bien vissée sur les épaules. C'est une idée qui doit déplaire à beaucoup de gens... une image qu'ils n'aiment pas. Ça ne doit pas te surprendre tellement, j'imagine?

– Mais *toi*, Nana? Est-ce que ça te plaît?

Elle eut un petit soupir. Elle posa sa tasse de thé en la faisant tinter.

– Ecoute-moi, maintenant. Je ne connais pas les termes qu'il faut employer, mais j'ai toujours eu l'impression que tu ne t'étais jamais remis de la mort de ta mère. Je l'ai constaté quand tu n'étais qu'un petit garçon. Il me semble que j'en vois encore des traces de temps à autre.

– On appelle ça : un syndrome de stress post-traumatique, lui dis-je, si tu veux en connaître le nom exact.

Nana sourit de me voir me réfugier derrière le jargon scientifique. Elle m'avait déjà vu faire cette sorte de manœuvre.

– Ce n'est pas moi qui pourrai juger... de ce qui t'est arrivé, mais je sais que tu en as souffert. J'ai souvent remarqué que tu n'arrivais pas à faire vraiment partie du groupe. Pas tout à fait comme les autres gosses. D'accord, tu faisais du sport, et tu fauchais aux devantures des boutiques avec ton ami Sampson, tu as toujours joué les durs... Mais tu lisais des livres et tu étais relativement sensible. Tu vois ce que je veux dire? Tu jouais les durs mais tu ne l'étais pas.

Je ne prenais déjà plus pour argent comptant les conclusions de Nana... mais ses observations me paraissaient encore valables. C'était vrai, quand j'étais enfant, je ne m'étais pas facilement intégré au quartier, mais depuis j'avais fait des progrès. L'inspecteur/Dr Cross était désormais bien accepté par la communauté.

– J'aurais surtout souhaité ne pas te faire de mal et ne pas te décevoir avec *cette histoire.*

Je revins de moi-même à l'article paru dans ce torchon de journal.

– Tu ne me déçois pas, me dit ma grand-mère. Je suis

très fière de toi, Alex. Tu m'apportes un grand bonheur, presque tous les jours de ma vie, quand je te vois avec les gosses. Et je me rends très bien compte du travail que tu fais dans le quartier. Tu es assez sensible pour te soucier de l'opinion d'une vieille femme.
— Ça, c'est *vraiment* la corvée...! lui dis-je. Pour en revenir à ce prétendu *scoop*, il va me rendre la vie impossible pendant une semaine ou deux. Et puis après, les gens cesseront de s'y intéresser.
Nana secoua la tête. Ses cheveux blancs lui faisaient une sorte de casque bien net...
— Non. Les gens *continueront* à s'y intéresser. Certains s'en souviendront tout le reste de ta vie. Comment dit-on déjà ? Si tu n'es pas prêt à payer pour ton crime, ne le commets pas.
— Mais où est le crime ?
Nana ramassa les miettes de son toast avec le dos d'un couteau.
— C'est à toi de me le dire. Pourquoi est-ce que vous vous cachez constamment, si tout est clair ? Si tu l'aimes, tu l'aimes. Est-ce que tu l'aimes, Alex ?
Je ne répondis pas tout de suite. Bien sûr que j'aimais Jezzie. Mais jusqu'à quel point ? Et où cela nous menait-il ? Est-ce qu'il fallait absolument que ça nous mène quelque part ?
— Je n'en suis pas tout à fait certain – du moins de la façon dont toi, tu l'entends en posant ta question, ai-je fini par répondre. C'est justement ce qu'actuellement nous essayons de déterminer. Nous nous rendons parfaitement compte l'un et l'autre des conséquences possibles de ce que nous sommes en train de faire.
— Si tu es sûr de l'aimer, Alex, reprit ma grand-mère, alors, je l'aime aussi. Comme je t'aime. Mais quelquefois, tu vois vraiment très grand. Tu es trop intelligent et ça peut te nuire. Tu peux aussi te montrer très bizarre... par rapport aux usages du monde des Blancs.
— Et c'est bien pour tout ça que tu m'aimes tant, lui dis-je.
— Ce n'est qu'une des raisons, gros malin.
Nous sommes restés un long moment enlacés. Je suis grand et fort, Nana petite et fragile, mais elle est aussi solide que moi. J'eus l'impression d'être revenu en arrière, parce qu'au fond, on ne devient jamais complètement adulte, pas pour ses parents ou ses grands-parents. Et sûrement pas pour Nana.
— Merci à *la vieille dame*, lui dis-je.

– Et *fière* de l'être !
Comme d'habitude, c'est elle qui eut le dernier mot.

J'appelai Jezzie plusieurs fois, au cours de la matinée, mais elle n'était pas chez elle, ou bien elle avait décidé de ne pas répondre. Elle n'avait pas non plus branché son répondeur. Je repensais à notre nuit. Elle était si excitée, et si tendue. Bien avant que *The National Star* n'arrive sur les lieux.

J'envisageai d'abord de faire un saut jusqu'à son appartement, mais je changeai vite d'avis. Nous n'avions vraiment pas besoin de nouvelles photos en première page, ni d'articles à sensation, tant que le procès n'était pas terminé.

On ne m'adressa guère la parole quand j'arrivai à mon travail. Si j'avais eu des doutes jusque-là, il devenait clair que le tort que m'avait causé cette histoire était finalement très sérieux. J'avais pris un coup très dur, de toute évidence.

Dans mon bureau, je restai assis avec un Thermos de café à regarder mes quatre murs. Ils étaient couverts des *indices* relatifs au kidnapping que j'y avais affichés.

Tout cela me rendait furieux. J'avais envie de casser quelque chose... ce que j'avais effectivement fait une ou deux fois depuis l'assassinat de Maria.

Pourtant, j'étais là, assis devant mon bureau de métal, fourni par le gouvernement, le dos tourné à la porte. J'avais beau fixer mon programme de travail pour la semaine, je n'arrivais pas à lire ce qui était écrit sur la feuille de papier.

– Eh bien, te voilà tout seul, grand con – c'était la voix de Sampson qui se faisait entendre derrière moi. Te voilà tout à fait isolé, cette fois-ci... comme de la viande qui cuit à petit feu sur le gril d'un barbecue.

– Tu ne crois pas que tu es en dessous de la vérité ? dis-je sans me retourner.

– Je m'suis dit que tu me parlerais quand tu en aurais envie, ajouta-t-il. Tu savais que *je savais* ce qu'il en était de vos rapports à tous les deux.

Deux ou trois traces rondes laissées par une tasse de café sur mon programme de travail attirèrent mon attention. L'effet Browning ? Qu'est-ce que c'était, bon Dieu ? Tout m'abandonnait ces derniers temps : la mémoire et tout le reste.

Je finis par me retourner pour lui faire face. Il s'était affublé de pantalons de cuir, d'un vieux chapeau cabossé et d'un blouson noir en nylon. Ses lunettes noires masquaient toute expression. En fait, il essayait de me montrer sympathie et compréhension.

– Qu'est-ce que tu crois qu'il va se passer maintenant? lui demandai-je. Qu'est-ce que les gens racontent?

– Personne n'est vraiment satisfait de la manière dont cette foutue saloperie de procès s'est déroulée. Pas assez de *bravo les gars* venant des étages supérieurs. Je pense qu'ils sont en train de chercher des agneaux à mener au sacrifice. Et tu peux être certain que tu en fais partie.

– Et Jezzie? me suis-je enquis, tout en sachant d'avance la réponse.

– Elle aussi, bien entendu : compromise avec des nègres connus... Je suppose que tu sais la nouvelle?

– Quelle nouvelle?

Sampson reprit son souffle, et me fit part du dernier épisode scandaleux.

– Elle s'est fait mettre en congé. Peut-être a-t-elle quitté définitivement les services secrets. Ça s'est passé il y a environ une heure. Personne ne sait si c'est elle qui est partie, ou si on l'a poussée dehors.

J'appelai tout de suite son bureau. La secrétaire me répondit qu'elle était *absente pour la journée*. J'appelai son appartement. Toujours pas de réponse.

Je pris ma voiture et allai, moyennant deux ou trois excès de vitesse, jusqu'à son appartement. Derek McGinty parlait à la radio sur WAMU. J'aime bien le son de la voix de Derek, même si je n'écoute pas ce qu'il raconte.

Il n'y avait personne chez elle, et Dieu merci, pas de photographes cachés dans les environs. L'idée me vint d'aller en voiture jusqu'à la maison du lac. J'appelai la Caroline du Nord d'une cabine téléphonique au bas de la rue. L'opératrice locale me dit que le numéro n'était plus en service...

– Comment cela se fait-il? dis-je d'une voix étonnée, j'ai appelé ce numéro hier soir, et il marchait.

– Ça date de ce matin, me répondit l'opératrice. Ce numéro a été mis hors circuit ce matin même.

Jezzie avait disparu.

65.

Le verdict du procès Soneji/Murphy était attendu dans les jours à venir.
Le 11 novembre, le jury se retira pour délibérer. Il ne revint que trois jours plus tard, trois jours pendant lesquels quantité de rumeurs circulèrent, disant que les membres du jury n'avaient réussi à se mettre d'accord ni sur la culpabilité, ni sur l'innocence de l'accusé. Le monde entier attendait leur décision.
Sampson vint me prendre en voiture ce matin-là, et nous arrivâmes ensemble au tribunal. Le temps s'était radouci, après une période de froid qui annonçait l'hiver.
Au moment où nous approchions d'Indiana Avenue, je me mis à penser à Jezzie. Je ne l'avais pas vue depuis plus d'une semaine. Je me demandais si elle serait présente au tribunal au moment du verdict. Elle m'avait appelé au téléphone, m'avait dit, et c'était d'ailleurs à peu près tout, qu'elle était bien en Caroline du Nord. Je me sentais de nouveau très seul et ça ne me plaisait pas du tout.
Je ne la vis pas aux alentours du tribunal, mais j'aperçus Anthony Nathan en train de s'extirper d'une énorme Mercedes. C'était son grand jour. Les reporters s'agglutinaient autour de lui, comme des moineaux des villes qui se jettent sur des miettes de pain rassis.
Les journalistes de la télé et de la presse écrite essayèrent de nous accrocher Sampson et moi avant que nous réussissions à nous échapper par l'escalier qui montait à la salle d'audiences. Nous n'étions ni l'un ni l'autre enchantés à l'idée d'être interviewés une nouvelle fois.
– Docteur Cross! Docteur Cross! S'il vous plaît.

Je reconnus la voix aiguë. C'était celle d'une journaliste de la télé locale.

Nous étions bien obligés de nous arrêter. Ils s'étaient groupés à la fois derrière et devant nous. Sampson chantonna quelques bribes d'une chanson de Little Martha et des Vandella : *Je ne peux me réfugier nulle part.*

— Docteur Cross, n'avez-vous pas l'impression que votre témoignage puisse finalement aider Gary Murphy à échapper à l'accusation de meurtre au premier degré ?... et que, sans le vouloir, vous l'avez peut-être aidé à échapper aux conséquences de ses crimes ?

Je sentis quelque chose craquer en moi.

— Nous sommes très heureux de participer à ce match de super bowl, lui dis-je d'un air extrêmement sérieux, en regardant droit dans les objectifs des caméras. Alex Cross va se concentrer sur son jeu. Le reste ne dépend plus de lui. Alex Cross remercie Dieu tout-puissant de l'occasion qui lui est offerte de jouer à ce niveau.

Puis je me penchai vers la femme-reporter qui avait posé la question.

— Vous avez bien compris ce que je viens de vous dire ? Vous savez ce que vous vouliez savoir ?

Sampson sourit et ajouta :

— Quant à moi, je suis ouvert à toute proposition lucrative concernant les chaussures de sport et les boissons non alcoolisées.

Après quoi, nous montâmes l'escalier de pierre, très raide, qui conduisait à l'entrée du tribunal fédéral.

Dans la caverne qui servait de hall, le bruit atteignait un tel niveau qu'il aurait pu nous esquinter les tympans. Tout le monde jouait des coudes et poussait tout le monde, avec cependant un semblant de politesse, à la manière des gens chics en tenue de soirée qui vous poussent dans le dos à Kennedy Center.

Le procès de Soneji/Murphy n'était pas le premier où la défense plaidait la double personnalité... mais c'était certainement le plus célèbre de tous. On y avait soulevé des questions d'ordre moral et affectif qui laissaient forcément planer un doute sur le verdict possible... *Si Gary Murphy était innocent, comment pourrait-on le condamner pour meurtre et kidnapping ?* Son avocat avait gravé la question dans tous les esprits. Je revoyais Nathan dans la salle du haut. Au cours de la session, il avait réussi à atteindre tous ses objectifs.

— *De toute évidence*, deux personnalités s'affrontent à l'intérieur de l'esprit de l'accusé, avait-il dit aux jurés, en résumant le cas dans sa dernière intervention. L'une des deux est aussi *innocente* que vous. Vous ne *pouvez pas* condamner Gary Murphy pour meurtre ou pour kidnapping. Gary Murphy est un brave homme. Gary Murphy est un bon père et un bon mari. *Gary Murphy est innocent!*

Les jurés se trouvaient face à un problème et à un dilemme effroyables. Gary Soneji/Murphy était-il un être brillant, asocial et mortellement dangereux ? Etait-il conscient de ses actes ? Est-ce qu'il les contrôlait ? Existait-il un *complice* ? Ou bien avait-il agi seul depuis le début ?

Personne ne connaissait la vérité, sauf peut-être Gary lui-même... mais pas les experts en psychologie, pas la police, pas la presse... et certainement pas moi.

Et maintenant qu'allait décider le jury composé de ses *pairs* ?

Le premier événement de la matinée se produisit quand Gary arriva sous escorte dans la salle d'audiences bourrée de gens bruyants. Il portait un costume bleu et avait son air de jeune homme bon chic, bon genre. Il ressemblait à un employé de banque, pas du tout à un homme qu'on était en train de juger pour meurtres et kidnapping.

Il y eut quelques applaudissements. Ce qui prouvait que de nos jours, même les kidnappeurs peuvent faire figure d'idoles. Sans aucun doute, le procès avait attiré son contingent de paumés, de cinglés et de malades mentaux.

– Qui a dit que l'Amérique n'avait plus de héros ? me dit Sampson. Ils adorent ce fou dangereux. Ça se voit dans leurs petits yeux en boutons de bottine, brillants d'admiration. Pour eux, c'est un nouveau Charlie Manson – en mieux. Au lieu d'un hippie devenu fou furieux, ils ont un *yuppie* fou furieux.

– *Le Fils de Lindbergh*, ai-je rappelé à Sampson. Je me demande si les choses se déroulent exactement comme il l'avait souhaité. Si ça faisait aussi partie de son maître plan ?

Les jurés entrèrent dans la salle d'audiences en file indienne. Ces hommes et ces femmes avaient l'air tendus et hébétés. Qu'avaient-ils décidé... très tard dans la nuit ?

L'un des jurés fit un faux pas alors qu'ils pénétraient dans le box en acajou qui leur était réservé. L'homme tomba sur un genou et ceux qui le suivaient durent s'arrêter. Ce court instant symbolisait la fragilité humaine de toute justice.

Je jetai un coup d'œil à Soneji/Murphy et crus voir un léger sourire se dessiner sur ses lèvres. Est-ce que je venais d'être le témoin d'une petite erreur de sa part ? A quoi pouvait-il bien penser à ce moment-là ? A quel verdict s'attendait-il ?

De toute manière, la personnalité connue sous le nom de Soneji, le *Méchant Garçon*, aurait apprécié l'ironie de l'incident. Tout était prêt maintenant... Une mise en scène ahurissante... avec lui au centre. Quoi qu'il arrivât, c'était le plus grand jour de sa vie.

Je veux devenir quelqu'un de célèbre !

– Le jury a-t-il rendu son verdict ? s'enquit le juge Kaplan une fois qu'ils furent installés.

On fit passer au juge une feuille de papier pliée. Le visage de Kaplan ne refléta aucune réaction tandis qu'elle lisait le verdict. Elle fit renvoyer la feuille au premier juré, comme il se doit !

Le premier juré qui était resté debout se mit alors à lire le verdict d'une voix claire, mais quelque peu tremblante. Il s'agissait d'un employé des postes, âgé de cinquante-cinq ans et qui s'appelait James Heekin. Son teint rougeaud, voire cramoisi, suggérait l'hypertension, mais cela provenait peut-être tout simplement du stress auquel il avait été soumis pendant le procès.

James Heekin proclama :

– Concernant les deux accusations de kidnapping, nous déclarons l'accusé *coupable*. Concernant l'accusation portant sur le meurtre de Michael Goldberg, nous déclarons l'accusé *coupable*.

James Heekin n'avait jamais mentionné le nom de Gary, mais seulement parlé de *l'accusé*.

Un chaos indescriptible déferla sur la salle d'audiences. Le bruit était assourdissant et se répercutait sur les colonnes de pierre et les murs de marbre. Les journalistes se précipitaient dans le hall pour téléphoner. Les jeunes collaborateurs de Mary Warner se pressaient autour d'elle pour la féliciter avec émotion. Anthony Nathan, entouré de son équipe, quitta rapidement la salle, sans répondre aux questions.

Il y eut un moment étonnamment poignant sur le devant de la salle. Tandis que les gardiens préposés à la cour emmenaient Gary, sa femme et sa petite fille se précipitèrent vers lui. Tous trois se serraient dans les bras les uns des autres avec violence. Ils sanglotaient ouvertement.

Je n'avais encore jamais vu Gary pleurer. S'il s'agissait d'une performance d'acteur, elle était vraiment extraordinaire. S'il jouait la comédie, la scène était totalement convaincante.

J'étais si fasciné par le spectacle que je ne pus les quitter des yeux qu'au moment où les deux gardes réussirent à les séparer et à faire sortir Gary.

S'il jouait un rôle, il n'avait pas commis le moindre faux pas... Il avait paru complètement absorbé par sa femme et sa petite fille. Il n'avait pas une seule fois tourné la tête vers la salle pour s'assurer qu'il avait un public. Il avait joué son rôle à la perfection.

... Ou alors, Gary Murphy était un homme innocent qu'on venait de reconnaître coupable de kidnapping et de meurtre.

66.

– *Pression, pression.*
Jezzie psalmodiait des paroles sur le rythme intérieur qui lui martelait la tête.

Les tempes serrées, elle descendait en quatrième une route de montagne sans observer la moindre prudence, et sans éprouver la moindre crainte. Elle manœuvrait sa puissante moto sans changer de vitesse, en se penchant très bas à chaque virage. Les sapins, les rochers qui surplombaient la route, et les vieux poteaux téléphoniques défilaient en masses confuses et ininterrompues tandis qu'elle poursuivait sa route. Tout s'emmêlait dans sa tête. Elle avait l'impression qu'elle évoluait en chute libre depuis plus d'un an... et même peut-être depuis le début de son existence. Elle allait exploser. C'était imminent.

Personne ne pouvait comprendre ce qu'elle ressentait à être sous pression depuis si longtemps. Même quand elle était gosse, elle avait toujours eu peur de ne pas être à la hauteur ou de commettre une faute, peur que ses parents ne l'aiment plus si elle n'était pas une petite Jezzie parfaite.

Une petite Jezzie parfaite.

– Faire bien, ce n'est pas assez bien, et faire bien, ça empêche de voir grand, lui répétait son père pratiquement tous les jours.

Et c'est pour cela qu'elle était devenue une étudiante motivée qui réussissait tous ses examens avec mention. Elle était miss *Populaire*. Elle fonçait sur les pistes les plus ambitieuses. Billy Joel avait enregistré une chanson intitulée *Pression* quelques années auparavant, qui évoquait assez bien ce qu'elle ressentait tous les jours de sa vie. Il fallait absolument qu'elle y mette un terme. D'une manière ou d'une autre. Elle en avait peut-être trouvé le moyen.

Elle passa en troisième au moment où elle s'approchait de sa maison. Toutes les lumières étaient allumées. La plus grande paix régnait sur les bords du lac. L'eau ressemblait à une table lisse et noire qui allait se fondre dans les montagnes. Mais *les lumières étaient allumées.* Et elle les avait éteintes.

Elle descendit de moto et entra rapidement dans la maison. La porte extérieure n'était pas fermée à clé. Il n'y avait personne dans le living-room.

– Hou-hou? cria-t-elle.

Elle alla inspecter la cuisine, puis les deux chambres. Personne... Aucune trace d'un visiteur. Mais il y avait les lumières allumées.

– Hé-ho. Qui est là?

La porte à claire-voie de la cuisine avait été déverrouillée. Elle sortit et se dirigea vers l'embarcadère.

Rien.

Personne.

Le bruit soudain d'un battement d'ailes se fit entendre sur sa gauche.

Elle se tenait debout au bord du débarcadère. La chanson de Billy Joel lui résonnait toujours dans la tête... ironique et lancinant : *Pression – Pression.* Elle la sentait, cette pression, dans chaque centimètre de son corps.

Elle se sentit *saisie* par-derrière. Deux bras très puissants l'enserraient comme un étau. Elle retint un cri.

Puis on lui fourra quelque chose dans la bouche.

Elle aspira. Elle avait reconnu la saveur du *Colombian Gold.* Un excellent produit. Elle aspira une deuxième fois... puis se détendit un peu dans les bras qui la tenaient toujours.

– Tu m'as beaucoup manqué, dit une voix.

Billy Joel se mit à hurler dans sa tête.

– Qu'est-ce que tu viens faire ici? demanda-t-elle enfin.

CINQUIÈME PARTIE

LA DEUXIÈME ENQUÊTE

67.

Maggie Rose était de nouveau dans le noir.
Elle devinait des formes autour d'elle. Elle savait qui elles étaient, elle savait où elle était, et même pourquoi elle était là.
Elle songeait à nouveau à s'échapper. Mais la *mise en garde* lui revint brutalement à l'esprit. Toujours cette mise en garde.
Si tu essaies de t'échapper, on ne va pas te tuer, Maggie. Ce serait trop facile. On te remettra sous la terre. Tu retourneras dans ton petit caveau. Alors n'essaie jamais de t'enfuir, Maggie Rose... N'y songe même pas.
Elle se rendait compte qu'elle commençait à oublier beaucoup de choses. Par moments, elle oubliait qui elle était. Elle avait l'impression de vivre un mauvais rêve... comme une série de cauchemars qui se succédaient les uns aux autres.
Elle se demandait si son père et sa mère continuaient à la chercher. Pourquoi l'auraient-ils fait? Il y avait si longtemps qu'on l'avait kidnappée. Elle le comprenait. M. Soneji l'avait enlevée. Elle ne l'avait plus jamais revu. Il n'y avait plus eu que la *mise en garde*.
Elle se voyait parfois comme le personnage d'une histoire qu'elle aurait inventée.
Ses yeux se remplirent de larmes. Il faisait un peu moins sombre maintenant. Le matin allait venir et elle commençait à distinguer ces formes qui se trouvaient près d'elle et à les reconnaître. Elle n'essaierait plus jamais de s'enfuir. Elle haïssait cette contrainte, mais elle ne voulait plus jamais se retrouver sous terre.
Maggie Rose reconnaissait toutes les formes.
Il s'agissait d'*enfants*.
Tous entassés dans une seule pièce de la maison.
Dont elle ne pouvait pas s'échapper.

68.

Jezzie rentra à Washington au cours de la semaine qui suivit la fin du procès. Le moment semblait bien choisi pour repartir de zéro. J'étais prêt. Dieu tout-puissant! j'étais tellement prêt à prendre un nouveau départ sur le chemin de la vie.

Nous avions communiqué assez longuement par téléphone, mais elle ne m'avait pas révélé grand-chose de son état d'esprit. Elle m'avait dit qu'elle trouvait bizarre de s'être tellement investie dans sa carrière pour s'apercevoir, maintenant, qu'elle ne s'y intéressait plus du tout.

Elle m'avait beaucoup plus manqué que je ne l'aurais cru. J'avais pensé à elle pendant toute mon enquête sur l'assassinat de deux garçons de treize ans, tués pour une paire de sneakers. Sampson et moi avions coincé le tueur, un garçon de quinze ans issu du *Black Hole*. Cette même semaine, on m'avait proposé un job comme coordinateur des rapports entre le département de la police de D.C. et le F.B.I. Il s'agissait d'un travail plus important et plus lucratif que mon travail actuel, mais je l'avais refusé sans la moindre hésitation. En fait, Carl Monroe tentait d'acheter ma coopération. Non, merci.

Je n'arrivais pas à dormir. La tempête qui m'avait bouleversé l'esprit dès le premier jour du kidnapping continuait ses ravages. Je n'arrivais pas à me sortir de la tête la disparition de Maggie Rose. Je ne pouvais pas abandonner cette affaire. Je ne m'y autorisais pas... Je regardais tout et n'importe quoi sur la chaîne ESPN, quelquefois jusqu'à trois ou quatre heures du matin. Je jouais le rôle d'Alex le *psy* dans la vieille caravane de St. Anthony. Nous buvions, Sampson et moi, quelques caisses de bière. Après quoi, nous allions transpirer au gymnase pour en effacer les effets. Entre-temps, nous passions de longues heures à travailler.

Je suis allé chez Jezzie le jour même de son retour. Je me suis branché sur WAMU pendant le trajet, et j'ai écouté une fois de plus l'émission de Derek McGinty, mon frère en discours professionnels. Sa voix calmait les aigreurs de mon estomac. Une fois je l'avais appelé pendant son émission de la nuit. J'avais déguisé ma voix et lui avais parlé de Maria et des gosses, parce que je souffrais de cette affaire depuis trop longtemps.

Quand Jezzie m'ouvrit la porte, je fus surpris par son aspect. Elle s'était laissé pousser les cheveux et les avait si bien laissés gonfler autour de sa tête qu'on aurait dit une auréole de soleil. Elle était très bronzée, et avait la mine resplendissante d'un moniteur de plage californien, en plein mois d'août. Elle n'avait plus l'air d'avoir le moindre problème.

– Tu as l'air reposée et en forme, et tout et tout, lui dis-je.

En fait, je lui en voulais un peu. Elle avait disparu avant la fin du procès... sans un *au revoir*, sans explication. Quelles conclusions devais-je en tirer ?... Qui était-elle véritablement ?

Jezzie avait toujours eu une silhouette bien nette, mais elle était maintenant plus élancée et plus ferme. Les poches que je lui avais si souvent vues sous les yeux avaient disparu. Elle portait des shorts en jean et un vieux T-shirt où l'on pouvait lire SI TU NE PEUX PAS LES EBLOUIR PAR TON INTELLIGENCE, ETONNE-LES EN LEUR RACONTANT DES CONNERIES. Elle était éblouissante sur tous les plans.

Elle me sourit gentiment.

– Je vais beaucoup mieux, Alex. Je crois que je suis presque guérie.

Elle s'avança sous le porche et me prit dans ses bras. Je me sentis un peu ragaillardi. Tout en la serrant contre moi, je pensais à ma solitude pendant tout ce temps. Je me revoyais dans ce paysage lunaire et stérile.

– Raconte-moi tout ce qui s'est passé. Quel effet cela fait de quitter la terre ? lui demandai-je.

Ses cheveux sentaient bon le propre et le grand air. Tout chez elle semblait renouvelé et rafraîchi.

– C'est plutôt bon, finalement. Je n'avais *jamais* arrêté de travailler depuis l'âge de seize ans. Ça a été difficile les premiers jours, mais après c'était formidable, dit-elle, la tête toujours enfouie dans ma poitrine. Il n'y a qu'une chose qui m'ait manqué, chuchota-t-elle. J'aurais voulu que tu sois avec moi. Et si ça a l'air bêtement sentimental, tant pis.

C'était une des choses que j'avais envie d'entendre.

— Je serais venu, lui dis-je.

— Il fallait que j'agisse de cette façon-là. Il fallait que je fasse un bilan complet, d'un seul coup. Je n'ai appelé personne, Alex. Absolument personne. J'ai découvert beaucoup de choses sur moi-même. J'ai même peut-être découvert qui est réellement Jezzie Flanagan.

Je lui levai le menton et la regardai dans les yeux.

— Dis-moi ce que tu as découvert. Dis-moi qui est Jezzie.

Nous sommes entrés dans la maison, bras dessus bras dessous.

Mais Jezzie ne me dit pas grand-chose. Nous avons repris nos anciennes habitudes, des habitudes qui, je dois bien l'avouer, m'avaient beaucoup manqué. Je me demandais si elle tenait toujours autant à moi, et si elle avait eu véritablement envie de rentrer à Washington. J'avais besoin d'un signe de sa part.

Elle se mit à déboutonner ma chemise et ce n'était sûrement pas moi qui allais l'en empêcher.

— Tu m'as tellement manqué, murmura-t-elle contre ma poitrine. Est-ce que je t'ai manqué, Alex?

Je ne pus m'empêcher de sourire. Mon état physique fournissait une réponse évidente à sa question.

— Qu'est-ce que tu en penses? Essaie de deviner.

Nous fîmes des folies, cet après-midi-là. Je ne pouvais pas m'empêcher de penser à la nuit d'Arlington. Son corps était plus maigre et plus ferme, entièrement bronzé.

— Qui a la peau la plus sombre? lui dis-je, en lui dédiant un sourire en coin.

— C'est *moi*, sans aucun doute possible. Noire comme un grain de café, comme disent les gens du lac.

— Je suis ébloui par ton intelligence.

— Tu parles! Combien de temps allons-nous rester comme ça – à parler et à se regarder, sans se toucher? Tu veux bien finir de déboutonner ta chemise, s'il te plaît.

– Est-ce que ça t'excite? demandai-je, d'une voix qui s'étranglait un peu.
– Mmmm! En fait, tu peux l'enlever carrément.
– Est-ce que tu ne devais pas me raconter qui tu es vraiment et ce que tu as appris sur toi pendant ta retraite? lui ai-je rappelé. Amant et confesseur...

69.

Je me suis replongé dans mon travail. Je m'étais promis de résoudre l'affaire du kidnapping d'une manière ou d'une autre. Le *Chevalier noir* ne serait pas vaincu.

Par une triste nuit froide et pluvieuse, je me dirigeai donc péniblement vers le domicile de Nina Cerisier pour l'interroger à nouveau. La jeune fille était la seule personne à avoir vu le *complice* de Soneji. De toute façon je me trouvais dans le voisinage.

Pourquoi est-ce que j'arpentais Langley Terrace, la nuit, sous une pluie fine et glaciale? Parce que j'étais devenu une sorte d'obsédé qui n'arrivait pas à recueillir suffisamment de renseignements à propos d'une affaire de kidnapping qui remontait à dix-huit mois... parce que j'étais perfectionniste et cela depuis au moins trente ans de mon existence... qu'il fallait absolument que je sache ce qui était arrivé à Maggie Rose Dunne... que je n'arrivais pas à oublier le regard figé de Mustaf Sanders... que je voulais connaître la vérité sur Soneji/Murphy... Tels étaient du moins les motifs que je me donnais.

Glory Cerisier n'eut pas l'air contente du tout de me voir sur le perron de sa maison. Je suis bien resté dix bonnes minutes sous son porche avant qu'elle ne se décide à ouvrir. J'avais frappé à sa porte d'aluminium toute bosselée.

– Inspecteur Cross! Il est tard, vous savez. Est-ce qu'on ne pourrait pas nous laisser vivre tranquillement? demanda-t-elle. C'est déjà très difficile pour nous d'oublier les Sanders, alors on n'a pas besoin d'en entendre parler encore et encore.

– Je le sais! dis-je.

J'étais d'accord avec cette grande femme de quarante ans bien sonnés qui me fixait du regard. Elle avait de

beaux yeux en amande dans un visage qui, lui, n'était pas joli.
– Mais il s'agit de crimes, madame Cerisier, de crimes terribles.
– On *a arrêté* le tueur. Vous ne le savez pas, inspecteur Cross? Est-ce qu'il vous arrive de lire les journaux?

Je me sentais vraiment merdeux d'être revenu chez elle. Je crois bien qu'elle me prenait pour un cinglé. C'était une femme très intelligente.
– Seigneur! – je me mis à secouer la tête et à rire tout haut. Vous savez, vous avez tout à fait raison. Je me suis emmêlé les pédales. Excusez-moi. Je suis vraiment désolé.

Gloria Cerisier ne s'attendait pas à ce que je lui donne raison, et me sourit – de ce sourire sympathique découvrant des dents irrégulières qu'ont parfois les gens du quartier.
– Invitez donc ce pauvre nègre déboussolé à prendre une tasse de café, dis-je. Je suis cinglé, mais au moins je le sais. Ouvrez-moi grand la porte.
– D'accord, d'accord. Entrez donc, inspecteur. Nous allons parler ensemble une fois de plus. Mais, cette fois-ci, c'est la dernière.
– Ce sera la dernière.

J'étais d'accord avec elle. J'avais réussi à établir un contact, tout simplement en lui disant la vérité sur mon comportement.

Nous avons bu une tasse de très mauvais café soluble dans sa petite cuisine. En fait, elle adorait parler. Elle me posa toutes sortes de questions sur le procès. Elle voulait savoir quel effet ça faisait de passer à la télévision. Comme beaucoup de gens, elle s'intéressait à l'actrice Katherine Rose. Gloria Cerisier avait même élaboré une théorie à propos du kidnapping.
– Ce n'est pas cet homme qui l'a enlevée... ce Gary Soneji, ou Murphy, quel que soit son nom. Il s'est fait avoir au tournant, vous savez, dit-elle en riant.

J'imagine qu'elle trouvait amusant de partager ses idées folles avec un fou de policier de Washington, D.C.
– Faites-moi une fleur pour la dernière fois, lui dis-je, en arrivant enfin au sujet dont je voulais lui parler. Répétez-moi en détail ce que Nina a dit avoir vu cette nuit-là. Dites-moi ce que Nina vous a dit. Essayez de vous rappeler exactement ses paroles.

Mais Glory voulait d'abord que je lui explique quelque chose :

– Pourquoi est-ce que vous vous esquintez comme ça ? Pourquoi êtes-vous venu ici à dix heures du soir ?

– Je ne sais pas, Glory – je haussai les épaules et bus quelques gorgées de ce café atroce. C'est peut-être parce que j'ai besoin de savoir pourquoi j'ai été choisi pour aller à Miami. Je ne sais pas exactement. Mais je suis venu.

– Ça vous a rendu fou, pas vrai ?... qu'on ait kidnappé ces deux enfants ?

– Oui, ça m'a rendu fou. Redites-moi ce que Nina a vu. Parlez-moi de l'homme qui attendait Gary Soneji dans la voiture.

– Depuis qu'elle est toute petite, Nina adore s'installer sur le siège devant la fenêtre de l'escalier – Glory reprenait toute l'histoire. Pour Nina, c'est sa fenêtre sur le monde, et ça l'a toujours été. Elle se pelotonne là-dessus, pour y lire un livre ou s'amuser avec l'un de ses chats. Parfois, elle regarde dehors, dans le vague. C'est là qu'elle était quand elle a aperçu un homme blanc, Gary Soneji. On ne voit pas souvent de Blancs dans le quartier. Des Noirs, et quelquefois des Hispaniques... Cela a attiré son attention. Plus elle regardait, et plus ça lui semblait bizarre... comme elle vous l'a dit. Il *observait* la maison des Sanders. Comme s'il épiait ce qui se passait à l'intérieur, ou quelque chose comme ça. Et l'autre homme, celui qui était dans la voiture, il observait celui qui observait la maison.

Bon Dieu. Mon esprit alourdi, fatigué, réussit quand même à saisir les mots clés de sa dernière phrase.

Glory Cerisier était toute prête à continuer, mais je l'ai arrêtée.

– Vous venez de dire que l'homme de la voiture était *en train d'observer Gary Soneji.* Vous avez bien dit qu'il *l'observait.*

– J'ai dit ça, c'est vrai. Je l'avais complètement oublié. Nina raconte maintenant que les deux hommes étaient ensemble. Comme deux représentants qui auraient fait équipe. Vous savez bien, quand ils vont prospecter une rue à deux, quelquefois. Mais tout au début, elle m'avait dit que l'homme de la voiture *observait* l'autre. Je crois bien que c'est ce qu'elle m'avait dit. J'en suis à peu près certaine. Je vais appeler Nina. Je ne suis plus sûre de rien.

Un moment plus tard, nous étions tous les trois assis devant la table en train de parler. Mme Cerisier m'a aidé à convaincre Nina qui a finalement accepté de coopérer. Oui, elle était certaine que l'homme de la voiture *était en train d'observer Gary Soneji.* Cet homme-là n'était **pas** *avec* Soneji. Nina Cerisier se souvenait, sans le moindre doute, que l'homme de la voiture *observait* l'autre.

Elle ne savait pas si celui qui observait était blanc ou noir. Elle n'en avait pas parlé plus tôt parce que ça ne lui avait pas paru important, et que la police lui aurait posé encore plus de questions. Comme la plupart des gosses du quartier sud-est, Nina détestait la police et elle en avait peur.

L'homme de la voiture était occupé à *observer* Gary Soneji.

Il n'y avait sans doute pas eu de complice, après tout, mais quelqu'un qui *observait* Soneji, qui épiait les victimes de son prochain crime? Qui cela pouvait-il bien être?

70.

J'étais autorisé à voir Soneji/Murphy, mais uniquement dans le cadre de mon enquête sur les assassinats Sanders et Turner. J'avais la permission de l'interroger à propos de crimes pour lesquels il ne passerait probablement jamais en justice, mais pas pour un crime auquel on acceptait qu'il n'y ait pas de solution. C'est toute l'histoire de la bureaucratie...

J'avais un ami à Fallston, la prison où Gary était incarcéré. Je connaissais Wallace Hart, le chef du service de psychiatrie, depuis que je m'étais engagé dans la police. Il m'attendait dans le hall de la vieille institution.

– J'apprécie beaucoup ce genre d'accueil personnel, lui dis-je en lui serrant la main. C'est bien la première fois que ça m'arrive, tu peux me croire.

– Voyons, tu es devenu une célébrité, Alex. Je t'ai vu à l'écran.

Wallace est noir. C'est un petit homme avec des airs de professeur érudit, qui porte des lunettes rondes vert bouteille, et des costumes classiques bleus, plutôt déformés. Il fait penser à George Washington Carver, avec peut-être une touche de Woody Allen. Il a l'air d'être *à la fois* noir et juif.

– Qu'est-ce que tu penses de Gary ? demandai-je à Wallace en montant avec lui dans l'ascenseur qui nous menait au quartier de haute sécurité. Un prisonnier modèle ?

– J'ai toujours eu un faible pour les psychopathes. Avec eux, la merde garde une sorte d'intérêt. Imagine la vie sans ces horribles bonshommes. On s'ennuierait.

– Tu ne marches pas dans le coup de la double personnalité, j'imagine ?

– Je crois que cette possibilité est très faible. De toute

façon, ses tendances criminelles sont extrêmement aiguës. Ce qui m'étonne, c'est qu'il se soit laissé mettre le grappin dessus. Je suis surpris qu'il se soit laissé prendre.

Je lui dis :
— Tu veux que je te fasse part d'une théorie hors principes ? Gary *Murphy* est responsable de l'arrestation de Soneji. Gary Murphy ne pouvait plus contrôler Soneji, alors il l'a *donné*.

Wallace m'adressa un sourire ironique — un sourire qui révélait une quantité de dents énormes pour un si petit visage.
— Alex, j'adore tes histoires de fou. Mais tu ne me feras pas croire que tu avales cette histoire d'un côté qui s'attaque à l'autre ?
— Hé non ! Je voulais voir si tu mordais à l'hameçon. Je suis persuadé qu'il s'agit d'un psychopathe. Mais je voudrais bien savoir à quel stade il en est. Quand je le voyais régulièrement j'avais constaté un trouble de la personnalité à tendance paranoïde.
— Je suis tout à fait d'accord là-dessus. Il est méfiant, exigeant, arrogant, compulsif. Comme je te le disais, j'adore ce type !

J'ai reçu une sorte de choc en voyant Gary. Ses yeux avaient l'air de s'être enfoncés dans son crâne. Il avait les paupières rouges comme s'il souffrait de conjonctivite. Sa peau s'était resserrée sur son visage. Lui qui m'avait toujours paru en parfaite forme physique avait perdu beaucoup de poids, quinze kilos, peut-être.
— Eh bien, je suis un peu déprimé. Bonjour, docteur.

Il était sur son lit, avait levé les yeux et s'adressait à moi. J'avais de nouveau affaire à Gary *Murphy*. Du moins, cela en avait l'air.
— Bonjour Gary, lui dis-je. Il fallait que je revienne vous voir.
— Pas de visites pendant longtemps ! Vous avez sûrement besoin de moi. Voyons, que je devine... Vous êtes en train d'écrire un livre sur moi. Vous voulez imiter Anne Rule ?

Je secouai la tête.
— Il y a bien longtemps que je serais venu vous voir si je n'avais pas été obligé d'attendre l'aval du tribunal. En fait, je suis venu vous parler des meurtres Sanders et Turner.
— Vraiment ?

Il semblait résigné, et sa réaction affective ne trahissait qu'indifférence et passivité. Son aspect extérieur ne me plaisait pas du tout. Il me vint soudain à l'esprit que sa personnalité pourrait bien être au bord d'une désintégration totale.

– Je ne suis *autorisé* à vous parler que des meurtres Sanders et Turner, en fait. Ça, c'est de mon ressort. Mais si vous voulez, nous pouvons aussi aborder celui de Vivian Kim.

– Dans ce cas, nous n'aurons pas beaucoup de sujets de conversation. Je ne sais rien de ces crimes. Je n'ai même pas lu les journaux. Je le jure sur la tête de ma famille. Peut-être que notre ami Soneji le sait. Mais pas moi, Alex.

Pour lui, m'appeler Alex semblait maintenant aller de soi. C'est réconfortant de savoir qu'on peut se faire des amis n'importe où...

– Votre avocat a dû vous expliquer. Il se pourrait qu'il y ait un autre procès cette année, pour ces crimes-là.

– Je ne veux plus voir aucun avocat. Tout ça n'a rien à voir avec moi. De plus ces affaires-là ne seront pas jugées. Ça coûte trop cher.

– Gary – je lui parlais comme s'il avait été l'un de mes patients –, j'aimerais tenter une nouvelle séance d'hypnotisme. Etes-vous prêt à me signer les papiers nécessaires pour que je mette en marche cette saleté de bureaucratie ? Il est important pour moi que je puisse m'entretenir avec *Soneji*. Voulez-vous me laisser essayer ?

Gary Murphy sourit. Il acquiesça.

– En fait, j'aimerais, moi aussi, parler avec lui. Si je pouvais, je le tuerais. Je tuerais Soneji... comme je suis censé avoir tué tous ces gens.

Ce soir-là, je suis allé rendre visite à Mike Devine, l'ancien agent des services secrets. C'était l'un des deux agents affectés à la protection du ministre Goldberg et de sa famille. Je voulais lui demander son avis sur la théorie du *complice.*

Mike Devine avait *volontairement* donné sa démission, environ un mois après le kidnapping. Etant donné qu'il n'avait que quarante-cinq ans, je pensais qu'on l'avait proprement renvoyé. Nous avons passé deux heures à bavarder sur sa terrasse qui dominait le Potomac.

Son appartement, dans lequel il vivait seul, était

pratique, bien situé et arrangé avec goût. Devine était très bronzé et avait l'air reposé. Il avait tout d'une affiche de propagande illustrant le thème : *Quittez la police pendant qu'il est encore temps.*

Il me rappelait le personnage de Travis McGee dans les romans de John McDonald. Bien bâti, un visage avec du caractère. Avec son physique de héros de cinéma, ses cheveux bruns épais et bouclés, son sourire facile et des tonnes d'histoires à raconter, il allait, maintenant qu'il avait pris une retraite anticipée, mener la bonne vie.

— Vous savez, on nous a poussés dehors, mon coéquipier et moi, m'avoua Devine tandis que nous buvions quelques bières. Une merde qui s'est transformée en Troisième Guerre mondiale. Cela a suffi pour que nous soyons rejetés du service. On ne peut pas dire non plus que notre patron nous ait beaucoup soutenus.

— L'affaire a connu une telle publicité qu'il leur a bien fallu désigner les bons et les méchants, je suppose.

J'étais aussi capable que n'importe qui de me livrer à des réflexions pseudo-philosophiques devant une bière bien fraîche.

— Finalement, c'est peut-être mieux comme ça, supputa-t-il. Avez-vous jamais songé à tout recommencer avant que le syndrome d'Alzheimer ne s'installe ?

— Oui, j'ai songé à reprendre une clientèle privée, ai-je dit à Devine. Je suis psychologue et je continue à travailler gratis, dans le quartier sud-est.

— Seulement vous êtes trop attaché au *job* pour le laisser tomber ?

Mike Devine sourit en plissant les yeux pour se protéger de la réverbération du soleil que l'eau nous renvoyait en cette fin d'après-midi. Des oiseaux de mer gris à gorge blanche passaient en vol le long de la terrasse. C'était très agréable. Tout d'ailleurs était agréable dans cet endroit.

— Ecoutez, Mike, je voudrais revoir avec vous une fois de plus les événements des deux ou trois jours précédant le kidnapping, lui dis-je.

— Vous êtes vachement *accroché*, Alex. J'ai moi-même passé au crible chaque centimètre carré du terrain. Croyez-moi, il n'y a rien d'intéressant. Terrain improductif. Rien n'y pousse. J'ai essayé et re-essayé, et j'ai fini par rendre l'âme.

— Je vous crois. Mais je me pose encore des questions à propos d'une berline d'un modèle géant qu'on aurait vue à Potomac – peut-être bien une Dodge, dis-je – il s'agissait de la voiture que Nina Cerisier avait vue, garée à Langley Terrace. Avez-vous jamais remarqué une berline bleu foncé ou noire, garée sur Sorrell Avenue ? ou dans les environs de l'école privée ?

– Comme je viens de vous le dire, j'ai lu et relu nos rapports quotidiens. Il n'y a pas trace d'une voiture mystérieuse. Vous n'avez qu'à relire les rapports vous-même.

– C'est ce que j'ai fait, lui dis-je en riant de mon échec.

Nous avons continué à bavarder. Il n'a rien pu m'apporter de nouveau sur l'affaire. A la fin, je l'ai écouté faire l'apologie d'une vie passée sur la plage à pêcher des abulas autour des îles, ou encore à *frapper sur la petite balle blanche*. Sa nouvelle vie venait de commencer. Il s'était dégagé du kidnapping Dunne-Goldberg beaucoup mieux que je ne l'avais fait.

Il y avait quand même quelque chose qui continuait à me tarabuster... Toute l'histoire du *complice*, de l'homme qui *observait*. De plus, j'éprouvais des soupçons vis-à-vis de Devine et de son coéquipier. Une impression pénible... Quelque chose me disait que ces deux-là en savaient beaucoup plus qu'ils ne voulaient le reconnaître.

Puisque je me sentais aussi brûlant qu'un pistolet à dix dollars qu'on vient d'utiliser, je décidai d'en profiter pour contacter l'ancien coéquipier de Devine, Charles Chakely. Après avoir été renvoyé, il s'était installé à Tempe, en Arizona avec toute sa famille.

Il était minuit chez moi, mais seulement dix heures du soir à Tempe. Pas trop tard pour l'appeler.

– Charles Chakely ? Ici l'inspecteur Alex Cross. Je vous appelle de Washington.

Il y eut une pause – un silence gênant, avant qu'il ne parle. Il se montra tout de suite hostile, vraiment très bizarre, me sembla-t-il. Sa réaction ne fit que confirmer mes doutes.

– Qu'est-ce que vous me voulez, bon Dieu ? – il s'énervait. Pourquoi est-ce que vous m'appelez ici ? Je n'ai plus rien à voir avec le service maintenant. J'essaie d'oublier tout ce qui s'est passé. Foutez-moi la paix. Laissez-nous tranquilles, ma famille et moi.

– Ecoutez, je m'excuse de vous déranger.

J'étais en train de m'excuser... Il me coupa la parole.

– Eh bien ! *Ne le faites pas.* C'est facile à faire, Cross. Disparaissez de ma vie.

Tout en lui parlant, je me remémorais son aspect physique. Je le revoyais tel qu'il était pendant les jours qui avaient suivi le kidnapping. Il n'avait que cinquante et un ans, mais avait l'air d'en avoir plus de soixante... un gros ventre gonflé par l'abus de bière, presque plus de cheveux... des yeux tristes. Chakely représentait tout ce que le *job* peut provoquer de détérioration physique, si on se laisse faire.

– Malheureusement, je travaille encore sur deux ou trois assassinats, lui dis-je en espérant qu'il comprendrait. Gary Murphy/Soneji y est également mêlé. Il était revenu à D.C. pour tuer l'une des enseignantes de l'école, Vivian Kim.

– Je croyais que vous ne vouliez pas me déranger. Faites donc semblant de ne pas m'avoir appelé, hein? Et moi je ferai semblant de n'avoir pas répondu au téléphone. Je commence à avoir l'habitude de jouer à *faisons semblant* dans le désert peint où je suis.

– Ecoutez, je pourrais vous faire convoquer par le tribunal. Vous le savez fort bien. Nous pourrions continuer cette conversation à Washington... je pourrais aussi prendre un avion pour l'Arizona et venir vous rendre visite à Tempe... pour partager votre barbecue, un de ces soirs.

– Holà! Qu'est-ce que vous avez à m'emmerder? Qu'est-ce qui vous prend, Cross? Cette saleté d'histoire est terminée. Laissez tomber, et cessez de m'emmerder.

La façon dont parlait Chakely avait vraiment quelque chose de bizarre. Il avait l'air d'être au bord de l'explosion.

– J'ai bavardé avec votre coéquipier tout à l'heure, lui dis-je. Ça, ça l'a fait rester en ligne.

– Et alors, vous avez bavardé avec Mickey Devine. Moi aussi, ça m'arrive de temps en temps de bavarder avec lui.

– J'en suis ravi pour vous deux. Je vais vous ficher la paix dans une minute. J'ai simplement une ou deux questions à vous poser.

– Une question. Et c'est tout, finit-il par répondre.

– Est-ce que par hasard vous vous rappelleriez avoir vu une berline noire d'un modèle récent garée sur Sorrell Avenue? Ou quelque part dans un coin proche de la maison des Goldberg ou de celle des Dunne? Sans doute, une semaine ou deux avant le kidnapping?

– Non, merde. Grands dieux, non. Si on avait vu quelque chose de suspect, on l'aurait écrit dans nos rapports. L'affaire du kidnapping est terminée. J'en ai fini avec ça. Et avec vous aussi, inspecteur Cross.

Il me raccrocha au nez.

Le ton de la conversation avait été par trop étrange. Le problème de *l'homme qui observait*, que je n'arrivais pas à identifier, me rendait fou. Ça restait un mystère, un chaînon manquant... beaucoup trop important pour qu'un détective digne de ce nom ne s'en préoccupe pas. Il faudrait que je parle de Mike Devine et de Charlie Chakely à Jezzie, et du *journal de bord* qu'ils avaient tenu. Il y avait vraiment quelque chose qui clochait dans leur cas. Sans aucun doute, ils cachaient quelque chose.

71.

Nous passâmes la journée dans la maison du lac, Jezzie et moi. Elle avait besoin de me parler. Elle voulait m'expliquer qu'elle avait changé, me raconter ce qu'elle avait découvert sur elle-même pendant les vacances.

Il arriva deux événements très étranges dans cet endroit perdu, *au milieu de nulle part*, en Caroline du Nord.

Nous avions quitté Washington à cinq heures du matin pour arriver au lac juste avant huit heures et demie. Nous étions le 3 décembre, mais on se serait cru un 1er octobre. La température avait dépassé les vingt degrés tout l'après-midi, et la brise venant de la montagne était pleine de douceur. Les piaillements et les roucoulades des douzaines d'oiseaux différents remplissaient l'air.

Les estivants étaient partis pour l'hiver, nous avions le lac pour nous seuls. On entendit un Chris-Craft faire des tours sur le lac pendant une heure, avec un bruit de formule 1. A part ça, il n'y avait que nous deux.

Par un accord tacite, nous n'avions pas abordé tout de suite les sujets brûlants... ni Jezzie, ni Devine, ni Chakely, ni même mes dernières hypothèses émises à propos du kidnapping.

En fin d'après-midi, nous sommes partis faire une longue balade dans les forêts de pins qui s'étendaient autour de la maison. Nous sommes remontés le long d'un cours d'eau cristallin qui serpentait dans la montagne. Jezzie ne s'était pas maquillée, et sa chevelure décoiffée était libre. Elle portait des jeans coupés à mi-jambe, et un sweat-shirt fabriqué en Virginie dont on avait enlevé les manches. Ses yeux étaient d'un bleu magnifique qui rivalisait avec la couleur du ciel.

– Je t'ai dit que j'avais découvert beaucoup de choses

sur moi-même, ici, me dit-elle tandis que nous nous enfoncions plus avant dans la forêt.

Elle parlait d'une voix douce et avait un peu l'air d'une enfant. J'ai écouté ses paroles avec la plus grande attention. Je voulais tout connaître de Jezzie.

– Je veux te parler de moi. Je suis prête à tout te dire, maintenant. Il faut que je t'explique le pourquoi, et le comment et tout le reste – j'acquiesçai de la tête et la laissai continuer. Mon père... mon père était un raté. Il le savait. Il avait du bagou, et se débrouillait remarquablement bien en société... quand il le voulait. Mais il sortait d'un milieu défavorisé et n'arrivait pas à se débarrasser de ce handicap. Son attitude négative lui procurait constamment des ennuis. Que cela affecte ma mère ou moi le laissait totalement indifférent. Vers quarante ans, il s'est mis à boire énormément, et ça s'est poursuivi dans sa cinquantaine. A la fin de sa vie, il ne lui restait pas un seul ami... ni pratiquement de famille. Je pense que c'est à cause de ça qu'il s'est suicidé... *Mon père s'est suicidé*, Alex. Il s'est tué dans une voiture dont il avait enlevé les plaques d'immatriculation. Il n'y a jamais eu de fusillade à Union Station. Ça c'est un mensonge que je raconte depuis mon entrée à l'université.

Nous avons poursuivi notre route en silence. Jezzie n'avait mentionné son père et sa mère qu'une ou deux fois auparavant. Elle m'avait parlé de leur problème d'alcoolisme, mais je n'avais pas voulu insister... étant donné que je ne pouvais pas considérer Jezzie comme une de mes patientes. J'avais pensé qu'elle m'en reparlerait quand elle serait prête à le faire.

– Je ne voulais pas devenir une ratée comme mon père et ma mère. C'est comme ça qu'ils se voyaient, Alex. C'est de ça qu'ils parlaient tout le temps. Ce n'est pas qu'ils se tenaient en piètre estime... ils n'éprouvaient *aucune* estime pour eux-mêmes. Je ne pouvais pas me laisser aller à devenir comme eux.

– Et toi, comment les vois-tu?

– Comme des ratés, j'imagine – un faible sourire accompagnait cet aveu... un sourire pénible dans son honnêteté. Le pire, c'est qu'ils étaient incroyablement intelligents. Ils savaient tout sur tout. Ils avaient lu tous les livres du monde. Ils étaient capables de parler de n'importe quel sujet. Est-ce que tu es jamais allé en Irlande?

– Je suis allé en Angleterre pour mon travail de flic. C'est la seule et unique fois que je suis allé en Europe. Je n'ai jamais eu assez d'argent pour y retourner.

— Il y a des villages en Irlande... les gens savent si bien parler, mais ils sont si pauvres. Tu vois, ils vivent dans des *ghettos blancs*. Il semble qu'il y ait un bistrot toutes les trois maisons. Il existe tellement de ratés intelligents dans ce pays. Je ne voulais pas devenir moi aussi une ratée intelligente. Je t'ai déjà dit à quel point j'en étais obsédée. Ç'aurait été un enfer sur terre pour moi... Je me suis donné un mal fou à l'école. Il fallait que je sois première partout, quel que soit le prix à payer. Et puis, j'ai travaillé pour le ministère du Trésor, et j'ai réussi à me faire une place au soleil... une place de choix. Quelle qu'en soit la raison, Alex, je commençais à être satisfaite de ma carrière et de ma vie en général.

— Et puis tout s'est écroulé après l'affaire Goldberg-Dunne. Tu es devenue le bouc émissaire. Tu n'étais plus du tout la meilleure.

— C'est exactement ce qui s'est passé. Pour moi c'était terminé. Les autres agents faisaient des commentaires dans mon dos. Au bout d'un certain temps, j'ai quitté le service, j'ai donné ma démission. Je n'avais pas le choix. Une vraie connerie et une injustice flagrante... Je suis venue ici... pour faire le point, pour savoir qui diable j'étais. Il fallait que je sois seule.

Jezzie m'attira à elle et me prit dans ses bras, là, au cœur de la forêt. Elle se mit à sangloter doucement. Je ne l'avais jamais vue pleurer auparavant. Je la serrai très fort dans mes bras. Jamais je ne m'étais senti si proche d'elle. Je savais qu'elle me disait des vérités dures à avouer et qu'en retour je devais lui dire de dures vérités sur moi-même.

Nous nous étions installés à l'abri d'un talus et nous causions tranquillement lorsque je me rendis compte que quelqu'un était en train de nous épier depuis les bois. Sans bouger la tête, je tournai les yeux vers la droite. Il y avait quelqu'un, j'en étais sûr. Quelqu'un en train de nous *observer*.

Encore quelqu'un en train d'*observer*.

— Il y a quelqu'un là-haut, Jezzie. A droite, juste derrière la colline, lui murmurai-je à l'oreille.

Elle ne tourna pas la tête. Elle n'avait rien oublié de sa formation policière.

— Tu es sûr, Alex? me demanda-t-elle.

— Tout à fait sûr. Tu peux me faire confiance là-dessus. Séparons-nous. Si ce type fait mine de s'enfuir, on lui court après, et on le coince.

Nous nous séparâmes, prenant chacun un des côtés opposés de la montagne. Cela étonna l'inconnu.
– Il s'enfuit!
C'était bien un homme qui nous *observait*. Il portait des baskets et une tenue de para, avec un capuchon qui se confondait avec les arbres. Je ne pouvais estimer ni sa taille ni sa stature. Du moins, pas encore.

Nous l'avons poursuivi sur un bon quart de kilomètre. Mais comme nous étions tous les deux pieds nus, nous n'arrivions pas à gagner du terrain sur lui. Et sans doute avions-nous perdu quelques mètres dans notre course folle. Les branches et les épines nous avaient lacéré le visage et les bras.

Enfin nous avons débouché sur une route de campagne goudronnée, juste à temps pour entendre le bruit d'une voiture qui accélérait en prenant un virage tout proche. Nous n'avons même pas pu voir la marque du véhicule, et encore moins sa plaque d'immatriculation.

– Alors, ça, c'est drôlement bizarre! dit Jezzie tandis que nous restions au bord de la route à reprendre souffle.

La sueur nous dégoulinait sur le visage et nos cœurs battaient la breloque.

– Est-ce que quelqu'un sait que tu es ici? Qui que ce soit? lui demandai-je.

– Absolument personne, c'est pour ça que c'est si bizarre. Qui diable ça pouvait bien être? C'est inquiétant, Alex. Est-ce que tu as une idée?

J'avais élaboré au moins une douzaine de théories à propos de l'homme que Nina avait vu *observer* Soneji. La plus intéressante était la plus simple. C'était la police qui surveillait Gary Soneji. Mais quelle police? Est-ce qu'il pouvait s'agir de quelqu'un de mon service? Ou de celui de Jezzie?

Pas de doute, c'était effectivement inquiétant.

Quand nous avons regagné la maisonnette, la nuit tombait. Un froid hivernal commençait à s'insinuer dans l'air.

Nous allumâmes un bon feu et fîmes cuire un repas qui aurait pu rassasier quatre personnes. Des flocons de maïs, une énorme salade mélangée, deux steaks de plus de cinq cents grammes, et une bouteille de vin blanc sec, *chassagne-montrachet, premier cru, marquis de Laguiche*.

[texte partiellement coupé dans la marge gauche]

J'ai deux petits problèmes ici à la maison. [...] je suis capable de m'en débrouiller... [...] mande à te voir. Il veut te parler – à toi, et [...] toi. Il dit que c'est très important.

[...] pourrait pas attendre demain matin ? [...] déjà eu une longue journée de travail. Qui plus [...] oyais pas du tout ce que Gary Murphy pourrait [...] uf à me dire.

[...] 'est pas Murphy, c'est *Soneji*, me dit Wallace [...] ne. C'est *Soneji* qui veut te parler tout de [...]

[...] resté un instant sans voix.

[...] ive, Wallace.

[...] moins d'une heure pour arriver à Fallston. [...] logé au dernier étage de la prison. C'est là [...] été internés un certain temps de grands aliénés [...] comme Squeaky Fromme et John Hinckley. [...] quartier *select*, exactement ce que Gary avait

[...] d j'arrivai à sa cellule, j'ai vu que Gary était [...] le dos, sur un lit étroit, sans draps ni couver- [...] tait constamment surveillé par un gardien. On [...] au *régime spécial*. C'est ainsi qu'on appelle une [...] ce permanente.

[...] me suis dit qu'il valait mieux le mettre dans une [...] à part pour la nuit, m'expliqua Wallace, et le [...] us surveillance spéciale et en isolement pendant [...] temps. Jusqu'à ce que nous sachions de quoi il [...] Il vole en plein délire.

[...] va finir par voler en éclats, un de ces jours, dis-je, [...] e opina de la tête.

[...] rai dans la cellule et m'assis sans qu'on m'y ait [...] en avais assez de demander perpétuellement la [...] on aux gens. Gary avait les yeux fixés au plafond. [...] l'impression qu'ils lui étaient rentrés dans le [...] 'étais sûr qu'il savait parfaitement que j'étais là.

Alex !

[...] ienvenue dans mon *psikhushka*, docteur, finit-il [...] d'une voix étrange, râpeuse et monocorde. Vous [...] que c'est qu'un *psikhushka* ?

[...] ait bien Sojeni qui parlait.

[...] hôpitaux psychiatriques transformés en prisons [...] es. C'est là qu'ils mettaient les prisonniers politi- [...] Union soviétique.

[...] xactement. Excellent – il dirigea son regard vers

Après le dîner, la conversation s'est branchée sur Mike Devine et sur Charlie Chakely... et sur l'homme qui *observait* Soneji. Jezzie n'a guère pu m'aider. Elle pensait que je faisais probablement fausse route en cherchant parmi les agents des services secrets, ajoutant que Chakely était du genre soupe au lait, parfaitement capable de piquer une crise parce qu'on l'appelait en Arizona. Il avait toujours été, disait-elle, très amer du temps où il travaillait, et vraisemblablement l'était tout autant maintenant qu'il ne travaillait plus.

A son avis, Mike Devine et Chakely étaient de bons agents, mais pas extraordinaires. S'il s'était passé quelque chose au cours de leur surveillance de la famille Goldberg, ils l'auraient remarqué et on en aurait trouvé la trace dans leur journal de bord. Ils n'étaient ni l'un ni l'autre assez malins pour maquiller leurs rapports. Jezzie en était certaine.

Elle ne doutait aucunement que la petite Cerisier ait bien vu une voiture garée dans sa rue la veille du meurtre des Sanders, mais elle ne croyait pas que quelqu'un *observait* Soneji/Murphy... ni même que Soneji se soit trouvé dans le quartier.

– Je ne m'occupe plus de l'affaire, me dit finalement Jezzie. Je ne représente plus les intérêts du ministère du Trésor, ni de qui que ce soit. Si tu veux que je te donne franchement mon opinion, Alex... Pourquoi, *toi*, ne laisses-tu pas tomber ? C'est terminé. C'est comme l'affaire Lindbergh... un mystère qui restera sans solution. Laisse tomber.

– Je ne peux pas, dis-je à Jezzie. Ce n'est pas comme ça que nous agissons, nous autres chevaliers de la Table Ronde du roi Arthur. Je ne peux pas laisser tomber cette affaire. Chaque fois que j'essaie, il arrive quelque chose qui me fait changer d'avis.

Ce soir-là, nous nous couchâmes très tôt... Neuf heures, neuf heures et demie. Le *chassagne-montrachet, premier cru* avait fait son effet. Il y avait toujours de la passion entre nous, mais aussi de la chaleur et de la tendresse.

Nous nous sommes pelotonnés l'un contre l'autre, avons beaucoup ri, et Jezzie m'a baptisé *Sir Alex, le chevalier Noir de la Table Ronde*. Moi je l'ai appelée la *Dame du Lac*.

Nous avons finalement sombré dans le sommeil tandis que nous chuchotions, en paix dans les bras l'un de l'autre.

Je ne sais l'heure qu'il était quand je me suis réveillé. Mais j'étais couché sur les couvertures, l'édredon s'était déplacé, et j'avais très froid. Une lumière orangée venait de la cheminée, et j'entendais le craquement des bûches. Je me demandais comment il pouvait faire aussi *froid* dans la chambre alors que le feu brûlait toujours.

Ce que voyaient mes yeux et ce que mon corps ressentait se contredisaient mutuellement. Cela me prit quelques secondes de réflexion, puis je me renfonçai sous les couvertures, tirées jusqu'au menton. La lueur que reflétaient les vitres de la fenêtre me paraissait étrange.

Je pensais à la bizarrerie de cette situation : être ici à nouveau avec Jezzie... en plein *nulle part*... Mais je ne pouvais plus imaginer ma vie *sans* elle désormais. J'eus envie de la réveiller... pour le lui dire... pour lui parler de tout et de rien. La Dame du Lac... Le chevalier Noir! ou Geoffrey Chaucer transposé dans les années 1990.

Et puis, tout à coup, je compris que ce *n'était pas* la lueur du feu qui se reflétait dans la vitre.

Je sautai du lit et courus à la fenêtre pour voir, et ce que je vis, c'était quelque chose dont j'avais entendu parler toute ma vie, mais que je pensais ne jamais contempler.

Une croix brûlante répandait une lumière éclatante sur la pelouse[1].

---

[1]. Il s'agit des croix que le Ku Klux Klan dressait – et dresse encore parfois – dans les Etats du Sud devant les maisons des Noirs ou de leurs sympathisants, en guise d'avertissement. *(N.d.T.)*

moi. Je veux passer un nouvel accord avec vous. On repart de zéro.
— Nous n'avons jamais passé d'accord, que je sache.
— Je ne veux pas continuer à perdre mon temps ici. Je ne peux pas continuer éternellement à jouer le rôle de Murphy. Est-ce que vous n'aimeriez pas plutôt découvrir ce qui fait *marcher* Soneji? Bien sûr que oui, docteur Cross. Vous pourriez devenir vous-même célèbre, un homme très important.
Je ne pensais pas qu'il s'agissait encore d'une de ses *échappatoires*, d'une de ses évasions. Il me semblait qu'il contrôlait parfaitement ses paroles
Avait-il toujours été Gary Soneji, le *Méchant Garçon*? Depuis le premier jour où je l'avais rencontré?
Tel avait été mon diagnostic. Et je continuais à le croire.
— Est-ce que vous me suivez jusqu'ici? me demanda-t-il depuis son lit. Il étendit ses longues jambes d'un air très détendu et agita les orteils de ses pieds nus.
— Vous êtes en train de me dire que vous étiez parfaitement conscient de tous vos actes... qu'il n'y a jamais eu de double personnalité. Plus d'échappatoire. Vous avez joué les deux rôles. Et maintenant vous en avez assez de jouer celui de Gary Murphy.
Soneji avait un regard concentré et très intense, ses yeux étaient plus froids et plus pénétrants qu'à l'ordinaire. Il arrive, chez des gens gravement atteints de schizophrénie, que leur vie fantasmée prenne plus d'importance que la vie réelle.
— Exact. C'est au poil, Alex. Vous êtes tellement plus intelligent que les autres. Je suis très fier de vous. Vous êtes le seul à rendre les choses intéressantes pour moi – le seul qui puisse retenir longtemps mon attention.
— Et qu'est-ce que vous attendez de nous? – J'essayais de le maintenir dans l'axe de ses révélations. – Que voulez-vous de moi, Gary?
— J'ai besoin de diverses petites choses. Mais je veux surtout redevenir moi-même, pour ainsi dire. Je veux qu'on reconnaisse tout ce que j'ai réussi à faire.
— Et que recevrons-nous en retour?
Soneji m'adressa un sourire.
— Je vous raconterai tout ce qui s'est passé. Depuis le début. Je vais vous aider à résoudre votre précieuse affaire. Je vais tout vous dire – *à vous*, Alex.

J'attendais qu'il continue. Je pensais sans cesse à la déclaration inscrite sur la glace de la salle de bains : *Je veux être quelqu'un!* Et sans doute avait-il souhaité que ses *réussites* lui soient imputées dès le début.

— Mon plan a toujours été de tuer les *deux* enfants. Je ne pouvais plus attendre. J'éprouve une espèce d'amour/haine envers les enfants, vous savez. Couper les seins et raser les sexes, ça donne aux victimes adultes des corps de gosses. De toute façon, liquider les deux gamins était évidemment la seule conclusion logique, et la moins dangereuse de toute l'affaire – Soneji eut un nouveau sourire, un sourire si étrange, si peu significatif qu'on aurait dit qu'il venait d'avouer un petit mensonge de rien du tout. – Ça vous intéresse toujours de savoir pourquoi je me suis décidé pour un kidnapping, n'est-ce pas ? Et pourquoi j'ai choisi Maggie-Bouton de Rose et son copain Goldberg, la Crevette ?

Il utilisait les surnoms familiers par bravade et par provocation. Au cours des mois précédents, il avait souvent fait montre d'un sens de l'humour très noir et très cynique.

— Tout ce que vous dites m'intéresse, Gary. Continuez.

— Vous savez, me dit-il, un jour j'ai calculé que j'avais tué plus de deux cents personnes. Et, là-dedans, un bon nombre d'enfants. Je fais ce que j'ai envie de faire... Ce qui me passe par la tête sur le moment.

Il eut de nouveau ce petit sourire automatique et complaisant. Il n'avait plus rien de Gary Murphy. Plus rien du bon Américain sportif, bon père et bon mari d'une famille *yuppie* de Wilmington, Delaware. Avait-il commencé à tuer très jeune ?

— Est-ce vrai ? Ou est-ce que vous essayez de me choquer une fois de plus ?

Il haussa les épaules.

— Pour quoi faire ?... Quand j'étais encore enfant, j'ai lu des tonnes d'articles sur le kidnapping Lindbergh. Et puis tout ce qui se rapportait aux grands crimes ! J'ai copié toutes les fiches que j'ai pu trouver à la bibliothèque de Princeton. Je vous ai déjà un peu parlé de tout ça, je crois ? A quel point j'étais fasciné, passionné, totalement obsédé par l'idée de kidnapper des enfants – de les avoir complètement à ma merci... Je voulais les torturer comme des petits oiseaux sans défense. Je m'y suis exercé avec un *ami*. Vous le connaissez, je crois, *Simon Conklin*. Mais ce n'est qu'un psychopathe à la petite semaine, docteur, qui ne mérite pas que vous perdiez votre temps avec lui... Ce n'était *pas* mon partenaire – *pas* non plus mon complice. Moi, ce qui me plaît tout spécialement c'est l'idée que *les parents* soient si angoissés. Ils sont parfaitement capables de s'attaquer à d'autres adultes, mais c'est la fin de tout si quelqu'un enlève un seul petit enfant. Ils se mettent à hurler que c'est *impensable! un crime impensable!* Quelle idiotie! Quelle totale hypocrisie! Pensez-y. Il y a un million d'enfants à peau noire qui sont en train de mourir au Bangladesh, docteur Cross. Tout le monde s'en moque. Personne ne se précipite pour aller les sauver.

— Pourquoi tuer ces familles noires dans la zone en rénovation? lui ai-je demandé. Quel est le rapport avec le reste?

— Et qui dit qu'il devrait y avoir un rapport? C'est ça qu'on vous apprend à John Hopkins? Peut-être est-ce qu'il s'agit de bonnes actions de ma part. Pourquoi n'aurais-je pas moi aussi une conscience sociale, hein? Toute vie comporte une forme d'*équilibre.* Ça, j'y crois. Réfléchissez à ce qu'étaient les victimes que j'ai choisies. Des drogués sans espoir, une très jeune fille déjà engagée dans la prostitution, un petit garçon condamné d'avance...

Je ne savais pas si je devais le croire ou non. Il était en plein délire.

— Dois-je en déduire que vous avez un faible pour nous? Je trouve ça vraiment émouvant.

Il décida de ne pas tenir compte de l'ironie de ma question.

— En fait, j'ai connu une Noire qui était mon amie – parfaitement. Une domestique, la femme qui s'occupait de moi pendant que mon père était en train de divorcer d'avec ma vraie mère, si vous voulez tout savoir. Son double c'était Laura Douglas. Mais elle est finalement retournée à Detroit et m'a abandonné. Une grosse dame bien en chair, avec un rire énorme que *j'adorais*. C'est quand elle est repartie pour Auto-city que Maman-Terreur a commencé à enfermer à la cave l'enquiquineur de service : moi. Vous avez devant vous l'authentique gosse-à-verrou. Pendant ce temps-là, mon faux frère et ma fausse sœur se prélassaient à l'étage dans *la maison de mon père!* et s'amusaient avec *mes* jouets. Ils venaient me provoquer à travers les lames du parquet. Il m'arrivait d'être enfermé pendant des semaines de suite. Ça s'est fixé dans ma mémoire. Est-ce qu'il y a des petites lumières qui s'allument dans votre tête, docteur Cross, et des petites cloches qui sonnent l'alerte? Un jeune garçon qu'on torture dans une cave. Des enfants gâtés enterrés dans une grange. Voilà un beau parallèle bien précis. Est-ce que les pièces du puzzle commencent à s'assembler? Est-ce que notre Gary dit la vérité maintenant?

— Est-ce que *vous* dites bien la vérité? lui demandai-je à nouveau.

Il me semblait que oui. Tout concordait.

— Mais oui. Parole de scout... Pour les meurtres du quartier sud-est — en fait, l'idée d'être le premier grand tueur en série de Noirs me séduisait assez. Je ne compte pas le cul-terreux d'Atlanta, si c'est bien lui qu'ils ont trouvé là-bas. Wayne Williams n'était qu'un amateur. Pareil pour tous les tueurs en série qui s'appelaient aussi *Wayne* : John Wayne Gacy, J. Patrick Wayne Hearney, qui a démembré trente-deux corps humains sur la côte Ouest.

— Mais vous *n'avez pas* tué Michael Goldberg? — je revenais à une déclaration qu'il avait faite auparavant.

— Non. Ce n'était pas prévu pour ce moment-là. Je *l'aurais tué* en temps utile. Un gamin gâté pourri. Il me rappelait mon *frère* Donny.

— Comment expliquez-vous que le corps de Michael Goldberg ait été couvert d'ecchymoses? Racontez-moi ce qui s'est passé.

— Ça vous plaît beaucoup tout ça, docteur, pas vrai? Est-ce que ça ne veut pas dire quelque chose en ce qui vous concerne? Eh, eh...? Bon, quand j'ai vu qu'il était mort tout seul, je suis devenu furieux. J'ai piqué une colère. J'ai propulsé cette saloperie de cadavre à coups de pied à travers tout le terrain. Je l'ai frappé avec ma pelle à creuser... Je ne me souviens plus de ce que j'ai fait d'autre. J'étais hors de moi. Après quoi j'ai jeté cette charogne dans les fourrés qui bordent la rivière. La rivière Sticks[1]?

— Mais vous n'avez pas touché à la fille? Vous n'avez pas fait de mal à Maggie Rose Dune?

— Non. *Je n'ai pas fait de mal à la fille.*

Il parodiait mon inquiétude. Il réussissait à imiter presque parfaitement ma voix. Aucun doute, c'était un remarquable acteur capable d'interpréter des rôles très différents. C'était effrayant de l'observer et d'être dans la

---

1. Jeu de mots sur « sticks » et le « Styx », la rivière des Enfers, dans la mythologie grecque. *(N.d.T.)*

même pièce que lui. Avait-il réellement pu tuer des centaines de fois ? J'en étais persuadé.
— Parlez-moi de Maggie Rose. Dites-moi ce qui lui est vraiment arrivé ?
— D'accord, d'accord, d'accord. L'histoire de Maggie Rose Dunne. Vous pouvez allumer un cierge, et chanter un hymne à Jésus-Christ pour le remercier de Sa gracieuse miséricorde. Après l'enlèvement, elle était dans les vapes. Du moins la première fois que j'ai vérifié. Elle commençait tout juste à émerger après sa dose de Secorbarbital. Alors j'ai joué Maman-Terreur pour la petite Maggie. J'ai imité la voix de Maman-T. quand elle m'interpellait à la porte du sous-sol. *Arrête de chialer... Boucle-la, boucle-la, espèce de sale môme pourri !* Elle a eu une peur bleue, c'est moi qui vous le dis. Et puis je l'ai réexpédiée dans les vapes. J'ai vérifié avec beaucoup de soin le battement de leurs pouls, parce que j'étais certain que le F.B.I. allait demander une preuve que les enfants étaient bien vivants.
— Les battements de leurs pouls étaient normaux ?
— Oui, Alex. Parfaitement normaux. J'ai posé la tête sur leurs petites poitrines et j'ai dominé l'envie que j'avais d'arrêter leurs battements de cœur, au lieu de préserver leur fonctionnement.
— Et pourquoi un kidnapping de dimension nationale ? Pourquoi toute cette publicité ? Pourquoi prendre de tels risques ?
— Parce que *j'étais prêt*. Il y avait très très longtemps que je m'y préparais. Je ne prenais aucun risque. Et aussi j'avais besoin d'argent. Je méritais bien de devenir millionnaire, moi aussi. Tous les autres le sont bien.
— Vous êtes revenu le lendemain pour vérifier que les enfants allaient bien ?
— Le lendemain, elle allait encore très bien. Mais le jour qui a suivi la mort de Michael, Maggie Rose avait *disparu* ! Je suis entré dans la grange avec la voiture, et j'ai vu le trou dans la terre où j'avais enterré la boîte. Un grand trou dans la terre : vide ! Je ne lui ai fait aucun mal. Et ce n'est pas moi non plus qui ai récolté l'argent de la rançon en Floride. Quelqu'un d'autre l'a pris. Et maintenant, inspecteur, c'est à *vous* de découvrir ce qui s'est passé. *Je crois que je le sais !* Je crois que je connais le grand secret.

73.

Je me suis levé à trois heures du matin. En plein délire! Je me suis mis à jouer du Mozart, du Debussy et des airs de Billie Holiday dans la véranda. Les drogués du coin étaient sans doute en train d'appeler la police pour se plaindre du bruit.

Plus tard dans la matinée, je suis retourné voir Soneji-le *Méchant Garçon*. Je suis resté assis un moment dans sa petite chambre sans fenêtre. Tout à coup, il a eu envie de parler. Je croyais savoir où il voulait en venir avec tout ça. Mais, de toute façon, j'avais besoin d'avoir une confirmation de sa part.

– Il faut que vous arriviez à comprendre quelque chose de tout à fait étranger à votre nature, me dit-il. J'étais littéralement en manque pendant tout le temps où j'ai épié cette saloperie de gosse célèbre et son actrice de mère. Je suis un artiste en *horreur à bon marché* et un drogué. J'avais besoin de ma dose.

Je ne pouvais m'empêcher de penser aux enfants maltraités que j'avais comme patients. C'était pathétique d'entendre une *victime* parler de ses propres *victimes*

– Je comprenais très bien mon état *d'envie d'horreur*, docteur. Ma chanson préférée – celle qui me sert de base – c'est *Sympathy For the Devil*... Les Rolling Stones. J'ai toujours essayé de prendre les précautions nécessaires... sans briser mon *Envoûtement*. Je m'étais préparé des portes de sortie, et d'autres itinéraires en cas de poursuite. Je connaissais par cœur les moyens d'entrer et de sortir de tous les quartiers qui m'intéressaient. L'un d'eux passait par l'un des tunnels de l'égout qui va du ghetto à Capitol Hill. C'est là que je changeais de vêtements, perruque comprise. J'avais tout prévu. Je ne pouvais pas me faire

prendre. J'avais une confiance absolue en mes capacités. J'étais sûr de ma puissance.
– Et vous croyez toujours à votre puissance ?
La question était sérieuse. Je ne pensais pas qu'il me dirait la vérité, mais de toute façon, je voulais savoir ce qu'il allait me répondre.
– Ce qui s'est passé après, me dit-il, ma seule et unique erreur, c'est d'avoir laissé mes réussites, les applaudissements de millions d'admirateurs, me monter à la tête. La célébrité peut devenir une sorte de drogue. Katherine Rose souffre de la même maladie, vous savez. Et, pour la plupart des gens de cinéma et des idoles du sport, c'est pareil. Des millions de gens les acclament, leur disent à quel point ils sont *à part*, et brillants. Vous comprenez ? Et parmi toutes ces stars, il en est qui dépassent les limites, qui oublient le travail très dur qu'ils ont dû fournir pour monter sur le podium. C'est ce qui m'est arrivé. Juste à ce moment-là. C'est pour ça que je me suis fait prendre. *J'ai cru que je pourrais m'enfuir du McDonald's !* comme je l'avais toujours fait auparavant. Je m'étais dit que j'allais me payer un petit massacre pour le plaisir, et puis disparaître. Je voulais m'essayer à tous les genres de crimes de grande classe, Alex. Un peu de Bundy, un peu de Geary, un peu de Manson, de Whitmore, de Gilmore.
– Et maintenant que vous êtes plus vieux et plus sage, vous sentez-vous toujours aussi invincible ? demandai-je à Soneji.
S'il faisait de l'ironie, j'estimais avoir le droit d'en faire, moi aussi.
– Vous ne m'en verrez jamais aussi proche. Je crois avoir parfaitement compris le concept, qu'en pensez-vous ?
Il arborait de nouveau cette espèce de sourire de tueur. J'avais envie de le frapper. Gary Murphy était un être tragique, un être pour qui on pouvait presque avoir de la sympathie. Soneji, lui, était un être horrible, l'incarnation du mal. Un monstre humain, une bête féroce à visage humain.
– A l'époque où vous avez surveillé les domiciles des Goldberg et des Dunne, étiez-vous au summum de vos possibilités ? (Tu étais invincible à ce moment-là, salaud ?)
– Non, non, non. Comme *vous* le savez très bien, docteur, je commençais déjà à me laisser aller. J'avais lu trop d'articles de journaux, qui parlaient du *crime parfait*

de Langley Terrace. *Pas de traces, pas d'indices, le tueur parfait!* Même moi, j'ai été impressionné.

— Qu'est-ce qui n'a pas marché à Potomac? Je pensais connaître la réponse, mais je voulais qu'il me la confirme.

Il a haussé les épaules.

— J'étais suivi, voilà.

Nous y voilà, me dis-je : *L'homme qui l'épiait.*

— Vous ne le saviez pas à ce moment-là? demandai-je.

— *Bien sûr que non.* La question lui fit froncer les sourcils. Je ne m'en suis rendu compte que bien plus tard. Et ça a été confirmé au procès.

— Comment est-ce arrivé? Comment avez-vous découvert que vous étiez suivi?

Soneji me regardait fixement, droit dans les yeux. On aurait dit que son regard pénétrait jusqu'au fin fond de mon crâne. Il me considérait comme quelqu'un d'inférieur. Je lui servais simplement de réceptacle quand il avait envie de parler. Mais il me jugeait plus intéressant que les autres. Je ne savais pas si je devais en être fier ou écœuré. Il était aussi curieux de découvrir ce que je savais et ce que je ne savais pas.

— Je m'arrête un instant, si vous le voulez bien, pour préciser un point. C'est important pour moi. J'ai des secrets à vous révéler. Des tas de grands et de petits secrets. Des secrets dégueulasses et des secrets passionnants. Je vais vous en révéler un maintenant. Savez-vous pourquoi?

— Elémentaire, mon cher Gary, lui dis-je. Vous ne pouvez pas supporter d'être sous le *contrôle* d'un autre. Vous voulez absolument mener le jeu.

— Excellente déduction, monsieur l'inspecteur-docteur. Mais je possède vraiment des informations qui peuvent me servir de monnaie d'échange. Des crimes qui remontent à l'époque où j'avais douze ou treize ans. Il s'agit de crimes importants qui n'ont jamais été élucidés. Croyez-moi. Je possède un trésor de révélations que je peux partager avec vous.

— Je vois, lui dis-je. Je suis impatient de les connaître.

— Vous, vous comprenez *toujours* très bien. Tout ce qu'il vous reste à faire, c'est de convaincre les autres zombies de marcher et de mordre dans le fruit mûr en même temps.

— Les *autres* zombies? — Je souriais de sa gaffe.

– Désolé, désolé. Je n'avais pas l'intention de vous attaquer. Les zombies, vous savez de qui je veux parler. Je sais bien que *vous*, vous avez encore moins de respect pour eux que moi.

C'était assez vrai. Il me faudrait convaincre Pittman, le responsable de la brigade des inspecteurs, entre autres...

– Et vous m'y aiderez ? Vous me donnerez des faits concrets ? car il faut absolument que je sache ce qui est arrivé à la petite fille. Laissez enfin un peu de répit à ses parents.

– D'accord. Je *suis prêt* à le faire, dit Sojeni.

Finalement tout était simple. C'est comme ça que se passent presque toutes les enquêtes de police. On attend, on attend encore, on pose des milliers de questions, littéralement des milliers. On remplit des placards entiers de paperasses inutiles. Puis on recommence à poser des questions. On suit d'innombrables pistes qui ne mènent nulle part. Et puis, tout à coup, on tombe sur quelque chose de positif. Ça arrive une fois de temps en temps. Et c'était ce qui se produisait maintenant. Enfin un résultat couronnant des milliers d'heures de travail, la récompense pour avoir continué à interroger Gary sans relâche.

– Je n'avais pas remarqué qu'on me surveillait à ce moment-là, continua Gary Soneji. Et rien de ce que je vais vous raconter ne s'est passé près de la maison des Sanders. Ça s'est passé à Sorrell Avenue, à Potomac. Juste devant la maison des Goldberg, en fait.

Tout d'un coup j'en ai eu assez de le voir jouer à se frapper la poitrine. Il fallait que je sache ce que lui savait. J'étais tout près du but. *Parle, espèce de petit con.*

– Continuez, lui dis-je. Qu'est-il arrivé là-bas, à Potomac ? Qu'est-ce que vous avez vu devant la maison des Goldberg ? *Qui avez-vous vu ?*

– J'y suis allé en voiture un soir avant le kidnapping. Il y avait un homme qui marchait sur le trottoir. Je n'y ai pas fait attention. Je n'ai compris qu'en revoyant le même homme au procès.

Soneji fit une pause. Etait-il encore en train de jouer ? Je ne le pensais pas. Il continuait à me regarder comme si son regard pouvait me pénétrer jusqu'au fond de l'âme. *Il sait qui je suis. Il me connaît, peut-être mieux que je ne me connais moi-même.*

Qu'attendait-il de moi ? Est-ce que je lui servais de figurant compensatoire pour quelque chose qui lui avait manqué au cours de son enfance? Pourquoi m'avait-il choisi moi, comme réceptacle de son atroce déballage?

— Qui était l'homme que vous avez reconnu au procès? demandai-je.

— C'était l'agent des services secrets. C'était *Devine*. Lui et son copain Chakely ont dû me repérer en train d'observer les maisons des Goldberg et des Dunne. Ce sont eux qui m'ont suivi. Ce sont eux qui ont repris la chère Maggie Rose. Ce sont *eux* qui ont récupéré la rançon en Floride. Vous auriez dû chercher du côté des flics depuis bien longtemps. Ce sont *deux flics* qui ont tué la petite fille.

74.

Mes soupçons concernant Devine et Chakely étaient donc fondés. Soneji/Murphy était le seul témoin oculaire, et il l'avait confirmé. Maintenant, il fallait agir. Et d'abord relancer personnellement l'affaire Dunne/Goldberg... en arguant des révélations que personne à Washington n'avait envie d'entendre.
　Je décidai de commencer par le F.B.I. *Deux flics avaient assassiné Maggie Rose.* Il fallait rouvrir l'enquête. Le kidnapping n'avait pas été résolu la première fois. Mais cette fois le pot aux roses allait exploser.
　Je suis allé voir le plus vieux de mes vieux amis, Gerry Scorse, au siège du F.B.I. Après m'avoir laissé poireauter une bonne quarantaine de minutes dans le hall d'accueil, Scorse m'apporta une tasse de café et me fit entrer dans son bureau.
　– Entre, Alex, merci d'avoir bien voulu attendre.
　Il m'écouta poliment et apparemment avec beaucoup d'attention. Je lui racontai ce que j'avais appris auparavant, puis ce que Soneji m'avait dit à propos des deux agents des services secrets, Mike Devine et Charles Chakely. Il prenait des notes, beaucoup de notes sur du papier jaunâtre.
　Quand j'eus terminé, Scorse me dit :
　– Alex, il faut que je passe un coup de téléphone. Attends-moi ici.
　Quand il revint, il me demanda de monter à l'étage avec lui. Il ne m'en parla pas, mais j'étais certain qu'il avait été impressionné par les révélations de Gary Soneji.
　On m'escorta jusqu'à la salle de conférences privée du dernier étage pour rencontrer Kurt Weithas, l'adjoint du directeur, le numéro deux du F.B.I. On voulait me faire comprendre qu'il s'agissait d'une réunion importante.

Scorse entra en même temps que moi dans cette salle de conférences impressionnante et fonctionnelle. Les murs et la plupart des meubles étaient d'un bleu foncé, sobre et sévère. La pièce me rappelait l'intérieur de certaines voitures étrangères. On avait préparé pour nous des blocs-notes jaunes et des crayons. Il fut clair dès le début que Weithas allait diriger la réunion.

– Ce que nous voulons faire, inspecteur Cross, c'est aborder l'affaire de deux façons.

Weithas parlait et agissait comme l'aurait fait un homme de loi très connu et très sûr de lui installé à Capitol Hill. Au fond, c'était d'ailleurs ce qu'il était. Il portait une chemise d'un blanc éclatant et une cravate de chez Hermès. A mon arrivée, il avait ôté les lunettes cerclées de métal dont il se servait pour lire. Il avait l'air très soucieux.

– Je vais vous communiquer tous les renseignements que nous possédons sur Devine et Chakely. En retour, nous vous demandons de coopérer, et de traiter tout cela comme absolument confidentiel. Ce que je vais vous apprendre maintenant... concerne *ce que nous savons déjà depuis quelque temps, inspecteur.* Nous avons mené une enquête parallèle à la vôtre.

– Vous avez ma pleine coopération, lui dis-je, essayant de ne pas montrer ma surprise devant cette information. Mais je vais être obligé de faire un rapport à mon service.

– J'en ai déjà parlé à votre chef – Weithas écarta ce petit détail d'un geste de la main comme s'il s'attendait à pouvoir absolument compter sur moi. Vous nous avez devancés deux ou trois fois au cours de cette enquête. Aujourd'hui, nous vous avons dépassé de très peu, d'un demi-pas.

– Vous disposez d'un personnel plus important que nous – je tenais à le lui rappeler.

A ce stade, Scorse prit la suite de Weithas. Il n'avait rien perdu de son air condescendant.

– Nous avons mis en route notre enquête sur les agents Devine et Chakely au moment même du kidnapping, dit-il. Ils faisaient obligatoirement partie des supects, mais nous ne les considérions pas sérieusement comme impliqués. Au cours de l'enquête, ils ont été soumis à des pressions très fortes. Etant donné que les services secrets transmettent directement leurs rapports au ministère du Trésor, vous pouvez imaginer le traitement qui leur a été réservé.

– J'en ai été le témoin direct la plupart du temps.
Je le rappelai aux deux hommes du F.B.I. Scorse opina de la tête, et poursuivit...
– Le 4 janvier, l'agent Charles Chakely a démissionné. Il a déclaré qu'il en avait envisagé la possibilité bien avant le kidnapping. Il a ajouté qu'il ne pouvait plus supporter les insinuations et les interventions des médias. Sa démission a été acceptée sur-le-champ. A l'époque, nous avions découvert une petite erreur dans le journal de bord que les agents tenaient chaque jour. Une date avait été inconsciemment confondue avec une autre. Rien de bien important. Mais à ce moment-là, nous étions en train de vérifier de très près tout ce qui concernait l'affaire. Nous avons finalement mis sur l'opération neuf cents de nos agents – directement ou indirectement, ajouta l'adjoint du directeur.
Je ne voyais toujours pas où il voulait en venir.
– Petit à petit, nous avons découvert d'autres erreurs dans le journal de bord, continua Scorse. Nos techniciens sont arrivés à la conclusion que deux des comptes rendus individuels avaient été modifiés, en fait, réécrits. Nous avons finalement compris que ce qui avait été éliminé concernait les références au professeur Gary Soneji.
– Ils l'avaient repéré en train d'examiner la maison des Goldberg à Potomac, dis-je, si on peut se fier à ce qu'a déclaré Soneji.
– Je crois qu'on peut lui faire confiance sur ce point. Ce que vous venez de découvrir a confirmé tout ce que nous avions trouvé. Nous sommes à peu près sûrs que les deux agents ont épié Soneji en train d'observer Michael Goldberg et Maggie Rose Dunne. Nous pensons également que l'un d'eux a suivi Soneji et découvert la cachette de Crisfield.
– Avez-vous continué à les filer depuis ? demandai-je à Gerry Scorse.
Il acquiesça d'un geste efficace, comme toujours.
– Pendant au moins deux mois. Nous avions des raisons de penser qu'ils se savaient surveillés. Deux semaines après la démission de Chakely, Devine a lui aussi démissionné. Il a déclaré que sa famille et lui ne pouvaient pas non plus supporter la pression suscitée par les événements. En fait, Devine et sa femme vivent chacun de leur côté.
– J'imagine que ni Chakely, ni Devine n'ont essayé de dépenser l'argent de la rançon, dis-je.
– A notre connaissance, non. Comme je viens de le

dire, ils savent que nous les soupçonnons. Ils ne sont pas idiots. Loin de là.

— Nous en sommes arrivés à une période d'attente où le jeu se révèle délicat et très complexe, dit Weithas. Nous ne pouvons encore rien prouver, mais nous pouvons leur empoisonner la vie. En tout cas, nous pouvons les empêcher de dépenser ne fût-ce qu'un sou de cette bon Dieu de rançon.

— A propos, et le pilote de Floride? Je n'ai eu aucune possibilité d'enquêter là-bas. Avez-vous découvert qui il était?

Scorse fit signe que oui. Le F.B.I. m'avait caché beaucoup de choses. Ça ne m'étonnait guère.

— Il s'agissait finalement d'un pourvoyeur de drogue du nom de Joseph Denyeau. Il était connu de certains de nos agents en Floride. On peut penser que Devine le connaissait et avait loué ses services.

— Qu'est-il devenu?

— Au cas où vous auriez des doutes sur le sérieux des intentions criminelles de Devine et Chakely, en voici la preuve : Denyeau a été assassiné au Costa Rica. On lui a tranché la gorge. On ne pensait pas que nous allions le retrouver.

— Et à ce stade, vous ne jugez pas devoir arrêter Devine et Chakely?

— Nous n'avons aucune preuve tangible, Alex, aucune! Rien qui puisse être accepté par un tribunal. Ce que vous a dit Soneji confirme le tout, mais ne tiendra pas devant des juges.

— Et qu'est devenue la petite fille? Qu'est-il arrivé à Maggie Rose Dunne? ai-je demandé à Weithas.

Weithas ne dit rien. Il exhala un peu d'air de sa lèvre supérieure. J'eus l'impression que pour lui la journée était bien longue. Au sein d'une année bien longue aussi.

— Nous n'en savons rien, répondit Scorse. Nous n'avons recueilli aucun renseignement sur Maggie Rose. Et ça, c'est le plus étonnant de tout.

— Il y a encore une autre complication, me dit Weithas.

Scorse et lui étaient assis sur un canapé de cuir foncé. Les deux hommes du F.B.I. étaient penchés sur une table à café dotée d'un plateau de verre. Un ordinateur IBM et une imprimante occupaient un des côtés de la table.

— Je ne doute pas qu'il y ait bon nombre de complications, dis-je à l'adjoint du directeur. On peut faire confiance au F.B.I. pour garder la plus grande partie des renseignements. Ils auraient pu m'être très utiles au cours de mes investigations. Et peut-être aurions-nous pu retrouver Maggie Rose si nous avions travaillé ensemble.

Weithas jeta un coup d'œil à l'agent Scorse, puis se tourna vers moi.

– La complication s'appelle Jezzie Flanagan, me dit-il.

J'étais sidéré. J'avais l'impression d'avoir pris un coup terrible dans l'estomac. Depuis quelques minutes, je m'attendais à une nouvelle révélation de leur part. Je suis resté assis sur mon siège, le corps vidé et envahi par le froid, je n'étais pas loin de ne *rien* ressentir.

– Nous pensons qu'elle est très compromise dans cette affaire. Jezzie Flanagan et Mike Devine sont amants depuis des années.

75.

Ce soir-là, vers vingt heures trente, je déambulais le long de New York Avenue, la zone des bordels du ghetto de Washington, D.C. C'est là que Sampson et moi allons souvent traîner le soir. Nous nous y sentons à l'aise.

Il venait de me demander comment je supportais tout ça.

– Pas trop bien, merci. Et toi? lui avais-je répondu.

Il était au courant en ce qui concernait Jezzie. Je lui avais raconté tout ce que je savais. Le mystère s'épaississait de plus en plus... Je ne m'étais jamais senti aussi mal dans ma peau que cette nuit-là. Scorse et Weithas avaient reconstruit pour moi le cas de Jezzie dans tous ses détails. Elle était coupable. Il n'y avait pas le moindre doute là-dessus. Un mensonge en avait entraîné un autre. Ce n'était pas un mensonge qu'elle m'avait dit, mais des centaines. Jamais la moindre hésitation. Elle mentait encore mieux que Soneji/Murphy. Sans aucune faille et avec un total contrôle d'elle-même.

– Tu veux que je ferme ma grande gueule ou que je t'en parle? s'enquit Sampson. L'un ou l'autre à ta convenance.

Comme d'habitude, son visage n'exprimait rien. Ce sont peut-être ses lunettes de soleil qui créent cette impression, mais j'en doute fort. Sampson était déjà comme ça à l'âge de dix ans.

– J'ai envie d'en discuter, lui dis-je. Et je prendrais bien un cocktail. J'ai besoin de parler des psychopathes qui mentent tout le temps.

– Je vais nous payer quelques verres, dit-il.

Nous nous sommes dirigés vers *Faces*. C'est un bar que nous fréquentons depuis que je suis entré dans la police. Les clients habituels se fichent de savoir que nous sommes des durs à cuire de la police de D.C. Quelques-uns d'entre eux reconnaissent même que nous faisons plus de bien que de mal dans le quartier.

La foule qui se presse au *Faces* est noire, pour l'essentiel, mais certains Blancs y viennent écouter du jazz, apprendre à danser et à s'habiller.

– C'est Jezzie qui a désigné Devine et Chakely pour ce job ? Sampson passait en revue les faits tandis que nous attendions que le feu de la Cinquième Rue se mette au rouge.

Deux ou trois *punks* du quartier nous suivaient des yeux depuis leur poste d'observation devant *Chez Popeye : poulets frits*. Dans le temps, on trouvait déjà le même genre de voyous, au même coin de rue. Mais à l'époque, ils n'avaient ni autant d'argent, ni revolvers dans la poche.

– Salut, les potes. – Sampson leur adressa un clin d'œil. Il aime se payer la tête des gens. Personne n'essaie de lui renvoyer la balle.

– Exact, c'est comme ça que tout a commencé. Devine et Chakely faisaient partie d'une des équipes chargées de veiller à la sécurité du secrétaire au Trésor et de sa famille. Jezzie était leur chef direct.

– Et personne ne les a jamais soupçonnés ? demanda-t-il.

– Non, pas au début. Le F.B.I. a fait une enquête de routine sur eux. Ils ont enquêté sur tout le monde. On s'est aperçu que le journal de bord de Chakely et Devine comportait des trous. C'est ça qui leur a mis la puce à l'oreille. Un de leurs chiens de garde préposé à l'analyse du dossier s'est rendu compte que le journal avait été falsifié. Le F.B.I. dispose de vingt fois plus de personnel que nous. De plus, ils ont gardé le dossier falsifié pour qu'aucun de nous ne puisse le trouver.

– Devine et Chakely ont découvert Soneji en train de se renseigner sur l'un des enfants. C'est comme ça que tout le cirque a commencé. Le double enlèvement.

Sampson avait déjà compris les principaux épisodes de l'affaire.

– Ils avaient suivi Soneji et sa camionnette jusqu'à la ferme du Maryland. Là, ils ont compris qu'ils étaient en train de filer un kidnappeur potentiel. *Quelqu'un* a eu l'idée de kidnapper les gosses *après* que le premier kidnapping ait eu lieu.

– Une idée valant dix millions de dollars, dit Sampson

qui avait pris un air menaçant. Et Mme Jezzie Flanagan était dans le coup depuis le début?

– Je n'en sais rien. Je pense que oui. Il faudra que je lui pose la question un de ces jours.

– Hem, hem – Sampson hochait la tête pour ponctuer la conversation. – Tu as la tête au-dessus, ou en dessous du niveau de l'eau en ce moment?

– Je n'en sais trop rien. Quand tu te trouves confronté à quelqu'un qui te ment comme elle l'a fait, ça change ton point de vue sur les choses. C'est assez dur à supporter. Dis-moi, mon vieux, est-ce que tu m'as jamais menti, toi?

Sampson montra les dents. Sa mimique se situait entre le sourire et le grognement.

– Tu m'as l'air d'avoir la tête au-dessous du niveau de l'eau.

– J'en ai bien l'impression. J'ai connu des jours meilleurs. Mais j'en ai aussi connu de pires. Allons boire cette bière.

Sampson adressa du bras le salut des artilleurs aux deux voyous toujours dans leur coin. Ils se mirent à rire et nous répondirent par des clins d'œil. Gendarmes et voleurs réunis sur le même terrain! Nous traversâmes la rue pour aller au bar. Un peu d'oubli ne serait pas de trop.

La boîte était pleine à craquer et le resterait jusqu'à la fermeture. Des gens que nous connaissions nous disaient bonjour. Une femme avec qui j'étais parfois sorti était accoudée au bar. Une très jolie fille, très gentille – une assistante sociale qui avait travaillé avec Maria.

Je me demandais pourquoi il n'en était rien résulté. Sans doute étais-je affligé d'une tare bien cachée au fond de moi. Non. Il ne s'agissait pas de ça.

– Tu as vu Ashe là-bas? – Sampson pointait le doigt.

– Je suis policier. Je vois tout, d'accord? Rien ne m'échappe.

– Tu m'as l'air d'être en train de t'apitoyer un peu sur ton sort. Deux bières. Non, quatre, plutôt, dit-il au barman.

– Ça me passera. Tu verras. Seulement voilà, je ne l'avais jamais mise sur la liste des suspects. Une grave erreur.

– T'es un dur, mon vieux. Tu as hérité des gènes de ta méchante grand-mère. On va s'occuper de toi. On va aussi s'occuper de ses fesses... à Mme Jezzie.

– Dis-moi, John, avant tout ça, toi, est-ce que tu la trouvais sympathique ?
– Ma foi oui. Il n'y avait rien à lui reprocher. Elle ment vraiment très bien. Elle a beaucoup de talent. Je n'ai rien vu de pareil depuis le film *Body Heat*. Et à propos : Non, je ne te mens jamais. Même quand je le devrais.

Après notre départ de *Faces*, le moment le plus difficile arriva. J'avais bu quelques bières, mais j'avais à peu près gardé l'esprit clair et à peu près réussi à émousser la douleur. Pourtant j'avais reçu un tel choc en apprenant que Jezzie était dans le coup... Je me souvenais de la manière dont elle avait su égarer mes soupçons concernant Devine et Chakely. Elle m'avait extorqué toutes les informations que la police de D.C. avait pu trouver. Elle avait été le ver dans le fruit. Si sûre d'elle et se dominant parfaitement. Parfaite dans son rôle.

Nana n'était pas encore couchée quand je rentrai à la maison. Jusque-là, je ne lui avais encore rien dit à propos de Jezzie. Un moment affreux à passer, mais que ce soit maintenant ou plus tard n'y changerait rien. Les bières que j'avais bues me donnaient du courage. Les années que nous avions passées ensemble m'encourageaient plus encore.

J'ai dit la vérité à Nana sans plus attendre. Elle m'a écouté sans m'interrompre, ce qui m'en disait long sur la façon dont elle prenait la chose.

Quand j'en ai eu terminé, nous sommes restés assis tous les deux dans le living-room à nous regarder sans rien dire. J'étais assis sur un coussin, et mes longues jambes s'étalaient dans sa direction. Partout autour de nous régnait un silence qui avait tout d'un hurlement.

Nana était assise dans son fauteuil, enveloppée d'une vieille couverture couleur de miel. Elle continuait à hocher la tête doucement tout en se mordillant la lèvre supérieure, et réfléchissait à ce que je lui avais dit.

– Il faut bien que je commence quelque part, finit-elle par dire. Alors je commence par ceci : je ne te dirais pas *Je t'avais prévenu*, parce que je ne pensais absolument pas que les choses tourneraient aussi mal. *J'avais* peur pour toi, mais je n'avais jamais pensé à quelque chose de ce genre. Je n'aurais jamais pu imaginer quelque chose d'aussi horrible. Maintenant viens m'embrasser avant que je monte me coucher, et que je dise mes prières. Ce soir, je vais prier pour Jezzie Flanagan. Oui, c'est ce que je vais faire. Et je prierai aussi pour nous tous, Alex.

– Tu sais exactement ce qu'il faut dire.

Et c'était la pure vérité. Elle savait quand il fallait vous envoyer une gifle, et quand il fallait vous encourager d'une tape sur le derrière.

Je suis allé l'embrasser, après quoi elle a monté l'escalier d'un pas lourd. Je suis resté en bas et j'ai réfléchi à ce que Sampson m'avait dit : *On allait s'occuper de ses fesses, à Mme Jezzie.* Non pas en raison de ce qui s'était passé entre nous deux, non. A cause de Michael Goldberg et de Maggie Rose Dunne. A cause de Vivian Kim qui n'avait aucune raison de mourir. A cause de Mustaf Sanders.

D'une façon ou d'une autre on allait la coincer.

76.

Robert Fishenauer était l'un des gardiens-chefs de la prison de Fallston. Il se disait, ce jour-là, que c'était une très bonne place. Fishenauer croyait savoir à peu près où se trouvaient cachés les dix millions de dollars du kidnapping – en tout cas, une bonne partie de la rançon. Il venait de prendre la route pour aller y jeter un petit coup d'œil.

Il était également persuadé que Gary Soneji/Murphy continuait à se payer la tête de tout le monde. Une occasion unique. En route, non-stop.

Pendant qu'il conduisait sa Pontiac Firebird sur la route 50, qui traversait le Maryland, tout un tas de questions lui trottaient dans la tête. Est-ce que Soneji/Murphy était le vrai kidnappeur ? Savait-il vraiment où se trouvait l'argent ? Ou est-ce qu'il racontait des craques ? Encore un de ces cinglés à la noix de coco, comme il y en avait tant à Fallston, peut-être...

Fishenauer se dit qu'il allait tout savoir dans pas longtemps. Encore quelques kilomètres à faire sur la nationale, et il en saurait plus que n'importe qui, excepté Gary lui-même.

Il allait devoir tourner sur le chemin rarement utilisé qui débouchait derrière la vieille ferme et qui s'était presque complètement effacé. Fishenauer s'en rendit compte en quittant la nationale pour tourner à droite.

Des herbes sauvages et des tournesols avaient poussé tout le long de ce qui avait été une route. Il ne restait même pas de traces de roues visibles dans l'espèce de croûte séchée qui recouvrait le sol.

Toute la végétation était écrasée. Au cours des derniers mois, des troupes de gens s'étaient ruées par ici.

Peut-être le F.B.I. et la police locale. Ils avaient probablement fouillé les lieux une bonne douzaine de fois.

Mais avaient-ils tout passé au crible sérieusement ? Robert Fishenauer se le demandait. La question à mille dollars !

Vers les cinq heures et demie du soir, Fishenauer gara sa Firebird rouge, couverte de poussière, le long du garage en ruine qui se trouvait à gauche de la ferme. Rien de tel qu'une chasse au trésor pour vous électriser.

Gary avait longuement déliré sur la manière dont Hautpmann avait caché la rançon du bébé Lindbergh : *dans son garage* à New York. Hauptmann avait été apprenti charpentier, et il avait encastré un compartiment secret dans le mur de son garage.

Gary lui avait dit qu'il avait fait à peu près la même chose dans la vieille ferme du Maryland. Il avait juré qu'il disait la vérité et que le F.B.I. ne pourrait jamais découvrir sa cache.

Fishenauer coupa le ronronnement du moteur. Un silence quelque peu angoissant s'abattit soudain. La vieille maison avait un air abandonné et passablement inquiétant. Cela lui fit penser à un film qui s'appelait *La Nuit des morts-vivants*. Sauf que cette fois-ci, c'était *lui* le héros du film d'horreur.

Des herbes folles poussaient dans tous les coins et jaillissaient même du toit du garage.

— Eh bien, Gary, mon gars, on va voir si tu n'es qu'un sac à merde. Bon sang, j'espère bien que non.

Robert Fishenauer respira profondément et entreprit de s'extraire de sa voiture basse. Il avait déjà prévu ce qu'il dirait s'il se faisait coincer. Il dirait simplement que Gary lui avait révélé l'endroit où il avait enterré Maggie Rose Dunne... mais que lui, Fishenauer, pensait qu'il s'agissait encore d'une de ses crises de délire.

Quand même, il était inquiet.

Voilà qu'il se trouvait maintenant dans la ferme aux horreurs, en train de tout vérifier. En fait, il se sentait plutôt mal dans sa peau. Il se sentait dans son tort, coupable même, mais il fallait absolument qu'il vérifie. Il le fallait. Il s'agissait de sa loterie personnelle avec un enjeu de dix mille dollars. Et il avait son billet...

Peut-être allait-il découvrir l'endroit où la petite Maggie était enterrée. Il espérait bien que non... Ou bien ce serait le trésor enfoui que Gary lui avait promis.

Là-bas, au trou, l'ami Gary et lui avaient beaucoup discuté, quelquefois des heures durant. Gary adorait parler de ses exploits. Le coup du kidnapping, c'était *son enfant* et il en parlait comme de son *crime parfait*.

Bravo! Si *parfait* qu'il était en train de tirer une condamnation à vie (et plus) dans le quartier de haute sécurité d'une prison pour fous criminels.

Et voilà que Robert Fishenauer était là – juste devant la porte vermoulue de la ferme aux horreurs. Sur les lieux du crime, comme on dit.

La porte était fermée par une barre de métal rouillé. Il enfila une paire de gants épais qu'il utilisait l'hiver pour jouer au golf. Comment expliquerait-il *les gants* s'il se faisait prendre en train de rôder dans le coin. Il souleva la barre et dut tirer la porte très fort vers lui à cause de la végétation qui la bloquait.

Le moment était venu de se servir de sa lampe électrique. Il la sortit de sa poche et l'alluma à pleine puissance. Gary avait précisé qu'il trouverait l'argent sur le mur droit du garage. Dans le coin le plus éloigné, sur sa droite pour être tout à fait précis.

Des tas de vieilles machines agricoles cassées gisaient un peu partout, des toiles d'araignée lui agrippaient la figure et le cou au fur et à mesure qu'il avançait. Il régnait une odeur de pourriture.

Arrivé à mi-chemin, Fishenauer s'arrêta et se retourna. Il fixa la porte ouverte et *écouta* pendant au moins quatre-vingt-dix secondes.

Il entendit un jet qui traversait le ciel un peu plus loin... mais rien d'autre. Il espérait bien qu'il n'y avait personne d'autre.

Pendant combien de temps le F.B.I. pouvait-il se permettre de surveiller une ferme abandonnée? Cela faisait presque deux ans que le kidnapping avait eu lieu!

Ayant constaté qu'il était seul, il continua sa progression vers le fond du garage. Une fois arrivé là, il se mit au travail.

Il tira vers lui un solide établi... Murphy/Soneji lui avait dit que l'établi se trouvait là. Il voyait maintenant que Gary lui avait décrit l'endroit dans tous ses détails, avec une précision incroyable. Il lui avait dit exactement où se trouvaient tous les morceaux des machines cassées. Il avait indiqué à Fishenauer l'emplacement exact de chacune des lattes de bois qui garnissaient les murs pourris du garage.

Debout sur l'établi, Fishenauer se mit à extraire les vieilles planches à l'endroit précis où le mur rejoignait le plafond du garage. *Il y avait une cavité juste derrière,* comme Gary le lui avait dit.

Il braqua sa lampe dans le trou du mur. Elle était bien là, cette partie d'une rançon que Gary était censé ne pas avoir récupérée. Il n'en croyait pas ses yeux. Tout ce tas d'argent devant lui, caché là dans le mur du garage.

77.

A trois heures seize le lendemain matin, Soneji/Murphy pressait son front contre les barres de métal froid qui séparaient sa cellule du couloir de la prison. Il avait un autre rôle très important à jouer. Comme dans *Hellzapoppin.*

Il se mit à vomir sur le linoléum bien reluisant qui tapissait le sol... exactement comme il l'avait prévu. Puis il fut pris de vomissements violents. Entre deux crises, il appelait au secours.

Les deux gardiens de nuit arrivèrent en courant. Depuis le premier jour de son arrivée, on avait établi une surveillance spéciale pour prévenir un suicide éventuel. Laurence Volpi et Philip Hayard étaient des gardiens chevronnés qui travaillaient à la prison fédérale depuis des années. Ils n'aimaient pas trop qu'il se produise des histoires dans le quartier des cellules dont ils étaient responsables, surtout après minuit.

– Qu'est-ce qu'il se passe, hurla Volpi, en regardant la flaque marron et vert qui se répandait sur le sol. Qu'est-ce qu'il t'arrive, ordure?

– Je crois qu'on m'a empoisonné.

Garry ahanait et un sifflement affreux lui sortait du fin fond de la poitrine.

– Quelqu'un m'a empoisonné. On m'a empoisonné. Je suis en train de crever. Mon Dieu, je suis en train de mourir!

– Il y a longtemps que je n'ai pas entendu de si bonne nouvelle, dit Philip Hayard en adressant une grimace à son coéquipier. Pourquoi n'y ai-je pas pensé moi-même... à empoisonner ce salaud.

Volpi sortit son walkie-talkie et appela le gardien-chef de service. Pour éviter un suicide, la surveillance de Soneji était prise très au sérieux par les dirigeants de la prison. Alors, il ne fallait pas qu'il arrive quelque chose quand Volpi était de service.

— Je crois que je vais vomir de nouveau, gémit Gary.

Il s'écroula le long des barreaux et vomit une deuxième fois... très violemment.

Quelques instants plus tard, le gardien-chef arrivait. Laurence Volpi mit son supérieur au courant. Le discours classique pour se *couvrir*.

— Il dit qu'on l'a empoisonné, Bobby. Je n'sais pas ce qui est arrivé. C'est bien possible. Y a pas mal de nos pensionnaires qui l'ont dans le collimateur.

— Je vais l'emmener moi-même à l'hôpital, dit Robert Fishenauer à ses subordonnés.

Fishenauer était le genre de type à tout prendre en charge. Volpi avait compté là-dessus.

— Il va falloir lui faire un lavage d'estomac, je suppose. S'il reste quelque chose à évacuer. Passe-lui les menottes, attache-lui les pieds et serre bien. Il n'a pas l'air assez en forme pour nous causer des ennuis, ce soir.

Un moment plus tard, Soneji/Murphy se dit qu'il était à mi-chemin de se retrouver à l'air libre. L'ascenseur de la prison était capitonné. Les murs étaient revêtus d'un gros tissu matelassé très épais. Par ailleurs, c'était une vieille machine qui se déplaçait avec une lenteur pénible. Son cœur battait comme un tambour. Une bonne petite frousse, ça ne fait pas de mal dans la vie. Mais la poussée d'adrénaline ne s'était pas produite.

— Est-ce que ça va? demanda Fishenauer tandis que l'ascenseur descendait centimètre par centimètre.

Une seule ampoule électrique, sans abat-jour, sortait d'un trou pratiqué dans le capitonnage. Elle éclairait très faiblement.

— Si je vais bien? Est-ce que j'en ai l'air? Je me suis rendu malade pour de vrai. *Je suis* malade. Pourquoi est-ce que cette saloperie d'ascenseur va si lentement?

— Tu vas encore gerber?

— C'est bien possible. Un petit prix à payer – il réussit à esquisser un sourire. Un très petit prix, Bobby.

Fishenauer grogna.

— Oui, sans doute. Mais tourne-toi de l'autre côté si tu décides de gerber.

L'ascenseur dépassa un étage, puis un autre. Il ne s'arrêta pas. Il descendit jusqu'au sous-sol où il s'immobilisa avec une secousse.

– Si on rencontre quelqu'un, on va à la radiographie, dit Fishenauer au moment où la porte de l'ascenseur s'ouvrait. La radio est là, au sous-sol.
– Oui. Je connais le plan. C'est moi qui l'ai imaginé.

Et parce qu'il était plus de trois heures du matin, ils ne rencontrèrent personne tandis qu'ils s'engageaient le long de l'interminable tunnel de la prison. A environ mi-chemin se trouvait une porte. Fishenauer l'ouvrit avec sa clé.

Derrière, il y avait à parcourir une petite distance dans un hall vide et silencieux, avant d'arriver à une porte de sécurité. C'était là que les choses risquaient de se gâter, et Soneji/Murphy avait un autre rôle à jouer. C'était là aussi que Fishenauer verrait si Gary Soneji/Murphy était à la hauteur de sa réputation. Fishenauer ne possédait pas la clé de la porte de sécurité.

– Bon, maintenant, passe-moi ton arme, Bobby. Tu n'as qu'à penser aux dix millions de dollars. Je sais parfaitement mon rôle. Tout ce qui te reste à faire c'est de songer à ta part du gâteau.

Et voilà. Soneji avait l'air de croire que tout était facile. *Fais ceci, fais cela. Prends ta part de dix millions de dollars.* Fishenauer lui tendit son arme sans enthousiasme. Il refusait désormais de réfléchir à ce qu'il était en train de faire. C'était sa chance de quitter Fallston. Sa seule chance. Sinon, il savait qu'il y serait pour le restant de ses jours.

– Je ne vais rien faire de sensationnel, Bobby. Mais ça va marcher. Joue ton rôle à fond. Aie l'air d'avoir une frousse bleue.
– *J'ai* une frousse de tous les diables.
– Tu as bien raison, Bobby; c'est moi qui ai ton arme.

De l'autre côté de la porte de sécurité se trouvaient deux gardiens. Une fenêtre en plexiglas, à hauteur de taille, leur permit de voir l'incroyable spectacle des deux hommes qui se dirigeaient vers eux.

Soneji/Murphy tenait une arme contre la tempe du gardien-chef Bob Fishenauer. Gary avait les mains et les pieds entravés, mais il avait une arme. Les deux gardes se levèrent rapidement et braquèrent leurs carabines anti-émeutes au-dessus de la vitre.

– Ce que vous zieutez, c'est un gardien mort! hurla Gary à tue-tête, sauf si vous ouvrez cette saloperie de porte dans les cinq secondes. Pas une de plus.

– J'vous en prie! se mit à crier Fishenauer. – Il était vraiment terrorisé. Soneji appuyait fortement son arme sur sa tempe. – Il a tué Volpi, là-haut.

Le garde le plus âgé, Stephen Kessler, mit moins de cinq secondes à se décider. Il ouvrit la porte de sécurité avec sa clé. C'était un ami de Robert Fishenauer, et Soneji avait compté là-dessus. Il avait pensé à tout. Il avait compris que Robert était lui aussi un pensionnaire *à vie* de la prison; qu'il s'y sentait enfermé comme l'étaient ses *pensionnaires*. Il avait discuté avec lui de ses frustrations et de sa colère, et il avait tout pigé. Il était sûrement le plus astucieux salaud que Fishenauer ait jamais rencontré. Il allait faire de lui un millionnaire.

Ils se dirigèrent tous les deux vers la voiture. La Firebird était garée tout près de la porte d'entrée. Fishenauer n'avait pas fermé les portières à clé. Ils se trouvèrent dans la voiture en un clin d'œil.

– Très belle caisse, Bobby. Mais à présent tu vas pouvoir t'acheter une Lamborghini. Et même deux ou trois... si tu y *tiens*.

Soneji se coucha sur le siège arrière. Sous une couverture où dormait généralement le collie de Bobby. Ça sentait très fort le chien.

– Et maintenant, sortons de ce piège à rats, dit Soneji de l'arrière de la voiture.

Robert mit en marche le moteur de sa Firebird. A moins d'un kilomètre de la prison, ils changèrent de voiture et sautèrent vivement dans une Bronco garée au bord du trottoir.

Quelques minutes plus tard, ils étaient sur la nationale. Il y avait peu de circulation, mais assez pour qu'ils puissent s'y fondre.

Un peu moins de quatre-vingts minutes plus tard, la Bronco tournait à droite sur le chemin qui conduisait à la vieille ferme du Maryland. Pendant le trajet, Soneji/Murphy s'était offert le mince, mais délicieux, plaisir de savourer son maître plan original. L'idée que deux ans auparavant, il avait effectivement pensé à cacher de l'argent liquide dans le garage l'enchantait – pas l'argent de la rançon, évidemment. *Pour s'en servir en ce moment précis.* Quelle prescience il avait eue là.

– Est-ce que nous y sommes?

Sa voix sortit de dessous la couverture.

Fishenauer ne répondit pas tout de suite, mais Gary savait qu'ils étaient arrivés parce que la voiture sautait sur les ornières. Il se releva et s'assit sur le siège. Il était presque libre et se sentait chez lui. Il *était* absolument *invincible.*

— Le moment est venu de t'enrichir, dit-il en riant bruyamment. Quand as-tu l'intention de m'ôter ces menottes?

Fishenauer ne se donna pas la peine de se retourner. Pour lui, ses rapports avec Soneji/Murphy restaient ceux d'un gardien avec son prisonnier.

— Dès que j'aurai ma part – il parlait du coin des lèvres, alors et alors seulement, tu seras libre!

— Es-tu sûr d'avoir les clés de ces menottes, Robert?

— Ne t'occupe pas de ça. Es-tu sûr de savoir où est caché le reste de l'argent de la rançon?

— Tout à fait sûr.

Il était au fond tout à fait certain que Fishenauer avait les clés sur lui. Gary avait souffert d'une crise violente de claustrophobie pendant l'heure et demie qu'avait duré le trajet. C'était une des raisons pour lesquelles il avait essayé de penser à autre chose – à son maître plan – par exemple. Pendant tout le voyage il avait été assailli de visions du sous-sol où on l'enfermait. Il avait revu sa belle-mère... revu ses deux salauds de gosses. Il s'était revu lui-même enfant... la glorieuse aventure du *Méchant Garçon.* Ses fantasmes avaient pris le dessus pendant un certain temps.

Tandis que la Bronco avançait lentement en cahotant sur le chemin du souvenir, Gary passa ses deux mains autour du cou de Fishenauer et lui serra brutalement la gorge. L'élément de surprise... Il lui tira la tête en arrière en appuyant de toutes ses forces ses menottes contre la pomme d'Adam du gardien de prison.

— Qu'est-ce que tu veux que je te dise, Bobby... Après tout je *suis* un menteur et un psychopathe.

Fishenauer se mit à se débattre et à se défendre de toute son énergie. Il n'arrivait plus à respirer. Il avait l'impression d'être en train de se noyer.

Il se cogna violemment les genoux contre le tableau de bord et le volant. Les râles et les grognements d'animaux des deux hommes se répercutaient bruyamment dans la nuit.

Fishenauer réussit à faire passer ses jambes sur le siège avant à côté de lui. L'une de ses chaussures alla frapper le toit de la voiture. Il avait le torse tordu sur le côté comme s'il avait basculé sur une charnière. Il cherchait à retrouver son souffle et fit entendre un bruit bizarre... On aurait dit celui d'un objet métallique en train de brûler et de se craqueler sur un poêle porté au rouge.

Finalement, il cessa de se débattre et resta inerte. Seules ses jambes étaient encore agitées de quelques soubresauts.

Gary était libre. Comme il l'avait toujours prévu depuis le début... Gary Soneji/Murphy était de nouveau dans la nature.

78.

Jezzie Flanagan marchait dans le hall de l'hôtel *Marbery*, à Georgetown en direction de la chambre 427. Elle se sentait à nouveau obsédée, poussée par quelque chose de compulsif. Elle n'aimait pas du tout ce rendez-vous clandestin, et se demandait de quoi il s'agissait. Elle *avait son idée* là-dessus, tout en espérant qu'elle se trompait. Mais elle se trompait rarement.

Jezzie frappa à la porte. Elle regarda derrière elle pour voir si elle n'était pas suivie. Il ne s'agissait nullement de paranoïa de sa part. Elle savait très bien que la moitié des habitants de Washington passaient leur temps à épier l'autre moitié.

– C'est ouvert. Entre, dit une voix.

Elle ouvrit la porte et le vit allongé sur un divan. Il avait pris un appartement. Mauvais signe. Il jetait l'argent par les fenêtres.

– Un appartement pour des amants!

Mike Devine lui souriait de son divan. Il était en train de regarder les Redskins à la télévision. Parfaitement décontracté. Par bien des côtés, il lui rappelait l'image de son père. Peut-être était-ce à cause de cela qu'elle s'était intéressée à lui. La perversité de la chose en avait été le détonateur.

– Michael, en ce moment, tout ça est très dangereux.

Elle entra dans la pièce, referma la porte... et poussa le verrou. Elle avait donné à sa voix une nuance d'inquiétude, plutôt que de reproche. Une si gentille Jezzie.

– Dangereux ou pas, nous avons à parler. Tu sais que ton petit ami est venu me voir récemment. Et ce matin, sa voiture était garée devant mon immeuble.

— Ce n'est pas mon petit ami. Je passe mon temps à lui soutirer des informations dont *nous* avons besoin.

Mike Devine sourit.

— Tu lui en soutires, il t'en soutire. Et *tout le monde* est content ? Pas moi.

Elle s'assit à côté de lui. Il était très *sexy* et il le savait. Il ressemblait beaucoup à Paul Newman, mais il n'avait pas ses merveilleux yeux bleus dévastateurs. Il aimait les femmes et ça se voyait.

— Je n'aurais pas dû venir, Michael. Nous ne devrions pas être ici en ce moment.

Elle l'embrassa gentiment sur le nez, sur la joue. Elle n'avait pourtant pas la moindre envie de se blottir contre lui. Mais s'il le fallait, elle le ferait. Elle pouvait toujours faire ce qui lui semblait nécessaire.

— Mais si, tu *devais* venir, Jezzie. A quoi sert tout cet argent si nous ne pouvons ni le dépenser, ni être ensemble ?

— Il me semble que nous avons passé quelques jours au bord du lac, il n'y a pas si longtemps. Ou est-ce que j'ai rêvé ?

— Au diable tous ces instants volés. Viens en Floride avec moi.

Elle l'embrassa dans le cou. Il était rasé de près et sentait toujours bon. Elle déboutonna sa chemise et glissa sa main à l'intérieur. Puis elle effleura la bosse qui soulevait son pantalon. Elle était passée en contrôle automatique désormais. Il fallait ce qu'il fallait.

— Il faudra peut-être que nous nous débarrassions d'Alex Cross. Je parle sérieusement, murmura-t-il. Tu m'entends, Jezzie ?

Elle savait qu'il la mettait à l'épreuve, qu'il essayait de provoquer une réaction.

— C'est effectivement une chose grave que tu dis là. Laisse-moi continuer encore un peu. Je finirai par découvrir tout ce qu'il sait. Sois patient.

— C'est parce que tu couches avec lui. C'est ça qui te rend patiente.

— Non. *Absolument pas.*

Elle se mit à déboucler sa ceinture de la main gauche, non sans mal. Il lui fallait prolonger le jeu et dominer la partie pendant encore un certain temps.

— Et qui me dit que tu n'es pas tombée amoureuse de lui ? insista-t-il.

— Mais parce que je suis amoureuse de toi, Michael.

Elle se rapprocha de Devine et le serra contre elle. Il était facile à duper. Tous les hommes l'étaient d'ailleurs. Il ne lui restait plus maintenant qu'à tenir plus longtemps que le F.B.I. et ils ne risqueraient plus rien. Le crime du siècle. Parfait.

79.

J'ai été réveillé par un coup de téléphone à quatre heures du matin. Wallace Hart était au bout du fil dans un état épouvantable. Il m'appelait de Fallston, où il avait un sérieux problème sur les bras.

Je suis arrivé à la prison une heure plus tard. Je faisais partie des quatre privilégiés admis à une conférence secrète dans le petit bureau encombré de Wallace, où il régnait une chaleur insupportable.

On n'avait pas encore averti la presse de cette spectaculaire évasion. Il allait falloir le faire plus ou moins rapidement. On ne pouvait pas y échapper. Ils allaient s'en donner à cœur joie avec la nouvelle à sensation d'un Soneji/Murphy à nouveau libre comme l'air.

Wallace Hart était écroulé sur son bureau couvert de paperasses, comme si on venait de lui tirer dessus. Les autres personnes présentes étaient le directeur de la prison et l'avocat de l'institution.

— Qui est le gardien qui a disparu? ai-je demandé à Wallace à la première occasion.

— Il s'appelle Fishenauer. Il a trente-six ans. Il travaille ici depuis onze ans et il est bien noté. Jusqu'à ce jour, il avait fait correctement son travail.

— Qu'en pensez-vous vraiment? Est-ce que ce gardien aurait pu être pris en otage par Gary?

— Je ne crois pas. Je crois que cette espèce de pourri l'a *aidé à s'évader*.

Ce même matin, le F.B.I. mit sous surveillance Michael Devine et Charles Chakely et ce, vingt-quatre heures sur vingt-quatre. Une de leurs théories était que Gary pourrait s'attaquer à eux. Il savait que c'était eux qui avaient fait échouer son maître plan.

On retrouva le corps du gardien de prison dans un vieux garage en ruine de la ferme de Crissfield, dans le Maryland. On lui avait fourré un billet de vingt dollars dans la bouche. Le billet ne faisait pas partie de l'argent de la rançon versée en Floride.

Les rumeurs habituelles selon lesquelles Soneji/Murphy avait été *vu* ici ou là continuèrent à arriver toute la journée. Il n'en sortit rien.

Gary se trouvait on ne savait où, en train de se moquer de nous, et sans doute de hurler au fond de quelque cave sinistre. Il faisait de nouveau la première page de tous les journaux du pays... Exactement ce qu'il voulait. Le *Méchant Garçon* n° 1 de tous les temps.

Je suis allé en voiture jusqu'à l'appartement de Jezzie, ce même soir vers six heures. Je n'en avais aucune envie. J'avais toujours mal à l'estomac. Ma tête n'allait pas du tout. Il fallait que je la prévienne : elle était peut-être sur la liste de Soneji/Murphy, surtout s'il avait fait le rapprochement entre Devine, Chakely et elle. Il fallait que je l'avertisse sans lui dire tout ce que je savais.

Pendant que je montais les marches de l'escalier en brique qui menait au porche, j'entendais une musique rock venant de la maison, si sonore qu'elle en faisait trembler les murs. C'était un extrait de l'album de Bonnie Raitt, *Je prends mon temps*. Bonnie se lamentait bruyamment dans *I Gave My Love A Candle*.

Jezzie et moi avions passé et repassé cette cassette des quantités de fois dans sa maison du lac. Elle était peut-être en train de penser à moi ce soir-là. Moi, j'avais beaucoup pensé à elle ces derniers temps.

J'ai appuyé sur la sonnette et Jezzie est apparue derrière la porte grillagée. Elle portait ses vêtements habituels : T-shirt, jean coupé, sandales. Elle me sourit et eut l'air contente de me voir. Tout ce qu'il y avait de plus calme, relax. J'avais l'estomac noué et le reste de mon corps était glacé. Je savais ce qui me restait à faire. Je le croyais, en tout cas...

– Encore un mot, dis-je comme si nous venions de terminer une conversation une minute auparavant.

Jezzie se mit à rire et ouvrit la porte. Mais je n'entrai pas. Je restai sous le porche sans bouger. De la maison voisine parvenait le carillon de clochettes qui s'agitaient dans le vent. Je guettais une erreur de sa part, quelque chose qui aurait pu me prouver qu'elle ne connaissait pas son rôle par cœur. Rien.

– Si on allait faire un tour à la campagne ? C'est moi qui t'invite, dis-je.

– Ça me paraît une bonne idée. Je vais aller mettre un pantalon long.

Quelques minutes plus tard, nous enfourchions la moto et démarrions en trombe... Je chantonnais toujours *I Gave My Love A Candle*. En même temps, je repassais tout dans ma tête, une dernière fois. *Je fais un plan, je le revois deux fois. Je veux savoir avant, qui se moque, qui est pour moi.*

– On peut parler *et* rouler en moto en même temps.

Jezzie tournait la tête et criait dans le vent. Je m'agrippai plus fort à sa taille. Ce qui me fit me sentir encore plus mal qu'auparavant. Je me penchai contre ses cheveux et lui criai :

– Je me suis fait du souci pour toi, avec Soneji qui est de nouveau dans la nature.

Jusque-là, je disais la vérité. Je n'avais pas envie de la retrouver assassinée – avec les seins coupés. Elle tourna la tête.

– Pourquoi ? Pourquoi est-ce que tu te faisais du souci pour moi ? J'ai mon Smith & Wesson à la maison.

Parce que tu fais partie de ceux qui ont saboté son crime parfait, et qu'il le sait probablement... avais-je envie de lui dire... Parce que tu as enlevé la petite fille, Jezzie... Tu as enlevé Maggie Rose Dunne, et après il a fallu la tuer, c'est bien ça...

– Il a appris notre liaison par les journaux, ai-je dit. Il pourrait s'en prendre à tous ceux qui ont travaillé sur l'affaire. Surtout s'il pense qu'on a saboté son plan.

– C'est comme ça que son cerveau fonctionne, Alex ? Si quelqu'un le sait, c'est forcément *toi*. C'est toi le psy.

– Il veut que le monde entier sache à quel point il est supérieur. Il lui faut absolument faire de son crime quelque chose d'aussi énorme et d'aussi compliqué que le rapt du bébé Lindbergh. Je crois que c'est ça qui l'obsède. Ce qu'il veut, c'est que son crime soit le plus énorme, et le mieux combiné. Il n'a pas encore fini. Il croit sans doute qu'il est en train de tout recommencer.

– Et qui joue le rôle de Bruno Hauptmann dans notre histoire ? À qui est-ce que Soneji essaie de faire porter le chapeau ? me cria-t-elle à travers le vent.

Est-ce que Jezzie était en train d'essayer de me

donner son propre alibi ? Serait-il possible qu'elle ait été dupée par Soneji ? Ce serait vraiment le bouquet... Mais comment ? et pourquoi ?

— *Murphy* joue le rôle de Hauptmann, lui dis-je, parce que je croyais connaître la réponse. C'est contre *lui* que Soneji a préparé son coup monté. Il a fait condamner et envoyer en prison Murphy qui, *lui*, est innocent.

Nous avons continué à dialoguer pendant la première demi-heure du trajet. Après quoi, le silence s'est établi entre nous, kilomètre après kilomètre sur la route qui s'ouvrait devant nous.

Nous étions l'un et l'autre repliés dans notre monde intérieur. J'étais simplement accroché à son dos. Beaucoup de souvenirs nous concernant me revenaient à l'esprit. Je me sentais très, très mal, dans ma peau. J'aurais voulu que cette sensation disparaisse. Je savais bien qu'elle aussi, comme Gary, était une véritable psychopathe. Pas la moindre conscience morale. J'étais certain que le monde des affaires, le gouvernement et Wall Street étaient remplis de gens identiques – ne regrettant jamais ce qu'ils avaient commis. Sauf s'ils se faisaient prendre. Et alors, en avant pour les larmes de crocodile...

— Et si nous partions de nouveau ensemble ? ai-je fini par dire. Si on retournait aux îles Vierges ? J'en ai besoin.

Je n'étais pas sûr qu'elle m'ait entendu... mais elle me répondit :

— D'accord. Ça me fera plaisir de me retrouver au soleil. En route pour les îles !

Je m'agitai un peu sur le siège arrière de la moto en pleine vitesse. Le coup avait réussi... Nous traversions un paysage magnifique, mais toutes les images qui défilaient, tout ce qui se passait maintenant me faisait mal à la tête, et cela n'allait pas s'arrêter de sitôt.

80.

Plus que toute autre chose, Maggie Rose Dunne avait envie de vivre. Elle s'en rendait compte maintenant.

Elle voulait retrouver sa vie d'avant. Elle avait tellement envie de voir sa mère et son père... de voir tous ses amis, ceux de Washington et ceux de Los Angeles, mais surtout Michael. Qu'est-ce qui était arrivé à la Crevette Goldberg ? Est-ce qu'on l'avait laissé partir ? Est-ce qu'on l'avait libéré une fois la rançon payée ?... alors qu'elle, pour une raison inconnue, on l'avait gardée... ?

Tous les jours Maggie travaillait à ramasser des légumes. Le travail était dur, mais c'était surtout la chose la plus ennuyeuse qu'elle puisse imaginer. Il lui fallait penser à autre chose pendant les longues journées passées sous un soleil brûlant. Il fallait absolument qu'elle ne réfléchisse ni à ce qu'elle faisait ni à l'endroit où elle se trouvait.

C'est ce qu'on lui avait dit et, pourtant, environ un an et demi après le kidnapping, Maggie Rose s'échappa de l'endroit où on la cachait.

Elle s'était habituée à se réveiller très tôt le matin, bien avant tous les autres. Elle s'y était exercée pendant des semaines avant de se décider à tenter quelque chose. Il faisait encore nuit noire, mais elle savait que le soleil se lèverait dans l'heure. Et alors, il ferait tellement chaud.

Elle alla pieds nus jusqu'à la cuisine, tenant ses gros souliers à la main. Si elle se faisait coincer maintenant, elle pourrait dire qu'elle allait aux cabinets. Elle avait la vessie pleine... une précaution qu'elle avait prise pour le cas où on la trouverait là.

On lui avait dit qu'elle n'arriverait jamais à s'enfuir, même si elle sortait du village où elle se trouvait. La ville la plus proche était à plus de quatre-vingts kilomètres. Voilà ce qu'on lui avait dit.

Les montagnes grouillaient de serpents et étaient pleines de dangereux félins. La nuit, elle les entendait parfois gronder. Elle ne pourrait jamais atteindre une autre agglomération. On le lui avait dit.

Et si on la rattrapait, on la mettrait sous terre pendant au moins un an. Est-ce qu'elle se souvenait de ce que c'était d'être enterrée? De ne jamais voir la lumière pendant des jours et des jours?

La porte de la cuisine était fermée. Elle avait réussi à savoir où on rangeait la clé... dans un placard à outils, avec tout un tas d'autres vieilles clés rouillées. Maggie Rose prit aussi un petit marteau pour lui servir d'arme. Elle le glissa dans la ceinture élastique de son short.

Elle introduisit la clé dans la serrure. La porte s'ouvrit. Pour la première fois depuis bien longtemps elle était libre. Son cœur s'envolait comme ces grands éperviers qu'elle avait parfois vus planer au-dessus de l'endroit où on la cachait.

Le simple fait de marcher toute seule lui donnait un sentiment d'exaltation. Elle parcourut un certain nombre de kilomètres, décidée à descendre dans la vallée plutôt que d'aller dans la montagne... même si un des enfants lui avait juré qu'il y avait une ville pas très loin dans cette direction.

Elle avait pris deux quignons de pain dur à la cuisine et les mâchonna pendant les premières heures de la matinée.

Dès que le soleil s'était levé, il avait commencé à faire chaud. Vers dix heures, il faisait vraiment très chaud. Elle suivit un chemin de campagne pendant des kilomètres, sans marcher vraiment sur le chemin, mais à proximité. Elle gardait la route à portée de vue.

Elle marcha ainsi pendant tout le long après-midi, étonnée de voir qu'elle gardait toute son énergie malgré la chaleur. C'était peut-être un des résultats positifs de son travail dans les champs. Elle était plus forte qu'elle ne l'avait été de toute sa vie.

En fin d'après-midi, Maggie Rose qui continuait à descendre la montagne aperçut une ville. C'était une agglomération bien plus grande et bien plus moderne que l'endroit où on l'avait gardée pendant tant de mois.

Elle descendit la dernière pente en courant. Le chemin de campagne débouchait finalement sur une route goudronnée. Une vraie route. Elle la suivit sur une courte distance et vit tout à coup une station-service. Un poste à essence tout à fait ordinaire. *Shell* annonçait la banderole. De sa vie, elle n'avait vu quelque chose d'aussi beau.

Maggie Rose leva les yeux... L'homme était là.

Il lui demanda si elle n'était pas trop fatiguée. Il l'appelait toujours Bobbi, et elle savait que l'homme lui montrait un peu de sympathie. Maggie lui dit qu'elle allait très bien, qu'elle était perdue dans ses pensées.

Elle ne lui dit pas qu'elle avait recommencé à se raconter des histoires, de vrais contes de fées, pour échapper à son chagrin.

81.

Gary avait toujours son maître plan. Moi, j'avais le mien. Le problème consistait à savoir si j'arriverais à l'exécuter correctement. Jusqu'à quel point pouvais-je souhaiter réussir, quel que soit le prix à payer sur le plan humain? Jusqu'où voulais-je aller?

Le voyage vers l'île Vierge de Gorda commença à Washington, D.C., un vendredi, par une sinistre matinée pluvieuse. La température ne dépassait pas dix degrés. En temps normal, j'aurais pris mes cliques et mes claques aussi vite que possible.

A Porto Rico, écrasé de soleil, nous dûmes changer d'avion et prendre un Trislander à trois moteurs. Vers trois heures et demie de l'après-midi, Jezzie et moi amorcions la descente vers une plage de sable blanc... l'étroite piste d'atterrissage, bordée de grands palmiers qui s'agitaient dans la brise.

– Nous y voilà, dit-elle – elle était assise sur le siège à côté de moi. Voilà notre île au soleil, Alex. Je pourrais facilement y rester un mois avec toi.

– Ça ressemble tout à fait à *l'endroit où mon médecin aurait pu m'envoyer.*

Il fallait bien que je me montre d'accord avec ce qu'elle disait. Mais on allait être bientôt fixés. On allait savoir pendant combien de temps encore nous aurions l'un et l'autre envie de rester seuls ensemble.

– Je suis une voyageuse fatiguée, j'ai envie de plonger dans cette eau plutôt que de la contempler d'en haut, dit-elle, de vivre de poissons et de fruits, de nager jusqu'à épuisement.

– C'est bien pour ça que nous sommes venus, il me semble? Pour profiter du soleil, pour oublier tous les salauds?

– Tout ira *bien*, Alex. C'est possible, si tu y mets un peu du tien.

Jezzie avait toujours l'air tellement sincère. J'avais presque envie de la croire.

Quand la porte du Trislander s'ouvrit, l'avion se remplit des odeurs parfumées des Caraïbes. L'air chaud se rua sur les neuf passagers. Nous portions tous des T-shirts aux couleurs vives et des lunettes de soleil. Les visages se mirent à sourire. Je me forçai à sourire moi aussi.

Quand l'avion avait sorti ses roues pour atterrir, Jezzie m'avait pris la main. Elle avait été très présente... et pourtant ce n'était pas elle. J'avais l'impression de vivre un cauchemar. Ce qui se passait à ce moment-là ne pouvait appartenir à la réalité.

Des hommes et des femmes noirs, qui parlaient avec l'accent anglais, nous conduisirent à la douane. On ne fouilla ni mes bagages ni ceux de Jezzie. Tout avait été arrangé avec l'aide du département d'Etat. Dans mon sac de voyage se trouvait un revolver de petit calibre... chargé et prêt à l'usage.

– Alex, ça me plaît toujours autant, dit-elle tandis que nous nous dirigions vers la petite file d'attente pour les taxis.

On voyait des quantités de scooters, de bicyclettes, de petites camionnettes poussiéreuses. Je me suis demandé s'il nous arriverait encore de monter ensemble sur une moto.

– Installons-nous ici pour toujours, dit-elle. Faisons semblant de ne pas être obligés de repartir un jour. Plus de pendules, plus de radio, plus de nouvelles.

– C'est une bonne idée, lui dis-je. On va jouer à *faire semblant* pendant un certain temps.

– Si tu marches, on va le faire!

Elle tapa ses mains l'une contre l'autre à la manière des enfants.

L'aspect de l'île n'avait pas changé depuis notre première visite. Des navires de croisière et des bateaux à voile apparaissaient nombreux sur la mer scintillante. En passant, nous vîmes des petits restaurants et des boutiques d'appareils de plongée. Les maisons, des bungalows peints, étaient équipées d'antennes de télévision. *Notre île au soleil. Le Paradis.*

Nous eûmes le temps d'aller nager sur la plage de l'hôtel. Nous fûmes même un tant soit peu exhibitionnistes – bandant nos muscles et nous défiant dans une course aller et retour jusqu'à un rocher éloigné. Cela me rappela la première fois où nous avions nagé ensemble, à la piscine de l'hôtel de Miami Beach. Le début de sa comédie.

Après le bain, nous restâmes étalés sur la plage à regarder le soleil descendre à l'horizon, l'éclabousser de taches rouge sang, et enfin disparaître.

– *Déjà vu*[1], Alex, dit-elle en souriant. Exactement comme l'autre fois, ou est-ce que je rêve ?

– C'est différent, aujourd'hui, ajoutai-je très vite, nous ne nous connaissions pas aussi bien l'autre fois.

A quoi pensait Jezzie ? J'étais certain qu'elle avait son plan aussi. Je me doutais qu'elle savait que j'avais compris le rôle de Devine et Chakely. Elle allait certainement essayer de deviner ce que j'avais l'intention de faire à leur sujet.

Un jeune Noir, musclé comme un étalon, soigné et élégant dans son short blanc et sa chemise bien nette portant le nom de l'hôtel, apporta des *piña coladas* jusqu'à nos chaises longues.

– Est-ce que vous êtes en voyage de noces ? – Il était assez décontracté et assez libre pour plaisanter avec nous.

– C'est notre deuxième lune de miel, lui dit-elle.

– Eh bien, profitez-en doublement, répondit le garçon en souriant.

Le rythme lent de la vie sur l'île finit par prendre le dessus. Nous dînâmes au restaurant du pavillon de l'hôtel. Encore une fois une impression bizarre de *déjà vu* pour nous deux. Tandis que je restais assis là, au sein de l'atmosphère idéale des Caraïbes, un sentiment de duplicité et de totale irréalité m'envahissait. De ma vie je n'avais connu pareille sensation.

Je regardais passer des plats de pompano grillé, de mérou et de tortue de mer. J'entendais l'orchestre de reggae en train de se mettre en place. Et pendant tout ce temps, je me disais que cette femme si belle qui était assise à côté de moi avait laissé mourir Michael Goldberg. Je pensais aussi qu'elle avait assassiné Maggie Rose Dunne, ou en tout cas avait été complice du meurtre, sans jamais laisser paraître le moindre signe de remords.

Quelque part aux Etats-Unis elle avait caché sa part de la rançon. Mais elle était assez intelligente pour me laisser partager les frais du voyage avec elle.

– Moitié moitié, Alex. Pas de cadeaux ici, okay ?

---

1. En français dans le texte. *(N.d.T.)*

Au dîner, elle mangea une langouste et une petite assiettée de chair de requin en tranches. Elle but aussi deux bières blondes. Une parfaite maîtrise de soi et beaucoup d'astuce. D'une certaine façon, elle était encore plus dangereuse que Gary.

De quoi peut-on parler à une criminelle que vous avez aimée ? Il y avait tant de choses que j'aurais voulu savoir... Mais je ne pouvais lui poser aucune des questions qui me martelaient la tête. Nous discutâmes des jours de vacances qui commençaient, d'un *plan pour ici et maintenant* dans les îles.

Je regardais longuement Jezzie à travers la table. Elle n'avait jamais été aussi belle. Elle repoussait sans cesse une mèche blonde derrière une de ses oreilles. Un geste pour moi si familier et si intime – un tic nerveux bien à elle. Et qu'est-ce qui la rendait si nerveuse et si préoccupée ? Que savait-elle exactement ?

– D'accord, Alex, dit-elle finalement. Veux-tu m'expliquer ce que nous faisons réellement ici, à Gorda ? Est-ce qu'il y a quelque chose de spécial à faire ici ?

Je m'étais préparé à répondre à cette question, mais malgré tout, elle me prit par surprise. Elle l'avait posée de façon remarquable. Je pouvais effectivement retrouver la logique de ce que j'avais à faire. Mais je ne pouvais pas le faire et me sentir bien dans ma peau.

– Je souhaitais que nous puissions parler ensemble, *vraiment* parler l'un avec l'autre. Pour la première fois, peut-être.

Elle eut soudain les larmes aux yeux... Des larmes qui se mirent à couler le long de ses joues, des gouttes d'eau qui scintillaient à la lumière des bougies.

– Je t'aime, Alex. C'est ça le problème... Ça sera toujours difficile pour nous deux. Et ça l'a été jusqu'à maintenant.

– Est-ce que tu veux dire que le monde n'est pas prêt à nous accepter ? ai-je demandé. Ou bien est-ce nous qui ne sommes pas prêts à accepter le monde ?

– Je ne sais pas... Est-ce que ça t'ennuie que les choses soient si difficiles ?

Après le dîner, nous sommes allés nous promener sur la plage, nous dirigeant vers un galion échoué. L'épave pittoresque se trouvait coincée à environ quatre cents mètres du pavillon du restaurant. La plage semblait totalement déserte.

Il y avait un clair de lune, mais le ciel s'assombrit tandis que nous nous approchions du bateau. Des nuages déchirés parcouraient le ciel. Jezzie n'était plus guère qu'une forme sombre à mon côté. Tout ça m'angoissait. J'avais laissé mon revolver dans la chambre.

– Alex.

Jezzie s'était arrêtée. J'ai d'abord cru qu'elle avait entendu un bruit suspect, et j'ai jeté un coup d'œil par-dessus mon épaule. Je savais bien que Gary ne pouvait pas nous avoir suivis. Serait-il possible que je me sois trompé?

– Je me posais des questions, reprit-elle, à propos d'un des aspects de l'enquête... mais je n'ai pas envie d'en parler. Pas ici.

– Quel est le problème?

– Tu ne m'as plus parlé de l'enquête sur Chakely et Devine.

– Bon, puisque tu soulèves la question, je vais te répondre. Tu avais raison à leur sujet depuis le début. Une impasse de plus. Et maintenant, passons de vraies vacances. Nous les avons bien méritées.

82.

Gary Soneji/Murphy *faisait le guet*, mais son esprit divaguait. Il revoyait dans sa tête le plan parfait qu'il avait élaboré, longtemps auparavant, pour kidnapper le bébé Lindbergh.

Il évoquait encore très bien l'image de *Lucky Lindy*, celle de la jolie Anne Morrow, celle du bébé dans son berceau de la nursery installée au premier étage de la ferme de Hopewell, dans le Maryland. Ça, c'était le bon temps, mes amis, celui des plus beaux fantasmes.

Mais, au fait, en ce jour précis d'aujourd'hui, et ici même, que guettait-il ?

D'abord, deux grenouillards du F.B.I. assis dans une Buick *Skylark* noire. Un flic mâle et un flic femelle, pour être précis. Un flic mâle et un flic femelle, en mission de surveillance. Pas de danger de ce côté-là pour lui. Rien à craindre. Pas la moindre inquiétude à avoir.

Ensuite, la tour moderne où l'agent Devine habitait toujours, à Washington. La tour Hawthorne, ainsi appelée en hommage à Nathaniel, un homme angoissé et sombre. Une tour avec une piscine et un solarium sur le toit, des parkings, et des concierges en service vingt-quatre heures sur vingt-quatre. Une belle résidence, vraiment, pour l'ancien agent secret. Et les deux grenouillards qui observaient le bâtiment comme s'il allait lui pousser des ailes !...

Peu après dix heures, un employé du service postal *Federal Express* entra dans l'immeuble super luxueux.

Quelques instants plus tard, revêtu de l'uniforme de service *Avon Federal Express*, effectivement chargé de deux paquets pour deux locataires de la tour Hawthorne, Gary appuya sur le bouton de l'interphone de l'appartement 17 J.

– *Avon, pour un colis !*

Quand Mike Devine ouvrit la porte, Soneji lui envoya une giclée de chloroforme, la même mixture que celle dont il s'était servi pour Michael Goldberg et Maggie Rose Dunne. Ce n'était que justice.

Comme l'avaient fait les deux enfants, Devine s'écroula sur la moquette de l'entrée. On entendait de la musique rock. L'inimitable Bonnie Raitt interprétant : *Eh bien, on va leur fournir un sujet de conversation!*

L'agent Devine se réveilla au bout de quelques minutes. Il était dans les vapes, et voyait double... On lui avait ôté tous ses vêtements. Il était totalement désorienté et ne savait plus du tout où il était.

On l'avait installé dans la baignoire, à moitié remplie d'eau froide. On lui avait attaché les chevilles à la barre des robinets.

– Et merde, qu'est-ce qui se passe?

Il emmêlait ses mots et bafouillait. Il avait l'impression d'avoir bu au moins une douzaine de cocktails.

– Ça, c'est un couteau très tranchant – Soneji/Murphy se pencha vers lui et lui montra son couteau de chasse de chez Bowie. Maintenant regarde bien la démonstration. Fixe le regard vague de tes grands yeux bleus sur ce que je vais faire. *Regarde, Michael.*

Il effleura le haut du bras de l'ancien agent secret. Devine poussa un cri. Une coupure triangulaire inquiétante s'ouvrit sur-le-champ et le sang se mit à couler dans l'eau froide du bain.

– Ça suffit, l'avertit Soneji – il brandissait son arme et menaçait Devine. Il ne s'agit pas du rasoir Sensor de Gillette, ou des lames Schick. C'est plutôt du genre *dès que ça touche, ça saigne.* Alors, je vous en prie, faites attention!

– Qui êtes-vous? – Devine essayait à nouveau de parler. Il mélangeait encore ses mots. – *Quietvous?* dit-il.

– Permettez-moi de me présenter. Je suis un homme qui a des moyens et du goût.

Bon, *d'accord*, sa réussite lui *montait à la tête.* De nouvelles perspectives illuminaient une fois encore son avenir.

Devine comprenait de moins en moins.

– Tout ça sort de : *J'ai de la sympathie pour le diable.* Les Stones? Je suis Gary Soneji/Murphy. Excusez-moi pour cet uniforme grotesque. Un déguisement ridicule. Mais, vous savez, je suis assez pressé. C'est dommage, parce qu'il y a des mois que j'ai envie de vous rencontrer. Oui, vous, *salaud,* vous.

– Qu'est-ce que vous me voulez, bon Dieu?

Devine essayait désespérément de faire preuve de quelque autorité, malgré les circonstances plutôt défavorables.

– On en vient au fait... hum. Okay. Bon! Parce que je *suis abominablement pressé*. Bien, vous avez un choix clair à faire entre deux solutions. LA PREMIÈRE... Je vous coupe le pénis ici, tout de suite, je vous le mets dans la bouche en guise de gag, après quoi je vous torture en vous faisant des centaines de coupures, en commençant par le visage et le cou, jusqu'à ce que vous me disiez ce que je veux savoir. Compris? Suis-je assez clair? Je répète... Choix numéro un : la torture, très pénible, qui aboutit obligatoirement à l'émasculation.

Devine rejeta involontairement la tête en arrière pour s'éloigner un peu du fou qui le menaçait. Sa vision commençait à se rétablir, malheureusement. Ses yeux étaient maintenant grands ouverts. Gary Soneji/Murphy? dans son appartement? Avec un couteau de chasse?

– DEUXIÈME OPTION – le fou continuait à délirer, le visage proche du sien. Je vous extirpe la vérité *maintenant*. Après quoi je vais chercher mon argent *où qu'il soit*. Et puis je reviens pour vous tuer, mais gentiment. Sans mise en scène. Qui sait, vous pourriez même réussir à vous échapper en mon absence. Ça m'étonnerait, mais l'espoir fait vivre. Je vous le dis, Michael, à votre place, je choisirais la deuxième option.

Mike Devine avait l'esprit assez clair pour faire le bon choix, lui aussi. Il dit à Gary où se trouvait sa part de la rançon... ici même, à Washington.

Soneji/Murphy le crut. Mais quand même! on ne pouvait être sûr de rien dans ce genre d'affaire. Il s'agissait d'un policier, après tout.

Avant de sortir, il s'arrêta à la porte de l'appartement et imitant de son mieux la voix d'Arnold Schwarzenegger dans *Terminator*, il dit :

– Je reviendrai!

Le fait est que ce jour-là il se sentait particulièrement bien dans sa peau. Il était en train de résoudre lui-même l'énigme de cette saleté de kidnapping. Il jouait au flic, et il y parvenait assez bien. Le plan allait marcher, naturellement. Il en avait toujours été persuadé.

Garder la tête froide.

83.

Je passai une nuit agitée, me réveillant à peu près toutes les heures. Ici, il n'y avait pas de véranda, ni de piano pour me défouler. Pas de Jannie ou de Damon pour me réveiller. Il n'y avait qu'une criminelle qui dormait tranquillement à mes côtés.
Et le plan que j'étais venu exécuter ici.
Une fois le soleil enfin levé, le personnel des cuisines nous prépara un carton de pique-nique bourré de vivres divers et variés. On avait rempli un panier d'osier de vins fins, d'eau minérale française, et autres denrées de luxe pour gourmets. Il y avait aussi du matériel de plongée, des serviettes de bain duveteuses, et un parasol de plage à rayures jaunes et blanches.
Le tout avait déjà été chargé sur un hors-bord quand nous arrivâmes à l'embarcadère, juste après huit heures. Le bateau mit environ une demi-heure pour aborder notre île... un endroit merveilleux, isolé. Le paradis retrouvé.
Nous avions prévu d'y passer la journée, seuls tous les deux. Les autres couples qui séjournaient à l'hôtel avaient leurs propres îles à retrouver. Une barrière de corail entourait notre plage et s'étendait sur soixante à quatre-vingts mètres de la côte.
L'eau était d'un vert transparent. Si on y plongeait le regard, on pouvait voir la texture du sable qui en tapissait le fond. On aurait pu en compter les grains. Des bandes d'anges de mer et autres poissons batifolaient autour de mes jambes d'un air affairé. Deux barracudas d'un mètre cinquante avaient suivi notre bateau, toutes dents dehors, presque jusqu'à la côte, puis s'étaient lassés et avaient disparu.
– Vers quelle heure voulez-vous que je vienne vous chercher? demanda le marin. C'est à vous de décider.

L'homme était un pêcheur très musclé, d'une quarantaine d'années environ. Aimable et décontracté, il nous avait raconté des histoires de pêche au gros et des anecdotes amusantes sur les îles durant le trajet. Il n'avait pas l'air de trouver étonnant de nous voir ensemble, Jezzie et moi.

– Oh, vers deux ou trois heures de l'après-midi – je me tournai vers elle pour avoir son avis. Vers quelle heure M. Richards doit-il venir nous chercher ?

Elle était occupée à étaler les draps de bain et à installer le reste de notre équipement exotique.

– Trois heures, ça me paraît bien. Ça sera parfait, monsieur Richards.

– Entendu, en attendant, amusez-vous bien, dit-il en souriant. Vous voilà seuls. Je vois bien que vous n'avez plus besoin de mes services.

Il nous salua, sauta dans son bateau, mit le moteur en marche et disparut rapidement.

Nous étions désormais seuls sur notre île personnelle. Ne te fais pas de soucis, sois heureux...

Il y a quelque chose de tellement étrange, un tel sentiment d'irréalité, à se trouver allongé sur une serviette de bain à côté d'une personne coupable de kidnapping et de meurtre... Je passais en revue tout ce que je ressentais, mes plans, ce qu'il me fallait faire.

Je m'efforçais de contrôler mon angoisse et ma colère. J'avais aimé cette femme qui m'était devenue si étrangère. Je fermais les yeux, et confiais mon corps au soleil pour qu'il me détende. Il me fallait absolument éliminer toute tension, ou rien ne se passerait comme prévu.

Comment as-tu pu assassiner cette petite fille, Jezzie ? Comment as-tu pu faire une chose pareille ? Comment as-tu pu mentir à tout le monde ?

Gary Soneji sortit subitement du néant. Il se matérialisa tout à coup, sans que rien ait pu le faire prévoir.

Il était armé d'un couteau de trente centimètres de long, semblable à celui qu'il avait utilisé pour ses tueries du ghetto. Il était penché au-dessus de moi, et son ombre me couvrait complètement.

Il n'était pas possible qu'il ait pu aborder sur l'île, absolument impossible.

– *Alex, Alex*, tu as fait un cauchemar ! me dit Jezzie.

Elle posa une main fraîche sur mon épaule et me toucha doucement la joue du bout des doigts. Cette longue nuit, sans presque dormir... la chaleur du soleil et la brise de mer rafraîchissante... Je m'étais endormi sur la plage.

Je levai les yeux. C'était *elle*, l'ombre qui s'étendait sur moi, pas Soneji. Mon cœur battait à tout rompre. Les rêves agissent aussi fortement que la réalité sur notre système nerveux.

– J'ai dormi longtemps ? lui demandai-je. Eh ben...

– Pas plus de deux minutes, mon chéri. Alex, viens près de moi.

Elle s'allongea près de moi sur le drap de bain. Ses seins effleurèrent ma poitrine. Elle avait ôté le soutien-gorge de son maillot pendant que je dormais. Sa peau satinée brillait d'huile à bronzer. Quelques gouttes de sueur perlaient sur sa lèvre supérieure. Elle ne pouvait s'empêcher d'être séduisante.

Je me redressai et m'assis sur la serviette en m'éloignant un peu d'elle. Je lui montrai du doigt une plantation de bougainvillées qui s'étendait presque jusqu'au bord de l'eau.

– Si on marchait un peu le long de la plage... Okay ? Allons nous promener. J'ai à te parler de différentes choses.

– Quel genre de choses ?

De toute évidence, elle était déçue de se voir repoussée, ne fût-ce que pour un court moment. Elle avait envie de faire l'amour sur la plage. Moi pas.

– Allons, viens. Allons marcher et bavarder un peu, lui dis-je. C'est si bon d'être au soleil.

Je la tirai pour qu'elle se lève, et elle me suivit sans enthousiasme. Elle ne s'était pas donné la peine de remettre le haut de son maillot.

Nous avons suivi la côte, les pieds dans une eau claire et étale. Nous ne nous touchions pas, mais n'étions qu'à quelques centimètres l'un de l'autre. C'était si étrange, si irréel. Un des pires moments de mon existence... peut-être même le pire de tous.

– Pourquoi es-tu si sérieux, Alex ? On devait s'amuser, tu te souviens ? Quand est-ce que nous commençons ?

– Je suis au courant de ce que tu as fait, Jezzie. Cela m'a pris du temps, mais j'ai fini par tout reconstruire. Je sais que tu as enlevé Maggie Rose Dunne de la cache de Soneji. Je sais que tu l'as tuée.

84.

– Je veux que nous parlions de tout ça. Je n'ai pas de micro sur moi, Jezzie. Tu peux le constater.

Elle eut un demi-sourire. Une parfaite comédienne, comme toujours.

– Je le vois bien, dit-elle.

Mon cœur battait à un rythme effrayant.

– Dis-moi ce qui s'est passé. Explique-moi *pourquoi*. Dis-moi ce que j'ai mis presque deux ans à essayer de découvrir, et que tu savais parfaitement. Donne-moi ta version des choses.

Le masque qu'elle portait – son sourire perpétuellement enchanteur – s'était enfin effacé. Elle avait pris un air résigné.

– D'accord, Alex. Je vais te dire un certain nombre de choses que tu veux savoir – ce que tu n'as jamais voulu laisser tomber.

Nous avons continué à marcher, et Jezzie m'a finalement dit la vérité.

– Comment ça a commencé? Eh bien, au début, on faisait tout simplement notre travail. Je te jure que c'est vrai. On surveillait la famille du secrétaire au Trésor. Jerry Goldberg n'avait pas l'habitude d'être inquiété. Et puis les Colombiens l'ont menacé. Il a réagi comme le civil qu'il est. Il a exagéré. Il a exigé que les services secrets s'occupent de toute sa famille. C'est comme ça que tout a commencé... Avec une surveillance de tous les instants qu'aucun de nous n'estimait nécessaire.

– Et c'est pourquoi tu as désigné deux agents qui ne faisaient pas le poids.

– Deux amis, en fait. Et ils faisaient parfaitement le poids. Nous avons estimé que le travail serait plutôt facile. Et puis, un jour, Mike Devine s'est rendu compte qu'un des professeurs, un professeur de mathématiques qui s'appelait Gary Soneji, avait été vu plusieurs fois en train d'observer la maison des Goldberg. On a d'abord cru qu'il s'intéressait au jeune garçon. Devine et Chakely pensaient qu'il était peut-être pédéraste. Mais rien d'autre. De toute façon, nous devions vérifier. Tout cela figure dans le journal de bord original que Devine et Chakely tenaient à jour.

– Et l'un des deux a filé Gary ?

– Deux ou trois fois, oui... dans différents endroits. A ce stade, nous ne nous sentions pas encore concernés, mais on suivait la piste, ce qui était normal. Un soir, Charlie l'a suivi jusqu'au quartier sud-est... Mais nous n'avons jamais fait le rapport entre Soneji et les meurtres qui avaient eu lieu là-bas, surtout que ces meurtres n'ont jamais été relatés dans les journaux. Encore des crimes dans le ghetto. Tu sais bien comment ça se passe.

– Oui, je le sais effectivement. Quand avez-vous compris que Soneji pouvait s'intéresser à autre chose ?

– Nous n'avons jamais pensé à un kidnapping avant qu'il ait enlevé les gosses. Deux jours avant, Chakely l'avait suivi jusqu'à la ferme du Maryland. Mais Chakely n'avait pas pensé à un kidnapping. Rien ne le laissait prévoir.

« Mais il savait où se trouvait la ferme. Mike Devine m'a appelée quand tout s'est déclenché. Ils voulaient se lancer à la poursuite de Soneji à ce moment-là. C'est alors que l'idée m'est venue de récupérer la rançon pour nous. Je n'en suis pas absolument sûre. Peut-être y avais-je déjà pensé avant. C'était si facile, Alex. En trois ou quatre jours, tout serait terminé. Personne n'en souffrirait. En tout cas pas plus qu'ils n'en avaient déjà souffert. Et nous aurions l'argent de la rançon : des millions !

La façon dont Jezzie racontait le kidnapping sans problème me paraissait épouvantable. Elle avait eu beau réduire son rôle c'était elle qui en avait eu l'idée. Ni Devine, ni Chakely. Mais Jezzie. C'était elle le grand maître du jeu.

– Et les enfants ? ai-je demandé. Maggie Rose et Michael ?

– Ils avaient été kidnappés. Nous ne pouvions pas empêcher ce qui s'était déjà produit. Nous avons surveillé la ferme du Maryland. Nous étions sûrs qu'il n'arriverait rien aux enfants. Il s'agissait d'un *prof de maths*. Nous étions certains qu'il ne leur ferait aucun mal. Nous le considérions comme un amateur. Nous avions le contrôle de la situation.

— Il les avait enterrés dans une boîte. Et Michael Goldberg en est mort.

Jezzie fixait la mer. Elle acquiesça lentement.

— Oui, le petit garçon est mort. Et ça a tout changé, pour toujours, Alex. *Pour toujours.* Je ne sais pas si nous aurions pu empêcher cela. C'est alors que nous sommes intervenus et avons pris Maggie Rose. Nous avons lancé notre propre demande de rançon à ce moment-là. Nous avons changé notre plan.

Nous continuions à marcher tous les deux le long de l'eau qui scintillait dans le soleil. Si quelqu'un nous avait vus, il aurait sans doute pensé qu'il s'agissait de deux amants en train de discuter sérieusement de leurs rapports. Pour ce qui était de la deuxième partie, la chose était assez vraie.

Jezzie finit par me faire face.

— Je veux t'expliquer ce qui s'est passé entre nous, Alex. Comment je vois les choses. Ce n'est pas ce que tu crois.

Je n'avais rien à lui dire. J'avais l'impression de me trouver du côté sombre de la lune, et d'être prêt à exploser. Ça hurlait dans ma tête. J'ai laissé Jezzie continuer à parler. Maintenant ça n'avait plus aucune importance.

— Quand tout a commencé, en Floride, j'avais besoin de savoir ce que tu avais découvert. Je cherchais une entrée dans la police de Washington. Tu avais la réputation d'être un bon flic. Et aussi d'être très indépendant.

— Autrement dit tu t'es servie de moi comme d'un garde-fou. *C'est toi* qui m'as choisi pour apporter la rançon. Tu ne pouvais pas faire confiance au F.B.I. Toujours agir en professionnelle, n'est-ce pas, Jezzie ?

— Je savais que tu ne ferais rien qui puisse être dangereux pour la petite. Je savais que tu remettrais la rançon. Les complications ont commencé après notre retour de Miami. Je ne sais pas exactement quand. Je te jure que c'est la vérité.

Je me sentais vide et comme paralysé en l'écoutant. Je suais à grosses gouttes, et ça n'avait rien à voir avec la chaleur des rayons du soleil.

Je me demandais si Jezzie avait apporté son arme sur l'île. Elle agissait *toujours en professionnelle*, il fallait que je m'en souvienne.

— Ça n'a plus d'importance maintenant, Alex, mais je

suis tombée amoureuse de toi. C'est la pure vérité. Tu représentais tellement de choses que je n'osais même plus espérer. Tu étais honnête et chaleureux, tu savais aimer, comprendre. Damon et Janelle me touchaient beaucoup. Quand j'étais avec toi, j'avais l'impression de retrouver mon intégrité.

La tête me tournait, j'avais des nausées. C'était exactement ce que j'avais ressenti après la mort de Maria,... pendant toute une année.

– Ça n'a plus d'importance, non plus, mais je suis moi aussi tombé amoureux de toi. J'ai essayé d'y résister, mais je n'ai pas pu. Je n'aurais jamais pu imaginer que quelqu'un puisse me mentir comme tu l'as fait... me mentir et me tromper. J'ai encore du mal à croire à certains mensonges. Que représentait Mike Devine pour toi? lui ai-je demandé.

Sa seule réponse fut un haussement d'épaules.

– C'est *toi* qui as commis le crime parfait. Un chef-d'œuvre, lui dis-je alors. Tu as réussi le crime génial que Soneji a toujours voulu commettre.

Elle me fixa dans les yeux, mais son regard semblait me traverser le corps. Il restait encore un morceau du puzzle à trouver... un dernier renseignement qu'il me fallait absolument connaître. Un détail impensable...

– Qu'est-il arrivé à la petite fille? Qu'est-ce que vous avez fait de Maggie Rose, toi, ou Devine, ou Chakely?

Jezzie secoua la tête.

– Non, Alex. Cela je ne peux pas te le dire. Tu sais très bien que je ne le peux pas.

Elle avait replié ses bras sur sa poitrine quand elle avait commencé à me dire la vérité. Elle les gardait toujours serrés contre elle.

– Comment as-tu pu tuer une petite fille? Comment as-tu pu faire une chose pareille, Jezzie? Comment as-tu pu tuer Maggie Rose Dunne?

Jezzie se détourna brusquement de moi. Ça, ça allait trop loin, même pour elle. Elle repartit vers l'endroit où nous avions laissé le parasol et les serviettes de plage. Je fis rapidement un pas en avant et lui saisis le bras. Je la tenais par le creux du coude.

– *Lâche-moi*, hurla-t-elle, le visage grimaçant.

– On peut peut-être faire *un arrangement* en échange de l'information que tu me donnerais concernant Maggie Rose, hurlai-je à mon tour. On peut peut-être conclure un arrangement, Jezzie!

Elle se retourna vers moi.

— On ne va pas te laisser rouvrir l'affaire. Ne te fais pas d'illusions, Alex. Personne n'a de preuves contre moi. Toi non plus. Je ne vais certainement pas t'échanger d'informations.

— Mais si, mais si. Bien sûr que si, lui dis-je. — J'avais baissé la voix et je chuchotais presque. — Mais si, mais si, Jezzie, tu vas me donner cette information... *Il n'y a aucun doute là-dessus.*

Je lui montrai du doigt le talus et le bouquet de palmiers qui se faisaient plus denses au fur et à mesure qu'on s'éloignait de la plage de sable.

Sampson se leva et émergea du creux des épais buissons. Il agitait quelque chose qui ressemblait à un bâton d'argent. En fait, ce qu'il tenait à la main était un microphone très puissant.

Deux agents du F.B.I. se levèrent également et me firent signe de la main. Ils étaient restés cachés dans les herbes depuis sept heures du matin. Ils avaient le visage et les bras rouges comme des homards. Sampson avait sans doute pris le coup de soleil de sa vie, lui aussi.

— Mon ami Sampson a enregistré tout ce que tu as dit depuis le début de notre promenade.

Jezzie ferma les yeux pendant quelques secondes. Elle ne s'attendait pas à ce que j'aille aussi loin. Elle ne m'en croyait pas capable.

— Tu vas nous dire comment Maggie Rose a été assassinée, dis-je d'un ton péremptoire.

Elle ouvrit les yeux. Ils avaient rapetissé et étaient devenus tout noirs.

— Tu n'y comprends rien. Tu n'y comprends absolument rien du tout ! dit-elle.

— Qu'est-ce que je ne comprends pas, Jezzie ? Dis-moi ce que je ne comprends pas.

— Tu ne cesses de chercher le bon côté des gens. Mais il n'existe pas. Ton enquête va passer à l'as. Et à la fin c'est toi qui seras l'imbécile. Un imbécile de A à Z. Ils se retourneront tous contre toi, comme avant.

— Tu as peut-être raison, lui dis-je, mais j'aurai toujours la satisfaction d'avoir connu cet instant.

Jezzie s'approcha pour m'envoyer un coup de poing, mais de mon avant-bras je lui bloquai la main. Son corps se tordit et elle s'étala sur le sol.

Sa chute avait été rude, mais elle méritait bien pire. Son visage n'était plus qu'un masque terreux reflétant un étonnement considérable.

— Bon début, Alex, dit-elle, toujours assise sur le

sable. Te voilà bien parti pour devenir un salaud, toi aussi. Toutes mes félicitations.

– Que non ! dis-je à Jezzie. Je me sens très bien. Tout va bien en ce qui me concerne.

Je laissai à Sampson et aux agents du F.B.I. le soin d'arrêter officiellement Jezzie Flanagan. Après quoi je rentrai en skiff à l'hôtel. Je fis mes bagages et, moins d'une heure plus tard, j'étais en route pour Washington.

85.

Deux jours après mon retour, nous reprenions la route, Sampson et moi, en direction d'Uyuni, en Bolivie. Nous avions des raisons d'espérer y retrouver Maggie Rose Dunne.

Jezzie avait parlé, encore et encore. Elle avait échangé des informations. Cependant elle avait refusé de parler au F.B.I, *l'échange s'était fait avec moi.*

Uyuni se trouve en pleine cordillère des Andes, à environ trois cents kilomètres d'Oruro. Pour y arriver, il faut prendre un petit avion, atterrir à Rio Mulatos, et continuer en Jeep ou en camionnette.

Nous étions huit dans la *Ford Explorer*, à effectuer la dernière partie du trajet : deux agents spéciaux du département du Trésor, l'ambassadeur américain en Bolivie, notre chauffeur, Sampson, moi, Thomas et Katherine Rose Dunne.

Au cours de séances éreintantes qui s'étaient déroulées pendant les dernières trente-six heures, Charles Chakely et Jezzie avaient l'un et l'autre consenti à nous donner des informations. Le corps mutilé de Mike Devine avait été retrouvé dans son appartement de Washington. La chasse à l'homme s'était intensifiée. Mais jusqu'à maintenant, rien de nouveau ne s'était produit. Gary était certainement en train de regarder notre voyage en Bolivie à la télévision. Gary regardait *son* histoire.

Chakely et Jezzie avaient fait des récits concordants à propos du kidnapping. L'occasion s'était présentée de ramasser dix millions de dollars sans que personne s'en aperçoive. Ils ne pouvaient pas libérer la fillette. Il leur fallait nous faire croire que le kidnappeur était Soneji/Murphy. La petite fille aurait pu tout raconter. Ils n'avaient quand même pas voulu aller jusqu'à tuer Maggie Rose. Du moins était-ce ce qu'ils nous avaient dit.

Pendant les derniers kilomètres du voyage, Sampson et moi sommes restés silencieux, comme d'ailleurs tous les autres passagers.

J'observais les Dunne tandis que nous approchions d'Uyuni. Ils restaient assis calmement, mais avec une certaine réserve l'un vis-à-vis de l'autre. Comme Katherine me l'avait expliqué, la perte de Maggie Rose avait détruit presque totalement leur mariage. Je me souvenais de les avoir beaucoup appréciés au début. J'étais toujours attaché à Katherine Rose. Nous avions parlé ensemble pendant un long moment au cours du trajet. Elle m'avait remercié avec une grande émotion, et cela je ne pouvais l'oublier.

J'espérais que leur petite fille était saine et sauve et les attendait au bout de cette longue et douloureuse épreuve... Je songeais à Maggie Rose... Une gosse que je n'avais jamais vue et que j'allais bientôt connaître. Je me souvenais de toutes les prières faites pour elle, des pancartes brandies autour du palais de justice, des bougies allumées dans l'embrasure de tant et tant de fenêtres.

La camionnette grimpait une pente très raide dans le village d'Uyuni. Des cabanes de tôle ou de bois bordaient les deux côtés d'une rue qui n'était en fait qu'une tranchée taillée dans le roc. On voyait des fumées s'échapper de quelques toits métalliques. La route étroite semblait continuer à grimper jusqu'au sommet des Andes.

A mi-chemin, Maggie Rose nous attendait sur la route.

La fillette de onze ans se tenait debout devant la porte d'une des cabanes qui se ressemblaient toutes. Avec elle se trouvaient plusieurs membres de la famille Patino. Elle avait passé presque deux ans avec eux. On avait l'impression qu'il y avait chez eux une douzaine d'autres enfants.

A environ cent mètres de distance, on la voyait nettement par les fenêtres de la camionnette qui cahotait péniblement.

Maggie Rose portait le même genre de vêtements que les autres enfants : une sorte de chemise ample, des shorts de coton et des tongs... mais ses cheveux blonds la différenciaient du groupe. Elle était très bronzée, elle avait l'air en bonne santé et ressemblait à sa ravissante maman.

La famille Patino n'avait pas la moindre idée de son

identité réelle. Personne à Uyuni n'avait jamais entendu parler de Maggie Rose Dunne... ni même à Pulacayo, un village tout proche, ni non plus à Ubina situé à quelque seize kilomètres de l'autre côté des Andes. Tout cela nous l'avions appris par la police et les officiels de Bolivie.

On avait donné de l'argent à la famille Patino pour qu'ils gardent la fillette au village avec eux, pour veiller sur elle, mais pour qu'elle reste là. Mike Devine avait expliqué à Maggie qu'elle n'avait aucune possibilité de s'échapper, *aucun endroit* où se réfugier. Si jamais elle essayait, on la rattraperait et on la torturerait, et on la garderait sous terre pendant très, très longtemps.

Je n'arrivais pas à la quitter des yeux – cette petite fille qui avait pris une telle importance pour tant de gens. Je pensais aux innombrables photos et affiches qui lui avaient été consacrées. Je n'arrivais pas à croire que c'était bien elle qui se tenait là devant nous. Après tant de mois.

Maggie Rose ne souriait pas, ne manifestait rien, tandis qu'elle nous regardait grimper la côte dans la camionnette de l'ambassade des Etats-Unis. Elle n'avait pas l'air heureuse qu'on soit enfin venu la chercher, ni de se savoir sauvée.

Elle avait l'air troublée, blessée, affolée. Elle faisait un pas en avant, puis un pas en arrière, et se retournait pour regarder sa *famille.*

Je me demandais si elle comprenait ce qui se passait. Elle avait été si profondément traumatisée. Je me demandais si elle était capable de ressentir quelque chose. J'étais content de me trouver là et de pouvoir éventuellement l'aider psychologiquement.

Je pensai de nouveau à Jezzie, et secouai la tête involontairement. La tempête qui m'habitait ne se calmait pas. Comment avait-elle pu faire une chose pareille pour deux ou trois millions de dollars? Pour tout l'argent de l'univers?

Katherine Rose fut la première à sortir. C'est à ce moment précis que Maggie Rose tendit les bras. *Maman!* cria-t-elle. Puis, après une fraction de seconde, elle sembla bondir en avant. Maggie Rose courait vers sa mère. Elles se retrouvèrent dans les bras l'une de l'autre.

Pendant la minute qui suivit, je ne vis pas grand-chose de ce qui se passait, à cause de mes larmes. J'ai regardé Sampson et j'en ai vu couler une derrière ses lunettes noires.

– Deux vrais durs de flics, dit-il en grimaçant.

Il avait ce sourire de loup solitaire que j'aime tant.
– Tu l'as dit. On est les flics les plus chouettes de Washington, D.C., lui ai-je répondu.
Maggie Rose allait enfin rentrer chez elle. Son nom résonnait dans ma tête comme une sorte d'incantation... Maggie Rose, Maggie Rose. Vivre ce moment valait pour moi toutes les peines et les efforts du monde.
– *Fin*, déclara Sampson.

SIXIÈME PARTIE

LA MAISON D'ALEX CROSS

86.

La maison des Cross était là, de l'autre côté de la rue. C'était bien elle, dans toute son humble gloire.

Le *Méchant Garçon* était fasciné par les lumières orangées qui brillaient dans la maison. Ses yeux passaient d'une fenêtre à l'autre. Il aperçut à deux ou trois reprises une femme noire passer lentement devant l'une d'elles, au rez-de-chaussée. La grand-mère, sans aucun doute.

Il connaissait son nom, Nana Mama. Il savait qu'Alex l'avait baptisée ainsi quand il était petit. Au cours des dernières semaines, il avait appris tout ce qui concernait la famille. Il avait désormais établi son plan en ce qui la concernait. Un assez joli petit projet.

Le *Méchant Garçon* aimait parfois à avoir peur. Peur pour lui-même, peur pour les habitants de la maison. Il aimait beaucoup cette impression – à condition, bien sûr, de pouvoir la contrôler.

Il finit par se décider à quitter sa cachette et à s'approcher encore plus près de la maison. *Devenir la peur elle-même.*

Sentir la peur en lui aiguisait ses sens. Il était alors capable de se concentrer pendant un très long temps. Tandis qu'il traversait la rue, il n'était plus conscient que de la maison et de ses habitants.

Le *Méchant Garçon* disparut dans les buissons qui longeaient la façade. Son cœur battait plus fort. Sa respiration était devenue courte et rapide.

Il prit une profonde inspiration, et expira l'air lentement par la bouche. Ralentis ton rythme, profite bien de l'instant, pensa-t-il.

Il se retourna, *dos à la maison*. Il sentait la chaleur des murs contre son corps. Il observait les rues du ghetto à travers les branches. Il faisait toujours plus sombre dans le quartier sud-est. On ne remplaçait jamais les lampadaires cassés.

Il faisait très attention. Il prenait tout son temps. Il observa la rue pendant dix minutes, sinon plus. Personne ne l'avait remarqué. Il était sûr, cette fois-ci, que personne ne l'avait espionné.

Encore une chose à faire, et il pourrait passer à des projets plus valables et plus importants.

Ces paroles, il les pensa, ou se les dit à voix basse. Il lui arrivait de ne plus très bien savoir où il en était. Il y avait tant de choses qui se pressaient dans sa tête pour finalement se fondre en une seule : ses pensées, ses paroles, ses actes, ses fantasmes.

Il avait réfléchi à chaque détail des centaines de fois avant cette soirée très spéciale. Quand tout le monde dormirait profondément, probablement entre deux et trois heures du matin, il enlèverait les enfants, Damon et Janelle.

Il commencerait par les droguer dans leur chambre du deuxième étage. Et pendant tout ce temps, il laisserait le docteur-détective Alex dormir de son bon sommeil.

Il était obligé d'agir de la sorte. Le fameux docteur devait souffrir énormément. Cross devait absolument participer à la nouvelle chasse à l'homme. C'était comme ça que cela devait se dérouler. C'était la seule solution valable.

Et ce serait lui, le vainqueur.

Cross n'aurait sûrement pas besoin d'une autre motivation, mais il lui en ménageait une de toute façon. Il commencerait par assassiner la vieille. Il n'irait dans la chambre des enfants qu'après...

Personne ne réussirait à élucider le crime, bien entendu. On ne retrouverait jamais les enfants. Il n'y aurait pas de demande de rançon. Et l'affaire terminée, il pourrait passer à autre chose.

Il oublierait vite l'inspecteur. Mais Alex Cross ne pourrait jamais, jamais l'oublier, ni lui, ni ses enfants disparus.

Gary Soneji/Murphy se retourna vers la maison.

87.

– Alex, il y a quelqu'un dans la maison. Alex, quelqu'un est entré ici.
Nana me chuchotait ces mots dans l'oreille.
Je me levai et quittai mon lit avant même qu'elle ait fini de parler. Les années passées dans les rues de Washington m'avaient appris à me déplacer rapidement.
J'entendis un infime *bruit sourd* quelque part. Oui, aucun doute, il y avait quelqu'un dans la maison. Le bruit ne provenait pas de notre vieille chaudière.
– Nana, reste ici. *Ne sors pas* avant que je t'appelle. Quand tout ira bien, je crierai très fort.
– Alex, je vais appeler la police.
– Non, reste ici et n'en bouge pas. La police, c'est *moi*. Reste ici.
– Les enfants, Alex.
– Je m'occupe d'eux. Reste ici. Je vais te les amener. Je t'en prie, pour une fois, fais ce que je te dis. *Je t'en prie, fais ce que je te dis.*
Il n'y avait personne dans le couloir sombre de l'étage. Personne que je puisse voir en tout cas. Mon cœur battait à tout rompre tandis que je me précipitais vers la chambre des enfants.
Je tendis l'oreille dans l'espoir de détecter un nouveau bruit. Tout était trop silencieux maintenant. Je pensais à cette horrible violation : *Il y avait quelqu'un dans notre maison.* Je chassai cette pensée.
Il fallait que je me concentre sur *lui*. Je savais de qui il s'agissait. Après mon retour avec Sampson et Maggie Rose, j'avais pris toutes les précautions possibles pendant des semaines. Mais finalement j'avais un tout petit peu relâché ma surveillance. *Et il était venu.*

Je courus vers la chambre des enfants le long du hall.

J'ouvris la porte. Elle grinça. Damon et Janelle dormaient. J'allais les réveiller rapidement, et les emmener tous les deux, là où était Nana. Je n'emportais jamais mon arme à l'étage, à cause des enfants. Elle était restée en bas dans mon coin à moi.

J'appuyai sur l'interrupteur de la lampe de chevet. *Rien!* Pas de lumière.

Je repensai à la tuerie chez les Sanders et les Turner. Soneji aimait agir dans l'ombre. L'obscurité lui servait de carte de visite, de signature. Il avait toujours coupé l'électricité. Le monstre était bien là.

Soudain, je reçus un coup assené avec une force terrifiante. Quelque chose m'avait atteint avec la puissance d'un dix tonnes lancé à toute vitesse. Je savais que c'était Soneji. *Il m'avait littéralement sauté dessus.* Il avait failli m'avoir du premier coup.

Il était doté d'une force brutale fantastique. Toute sa vie, son corps et ses muscles avaient été constamment tendus et détendus. Depuis qu'il avait été enfermé dans la cave, il avait pratiqué des exercices de tension et de relaxation. Cela faisait bien trente ans qu'il possédait une musculature et des nerfs d'acier, à force de vouloir régler ses comptes avec le monde, et de chercher à atteindre la célébrité qu'il considérait comme son dû.

Je veux être quelqu'un.

Il se jeta de nouveau sur moi. Nous nous écroulâmes dans un grand bruit. J'en eus le souffle coupé.

Je me cognai la tête sur l'angle très dur d'un bureau. Ma vue se brouilla. Mes oreilles se mirent à bourdonner. Je vis des étoiles brillantes danser tout autour de moi.

– *Docteur Cross! C'est bien vous? Avez-vous oublié que c'est moi qui mène le bal?*

Je pouvais à peine distinguer le visage de Gary. En hurlant mon nom, il essayait de me percer les tympans, grâce à sa force vocale.

– Vous ne pouvez rien contre moi! hurla-t-il de nouveau. Vous ne pouvez rien faire, docteur! Avez-vous compris! Commencez-vous à comprendre? La star, c'est moi. Pas vous!

Ses mains et ses bras ruisselaient de sang. Il y avait du sang partout. Je le voyais maintenant. *Qui avait-il frappé? Qu'est-ce qu'il avait fait dans notre maison?*

J'arrivais à distinguer des formes vagues dans la

pénombre de la chambre. Je le vis tenir un couteau qu'il brandissait dans ma direction.

— C'est moi la star ici! Je suis Soneji! ou Murphy. Je suis qui je veux!

Je compris enfin d'où venait le sang qui lui poissait les mains et les bras. *C'était le mien.* Il m'avait donné un coup de couteau quand il m'avait attaqué la première fois.

Il leva son arme pour me frapper une deuxième fois. Il grognait comme une bête. Les enfants s'étaient réveillés. Damon hurlait *Papa!* et Jannie s'était mise à pleurer.

— Allez-vous-en vite, les enfants! leur criai-je. Mais ils avaient bien trop peur pour sortir du lit.

Il fit une parade et la lame s'abattit de nouveau. Je me déplaçai brusquement. Le couteau me déchira l'épaule.

Cette fois-ci, je sentis la douleur et compris tout de suite ce que c'était. Soneji venait de m'entailler le haut de l'épaule.

Je hurlai contre lui. Les enfants pleuraient. Maintenant, je ne pensais qu'à le tuer. J'avais la tête qui éclatait. Je n'étais plus possédé que par une rage folle contre ce monstre qui était entré dans ma maison.

Soneji/Murphy leva de nouveau son poignard. La lame de mort était si longue et si acérée que je n'avais même pas senti la première blessure. Elle était entrée comme du beurre.

C'est alors que j'entendis un autre hurlement... un cri féroce. Soneji resta figé sur place pendant une fraction de seconde.

Puis il se retourna en grondant comme un chien sauvage. Une silhouette se profila dans l'embrasure de la porte et se précipita sur lui. Nana Mama l'avait interrompu.

— C'est notre maison! criait-elle avec toute la fureur dont elle était capable. Allez-vous-en d'ici!

Une lueur métallique attira mon regard vers le bureau. J'étendis le bras et attrapai les ciseaux qui gisaient sur la chemise où Jannie rangeait ses poupées de papier. C'étaient les grands ciseaux dont se servait Nana.

Soneji/Murphy fendit à nouveau l'air avec son arme. Le même couteau dont il s'était servi pour les meurtres du quartier en rénovation? Le couteau avec lequel il avait assassiné Vivian Kim?...

Je lui portai un coup et sentis sa chair se déchirer. Les grands ciseaux lui avaient ouvert les joues. Son hurlement retentit dans la chambre.

— Pourriture!

Je me mis à le défier.

– Un petit souvenir de ma part... Et qui est-ce qui perd son sang maintenant? Soneji ou Murphy?

Il me cria quelque chose que je ne compris pas, et de nouveau se précipita sur moi.

Je l'atteignis quelque part dans le cou. Il fit un saut en arrière, m'arrachant les ciseaux par la même occasion.

– Je t'attends, ordure! criai-je.

Tout à coup, il oscilla sur ses jambes et sortit de la chambre des enfants en titubant. Il n'essaya pas d'atteindre Nana – le symbole de la mère. Il était sans doute trop grièvement blessé pour tenter quelque chose.

Il se tenait la figure dans les deux mains, et fit entendre un long cri aigu et perçant tandis qu'il quittait la pièce en courant. Etait-il en proie à une de ses transes? S'était-il réfugié dans l'un de ses fantasmes?

Je m'étais affaissé sur un genou et n'avais aucune envie de bouger. Quelque chose rugissait dans ma tête.

Je réussis quand même à me relever. J'étais couvert de sang. Il y en avait partout, sur ma chemise, mon short, mes jambes nues. Mon sang et le sien.

Une poussée d'adrénaline me redonna de l'énergie. J'attrapai un vêtement et je partis à la poursuite de Soneji.

Cette fois-ci, il ne m'échapperait pas. Je ne le laisserais pas faire.

88.

Je me précipitai à l'endroit où j'avais caché mon revolver. J'étais certain qu'il avait *un plan*... en cas de fuite. Il avait dû se répéter des centaines de fois chacune des actions qu'il aurait à faire. Il vivait au cœur de ses fantasmes, pas dans le monde réel.

Je me dis qu'il avait sûrement quitté la maison, qu'il prenait *la fuite* pour mieux pouvoir revenir et mener à bien son projet. Est-ce que je commençais à raisonner comme lui? Il me semblait que oui. C'était inquiétant.

La porte d'entrée était grande ouverte. Je l'avais suivi à la trace jusqu'ici. Il y avait des taches de sang répandues sur le tapis. M'avait-il laissé une piste?

Où pourrait bien aller Gary si les choses tournaient mal? Il avait sûrement préparé quelque chose. Quel pouvait bien être l'endroit idéal? A quel acte absolument inattendu pouvait-il se livrer? J'avais du mal à réfléchir avec ce sang qui coulait de mon flanc et de mon épaule gauche.

Je sortis en titubant dans l'obscurité et le froid mordant de l'aube. Il était quatre heures du matin. Notre rue était plongée dans le silence. Quant à l'endroit où il avait pu aller, une seule et unique idée me vint à l'esprit.

Je me demandais s'il avait pensé que je tenterais de le suivre. Etait-il déjà en train de m'attendre? Soneji/Murphy avait-il encore une double avance sur moi? Ça avait toujours été le cas. Il fallait absolument que ce soit moi qui aie de l'avance sur lui... juste une fois.

La ligne du métro passait à un pâté de maisons de chez nous, dans la Cinquième Rue. On était encore en train de construire le tunnel, mais un certain nombre de gosses du quartier avaient pris l'habitude de l'emprunter pour aller à pied jusqu'à la colline du Capitole... *Le tunnel du métro!*

Je courus en boitillant jusqu'à l'entrée. J'avais très mal, mais ça m'était bien égal. *Il s'était introduit chez moi. Il avait voulu s'attaquer à mes enfants.*

Je descendis jusqu'au tunnel. Je tirai mon revolver du baudrier que j'avais passé par-dessus ma chemise.

A chaque pas, une douleur aiguë me déchirait le côté. Je m'engageai dans le tunnel en gardant la position à moitié accroupie du tireur professionnel.

Il pouvait très bien être en train de m'observer. Il pouvait s'agir d'un piège. Le tunnel était encore en construction. Il ne manquait pas d'endroits pour s'y cacher.

Je réussis à arriver jusqu'au bout. Il n'y avait aucune trace de sang nulle part. Soneji/Murphy n'était pas dans le souterrain du métro. Il avait pris une autre route pour s'enfuir. Il m'avait encore échappé.

La tension était en train de retomber. Je me sentais faible, épuisé et désorienté. Je sortis du métro en grimpant l'escalier de pierre.

Quelques noctambules allaient et venaient autour du kiosque à journaux, ou sortaient de *Chez Fox*, un restaurant ouvert la nuit. Je devais avoir bien triste allure avec tout ce sang qui tachait mes vêtements. Mais personne ne s'arrêta. Absolument personne. Ils avaient trop et trop souvent vu ce genre de spectacle dans les rues de la capitale.

Je finis par me planter devant un chauffeur de camion qui s'était arrêté pour livrer une brassée du *Washington Post* au kiosque. Je lui dis que j'étais officier de police. Je me sentais un peu ivre. C'était dû à la perte de sang. Légèrement éméché.

– J'ai rien fait de mal, me dit-il.

– C'est pas toi qui m'as tiré dessus, salaud?

– Non, monsieur. Qu'est-ce qui ne va pas? Vous êtes fou? Vous êtes vraiment un flic?

Je l'ai obligé à me ramener à la maison dans son camion. Pendant tout le trajet, le type a juré ses grands dieux qu'il allait attaquer la municipalité en justice.

– Fais un procès à Monroe, lui ai-je conseillé. Qu'il l'ait dans le cul.

– Vous êtes vraiment flic? me demanda-t-il de nouveau. Non, vous êtes pas d'la police.

– Si. Je suis flic.

Des cars de police et les ambulances des urgences

stationnaient devant la maison. C'était mon cauchemar qui se réalisait... *cette scène-là, exactement*. Jamais auparavant, ni la police ni les médecins des urgences n'avaient mis les pieds chez moi.

Sampson était déjà arrivé. Il portait un blouson noir par-dessus un vieux sweat-shirt élimé, aux couleurs de l'équipe des Orioles de Baltimore. Il s'était fourré sur la tête la casquette d'une agence spécialisée de visites guidées à des gourus vaudou.

Il me regardait comme si j'étais devenu fou. Les disques lumineux, rouges ou bleus des urgences, clignotaient derrière lui.

– Qu'est-ce qu'il t'arrive ? T'as pas l'air dans ton assiette ? Qu'est-ce qui ne va pas, mon vieux ?

– Reçu deux coups de couteau de chasse. Moins mauvais que la fois où on nous a tiré dessus à Garfield.

– Hem. Ça doit avoir l'air pire que ça n'est. Tu vas t'allonger là par terre sur la pelouse. Fais-le tout de suite, Alex.

J'acquiesçai de la tête et m'éloignai aussitôt de Sampson. Il fallait que j'en finisse avec cette histoire. D'une façon ou d'une autre, *il fallait en finir.*

Les gens des ambulances essayaient de me faire allonger sur la pelouse. Notre toute petite pelouse... ou de m'embarquer sur leur brancard.

J'avais une autre idée en tête. *La porte d'entrée était restée grande ouverte. Il avait laissé la porte d'entrée ouverte. Pourquoi ?*

– Je reviens tout de suite, dis-je au corps médical. Gardez-moi ce brancard.

Des tas de gens me criaient après, mais je continuai ma route sans en tenir compte.

J'entrai silencieusement dans le living-room puis dans la cuisine. J'ouvris la porte à côté de la porte de derrière et je descendis au sous-sol.

Je n'ai rien vu au sous-sol. Rien ne bougeait. Tout était normal. Ma dernière bonne idée concernait la cave.

Je contournai la boîte à ordures qui se trouvait près de la chaudière, à l'endroit où Nana entasse le linge sale en attendant la prochaine lessive. C'est le coin le plus éloigné du sous-sol par rapport à l'escalier. Pas de Soneji/Murphy caché dans l'obscurité.

Sampson descendit l'escalier en courant.

– Il n'est pas là. On l'a vu en ville. Il est du côté de Dupont Circle.

– Il veut faire son cirque encore une fois, ai-je marmonné. L'enfant de salaud! *Le Fils de Lindbergh.*

Sampson n'essaya pas de m'empêcher de l'accompagner. Il lisait dans mes yeux qu'il n'y arriverait pas de toute façon. Nous nous sommes dépêchés jusqu'à sa voiture. Je me suis dit que je n'allais pas si mal. Si ça avait été le cas, je me serais déjà écroulé.

Un des jeunes *punks* du coin regarda le devant de ma chemise couvert de sang.

– T'es en train de crever, Cross? Bonne nouvelle.

J'avais eu mon éloge funèbre.

Nous mîmes environ dix minutes pour arriver à Dupont Circle. Il y avait des voitures de police garées dans tous les coins... une atmosphère étrange... avec toutes ces lumières rouges et bleues qui striaient le ciel à peine éclairé par les lueurs de l'aube.

Pour la plupart des gars qui se trouvaient là, c'était la fin de leur service de nuit. Personne n'avait envie de se trouver confronté à un fou dangereux lâché en plein cœur de Washington.

Encore une action spectaculaire.
Je veux devenir quelqu'un.

Il ne se produisit rien pendant l'heure qui suivit... sauf le lever du jour. Des piétons commençaient à apparaître autour de la place.

La circulation augmentait, les bureaux allaient bientôt ouvrir leurs portes.

Les *lève-tôt* étaient curieux et s'arrêtaient pour poser des questions à la police. Personne, évidemment, ne leur dit rien.

– Veuillez circuler, s'il vous plaît. Circulez. Il n'y a rien à voir.

Dieu merci.

Un des médecins du service des urgences s'occupa de mes blessures. En fait, il y avait plus de sang que de danger. Naturellement, il voulait m'expédier à l'hôpital sur-le-champ. Mais ça pouvait attendre.

Encore une action spectaculaire. A Dupont Circle? Au cœur de Washington, D.C.? Gary Soneji/Murphy adorait s'ébattre dans la capitale.

Je dis au médecin de laisser tomber. Ce qu'il fit. Je le tapai de deux pilules de Percodan. Ça me suffisait pour le moment.

Sampson se tenait à mes côtés en suçotant une cigarette.
- Tu vas tomber raide, me dit-il. Tu vas tout bonnement t'écrouler, comme un éléphant africain qui aurait une crise cardiaque.

J'étais en train de savourer mes pilules de Percodan.
- C'était pas une crise cardiaque. Le gros éléphant africain a reçu deux coups de couteau. Et par-dessus le marché, c'était pas un éléphant non plus. C'était une antilope africaine... Un animal puissant, très beau et très gracieux.

Au bout d'un moment je me dirigeai vers la voiture de Sampson.
- Tu as une idée? me cria-t-il.
- Ouais. *Roulons en voiture.* Ça ne sert à rien de poireauter ici, à Dupont Circle. Il ne va pas se mettre à tirer à l'heure de pointe de la circulation.
- Tu es sûr de ça?
- J'en suis sûr.

Nous avons roulé dans le quartier jusqu'à environ huit heures. Je commençais à perdre espoir. De plus j'étais sur le point de m'endormir dans la voiture.

La grande antilope africaine était au bord de l'épuisement. Des gouttes de sueur me dégoulinaient sur les sourcils et me tombaient du nez. J'essayais de me mettre à la place de Gary. Etait-il encore en ville? Ou s'était-il échappé de Washington?

A sept heures cinquante-huit, nous avons reçu un appel radio.
- Le suspect a été vu sur l'avenue de Pennsylvanie, près du parc La Fayette. Il possède une arme automatique. Le suspect s'approche de la Maison Blanche. Toutes les voitures s'y rendent!

Encore une action spectaculaire. Je commençais à comprendre où il voulait en venir. Il se trouvait à deux pâtés de maisons du numéro 1600 de Pennsylvania Avenue quand on l'avait repéré. Ce qui voulait dire qu'il était à deux pâtés de maisons de la Maison Blanche.

Je veux devenir quelqu'un.

La police le coinça entre une cordonnerie et un immeuble en grès abritant bon nombre de cabinets d'avocats. Il s'était planqué derrière une Jeep Cherokee garée là.

Mais tout n'était pas fini. Il avait pris des otages... deux gosses en route pour l'école, tôt ce matin-là. Les enfants semblaient avoir onze ou douze ans – à peu près l'âge de Gary quand sa belle-mère avait commencé à l'enfermer. Il s'agissait d'un garçon et d'une fille... Une sorte d'écho de l'enlèvement de Maggie Rose et de Michael Goldberg, deux ans plus tôt.

– Je suis le chef de division Cross, ai-je annoncé pour passer les barricades que la police avait déjà installées en travers de l'avenue.

De la rue, on voyait très bien la Maison Blanche. Je me suis demandé si le Président était en train de nous regarder à la télévision. Il y avait déjà sur place un camion de C.N.N.

Deux hélicoptères appartenant à d'autres chaînes allaient et venaient au-dessus de nous. Ils ne pouvaient pas s'approcher plus près en raison de la zone d'espace aérien interdite à proximité de la Maison Blanche. Quelqu'un nous dit que le maire allait arriver. Gary s'intéressait à un plus gros gibier. Il avait exigé d'être reçu par le Président et sa femme. Faute de quoi, il tuerait les deux enfants.

D'après ce que je pouvais voir, la circulation sur Pennsylvania Avenue et dans les rues transversales était interrompue. Un certain nombre de conducteurs et leurs passagers abandonnaient leurs véhicules en pleine rue. La plupart restaient sur place pour regarder le spectacle. Des millions de gens suivaient maintenant les événements à la télévision.

– Tu crois qu'il vise la Maison Blanche? demanda Sampson.

– Je connais des Etats qui voteraient pour lui, dis-je.

J'ai parlé avec le responsable de la brigade d'intervention qui se tenait derrière les barricades. Je lui ai dit qu'à mon avis Soneji/Murphy était prêt à exploser. Il a proposé de craquer lui-même l'allumette.

Il y avait déjà un négociateur sur les lieux. Il ne demandait qu'à me laisser cet honneur. C'était donc moi finalement qui allais négocier avec Gary.

– A nous de jouer, me dit Sampson qui me prit par le bras et m'avertit en termes très clairs. On va le descendre. Surtout pas de tours de passe-passe, Alex.

– C'est à lui qu'il faut dire ça, répondis-je. Mais si tu en as l'occasion, ne le rate pas. Vas-y carrément.

Je m'essuyai plusieurs fois la figure sur la manche de ma chemise. Je suais comme un porc. J'avais la tête qui tournait et des nausées. On m'avait donné un porte-voix. Je branchai le son.

C'était moi qui avais l'initiative. *Je veux être quelqu'un, moi aussi.* Etait-ce vrai ? Etait-ce là le fin mot de toute cette histoire ?

— Ici Alex Cross.

Deux ou trois petits malins se mirent à m'acclamer. Mais, en fait, un grand silence descendit bientôt sur cette rue située en plein cœur de la ville.

Tout à coup, des coups de feu éclatèrent de l'autre côté de la rue dans un bruit infernal. Les vitres des voitures se brisèrent tout le long de Pennsylvania Avenue. En quelques secondes, il avait causé des dégâts considérables. D'après ce que je pus voir, personne n'avait été touché. Les deux enfants n'avaient rien eu. Je te retourne ton salut, Gary.

Puis une voix nous parvint depuis l'autre côté. La voix de Soneji.

Ses hurlements s'adressaient à moi. Il n'y avait plus que nous deux. Que voulait-il exactement ? Faire un coup d'éclat au cœur de la capitale... retransmis en direct à la télévision dans le pays tout entier.

— Montre-toi, Cross. Sors de là, Alex. Montre ta belle petite gueule à tout le monde.

— Et pour quoi faire ? dis-je à Soneji dans le porte-voix.

— N'y pense même pas, me chuchota Sampson dans l'oreille. Si tu fais ça, c'est moi qui te tirerai dessus.

Soneji tira une autre rafale à travers l'avenue. Celle-là dura encore plus longtemps que la première. Washington commençait à ressembler à Beyrouth. On entendait partout le ronronnement et le cliquetis des caméras.

Je me levai d'un seul coup et sortis de derrière une conduite intérieure de la police. Je n'allai pas très loin. Juste assez pour me faire tuer. Dans la foule, d'autres crétins m'applaudirent.

— Toutes les stations de télé sont là, Gary, lui criai-je. Elles sont en train de filmer la scène. C'est *moi* qu'elles filment. C'est moi qui aurai la vedette... j'ai commencé très bas, mais au bout, quelle apothéose !

Soneji/Murphy se mit à rire. Son rire dura longtemps. Etait-il en pleine phase d'exaltation, ou au comble de la dépression ?

— Alors, tu as fini par comprendre qui je suis ? me cria-t-il. Tu m'as *compris* ? Est-ce que tu sais qui je suis maintenant ? Est-ce que tu sais ce que je veux ?

– J'en doute fort. Je sais que vous êtes blessé. Je sais que vous pensez que vous allez mourir. Parce que autrement – je fis une pause pour donner à mes paroles un ton qui lui paraisse aussi dramatique que possible – *autrement, vous ne vous seriez pas laissé reprendre.*

Juste en face de nous, de l'autre côté de l'avenue, Soneji/Murphy émergea de derrière la Jeep rouge vif. Les deux enfants étaient couchés par terre. Jusqu'ici, ils avaient l'air indemnes.

Quand il s'inclina dans un salut théâtral à mon intention, il était l'image même du jeune Américain type, exactement comme au tribunal. Je me dirigeai vers lui, m'approchant de plus en plus.

– Très joli discours, me dit-il, très bien tourné. Mais la star, *c'est moi.*

Et d'un seul coup il braqua son arme dans ma direction.

Un coup de feu partit derrière moi.

Gary fit un bond vers la cordonnerie, atterrit sur le trottoir, et roula sur le sol. Les deux jeunes otages hurlèrent, se remirent debout et s'enfuirent.

Je traversai Pennsylvania Avenue en courant aussi vite que possible.

– Ne tirez pas! hurlai-je. Surtout ne tirez pas.

En me retournant, je vis Sampson debout. Son revolver réglementaire était encore pointé sur Murphy. Il le releva vers le ciel. Il ne me quittait pas des yeux. Il avait réglé la question pour nous deux.

Gary gisait sur le trottoir. Du sang rouge vif s'écoulait en flots réguliers de sa tête, de sa bouche. Il ne bougeait pas. Il avait toujours la main crispée sur sa carabine automatique.

Je me suis d'abord penché pour lui prendre son arme. J'entendais les caméras derrière nous. Je lui touchai l'épaule.

– Gary?

Je retournai son corps avec précaution. Il ne remuait toujours pas. Aucun signe de vie. Il avait de nouveau l'air du jeune Américain modèle. Il était venu à ce rendez-vous en tant que lui-même, dans le rôle de Gary Murphy.

Tandis que je l'observais, il ouvrit soudain les yeux et les fixa directement sur moi. Ses lèvres s'ouvrirent lentement.

– Aidez-moi, finit-il par murmurer d'une voix douce

et étranglée. Aidez-moi, docteur Cross. Je vous en prie, aidez-moi.
 Je m'agenouillai.
 – Qui êtes-vous ?
 – Je suis Gary... Gary Murphy, dit-il.
Echec et mat.

ÉPILOGUE

UNE JUSTICE EXPÉDITIVE

(1994)

89.

Le jour fatal finit par arriver.

Je n'ai pas pu dormir du tout, même pas une heure ou deux. Je n'ai pas pu jouer du piano dans la véranda. Je n'avais envie de voir personne, ni de parler de ce qui allait se produire dans quelques heures. Je me suis glissé dans la chambre de Damon et Jannie et les ai embrassés pendant leur sommeil. Vers deux heures du matin, j'ai quitté la maison.

J'arrivai à la prison fédérale de Lorton vers trois heures. Les protestataires étaient revenus, et tournaient autour du bâtiment, portant leurs écriteaux à la lumière du clair de lune. Certains chantaient des chansons des années 1960. Beaucoup d'entre eux priaient ; il y avait des bonnes sœurs, des prêtres, des pasteurs parmi eux. J'ai remarqué que les femmes étaient en majorité.

A Lorton, la pièce où avaient lieu les exécutions n'était qu'une petite pièce ordinaire pourvue de trois fenêtres intérieures. L'une des fenêtres était réservée à la presse, une autre aux observateurs officiels commis par l'Etat. La troisième était réservée aux parents et aux amis des condamnés.

Chacune des trois fenêtres était masquée de rideaux bleu foncé. A trois heures et demie du matin, un employé de la prison les ouvrit les uns après les autres. On put alors voir la condamnée, attachée sur un lit d'hôpital. Ce lit était pourvu d'une planche en extension pour le bras gauche.

Jezzie qui regardait fixement le plafond sembla s'animer et se raidir à l'arrivée des techniciens qui s'approchèrent du lit. L'un d'eux portait un plateau argenté où se trouvait une aiguille. L'insertion de l'aiguille du cathéter était la seule opération un peu douloureuse d'une exécution par injection létale pratiquée correctement.

Je m'étais rendu à Lorton pendant plusieurs mois pour rendre visite à la fois à Jezzie et à Gary Murphy. J'avais obtenu un congé de mes supérieurs, et quoique je sois très occupé à écrire ce livre, il me restait bien assez de temps pour effectuer mes visites.

Gary semblait totalement effondré. Cela figurait dans tous les rapports le concernant. Il passait à peu près toutes ses journées perdu dans ses fantasmes compliqués. Il devenait de plus en plus difficile de lui faire réintégrer le monde réel.

C'était du moins ce qui semblait arriver. Et cette attitude, qui lui évitait de passer de nouveau en jugement, pouvait lui empêcher une condamnation à mort. J'étais absolument certain qu'il se livrait à ses jeux habituels, mais personne ne voulait m'écouter. J'étais persuadé qu'il était en train de concocter un nouveau plan.

Jezzie avait accepté de parler avec moi. Nous avions toujours pu parler ensemble. Elle me dit qu'elle n'était nullement étonnée que l'Etat ait obtenu la peine capitale pour elle et pour Charles Chakely. Après tout, elle était responsable de la mort du fils du secrétaire d'Etat au Trésor. De plus, la loi prévoyait la peine de mort pour les cas de kidnapping. Ils avaient tous les deux enlevé Maggie Rose Dunne. Ils étaient responsables de la mort de Michael Goldberg – comme de celle de Vivian Kim.

Jezzie me dit qu'elle avait des remords, et qu'elle en avait éprouvé dès le début.

– Mais pas suffisamment pour m'empêcher d'agir. Quelque chose a dû se briser en moi en cours de route. Je recommencerais probablement la même chose aujourd'hui. Je risquerais le tout pour le tout, pour dix millions de dollars. Beaucoup de gens en feraient autant, Alex. Nous appartenons à ce genre d'époque. Sauf toi.

– Et qu'est-ce que tu en sais?

– D'une manière ou d'une autre, j'en suis sûre. Tu restes le chevalier Noir.

Elle me dit que je ne devrais pas me faire de reproches quand tout serait fini. Elle me dit que les *marcheurs* et autres protestataires la mettaient en colère.

– Si c'était leur enfant qui était mort, ils se conduiraient tout autrement.

Je me sentais très mal. Je ne sais pas jusqu'à quel point je croyais à ce qu'elle m'avait dit. Je n'avais vraiment pas envie de me trouver ici, à Lorton... mais Jezzie m'avait demandé de venir.

Personne d'autre ne s'était présenté à la fenêtre pour

la voir. Pas une seule autre personne au monde. Sa mère était morte peu après son arrestation. Six semaines plus tôt, Charles Chakely avait été exécuté en présence de sa famille. Le sort de Jezzie était réglé.

De longs tubes de plastique reliaient l'aiguille enfoncée dans son bras gauche à des flacons contenant des solutions intraveineuses. Le premier flacon commençait à se vider. Il ne contenait qu'une solution alcaline inoffensive.

Dès que le responsable en donnerait le signal, on ajouterait du Thiopental sodé. Il s'agissait d'un barbiturique qui servait d'anesthésique et était utilisé pour endormir doucement les patients. Après quoi, on ajouterait une dose de Pavulon qui provoquerait la mort dans les dix minutes. Pour accélérer le processus, on administrait une dose équivalente de chlorure de potassium. C'est une drogue qui décroche le cœur et arrête son fonctionnement. Il cause la mort dans les dix secondes.

Jezzie repéra mon visage dans la fenêtre des *amis*. Elle agita légèrement le bout de ses doigts et essaya même de sourire. Elle s'était donné la peine de se coiffer. Ses cheveux coupés court gardaient toute leur beauté. Je pensais à Maria, je pensais que nous n'avions pas pu nous dire au revoir avant sa mort. Je me suis dit que ce qui se passait ici était peut-être pire. J'avais une envie terrible de sortir de la prison – mais je suis resté. J'avais promis à Jezzie que je resterais. Je tiens toujours mes promesses.

En réalité, il ne se passa rien d'impressionnant. Elle ferma finalement les yeux. Je me demandai si on lui avait déjà administré une des drogues mortelles, mais je n'avais aucun moyen de le savoir.

Tout à coup, elle respira profondément et je vis sa langue lui redescendre dans la bouche. A notre époque moderne, l'exécution d'un être humain n'a rien de spectaculaire.

Ainsi finit la vie de Jezzie Flanagan.

Je quittai la prison et me dépêchai de retourner à la voiture. Je me disais que j'étais à la fois psychologue et policier et devais pouvoir supporter ce genre de choses, en fait n'importe quoi. J'étais plus dur que n'importe qui. Je l'avais toujours été.

J'avais enfoncé mes mains au plus profond des poches de mon pardessus. Ma main droite, si crispée qu'elle m'en faisait mal, tenait serré le peigne d'argent que Jezzie m'avait donné... Il était une fois.

Quand je suis arrivé devant ma voiture, j'ai vu qu'une

enveloppe blanche ordinaire avait été coincée derrière l'essuie-glace, côté conducteur. Je l'ai fourrée dans ma poche et ne me suis donné la peine de l'ouvrir qu'une fois sur la route de Washington. Je croyais savoir ce que c'était, et je ne m'étais pas trompé. Le monstre m'adressait un message. Envoyé en direct, et en pleine figure.

> *Alex.*
> *Est-ce qu'elle a pleuré et gémi, et demandé pardon avant la piqûre? Avez-vous versé une larme?*
> *Transmettez mon souvenir à la famille. Je veux qu'on se souvienne de moi.*
> *Toujours bien à vous.*
> LE FILS DE L.

Il était encore en train de jouer à ses horribles jeux. Il le ferait toujours. Je l'avais dit à qui voulait bien m'écouter, établissant même un profil et un diagnostic pour les revues professionnelles. Car Gary Soneji était responsable de ses actes. Je pensais qu'il devait être jugé pour les crimes qu'il avait commis dans le quartier sud-est. Les familles noires des victimes avaient droit elles aussi à la justice et à sa condamnation. Si quelqu'un méritait la peine de mort, c'était bien Soneji/Murphy.

De son message, je déduisis qu'il avait réussi à se mettre en cheville avec l'un des gardiens, qu'il s'était trouvé un complice à l'intérieur de la prison de Lorton, avait élaboré un nouveau plan. Un autre plan sur dix ou vingt ans? Toujours des fantasmes et des élucubrations dans sa cervelle.

Tout en roulant vers Washington, je me demandais lequel – de Gary ou de Jezzie – était le manipulateur le plus subtil. Je savais qu'ils étaient tous les deux psychopathes. Ce pays en produit plus que n'importe quel autre. C'est bien ce qui m'inquiète.

Une fois rentré à la maison, ce matin-là, je me suis installé dans la véranda et j'ai joué *La Rhapsodie en bleu*. Puis *Let's Give Them Something To Talk About*, la chanson de Bonnie Raitt. Janelle et Damon étaient venus écouter leur pianiste préféré. Après Ray Charles, bien entendu! Ils étaient assis sur le banc à côté de moi. Nous étions tous les trois heureux d'écouter de la musique et de sentir nos corps si proches les uns des autres.

Plus tard, je partis pour St. Anthony m'occuper de la soupe populaire et d'autres choses.

L'Homme au beurre de cacahuètes est bien vivant.

Je tiens à remercier Peter Kim qui m'a aidé à pénétrer l'intimité des vies privées, les secrets et les tabous qui existent encore un peu partout en Amérique. Anne Pough-Campbell, Michael Ouweleen, Holly Tippett et Irene Markocki m'ont permis de mieux comprendre Alex et la vie du quartier sud-est de Washington, D.C. Liz Dell et Barbara Groszewski ont veillé à mon honnêteté. Maria Pugatch (mon Lowenstein [1] à moi), Mark et Mary Ellen Patterson m'ont remis en contact avec la demi-douzaine d'années d'études et de travail psychologique que j'ai naguère effectuées à l'hôpital McLean. Carole et Brigid Dwyer et Midgie Ford m'ont apporté une aide considérable concernant Maggie Rose. Richard et Artie Pine m'ont suivi pas à pas en me faisant profiter des dons magiques qui les inspirent parfois. Enfin, du début jusqu'à la fin, Fredi Friedman a été le complice fidèle de mes activités « criminelles ».

---

1. Lowenstein : un savant qui s'est consacré à l'étude de l'équilibre sensoriel des animaux, et au rôle joué par l'influx nerveux. *(N.d.T.)*

Impression réalisée sur CAMERON par
BRODARD ET TAUPIN
La Flèche en mars 1993

Imprimé par
IMPRIMERIES QUÉBÉCOR
Division L'ÉCLAIREUR
Octobre 93